W0289210

Christian Eckl

Morgen war ein schöner Tag

Christian Eckl

Morgen war ein schöner Tag

Eine Polit-Fiktion
Roman

IVR Verlag

Zum Buch:

Kurz vor der Wende wird der DDR-Bürgerrechtler Berthold Grün im November 1989 aus seinem Alltag herausgerissen und inhaftiert. 30 Jahre später macht er Erfahrungen, die ihn zutiefst verstören. Und muss schon bald eine Mordserie aus seiner Jugend aufklären, deren Hintergrund nicht nur der Schlüssel zur Lösung seiner persönlichen Probleme ist. Denn die Verstrickungen des Falls reichen über drei Jahrzehnte hinweg bis in die höchsten Kreise der internationalen Politik.

Die Handlung und alle handelnden Personen sind frei erfunden. Jegliche Ähnlichkeit mit lebenden oder realen Personen wäre rein zufällig.

Die Geschehnisse, in deren Rahmen hier historische Persönlichkeiten erwähnt werden und eine Rolle spielen, haben nie stattgefunden.

Insbesondere handelt es sich bei den hier beschriebenen Personen ausdrücklich nicht um die spätere tatsächliche Bundeskanzlerin und auch nicht um einen Bundespräsidenten oder einen anderen Präsidenten einer bundesdeutschen Institution.

Mögliche Parallelen in der Herkunft verweisen nur auf eine Vergleichbarkeit in der Prägung vollkommen unabhängig von persönlichen Schicksalen oder Verhaltensweisen.

Dieses gilt ebenso für alle anderen handelnden Personen, die sämtlich ausschließlich fiktional sind.

50181 Bedburg, Karlstraße 69

Satz: Heider Druck, Bergisch Gladbach
Umschlaggestaltung: Nova MD GmbH
Druck und Bindung: CUSTOM PRINTING,
ul. Wał Miedzeszyński 217, 04-987 Warszawa, Polen
Versand & Vertrieb durch Nova MD GmbH
www.novamd.de, bestellung@novamd.de, +49 (0) 861 166 17 27

ISBN: 978-3-98942-399-2

www.ivr-verlag.de

Erster Teil

1989

30. August 1989

Der Adler ist gerupft.
So fühlte sie sich. Wie ein stolzer Vogel, dem man übel mitgespielt hatte. Gerade erst hatte sie ihre Schwingen im Leben ausgebreitet, sich ein wenig etabliert. Doch jetzt hatte sie dieser Mann ganz klein gemacht.
Er war selbst ein eher kleiner Mann, der mit seiner Silhouette eigentlich gar nicht so viel Sonnenlicht vor dem Fenster aussperren konnte, an dem er gerade stand. Dennoch war es plötzlich abgrundtief dunkel im Raum geworden.
Sie war 35 Jahre alt. Und er 39. Wenn er sprach, rollte er das „R“ mit einem unangenehmen Klang. Fast, als wäre er ein Südosteuropäer. Dabei kam er nur aus Rostock.
Als er sich ihr zuvor genähert hatte, war es noch viel unangenehmer. Klar hatte sie in ihrem Alter schon einige Erfahrungen mit Männern. Sogar eine Ehe hatte sie hinter sich. Aber das hier war anders. Sie fand die Situation einfach abstoßend. Nur wusste sie nicht, wie sie sich ihr entziehen sollte.
Man sollte im Sozialismus doch etwas offener sein, nicht so verklemmt. Vielleicht musste man dem Sozialismus in Deutschland auch nur ein anderes Gesicht geben, ein helleres, ein freundlicheres Gesicht.
Morgen wollte sie damit anfangen.
Heute musste sie sich erst einmal von dem erholen, was ihr soeben widerfahren war. Wenn der Kerl endlich weg war.
Sie hatte sich an diesem Mittwochvormittag ursprünglich auf eine ruhige Restwoche in ihrem Ferienhaus in Hohenwalde gefreut. Ihr Freund würde nicht dabei sein. Er musste in Berlin-Adlershof arbeiten. Sie selbst hatte sich Arbeit mitgenommen, die sie an ihrem kleinen Schreibtisch in Hohenwalde erledigen konnte.
Ihr Vater hatte sie am Abend zuvor gebeten, einem Kollegen aus Rostock-Evershagen einige Predigten der Evangelisch-Lutherischen Landeskirche in Mecklenburg weiterzureichen, die der befreundete Pastor am Vormittag bei ihr abholen würde. Er hatte ohnehin in der Gegend zu tun.
Weil sie öfter für ihren Vater solche kleinen Gefälligkeiten über-

nahm, dachte sie sich nichts weiter dabei. Doch als der Mann wenige Stunden zuvor bei ihr auftauchte, benahm er sich nicht gerade wie ein Pastor. Er machte ihr ziemlich eindeutige Avancen. Dabei wusste sie, dass er eine Familie hatte. Und auch sie war fest liiert.
Aber der Mann war mit ihrem Vater bekannt und sie wollte ihn nicht vor den Kopf stoßen. Die mangelnde Vehemenz ihrer Ablehnung interpretierte er als Zustimmung und bedrängte sie so plötzlich, dass der richtige Zeitpunkt für ein klares „Nein“ viel zu schnell überschritten war.
Sie ließ es geschehen und hasste sich sofort selbst für ihr Phlegma. Es fühlte sich abartig an, denn der anfänglich ruhig und gelassen wirkende Mann entwickelte plötzlich Gewaltphantasien und lebte diese unter Ausstoß unappetitlicher Worte teilweise auch aus. So etwas mochte sie gar nicht, vielmehr hing sie oft romantischen Tagträumen nach. Jetzt fühlte sie sich beschmutzt. Wenigstens würde er bald gehen. Dachte sie. Doch stattdessen kam es noch schlimmer.
Er wandte sich vom geöffneten Fenster ab und richtete das Wort an sie, als er seinen Gürtel schloss. „Ich glaube, wir sind ein gutes Team. Zusammen könnten wir etwas bewirken.“
Ihr blieb der Mund offen stehen. Was sollte dieses Gerede? „Du bist verheiratet und ich habe einen festen Freund. Außerdem bin ich nicht interessiert. Ich kann mir nicht vorstellen, dass das heute ein vielversprechender Start für irgendetwas war.“
„Das sehe ich anders.“ Er lächelte verschlagen. „Ich denke, du kannst deine eigenen Interessen nicht richtig einordnen. In dir steckt viel mehr, als du selbst glaubst. Außerdem geht es nicht nur um uns beide.“
„Ich verstehe nicht.“
„Das ist mir klar. Aber ich will es gerne näher erläutern.“
„Wie ich bereits sagte, bin ich nicht interessiert.“ Wieder ärgerte sie sich über sich selbst, weil sie so leise, ohne Nachdruck, ohne Emotionen sprach.
„Auch wenn du glaubst, nicht an mir interessiert zu sein, lässt dich die Entwicklung unserer Gesellschaft möglicherweise nicht völlig kalt.“

„Ich wüsste nicht, was das eine mit dem anderen zu tun hat."
„Vielleicht mehr, als du glaubst, Anne."
„So heiße ich nicht, das weißt du."
„Aber du könntest fast so heißen, meine Schöne."
„Und schön bin ich auch nicht." Sie biss sich auf die Lippe. Das wollte sie diesem Mann gegenüber eigentlich nicht herauslassen. Sie wusste, dass sie keine Schönheit in klassischem Sinne war. Aber ihr hintergründiger Humor und ihr zurückhaltendes Lächeln konnten durchaus eine gewinnende Wirkung entfalten. Nur wäre dieser Typ der letzte gewesen, mit dem sie solche differenzierten Betrachtungen anstellen wollte. Doch schon wechselte er das Thema.
„Wie dem auch sei. Eigentlich wollte ich mit dir über deine Zukunft sprechen."
„Die geht dich nichts an."
„Die Zukunft dieses Landes aber schon."
„So bedeutend sind wir nicht."
„Das könnte sich irgendwann ändern."
„Glaub doch, was du willst."
„Das mache ich sowieso. Denn ich glaube, dass wir für die Menschen in diesem Land etwas erreichen können."
„Na, schönen Dank, jetzt habe ich mich zu allem Überfluss auch noch mit einem Größenwahnsinnigen eingelassen."
„Das Volk ist bedeutend und in diesem Sinne ist jedes einzelne Mitglied des Volkskörpers relevant."
„Hör auf, von Körpern zu reden. Damit habe ich mich heute schon viel zu viel beschäftigt."
„Du weißt genau, was ich meine. Oder glaubst du nicht an den Sozialismus?"
„Irgendwie schon. Aber mich erstaunt es, dass ein evangelischer Pastor dem Sozialismus das Wort redet."
„Na ja, Jesus war gewiss kein Kapitalist. Jedenfalls würde ich unseren Erlöser eher in Richtung Che Guevara als bei Helmut Kohl verorten."
„Da mag etwas dran sein", stimmte sie widerwillig zu. „Aber ich weiß nicht, ob man das noch Sozialismus nennen kann, was wir hier in diesem Land gerade erleben."

Der Pastor klatschte in die Hände. „Siehst du, genau solche Leute wie dich brauchen wir.“
„Du redest in Rätseln. Ich verstehe nicht, wodurch Leute wie ich definiert sein sollen und wer solche Menschen brauchen könnte.“
„Wenn man dir genau zuhört, wird klar, dass du der Idee des Sozialismus aufgeschlossen gegenüberstehst. Nur gefällt dir nicht, was hier daraus gemacht wird.“
„Irgendwie schon“, räumte sie zögerlich ein.
„Dann lass uns etwas anderes machen, einen besseren Sozialismus. Dazu müsstest du eigentlich einen Draht haben. Du warst doch bei der FDJ für Propaganda zuständig.“
„Woher weißt du das?“
„Man hat seine Quellen, ist aber unwichtig. Jedenfalls glaube ich, dass du nicht zu denen gehörst, die dieses Land vollständig ausradieren wollen.“
„Eigentlich nicht“, nickte sie langsam. „Die besseren Ideen sollten überleben.“
„Dann lass uns gemeinsam an diesem Ziel arbeiten. Der Staat ist jetzt offen wie nie für Veränderungen.“
„Das mag sein. Aber noch einmal: Mit dir will ich nicht arbeiten.“
„Schon verstanden, obwohl ich das ein bisschen albern finde. Nun gut, dann wird dich eben jemand anders kontaktieren.“
„Unterhalten kann man sich immer. Doch nur damit eins klar ist: Bei der Stasi werde ich keinen Vertrag unterschreiben.“
„Keine Sorge, ich bin dort auch kein offizieller Mitarbeiter. Wir werden schon den passenden Decknamen für dich finden, irgendetwas mit Herz. Weil du doch so ein Herzchen bist.“
Sie lief rot an. Aber nicht vor Scham, sondern vielmehr vor Wut. Jedes salbungsvolle Wort, das über die Lippen dieses Typen kam, klang wie eine bodenlose Frechheit und war offensichtlich auch so gemeint.
Sie öffnete den Mund und schnappte nach Luft, um etwas deutlichere Worte zu finden. Doch dann stieß sie ganz andere Sätze hervor. „Was machst du denn da? Was soll das?“
Der Kerl schaffte es immer wieder, sie aus dem Konzept zu bringen. Jetzt hatte er ein Bein über die Fensterbank im Erdgeschoss

gehoben und stand mit einem Fuß im Vorgarten. „Still", zischte er. „Da draußen ist jemand. Wir werden beobachtet."
„Meinst du, die Stasi ist schon hier?" Sie hielt sich eine Hand vor den Mund.
„Unsinn, die führen keine Maßnahmen gegen uns durch. Schließlich stehen wir auf der gleichen Seite. Wir wollen diesen Staat retten."
„Hoffentlich wissen die das auch."
„Darauf kannst du wetten. Wie ich schon sagte, ich bin im Gespräch. Redenden Menschen kann geholfen werden."
„Aber wer soll das da draußen sonst sein?"
„Radikale Elemente, Staatsfeinde, was weiß ich? Eben Rechts-Terroristen und Kapitalisten, die unser Land an den Westen verkaufen wollen."
„Glaubst du denn, die beobachten mich?"
„Dich nicht, jedenfalls noch nicht. Aber mir könnten sie hierhin gefolgt sein. Ich denke, die wissen genau, wie sie mich einordnen müssen."
Mit diesen Worten schwang der stabil gebaute Pastor auch das andere Bein über die Fensterkante und sprintete mit erstaunlicher Dynamik ins Gebüsch. Kurz darauf drangen aus dem Laub mehrere dumpfe Geräusche und heftige Atemzüge. Hier fand offensichtlich ein Handgemenge statt.
Mit einem tiefen Seufzer ging die junge Frau durch die Tür hinaus. Was hatte sie sich da nur eingehandelt? Doch sie konnte auch nicht ignorieren, was sich gerade unmittelbar vor ihrem Ferienhäuschen abspielte.
Erst als sie einige Zweige beiseiteschob, erkannte sie den Ernst der Lage. Der Pastor kniete über einem schmächtigen jungen Mann mit dunklen Haaren und drückte ihm den Hals zu.
Dabei zeigte das Opfer erstaunliche Widerstandskraft und schlug mit seinen sehnigen Armen die Hände des Angreifers immer wieder weg.
„Du miese Ratte", keuchte der junge Mann. „Jetzt bist du geliefert, ich werde alles deiner Frau erzählen, deinen Kindern. Und nicht nur denen, die ganze Gemeinde in Rostock soll es erfahren. Dann kannst du dich nirgends mehr blicken lassen."

„Jetzt blas dich nicht so auf, du kleiner Moralapostel“, knurrte der Pastor und legte seine Hände wieder um den Hals des Mannes. „Glaubst du wirklich, mit der Nachricht über eine kleine Affäre könntest du mein Leben zerstören?“
„Damit alleine nicht“, stieß das Opfer hervor und befreite seinen Hals durch heftige Windungen erneut aus dem Griff des Pastors. „Aber es passt alles ins Bild. Wenn die Leute hören, dass du für die Stasi arbeitest, bist du endgültig unten durch.“
„Das muss ja keiner erfahren.“
„Dafür werde ich schon sorgen. Dann bist du erledigt. Und deine feine Freundin gleich mit.“
„Gar nichts wirst du.“ Plötzlich hielt der Pastor einen großen Stein aus dem Gestrüpp in der Hand. Blitzschnell stieß der Mann die Hand des Geistlichen beiseite. Der Stein rollte zurück ins Gebüsch.
„Was stehst du da dumm herum? Hol mir den Stein wieder her, schnell“, herrschte der Pastor die Frau an.
„Aber…“ Die Angesprochene blieb wie angewurzelt stehen und brachte keinen weiteren Laut hervor.
„Wenn du mir nicht sofort den Stein gibst, stehen dir bald einige unangenehme Befragungen bevor“, zischte der Pastor. „Dann kann ich für nichts garantieren.“
Mit zitternden Händen wühlte die Frau wortlos im Gebüsch. Schließlich fand sie den Stein und ließ ihn mit einer fahrigen Geste in die ausgestreckte Hand des Geistlichen fallen.
Dieser schlug die primitive Waffe sofort mit explosionsartiger Wucht gegen die Schläfe des unter ihm liegenden Mannes.
Der Getroffene gab einen gurgelnden Laut von sich. Noch in der gleichen Sekunde hörte er auf zu atmen und blieb mit offenen Augen sowie seltsam verdrehter Kopfhaltung regungslos liegen.
Keuchend erhob sich der evangelische Geistliche und blickte auf sein Opfer herab.
Die junge Frau war in regelrechte Schockstarre verfallen. „Du hast ihn totgeschlagen“, flüsterte sie.
„Was hätte ich denn sonst machen sollen? Er hätte uns verraten.“
„Uns?“
„Ja, klar, hast du doch gehört. Mitgefangen, mitgehangen, aus

der Nummer kommst du nicht mehr heraus. Man wird sich bei dir melden."

Der Pastor warf sich den toten Körper, der nicht viel wiegen konnte, über die Schulter und stapfte mit schweren Schritten in den Wald hinein.

„Was machst du denn da?", rief ihm die Frau hinterher.

„Ich lasse die Leiche verschwinden. Wir können keine überflüssigen Fragen gebrauchen."

„Ich werde dich anzeigen."

„Das wirst du schön bleiben lassen. Schließlich hat der Typ uns beiden gedroht und sein Tod lag auch in deinem Interesse."

„Ich kann mich nicht erinnern, dich zu so einer Tat aufgefordert zu haben."

„Du hast mir den Stein gegeben. Schon vergessen? Sollte mich die Polizei vernehmen, werde ich deine Mittäterschaft bezeugen." Der Pastor hob eine Hand und winkte zum Abschied. Ohne sich umzudrehen, verschwand er in Richtung des Parkplatzes, der hinter dem kleinen Wäldchen lag. Dort musste sein Trabi stehen, mit dem er aus Rostock gekommen war. „Halt dich also besser bedeckt."

Die nahezu lautlosen Schritte des anderen Mannes, der den Totschlag aus einem sicheren Versteck heraus beobachtet hatte und sich jetzt in die entgegengesetzte Richtung durch das dichte Gestrüpp davonmachte, nahm sie nicht wahr.

31. August 1989

Auszüge aus dem Tonprotokoll der Sitzung des Politbüros – Zentralkomitee der SED im Sitzungssaal des ZK-Gebäudes am Werderschen Markt in Ost-Berlin

Vorsitzender: Erich Honecker, Generalsekretär des Zentralkomitees

Beginn: 10:00 Uhr

Erich Honecker: Herzlich willkommen, liebe Genossen. Ich begrüße euch zur heutigen Sitzung des Politbüros. Gibt es Anträge zur Tagesordnung? ... Nein. Dann beginnen wir mit dem ersten Punkt, der Erörterung der aktuellen politischen Lage. Haben wir hierzu Wortmeldungen? … Bitte.
Erich Mielke: Die Protestbewegungen machen mir zunehmend Sorgen. Nicht nur hier in Berlin, auch in Leipzig und anderen Städten.
Erich Honecker: Danke, Genosse. Dafür, dass du dir Sorgen machst, wirst du bezahlt. Aber ich sehe das ganze Bild und deshalb bin ich zuversichtlich. Wir wissen doch, den Sozialismus in seinem Lauf hält weder Ochs noch Esel auf.
Erich Mielke: Aber manchmal verstehen das die Ochsen nicht.
Erich Honecker: Dafür bist du ja da, um die lieben Tierchen daran zu erinnern. Ich darf doch davon ausgehen, dass du das wie immer vorbildlich im Griff hast?
Erich Mielke: Selbstverständlich, wir haben unsere Spitzel überall. Auch unmittelbar in den Reihen des Gegners, dort, wo sie niemand vermutet. Deshalb wissen wir auch, dass in Leipzig für kommenden Montag eine erste große Demonstration geplant ist.
Erich Honecker: Und? Sind wir darauf vorbereitet?
Erich Mielke: Immer. Ich nehme an, Einzelheiten will hier niemand wissen.
Erich Honecker: Das dürfte kaum nötig sein. Uns ist doch klar, dass wir uns stets auf dich verlassen können. Die Sache darf nur nicht aus dem Ruder laufen, weder in die eine noch in die andere Richtung.

Erich Mielke: Unmögliches wird sofort erledigt, Wunder dauern etwas länger.
Werner Felfe: Vielleicht sind diese Demonstrationen gar nicht so schlecht.
Joachim Herrmann: Wie bitte? Was soll denn daran gut sein?
Werner Felfe: Schon einmal von Glasnost und Perestroika gehört? Unser großer sozialistischer Bruderstaat im Osten, die UdSSR, macht es gerade vor.
Erich Honecker: Damit haben wir nichts zu schaffen. Das ist der falsche Weg. Darüber werde ich mit Michail Gorbatschow noch zu reden haben, wenn er uns im Oktober zu den 40-Jahr-Feiern unserer glorreichen sozialistischen Republik besucht.
Werner Felfe: Du hast ihn gar nicht den Genossen Gorbatschow genannt.
Erich Honecker: Ich bin mir nicht sicher, ob sich der Generalsekretär der KPdSU mit seinem Reformkurs in der UdSSR noch auf dem Boden des Marxismus-Leninismus bewegt. Ich weiß nicht einmal, ob er wirklich ein Sozialist ist.
Werner Felfe: Vielleicht lässt das Leben ihm keine andere Chance. Vielleicht gibt es für uns alle keine Alternative.
Kurt Hager: Keine Alternative wozu?
Werner Felfe: Keine Alternative dazu, den Forderungen unserer Bürger nachzugeben.
Erich Mielke: Das ist feiger Defätismus. Die angekündigte Demonstration hat noch gar nicht stattgefunden und wir sollen schon aufgeben?
Werner Felfe: Das hat nichts mit aufgeben zu tun. Wenn wir diesen Staat und die Idee des Sozialismus retten wollen, müssen wir mit der Zeit gehen. Dazu gehört auch, dass wir den Menschen die Freiheiten geben, die sie so lautstark fordern.
Hermann Axen: In Ungarn kann man besichtigen, wohin das führt. In die Republikflucht.
Werner Felfe: Vielleicht würden die Menschen freiwillig bleiben, wenn man sie nicht einsperrt.
Heinz Keßler: Eine unglaubliche Unterstellung. Wir sperren niemanden ein. Wir schützen nur unsere Grenzen.
Erich Honecker: Über dieses Thema sprechen wir gleich noch.

Werner Felfe: Wie dem auch sei, ich glaube, ich werde mir das einmal ansehen.
Erich Mielke: Was?
Werner Felfe: Die Demonstration am Montag in Leipzig.
Joachim Herrmann: Wie? Du willst da hin? Willst du etwa mitmarschieren?
Werner Felfe: Warum nicht?
Willi Stoph: Und was soll das?
Werner Felfe: Ich werde mir persönlich ein Bild der Lage vor Ort machen. Wenn mir die Forderungen der Demonstranten vernünftig erscheinen, werde ich sie unterstützen. Wir müssen wieder viel näher am Volk sein, um das Vertrauen der Menschen zurückzugewinnen.
Hermann Axen: Das ist Verrat.
Werner Felfe: Das ist gelebte Politik. Wir müssen endlich den Tatsachen ins Auge sehen. Die wirtschaftliche Lage in diesem Staat ist desolat.
Harry Tisch: Du verwechselst Ursache und Wirkung, mein lieber Genosse. Wenn sich die ökonomische Basis kapitalistisch gestaltet, kann sich der sozialistische Überbau nicht halten.
Werner Felfe: Die ökonomische Realität sagt uns, dass wir ohne die Kredite aus dem Westen längst im Staatsbankrott wären und die Produktivität der BRD mehr als dreimal so hoch ist wie in unserem Staat.
Erich Honecker: Nun mach mal halblang, Genosse. Man könnte ja fast meinen, dass wir hier einen West-Agenten unter uns haben. Genosse Mielke, ich gehe davon aus, dass du diesen Fall mit der Staatssicherheit im Auge behalten und bei Bedarf unverzüglich handeln wirst.
Erich Mielke: Mit aller Konsequenz. Darauf kann sich jeder hier verlassen.
Erich Honecker: Darum will ich auch gebeten haben. Kommen wir zum nächsten Punkt der Tagesordnung, den bedauerlichen Vorfällen in Ungarn.
Günter Mittag: Und in Polen und der Tschechoslowakei ebenso. Das macht mir nun wirklich Sorgen.
Erich Honecker: Ja, diese beiden Länder dürfen wir auch nicht

vergessen. Aber die Entwicklung in Ungarn ist besonders bedenklich. Es ist noch keine zwei Wochen her, dass die ungarische Regierung ganz einfach ohne Absprache mit uns für drei Stunden die Grenze nach Österreich geöffnet hatte.

Hermann Axen: Skandalös, ich habe davon gehört. Der Schießbefehl wurde einfach missachtet. 800 Bürger der Deutschen Demokratischen Republik konnten Republikflucht begehen.

Erich Honecker: So etwas wird nicht wieder vorkommen. Ich habe offiziell massiven Protest dagegen eingelegt. Die Botschaften der BRD in Ungarn, Polen und der Tschechoslowakei sind bereits geschlossen, ebenso wie deren ständige Vertretung hier in Ost-Berlin.

…

Egon Krenz: Ganz schön viele Baustellen, die wir da haben. Hoffentlich behalten wir die alle im Blick.

Erich Honecker: Das lass´ mal meine Sorge sein. Die Zeit arbeitet für uns.

Erich Mielke: Das sagst du so. Nicht dass morgen wieder der 17. Juni ausbricht.

Erich Honecker: Dann haben wir immer noch dich und deine große Stunde würde schlagen. Doch so weit wird es nicht kommen.

Günter Mittag: Woher nimmst du diesen Optimismus?

Erich Honecker: Am 7. Oktober feiern wir den 40. Gründungstag der Deutschen Demokratischen Republik. Gratulanten und Staatsgäste ersten Ranges aus der ganzen Welt werden kommen. Dann wird jeder die Überlegenheit und den Glanz unseres sozialistischen Systems erkennen. Die Anwürfe der asozialen und zersetzenden Elemente auf den Demonstrationen werden spätestens zu diesem Zeitpunkt wie ein Kartenhaus in sich zusammenfallen.

Egon Krenz: Und wenn es doch nicht so kommt?

Erich Honecker: Neben dem Genossen Mielke verfügen wir in unseren Reihen über weitere hochkompetente Experten auf dem Gebiet der Staatssicherheit, die wir zu Rate ziehen können. Auch außerhalb dieses Gremiums. Wir dürfen nicht vergessen, dass wir jederzeit auf die Eliten des Sozialismus zurückgreifen können. Das sind äußerst intelligente und tatkräftige Genossen.

Egon Krenz: Die würde ich gerne einmal kennenlernen.

Erich Honecker: Du kennst den einen oder anderen schon. Vermutlich hast du nur nicht gemerkt, mit wem du es zu tun hast. Aber du hast noch viel Zeit, um dazuzulernen.

Günter Mittag: Und diese Genossen könnten uns wirklich helfen?

Erich Honecker: Aber ganz gewiss. Nur glaube ich nicht, dass das überhaupt nötig sein wird. In sechs Wochen um diese Zeit wird sich die Lage ganz von selbst entspannt haben. So, jetzt ist es z wölf Uhr, ich schließe die Sitzung. Wir machen Mittag, Günter.

1. September 1989

Meteorologischer Herbstbeginn. Oder der Anfang der goldenen Jahreszeit, wie der Volksmund sie nannte.
Berthold Grün war an diesem Morgen nicht gerade euphorisch gestimmt, als er in seiner Mansardenkammer in Leipzig erwachte. Dabei hatte er vor 48 Stunden noch deutlich positiver in die Zukunft geblickt und tatsächlich auf so etwas wie ein goldenes Zeitalter gehofft. Endlich tat sich etwas in diesem Land.
Immer mehr Menschen begehrten auf. Mehr Freiheit schien möglich. Und er war ein Teil der großen Bewegung.
Doch jetzt wirkte seine Freude wie ausradiert. All seine Knochen schmerzten. Das lag weniger an seinem kräftezehrenden Marsch durch das Gelände zwei Tage zuvor. Vielmehr war es eine psychische Folge der Ereignisse, deren Zeuge er geworden war.
Die Erinnerung daran ließ ihn nicht los. Er brauchte nur den Kopf zu der leeren Matratze am Boden neben seiner eigenen Schlafstätte zu drehen. Nie wieder würde Gernot dort liegen.
Das Bild des ermordeten Freundes, den er vorgestern tot hinter diesem Ferienhaus in Hohenwalde zurücklassen musste, hatte sich in seine Netzhaut eingebrannt. Er war so geschockt und mitgenommen, dass er es gestern nicht einmal geschafft hatte, aufzustehen.
Es war Gernots Idee gewesen, den Pastor zu beobachten. Doch damit konnte sich Berthold selbst nicht beruhigen. Er hatte dem Freund nicht widersprochen und war einfach mitgegangen. Eigentlich hatte er sich sogar über dessen Vorschlag gefreut.
Das alles war ihm wie ein großes Abenteuer vorgekommen. Doch er hätte wissen müssen, dass sie sich in Lebensgefahr begaben. Er hätte Gernot besser gewarnt.
Jetzt war es zu spät. Berthold fühlte sich schuldig. Nicht nur, weil er mitgegangen war. Vielmehr noch, weil er untätig im Gebüsch verharrt und nichts unternommen hatte, um dem Freund zu helfen. Doch es war alles so schnell gegangen. Noch eine Sekunde zuvor hätte es Berthold nicht für möglich gehalten, dass der Pastor Gernot tatsächlich mit dem Stein totschlagen würde. Die Frau auch nicht. Das hatte er deutlich in ihrem Gesicht gesehen.

Aber der Pastor hatte es getan. Und er, Berthold, hatte regungslos zugesehen.
Nie wieder würde ihm so etwas passieren. Ab jetzt würde er nicht mehr zögern zu handeln. Mit einem Ruck stand er von seiner Matratze auf, wusch sich notdürftig und zog sich an. Gernots Tod durfte nicht ungesühnt bleiben.
Sein erster Weg führte ihn an diesem Freitagmorgen zu Gisela. Sie organisierte den Protest in Leipzig.
Als er den ansonsten leeren Altbau am Stadtrand betrat, der ihnen als Einsatzzentrale diente, saß sie mit einigen Freunden an einem großen Tisch.
„Berthold, was ist denn mit dir los? Du siehst ja entsetzlich aus." Gisela sprang auf und eilte auf ihn zu. „Komm, erzähl mal. Ein paar Minuten habe ich, auch wenn wir gerade die große Demonstration für den Montag vorbereiten."
Als sie ihn in den Arm nahm und ins Nebenzimmer führte, traten ihm Tränen in die braunen Augen. Das war ihm lange nicht mehr passiert. Er wandte den Kopf ab.
„Gernot ist tot", flüsterte er.
Gisela packte ihn an den Schultern, drehte ihn zu sich und sah ihn ungläubig an. „Was sagst du da?"
Berthold nickte. „Dieser Pastor war´s…", setzte er an, doch dann versagte ihm die Stimme.
„Der Pastor, den er beobachten wollte?", hakte Gisela nach und strich sich eine Strähne ihres rotblonden Haares aus dem Gesicht. „Der hat ihn umgebracht?"
Früher hatte Berthold diese Geste der resoluten jungen Frau immer fasziniert. Jetzt nahm er sie nicht einmal wahr. Er hielt den Kopf gesenkt und nickte weiter stumm.
Doch damit gab sich seine Gesprächspartnerin nicht zufrieden. „Du musst mir alles genau erzählen", drängte sie ihn.
Zunächst stockend, dann aber immer flüssiger berichtete er, was geschehen war. „Ich bin schuld, ich habe einfach tatenlos zugesehen", brach es schließlich aus ihm heraus.
„Unsinn", antwortete Gisela. „Wenn du schuld wärest, bin ich es mindestens genauso, eher noch mehr. Denn ich habe Gernot auch nicht von seinem Plan abbringen können, den Pastor zu beobachten."

„Du? Warum wolltest du ihm das denn ausreden?“
„Der Typ ist so ein entsetzlicher Schönsprecher und redet jedem nach dem Mund. Im Gespräch mit uns und anderen Mitgliedern der Bewegung gibt er sich ganz verständnisvoll. Und danach rennt er zur Stasi und erzählt denen brühwarm alles, was er gehört hat.“ Gisela schüttelte den Kopf. „Ich hätte wissen müssen, wie gefährlich der Kerl ist.“
„Warum sagst du das? Wieso hättest du das wissen müssen?“
„Ich habe schon einmal mit ihm gesprochen und einige von uns haben ihn öfter beobachtet“, räumte Gisela ein. „Deshalb hätte ich Gernot deutlicher vor dem Pastor warnen müssen.“
Berthold schüttelte ihre Hände von seinen Schultern ab und ballte die Fäuste. „So ein mieser Typ. Doch mit Mord kommt er nicht davon. Ich werde ihn anzeigen, jetzt gleich.“
Als er sich abwenden und gehen wollte, hielt ihn Gisela zurück. „Warte. Wenn du das machst, erreichst du gar nichts. Die Stasi hält ihre Hand über den Typen. Er wäre dann nur gewarnt und du landest womöglich selbst im Bau.“
„In diesem Staat gibt es wohl gar nichts, was funktioniert. Aber wir können den Mord doch nicht ungesühnt lassen. Was sollen wir denn machen?“
„Hab´ nur etwas Geduld, unsere Zeit kommt noch, verlass dich darauf. Ich werde mich darum kümmern. Vertrau´ mir bitte.“
Berthold war alles andere als zufrieden, nachdem er die Einsatzzentrale am Stadtrand verlassen hatte. So hatte er sich das nicht vorgestellt. Unschlüssig nestelte er an seinem Moped, einer hellblauen Simson Schwalbe, das er an der nächsten Straßenecke abgestellt hatte. Mit unruhigen Fingern tastete er in seiner Hosentasche, fischte eine Zigarettenpackung hervor und zündete sich eine Duett an.
Er hatte gerade zu Ende geraucht und den Stummel in den Rinnstein geschnippt, als Gisela entschlossenen Schrittes aus dem Haus kam. Sie sah ihn nicht und ging zügig in die entgegengesetzte Richtung davon.
Einer unbestimmten Eingebung folgend ließ er sein Moped stehen und schlug zu Fuß in unauffälligem Abstand den gleichen Weg ein.

Es wurde ein langer Marsch. Wo sie wohl hinwollte? Er kannte Gisela schon ziemlich lange, die beiden waren etwa im gleichen Alter. Doch sie würde ewig ein Rätsel für ihn bleiben. Manchmal kam sie ihm unerreichbar weit weg vor. Längst hatte sie in der Protestbewegung eine führende Rolle übernommen und Berthold bewunderte sie dafür. Aber er hatte keine Ahnung, welche Ziele sie eigentlich verfolgte.
Auf jeden Fall bewegte sie sich jetzt Richtung Innenstadt. Bald waren sie am Dittrichring angelangt. In einem Hauseingang stand ein schmächtiger Typ mittleren Alters und rauchte. Sein Gesicht konnte Berthold nicht erkennen, denn er trug trotz des milden Wetters eine Schiebermütze, die er tief in die Stirn gezogen hatte. Gisela ging zu ihm und ließ sich Feuer geben.
Im Schatten der Hauswand trat Berthold lautlos näher, ohne selbst gesehen werden zu können. Er verstand jetzt jedes Wort, das die beiden sprachen.
„Der Protest ist nicht mehr aufzuhalten", erkannte er Giselas relativ dunkle Stimme. „Am Montag geht´s los."
„Hab´ ich schon gehört, am 4. September, mitten in Leipzig", erwiderte der Mann. „Das wird der Partei nicht gefallen."
„Ich kann´s nicht ändern."
„Willst du doch auch gar nicht. Aber es könnte Blut fließen, viel Blut."
„Damit ist niemandem geholfen. Unseren Leuten nicht und euch ebenfalls nicht", gab Gisela zu bedenken. „Wie steht ihr dann in der Öffentlichkeit da? Die Welt schaut auf euch."
„Wer sind eure Leute und wer sollen wir sein? Kann man das wirklich immer so einfach auseinanderhalten?"
„Klar, wir sind die Reformbewegung und ihr seid die Stasi."
„So einfach ist das nicht. Wer bist du zum Beispiel, Gisela? Du sprichst nicht nur mit uns, du arbeitest sogar mit mir zusammen, diskret und heimlich."
„Aber nur, weil ich meine Ziele erreichen und Gewalt verhindern will."
„Das will ich doch auch. Aber ich würde nicht meine Hand dafür ins Feuer legen, dass deine Leute dir deine Kooperationsbereitschaft verzeihen würden, wenn sie davon wüssten. Man könnte

das auch als doppeltes Spiel bezeichnen."
„Was willst du eigentlich?", fauchte Gisela.
„Das gleiche wie du: Gewalt verhindern."
„Dann sag´ deinen Männern, sie sollen ihre Schlagstöcke stecken lassen."
„So einfach ist das nicht. Ich muss erst meine Vorgesetzten überzeugen."
„Du hast selbst alle Argumente genannt und kennst die Sachlage. Gewalt hilft niemandem weiter."
„Das reicht aber nicht", erwiderte der Mann. „Wenn die Stasi diese Demonstration am Montag stillschweigend hinnehmen soll, müssen wir ihr etwas geben. Du musst ihr etwas geben."
„Und was soll das sein?"
„Dich."
„Ihr habt mich doch längst in der Hand, du hast es gerade gesagt. Wenn ihr den Leuten in der Bewegung einen Wink gebt, dass ich mit euch zusammenarbeite, bin ich geliefert."
„Das nützt uns aber nichts. Du musst etwas für uns tun."
„Das mache ich die ganze Zeit. Ich schütze euch, ich decke euch, ich halte euch aus allem heraus."
„Du?", lachte der Mann spöttisch. „Wie das?"
„Vor zwei Tagen erst hat einer eurer inoffiziellen Mitarbeiter ein Mitglied meiner Bewegung erschlagen. Der Freund des Ermordeten wollte die Sache an die große Glocke hängen und den Fall öffentlich zur Anklage bringen. Ich konnte ihn gerade noch davon abhalten."
„Davon wusste ich gar nichts." Die Stimme des Mannes klang jetzt deutlich nachdenklicher. „Erzähl."
Gisela berichtete alles, was sie von Berthold erfahren hatte.
„Das könnte tatsächlich ein entscheidender Punkt sein, der uns weiterbringt", meinte der Mann, als Gisela ihre Schilderung der Ereignisse abgeschlossen hatte. „Du musst den Typen weiter im Auge behalten und uns regelmäßig von ihm berichten. Doch du kannst noch mehr für uns tun. Dann gibt es gute Chancen auf eine friedliche Demonstration am Montag. Komm mit."
Der Mann trat blitzschnell aus dem Hauseingang und Gisela folgte ihm. Glücklicherweise gingen die beiden in die andere

Richtung davon und entdeckten Berthold nicht, der gerade mit weichen Knien mit dem Rücken an der Mauer entlang in die Hocke sackte. Er konnte nicht fassen, was er da gehört hatte.
Gisela war eine Verräterin, eine Informantin der Stasi. Sie hatte sogar ihn verraten, er hatte es soeben selbst gehört. Nicht nur ihn, auch den armen Gernot. Sein Tod sollte nie gerächt werden, er war ihr schlichtweg egal. Alles begründete sie mit der Durchsetzung ihres Protestmarsches. Das war einfach nur zynisch.
Schnell hatte sich Berthold gefangen, stand wieder auf und setzte seine Beschattung in sicherem Abstand fort. Sie gingen weiter den Dittrichring entlang, bis Gisela und der Stasi-Mitarbeiter in einer Eckkneipe verschwanden. Ganz in der Nähe lag die Zentrale der Leipziger Stasi.
Aus der Entfernung beobachtete Berthold, wie Gisela und ihre Kontaktperson an einem einzelnen Tisch in der ansonsten um diese Zeit leeren Kneipe mit einem Mann verhandelten, dessen Gesicht er durch die bunten Glasscheiben nicht erkennen konnte. Worüber sie sprachen, konnte er noch viel weniger hören. Aber er hatte eine bittere Ahnung.
Sein flaues Gefühl im Magen verstärkte sich, als sich die Tür der Kneipe wieder öffnete und Gisela, ihr Führungs-Offizier und die dritte Person hinaus auf den Gehsteig traten und sich verabschiedeten. Jetzt konnte Berthold das Gesicht des fremden Mannes identifizieren. Er hatte es schon öfter gesehen, im Lokalteil der Zeitung, aber auch bei anderen öffentlichen Anlässen. Generalleutnant Manfred Hummitzsch war Leiter der Bezirksverwaltung der Stasi vor Ort. Gerade schüttelte er Gisela die Hand.
Hinter einem Kleinbus am Straßenrand trat Berthold näher, ohne gesehen zu werden. Von hier aus hörte er wieder alles.
„Wir sind uns einig“, bekräftigte Hummitzsch in väterlichem Tonfall. „Sie bekommen Ihre Demonstration am Montag in der Innenstadt und wir halten uns zurück. Sie dürfen Freiheit fordern, aber Sie verhalten sich dabei friedlich. Und ich will auch Stimmen hören, die für ein Leben in unserem sozialistischen Vaterland plädieren.“
„Sollen Sie haben“, stimmte Gisels zu. „Am 4. September um 17:00 Uhr geht´s los.“

„Ein guter Zeitpunkt, dann sind die Geschäfte noch offen, wir haben viel Betrieb und Sie schaffen es in die Abendnachrichten des Westfernsehens. Ich sehe, Sie sind ein Profi."
„Außerdem stört uns kein SED-Mitglied. Die halten um diese Uhrzeit montags immer ihre Parteiversammlungen ab."
„Wir verstehen uns." Hummitzsch lächelte. „Aber das wichtigste dürfen Sie nicht vergessen."
„Ich weiß", seufzte Gisela. „Keine Anklagen gegen die Staatssicherheit."
„Auch und gerade nicht wegen Mordes", betonte der Generalleutnant. „Jeder, der diese Absprache gefährdet, muss uns unverzüglich gemeldet werden. Ihnen sollte klar sein, dass wir mit unerbittlicher Konsequenz reagieren. Wer keinen gemäßigten und einvernehmlichen Kurs hält, hat in diesem Staat kein Lebensrecht mehr."
„Aber…", wandte Gisela ein.
„Kein aber", schnitt ihr Hummitzsch das Wort ab. „Menschen, die sich so kooperativ wie Sie verhalten, dürfen an unserer sozialistischen Zukunft teilhaben. Doch auch in Ihrer Bewegung gibt es kriminelle Elemente, die extrem rechts außen stehen. Die müssen wir gnadenlos und nachhaltig aussortieren."
„Wenn das der Preis für eine friedliche und erfolgreiche Protestbewegung ist…", setzte Gisela an.
„Ist es", beendete der Generalleutnant kurz angebunden das Gespräch und reichte ihr wortlos einen Stift sowie einen kleinen Notizblock.
Kopfschüttelnd notierte Gisela einige Namen und gab den Block mit verkniffenen Lippen zurück.

4. September 1989

Die erste Montagsdemonstration in Leipzig wurde ein voller Erfolg. So nahmen es zumindest die westlichen Medien wahr und so erlebte es auch der weitaus größte Teil der Demonstranten. Sogar unmittelbar am berüchtigten Runden Eck, der Leipziger Stasi-Zentrale, zog der Protestmarsch ungehindert und friedlich vorbei. Transparente mit den Aufschriften „Mauer weg“ und „Wir wollen raus“ waren genauso zu lesen wie „Wir bleiben hier“. Einige Transparente wurden von den Behörden eingezogen, andere nicht.

Begonnen hatte an diesem Spätnachmittag alles mit einem Friedensgebet in der Nikolaikirche. Im Anschluss versammelten sich auf dem Kirchenvorplatz rund tausend Menschen. Da gerade die Leipziger Messe stattfand, waren viele westliche Journalisten vor Ort. Besonders freuten sich die Initiatoren der Demonstration um Gisela Ortheil, dass sogar einige unzufriedene SED-Mitglieder die Parteiversammlung schwänzten und sich lieber dem Protestzug anschlossen.

Auch Berthold Grün marschierte mit. Doch ziemlich weit hinten. Von der Führungsgruppe hielt er sich lieber fern. Was er drei Tage zuvor am Freitagabend von Giselas Machenschaften mitbekommen hatte, reichte ihm vorerst. Damit wollte er nichts zu tun haben.

Doch vielleicht war es schon zu spät, um sich wirksam abzugrenzen. Berthold war zutiefst geschockt gewesen, als er gesehen hatte, wie Gisela die Namen für Hummitzsch notiert hatte. Das könnte eine richtige Todesliste gewesen sein. Namen von extremen Demonstranten, die besonders staatsfeindlich gesonnen waren. Vielleicht stand sein Name auch auf der Liste. Das konnte er nicht wissen. Immerhin war die Stasi bereits informiert, dass er den Pastor anzeigen wollte.

Sollte man nach ihm suchen, wäre er in der Gruppe der Marschierenden mit seinen kurz geschnittenen roten Haaren und seinem gestutzten Vollbart in gleicher Farbe relativ leicht auszumachen gewesen. Seine stämmige Gestalt von mittlerer Größe konnte

man schnell identifizieren.
Kurzfristig fühlte er sich einigermaßen sicher. Im hinteren Teil des Protestzuges erkannte er weder vertraute Gesichter, noch schien er vom Rand her beobachtet zu werden.
Nachdem die Demonstranten auf den Goerdelerring eingebogen waren, tippte ihm jemand von hinten auf die Schulter. „Verzeihen Sie", sprach ihn ein älterer Herr an. „Wissen Sie vielleicht, ob dieser Demonstrationszug noch lange weitermarschiert?"
Berthold zuckte zusammen und blickte in wässrige blaue Augen hinter dicken Glasbausteinen. Doch sogleich entspannte er sich wieder. Er erkannte den Mann, hatte sein Gesicht sogar schon öfter im Fernsehen gesehen.
Von ihm konnte eigentlich keine Gefahr ausgehen. Werner Felfe war im Politbüro der DDR in Berlin für Landwirtschaft zuständig. Einen so prominenten Vertreter des Regimes würde die Regierung kaum als gedungenen Mörder losschicken.
Dennoch war Berthold erstaunt, ihn hier zu sehen. „Ich denke, dass sich der Marsch bald auflösen wird. Sein Zweck dürfte für heute erreicht sein", antwortete er.
„Schade, ich hätte gerne mit den Initiatoren des Protestes gesprochen."
„Das könnte dennoch möglich sein", erläuterte Berthold. „Frau Ortheil marschiert vorne in der ersten Reihe. Mit ihren rotblonden Haaren ist sie gar nicht zu verfehlen."
„Vielen Dank, junger Mann. Dann will ich mal mein Glück versuchen."
„Dürfte ich Sie nur kurz noch fragen, was Sie hierher führt, Herr Felfe?"
„Sie haben mich erkannt?" Der Angesprochene lächelte dünn und lüftete den Strohhut mit der schmalen Krempe.
„Ich hoffe, das stört Sie nicht."
„Eigentlich nicht. Nur bin ich heute inoffiziell in Leipzig. Ganz einfach als bewegter Mensch und nicht als Mitglied des Politbüros."
„Hört sich interessant an."
„Ich habe viel Verständnis und Sympathie für die Anliegen der Menschen hier", erklärte Werner Felfe.

„So etwas hört man aus Ihrem Gremium eher selten. Gewiss ist das für viele Demonstranten eine große Ermutigung."
„Wenn ich Ihre Gruppe unterstütze, dann geschieht das aus tiefer Überzeugung. Ich denke, dass Sie auf dem richtigen Weg sind. Deshalb bitte ich um Nachsicht, dass ich mich jetzt sputen muss. Ich will Frau Ortheil noch erreichen."
Berthold sah dem davoneilenden Felfe nach und rief ihm einen Gruß hinterher. „Viel Glück. Auf dass Sie in gute Hände geraten."
„Frau Ortheil", rief der ältere Herr laut, als er die Spitze des Zuges fast erreicht hatte.
Berthold beobachtete, wie Gisela nur einen kurzen Blick über die Schulter warf und den Kopf gleich wieder nach vorne drehte. Mit einem fast unmerklichen Nicken gab sie zwei kräftig gebauten Männern in dünnen Trenchcoats am Rande des Zugs einen Wink.
Die beiden Gestalten traten in geschmeidiger Bewegung hinter Werner Felfe, griffen ihm unter die Arme und drängten ihn blitzschnell in eine Seitengasse.
Berthold spurtete hinterher und lugte vorsichtig um die Ecke. Doch es war schon zu spät. Felfe lag in seinem eigenen Blut auf dem Kopfsteinpflaster. In Bauch und Hals klafften offene Wunden. Jeder der beiden Männer, die ihn abgeführt hatten, hielt ein russisches Polizeimesser der Marke „Dornhai" in den Händen. Werner Felfe hatte bereits aufgehört zu atmen.
Entsetzt wandte sich Berthold um und wollte flüchten. Doch der Rückweg war ihm versperrt. Aus dem mittleren Bereich des Protestzuges kamen drei Männer gelaufen, die offensichtlich nicht zur Gruppe um Gisela Ortheil gehörten. Sie hatten anscheinend beobachtet, dass hier zwei Stasi-Schergen handgreiflich geworden waren und einen älteren Herrn aus dem Demonstrationszug abgeführt hatten. Jetzt wollten sie wohl nachsehen, was mit dem Mann geschehen war.
Berthold blieb nur die Flucht nach vorn. Er steckte die Hände in die Hosentaschen und schlenderte wie ein unbeteiligter Passant auf die beiden Männer zu, die am Boden vor der Leiche knieten. Berthold blieb stehen und zündete sich gemächlich eine Duett an.
Die beiden Stasi-Mitarbeiter bemühten sich verzweifelt, sich so vor ihrem Opfer zu postieren, dass Berthold die offenen Wunden nicht sehen konnte.

„Na, Jungs, ist eurem Freund schlecht geworden?“, sprach er sie unbefangen an.
„Weitergehen, sofort“, herrschte ihn einer der beiden Männer an und hielt ihm seine Stasi-Dienstmarke unter die Nase.
Der andere zückte eine kleine Kamera und fotografierte das Gesicht des vermeintlich zufällig vorbeigekommenen Spaziergängers.
Murrend schritt Berthold zügig aus und verschwand um die nächste Hausecke. Dort blieb er stehen und beobachtete vorsichtig, was hinter ihm geschah.
Inzwischen waren die drei Demonstranten in der Seitengasse angekommen und abrupt vor der Leiche auf dem Kopfsteinpflaster stehengeblieben.
„Ihr Schweine habt ihn umgebracht“, brüllte einer.
„Damit kommt ihr nicht durch, diesmal nicht“, fiel der zweite ein.
„Presse, Fernsehen, Kameras, hierher“, rief der dritte.
Doch sein Ruf ging in ein Gurgeln über, als ein scharfes Messer tief durch seine Kehle fuhr.
Der zweite Demonstrant gab nicht einmal mehr einen Laut von sich, nachdem eine andere Klinge mitten in sein Herz gestoßen worden war.
Auch der letzte noch stehende Mann hatte keine Chance und wurde von den beiden Stasi-Mitarbeitern mit mehreren Messerstichen regelrecht abgeschlachtet.
Jetzt lagen vier Leichen in ihrem Blut in der Seitengasse.
Berthold wandte sich mit Grausen ab und sprintete im Laufschritt davon. Die Morde waren weitgehend lautlos abgelaufen. Niemand außer ihm hatte etwas bemerkt.

11. September 1989

Auszüge aus dem Tonprotokoll der Sitzung des Politbüros – Zentralkomitee der SED im Sitzungssaal des ZK-Gebäudes am Werderschen Markt in Ost-Berlin

Vorsitzender: Erich Honecker, Generalsekretär des Zentralkomitees
Beginn: 18:00 Uhr

Erich Honecker: Absolut fatal, Genosse Mielke. So etwas hätte nie passieren dürfen.
Erich Mielke: Ihr wolltet doch nichts Genaues wissen. Also beschwert euch jetzt nicht über Details.
Erich Honecker: Das sind mehr als Details, das weißt du genau. Einer von uns ist getötet worden. Von unseren eigenen Leuten.
Erich Mielke: Darf ich aus dem Protokoll unserer Sitzung von vor einer Woche zitieren? *„Ich gehe davon aus, dass du diesen Fall mit der Staatssicherheit genau im Auge behalten und bei Bedarf unverzüglich handeln wirst."* Deine Worte, Genosse Honecker. Ich habe gehandelt. Und damit nur deinen Befehl befolgt.
Erich Honecker: Keiner erteilt hier Befehle. Bei uns wird alles im Kollektiv beschlossen. So, wie sich das im Sozialismus gehört. Dabei hat gewiss niemand beschlossen, den Genossen Felfe zu ermorden. So etwas kannst du doch nicht machen, ohne das vorher hier in diesem Gremium mit uns zu diskutieren.
Erich Mielke: Wenn die Zielperson selbst mit am Tisch sitzt? Wie soll das denn gehen? Der Mann war nicht mehr zu halten, völlig außer Rand und Band. Wir mussten ihn liquidieren. Da gab es überhaupt keinen Spielraum.
Erich Honecker: Und jetzt? Wie stehen wir nun da? Wie eine Bananenrepublik, die ihre eigenen Leute liquidiert.
Günter Mittag: Von Bananen kann bei uns wohl keine Rede sein.
Erich Honecker: Ich verbitte mir solche dummen Zwischenrufe. Zur Sache: Was hast du zu deiner Verteidigung vorzubringen, Genosse Mielke?
Erich Mielke: Ich muss mich nicht verteidigen, ich habe nur meine Pflicht getan. Wir konnten keinesfalls zulassen, dass ein

Mitglied unseres Kreises in aller Öffentlichkeit mit dem Klassenfeind fraternisiert.
Erich Honecker: Dafür stehen wir jetzt als seine Mörder da. Das ist gewiss auch nicht besser.
Erich Mielke: Nicht unbedingt. Bei dieser Demonstration sind noch weitere Menschen zu Tode gekommen.
Harry Tisch: Etwa auch durch unsere Hand?
Erich Mielke: Möglicherweise. Aber das ist nicht relevant. Vielleicht lässt sich dieser Umstand sogar zu unserem Vorteil nutzen. Es kommt ganz darauf an, welches Narrativ wir dazu nutzen.
Egon Krenz: Narra...was?
Hermann Axen: Welche Geschichte wir dazu erzählen, meint der Genosse. Jetzt bin ich gespannt.
Erich Mielke: Ich bin mir ziemlich sicher, dass ihr auch das vorher gar nicht so genau wissen wollt. Dann könnt ihr euch hinterher wieder umso empörter entrüsten.
Erich Honecker: Deine Frechheiten kannst du für dich behalten, Genosse Mielke. Aber allzu viel solltest du uns wirklich nicht erzählen. Nur vielleicht einen kleinen Hinweis, in welche Richtungen deine Gedanken gehen.
Erich Mielke: Also gut, auf deine Verantwortung. Es gab in der Nähe der Opfer zu deren Todeszeitpunkt noch andere Personen, die weder zu den Organen der Staatssicherheit noch zu unseren politischen Gremien gehören. Da lässt sich vielleicht etwas konstruieren.
Erich Honecker: Von wie vielen Personen sprechen wir hier?
Erich Mielke: Mindestens von einer. Aber das würde uns schon reichen.
Erich Honecker: Dann gehen wir davon aus, dass du dieses Thema konstruktiv weiterverfolgst und deine Maßnahmen hier baldmöglichst konkretisierst. Mehr sollten wir zu diesem Zeitpunkt wirklich nicht erörtern.
Erich Mielke: Ich arbeite mit Hochdruck daran. Doch insgesamt scheint mir das in unserer gegenwärtigen Lage eher ein kleineres Problem zu sein.
Erich Honecker: Wie dürfen wir das verstehen?

Erich Mielke: Nun, heute ist wieder Montag und die Berichte aus Leipzig, Berlin sowie anderen Städten, die mich in diesen Minuten erreichen, sind höchst bedenklich.
Erich Honecker: Inwiefern?
Erich Mielke: Die Protest-Demonstrationen gewinnen stündlich an Zulauf. Außerdem stürzen sich die Vertreter der internationalen Presse auf das Thema wie die Aasgeier. Das Medien-Echo weltweit ist überwältigend. Das scheint mir deutlich mehr als ein vorübergehendes Phänomen zu sein.
Erich Honecker: Jetzt übertreib mal nicht, Genosse Mielke. Wir wissen doch alle, wie wichtig du und deine Arbeit für unsere sozialistische Republik sind. Aber mit unserer 40-Jahr-Feier im Oktober werden sich diese kleinen Sorgen sowieso in Luft auflösen. Die Welt wird auf uns schauen und nicht umhinkönnen, uns zu bewundern.
Erich Mielke: Die Welt wird dann aber auch unsere Probleme umso deutlicher sehen. Dabei geht es keineswegs um mich persönlich oder um mein Ministerium.
Erich Honecker: In gewissem Sinne schon. Dein Ministerium ist personell bestens bestückt. Sollten wir wider Erwarten doch auf größere Probleme stoßen, hast du genau die richtigen Leute zu deren Lösung.
Erich Mielke: Das trifft gewiss zu. Deshalb möchte ich anregen, dass wir in unserer nächsten Sitzung ein verdientes Mitglied meines Hauses hinzuziehen.
Erich Honecker: Das scheint mir ein wenig voreilig. Warten wir zunächst einmal unser Jubiläum ab. Danach sehen wir weiter.
Erich Mielke: Wenn die Montagsdemonstrationen unsere einzige Sorge wären, könnte ich das möglicherweise ähnlich gelassen sehen wie du, Genosse Honecker.
Erich Honecker: Was ist denn jetzt noch?
Erich Mielke: Die Ungarn haben heute ihre Grenzen zum Westen offiziell geöffnet.
Heinz Keßler: Aber dort halten sich gerade Tausende von Bürgern unserer Deutschen Demokratischen Republik auf, die von dort gesetzwidrig in den Westen ausreisen wollen.
Erich Mielke: Genau für die haben die Ungarn die Grenzen ja

geöffnet.
Joachim Herrmann: Das geht doch nicht.
Erich Mielke: Du siehst ja, dass es geht. Es ist gerade geschehen.
Willi Stoph: Das ist skandalös. Wie müssen sofort einschreiten.
Erich Mielke: Was sollen wir denn machen? In Ungarn einmarschieren?
Kurt Hager: Unsinn. Das ist ein Fall für unseren großen sozialistischen Bruderstaat im Osten. Die Sowjets müssen hier mit aller Härte durchgreifen.
Erich Mielke: Der Genosse Gorbatschow erweckt gerade nicht den Eindruck, als ob er zu einem solchen Schritt geneigt wäre.
Erich Honecker: Das lass mal meine Sorge sein, Genosse Mielke. Die Weltpolitik ist vielleicht doch eine Nummer zu groß für dich. Ich sehe, dass ich viel mit Michail Gorbatschow zu besprechen habe, wenn er uns im nächsten Monat hier seine Aufwartung macht. Ich setze den Punkt auf die Themenliste…So, genug Sorgen für heute. Die Sitzung ist geschlossen.

12. September 1989

Die Abendsonne fiel schräg durch das Dachfenster in Berthold Grüns Mansardenkammer. Ihren Glanz schien sie längst verloren zu haben.

Oder Berthold nahm ihn nicht mehr wahr, weil er seit über einer Woche von der Außenwelt nichts anderes gesehen hatte als das rotblonde Sonnenlicht vor seinem Fenster. Auch von der zweiten Montagsdemonstration gestern hatte er sich ferngehalten.

Dabei teilte er die Ideen und Ideale der Demonstranten nach wie vor. Doch mit Gisela und den anderen Organisatoren der Protestmärsche wollte er nichts mehr zu tun haben. Am Montag zuvor hatte er endgültig verstanden, dass er niemandem trauen konnte. Gisela hatte nicht nur eine Liste mit Namen an die Stasi geliefert. Ihr fast unmerkliches Kopfnicken hin zu Werner Felfe vor einer Woche war dessen Todesurteil gewesen. Damit hatte sie ihm die Schergen der Staatssicherheit auf den Hals gehetzt, die kurzen Prozess mit dem Mann gemacht hatten. Jetzt lag er bereits in einem kalten Grab.

Berthold war fast die Zeitung aus der Hand gefallen, als er Mitte der Woche im SED Zentralorgan *Neues Deutschland* gelesen hatte, dass der Genosse Werner Felfe, Mitglied des Zentralkomitees der SED, nach kurzer schwerer Krankheit plötzlich und unerwartet verstorben sei. Man würdigte seine politische Arbeit sowie seine Treue zu Sozialismus und Partei in einigen kurzen Sätzen und kündigte seine Beerdigung schon für den nächsten Tag an. Von einem Staatsbegräbnis wie für andere verstorbene Mitglieder des Politbüros war keine Rede.

Verlogener ging es nicht. Berthold fühlte sich angewidert. Wenn es noch eines weiteren Beleges bedurft hätte, hätte er spätestens jetzt verstanden, dass es in diesem Staat keine Gerechtigkeit gab. Nur Selbstgerechtigkeit. Aber davon jede Menge. Sie stieg proportional mit dem Rang, den die sogenannten Staatsdiener in der Partei einnahmen.

Für Berthold Grün war das eine frustrierende Erkenntnis. Bis vor wenigen Wochen hatte er immer noch gehofft, dass der Staat reformierbar sein könne und an die Möglichkeit eines besseren

Sozialismus geglaubt. So schlecht war die Idee doch auch nicht, dass alle Menschen gleiche Rechte und Chancen haben sollten. Nur schien niemand in diesem System Interesse daran zu haben, ein solches Ideal ernsthaft zu realisieren. Genauso wenig wie an echter Gerechtigkeit, die eben nichts mit Selbstrechtfertigung und Selbstgerechtigkeit zu tun hatte. So hielt es Berthold mittlerweile für vollkommen naiv, daran zu glauben, dass seinem ermordeten Freund Gernot, dem freundlichen Werner Felfe und den anderen verschwiegenen Todesopfern der Demonstration vom vorletzten Montag in diesem Staat Gerechtigkeit widerfahren würde.

Zu den drei von der Stasi getöteten namenlosen Demonstranten gab es nicht einmal eine Randnotiz in der Zeitung. Weder im Inland noch international. Diesen Vorfall hatte der SED-Staat offensichtlich geschickt verschleiert.

Bis vor wenigen Tagen wollte Berthold nichts mehr, als in diesem Staat friedlich und mit etwas mehr Bürgerfreiheit zu leben. Doch jetzt war ihm innerhalb kürzester Zeit klar geworden, dass nur die Zerschlagung des politischen Systems der DDR ein menschenwürdiges Leben möglich machen würde.

Diese Erkenntnis erschreckte ihn umso mehr, weil ihm gleichzeitig klar wurde, dass die Herbeiführung einer solchen Veränderung weit über seine Möglichkeiten hinausging. Deshalb fühlte er sich machtlos und ausgeliefert. Schlimmer konnte es eigentlich nicht mehr kommen.

Seine Gedanken drückten ihn nieder, als es unerwartet an der Tür klingelte. Das Schrillen war penetrant und wollte gar nicht mehr aufhören. Offensichtlich hatte jemand den Daumen auf den Klingelknopf gedrückt und wollte ihn nicht wieder herunternehmen.

Als das Geräusch schließlich doch endete, wirkte die darauf folgende Stille umso bedrohlicher. Aber sie hielt nur wenige Sekunden an. Gleich darauf folgte ein donnerndes Klopfen gegen das Türblatt der kleinen Wohnung.

„Staatssicherheit. Aufmachen, Herr Grün, sofort", ertönte eine geisterhaft heisere Stimme. Sie waren also schon oben vor der Wohnung. Sollte es hier enden? Vielleicht war es besser so. Mit einem tiefen Seufzer stemmte sich Berthold von seiner Matratze hoch und schlurfte zur Tür. Mit einem Mal fühlte er sich uralt.

Als er das Schloss öffnete, wurde die Tür von außen aufgestoßen. Nur durch einen schnellen Schritt zurück konnte Berthold verhindern, dass sie ihm ins Gesicht schwang. Fast erwartete er jetzt einen Schuss in die Brust. Doch der schmal gebaute Mann, der vor ihm stand, hielt nicht einmal eine Waffe in der Hand.
„Wir müssen Sie bitten, uns unverzüglich zu begleiten", forderte er ihn mit dünner Stimme auf. Ein zweiter, wesentlich größerer und kräftiger gebauter Kollege drängte sich ebenfalls in die Wohnung. Widerstand schien zwecklos.
„Ins runde Eck?" erkundigte sich Berthold, obwohl er die Antwort schon kannte.
„Ganz recht. In der Zentrale der Staatssicherheit gibt es einige Kollegen, die Sie dringend kennenlernen möchten."

Als Berthold kurze Zeit später in einem schmucklos eingerichteten Verhörzimmer saß, war er zwar weder dem örtlichen Stasi-Chef Manfred Hummitzsch noch Giselas Führungsoffizier begegnet, doch der Vernehmungsleiter, der ihm gegenübersaß, wirkte kaum weniger bedrohlich.
„Am Montag vor einer Woche gab es bei den Demonstrationen hier in Leipzig einige bedauerliche Todesfälle", eröffnete der kompakt und kastenförmig gebaute Stasi-Beamte mit der überdimensionierten Nase das Gespräch.
„Sind Sie sicher?", konterte Berthold. „Darüber stand doch gar nichts in der Zeitung."
„Ich stelle hier die Fragen", erwiderte der Mann mit dröhnender Stimme und richtete die Glühbirne unter dem Schirm seiner Schreibtischlampe unmittelbar auf Bertholds Gesicht. „Außerdem sind unsere Informationen stets gesichert und nicht anzuzweifeln. Aber es gibt noch einige Wissenslücken, die zu füllen sind. Erst danach gehen wir mit solchen Geschichten an die Öffentlichkeit. Wir dachten, Sie könnten uns hier weiterhelfen."
„Ich wüsste nicht, was ich zu diesem Thema beitragen könnte."
„Sie waren Teilnehmer der Demonstration."
„Aber nur im hinteren Teil des Zuges. Wie viele andere auch."
„Und einige von ihnen sitzen bereits in einer Zelle hier im Keller", zischte der Vernehmungsleiter. Dabei presste er die Lippen

zu einem dünnen Strich zusammen und zog die Mundwinkel nach unten. „Sie können ihnen gerne Gesellschaft leisten und warten, bis Ihnen etwas einfällt, was Sie uns berichten könnten. Aber das ist nicht sehr gemütlich, das kann ich Ihnen versichern."
„Was ich beobachtet habe, dürfte Ihnen bekannt sein."
„Das wird sich zeigen, wenn Sie es erzählen."
Berthold räusperte sich und warf einen Blick über die Schulter. Erst jetzt erkannte er, dass schräg hinter ihm eine weitere Person im Raum war, die er zuvor nicht bemerkt hatte. Geblendet von der nach wie vor auf sein Gesicht gerichteten Schreibtischlampe registrierte er im Halbdunkel der Zimmerecke eine schmale Gestalt an einem kleinen Beistelltisch. Es musste sich um eine Frau handeln. Aber er konnte weder ihr Gesicht noch andere Details erkennen.
Jetzt vernahm er das leise Klappern der Tasten einer Schreibmaschine, die vor ihr stand. Offensichtlich tippte die Frau alles mit, was gesagt wurde und protokollierte das Verhör.
In das Klappern mischte sich das Trommeln der Fingerkuppen des Stasi-Beamten auf der Schreibtischplatte. „Ich warte. Was haben Sie uns mitzuteilen?"
„Zwei Stasi-Männer haben drei Demonstranten ermordet. Und davor noch Werner Felfe, Mitglied des Zentralkomitees der SED."
Der Vernehmungsleiter schnappte nach Luft und wurde so bleich, dass er mit der Wand hinter ihm zu verschmelzen schien. „Werner Felfe ist nach einer schweren Krankheit verstorben. So stand es im *Neuen Deutschland.* Sie wollen doch wohl nicht behaupten, dass unser Zentralorgan Lügen verbreitet."
„Was ich gesehen habe, habe ich gesehen."
„Und woher wollen Sie überhaupt wissen, dass es sich bei den Tätern um Mitarbeiter der Staatssicherheit handelt? Haben die Ihnen vielleicht ihren Ausweis gezeigt, bevor sie einen älteren Mann ermordet haben, der möglicherweise Werner Felfe geähnelt haben könnte?"
„Davor nicht, aber danach."
„Jetzt reicht's mir mit Ihren Unverschämtheiten." Der Vernehmungsoffizier schlug mit der Faust auf den Tisch. „Sie sollten besser im Detail Ihre Beobachtungen schildern und nicht mit wil-

den Vermutungen um sich werfen. Sonst ziehen wir hier andere Saiten auf. Haben Sie wirklich gesehen, wie die Täter den älteren Herrn getötet und Ihnen anschließend einen Stasi-Ausweis unter die Nase gehalten haben?"
„Ich habe gesehen, wie sie ihn aus dem Demonstrationszug abgeführt und in eine Seitenstraße gezerrt haben. Dorthin folgte ich ihnen. Als ich dann um die nächste Straßenecke kam, lag der Mann schon tot auf dem Pflaster. Die beiden anderen beugten sich über ihn, einer zeigte mir seinen Stasi-Ausweis und forderte mich auf, weiterzugehen."
„Sie haben aber nicht gesehen, dass sie den Herrn getötet haben?"
„Die eigentliche Tat konnte ich nicht beobachten. Doch die beiden müssen es gewesen sein. Wer sollte in so kurzer Zeit sonst den Mord begangen haben?"
„Die Klärung dieser Frage überlassen Sie bitte uns."
„Aber es liegt auf der Hand, dass die Stasi-Mitarbeiter den Mann ermordet haben", beharrte Berthold. „Niemand anderes war in der Nähe."
„Außer Ihnen. Warum sind Sie den Männern überhaupt gefolgt?"
„Ich habe mir Sorgen um Werner Felfe gemacht. Es war deutlich zu erkennen, dass er die beiden Stasi-Mitarbeiter nicht freiwillig begleitet hat."
Der Kopf des Vernehmungsleiters schnellte nach vorne und hielt nur wenige Zentimeter vor Bertholds Gesicht inne. „Beschmutzen Sie nicht länger den Namen des Genossen Felfe", herrschte er ihn mit erhobener Stimme an. „Den können Sie dort unmöglich gesehen haben. Zu einer derartigen Demonstration wäre ein so integrer Mann niemals gegangen."
„Weil nicht sein kann, was nicht sein darf?", murmelte Berthold.
„Was haben Sie gesagt?"
„Ach, gar nichts."
„Das will ich Ihnen auch geraten haben. Letzte Verwarnung."
„Letzte Verwarnung? Und dann?"
„Ich glaube nicht, dass Sie das so genau wissen wollen. Bei Mord verstehen wir hier keinen Spaß."
„Das freut mich zu hören. Dann sollten Sie die Täter dringend zur Verantwortung ziehen."

„Was glauben Sie denn, was ich hier mache?"
„Mit den Tätern beschäftigen Sie sich jedenfalls in diesem Augenblick nicht."
„Das könnte man auch anders sehen." Der Vernehmungsleiter verengte die Augen zu Schlitzen.
„Wie darf ich das verstehen?"
„Nach meiner Wahrnehmung sind Sie derzeit einer unserer Hauptverdächtigen."
Berthold setzte sich ruckartig aufrecht. „Wie kommen Sie denn darauf?"
„Sie haben selbst zugegeben, dass Sie zur Tatzeit am Tatort waren."
„Als Zeuge."
„Sagen Sie. Und diese Behauptung haben Sie auch erst aufgestellt, als Sie hierherbestellt und gefragt wurden. Wer nichts zu befürchten und ein reines Gewissen hat, hätte sich von selbst gemeldet und als Zeuge ausgesagt."
„Ich hätte doch damit rechnen müssen, hier die Mörder anzutreffen und von ihnen gleich auch noch ausgeschaltet zu werden."
„Eine dümmere Ausrede ist mir in 25 Jahren meiner Tätigkeit nicht untergekommen."
„Aber das ist die Wahrheit."
„Das wird sich zeigen. Es könnte genauso gut sein, dass Sie drei jüngere Demonstranten sowie einen älteren Herrn ermordet haben und mir jetzt diese Räuberpistole auftischen, um Ihren Kopf aus der Schlinge zu ziehen."
„Das glauben Sie doch selbst nicht", ereiferte sich Berthold und streckte nun seinerseits den Kopf vor. „Welches Motiv sollte ich denn für so eine Tat haben? Ich hätte gar keinen Grund dazu."
„Das werden wir herausfinden, Herr Grün. Wir melden uns wieder. Bis dahin muss ich Sie bitten, die Stadt nicht zu verlassen." Der Vernehmungsleiter stand auf. „Bitte hinterlassen Sie bei Fräulein Brandner Ihre vollständigen Personalien und geben Sie bei ihr Ihren Pass ab", waren seine letzten Worte, bevor er grußlos den Raum verließ.

Weil die Dame im Hintergrund keine Anstalten machte, aufzu-

stehen, drehte sich Berthold zu ihr um. „Muss das wirklich sein? Also das mit dem Pass, meine ich.“
„Es hätte schlimmer kommen können.“ Die Stimme klang leise, für eine Frau erstaunlich tief.
Berthold sah genauer hin. Die Frau war noch jung, kaum älter als er. Kurzgeschnittenes dunkles Haar, große hellbraune Augen. Er konnte sie schwer einordnen. Sie wirkte auf ihn spontan nicht so bedrohlich wie der Vernehmungsleiter, eher neutral, sachlich.
„Ich fühle mich schon ziemlich eingeschränkt“, antwortete Berthold, „ohne Pass, keine Bewegungsfreiheit außerhalb der Stadt.“
„Viele müssen nicht nur ihren Pass hierlassen, die bleiben gleich selbst.“
„Vielleicht ist das ja die nächste Stufe.“
„So etwas weiß man vorher nie. Das wird sich zeigen. Aber Sie haben sich nicht schlecht geschlagen.“
„Ich hatte nicht das Gefühl, dass ich Ihren Chef begeistert habe“, lächelte Berthold zurückhaltend.
„Das war nicht mein Chef. Mein Dienstvorgesetzter sitzt auf einer anderen Ebene. Ihre Personalien brauchen Sie übrigens nicht mehr aufzuschreiben, das kann ich alles dem Pass entnehmen.“
„Na dann, vielleicht bekomme ich mein Ausweisdokument ja später wieder zurück, Frau..äh…“
„Brandner, Simone Brandner. Sagte der Vernehmungsleiter doch. Wenn Sie immer so schlecht zuhören, ist das keine gute Voraussetzung, um sich hier zu behaupten.“
„Ich werd´s mir merken, vielen Dank. Vielleicht kann ich den Herrn noch von meiner Unschuld überzeugen.“
„So läuft das bei uns nicht. Der Vernehmungsleiter entscheidet bei uns nicht, wer schuldig ist und wer nicht. Das wird vorher auf höherer Ebene festgelegt.“
„Und warum hat man mich dann überhaupt verhört?“
„Es geht darum, Informationen zu sammeln und daraus Bestätigungen für die nächsten geplanten Schritte abzuleiten.“
„Interessanter Ansatz. Was ist denn in meinem Falle vorgesehen?“
„Das weiß ich nicht. Offensichtlich hat man sich noch nicht entschieden.“ Simone Brandner spitzte die Lippen und legte nachdenklich den Kopf schräg. „Aber so viel sollte ich eigentlich gar

nicht verraten. Das steht mir nicht zu."
„Schade." Berthold reichte ihr seinen Pass über die Schreibmaschine hinweg. „Kann ich mir den denn irgendwann wieder bei Ihnen abholen?"
„Wir melden uns. Wir wissen ja, wo wir Sie finden."

29. September 1989

Fast ein Monat war seit jenem traumatischen Wochenende in Hohenwalde vergangen. Seither hatte sie mit mehr oder minder großem Erfolg versucht, die Ereignisse im Ferienhaus zu verdrängen.

Selbstverständlich war sie nicht mehr dorthin zurückgekehrt. Dann wären die Erinnerungen nur wieder hochgekommen. So war es ihr gelungen, etwas Abstand zu gewinnen und wenigstens nicht mehr jede Stunde an die schreckliche Bluttat denken zu müssen, in die sie verwickelt war.

Bis zum gestrigen Tage. Als sie die Vorladung zur Stasi erhielt, die ihr ein uniformierter Bote mit knappem Gruß überreicht hatte, war die Panik in Sekundenbruchteilen mit doppelter Wucht zurückgekehrt. Und hatte sie seitdem nicht mehr verlassen. An Schlaf war in der vergangenen Nacht nicht zu denken gewesen.

Jetzt musste sie sich auf den Weg machen. Heute schon sollte sie in der Berliner Stasi-Zentrale in der Normannenstraße in Lichtenberg vorsprechen. Bei wem genau, stand nicht in der Vorladung. Das empfand sie als ziemlich unpräzise, denn immerhin waren hier fast 7.000 Mitarbeiter in rund 50 Gebäuden beschäftigt. Sie sollte sich mit ihrer Vorladung nur am Empfang melden.

Tatsächlich wurde sie offensichtlich schon erwartet, als sie pünktlich um 10:00 Uhr dort eintraf. Sofort führte man sie vom Haupttor aus in Haus 1 des gesichtslosen Bürokomplexes. Dort ließ man sie in einem überraschend komfortabel eingerichteten großflächigen Büro vor einem Schreibtisch in den Ausmaßen eines Garagendachs Platz nehmen.

Nach 40 Minuten Wartezeit öffnete sich endlich eine zuvor nahezu unsichtbare Tür in der holzgetäfelten Wand hinter dem Schreibtisch und der Besitzer des Büros ließ sich in seinen weichen Ledersessel fallen.

„Schön, dass Sie es einrichten konnten, zu uns zu kommen“, begrüßte er seinen Gast.

´Als ob ich eine andere Wahl gehabt hätte´, dachte die Angesprochene. Doch sie war viel zu perplex, um diesen Gedanken laut auszusprechen. Fast schon von einem heiligen

Schrecken ergriffen. Denn sie kannte den Mann, der sich da so plötzlich hinter seinem Schreibtisch niedergelassen hatte.
Jeder in der DDR kannte ihn. Und fürchtete ihn. Bis vor wenigen Jahren war kaum ein Tag vergangen, an dem er nicht auf irgendeiner Seite im *Neuen Deutschland* oder auch im staatlichen Fernsehen erwähnt wurde. Obwohl er eigentlich Diskretion bevorzugte und die Öffentlichkeit eher scheute, wie man ihm nachsagte. Schon von Berufs wegen. Doch andererseits machte er im Rampenlicht stets eine gute Figur. Anders als die anderen Mitglieder der SED-Führungsriege.
Es war lebensgefährlich, diesen Mann nur eine Sekunde lang zu unterschätzen. Selbst wenn seine Ausstrahlung noch so widersprüchlich war. Unwillkürlich musste sie an eine vollkommen absurde Mischung aus dem kühl kalkulierenden SS-Mörder Reinhard Heydrich und dem gemütlichen Sandmännchen des DDR-Fernsehens denken.
„Was kann ich für Sie tun, Herr Wolf?“, brachte sie heiser über ihre plötzlich ausgetrockneten Lippen.
„Fast die richtige Frage“, nickte der ehemalige Chef des Auslandsgeheimdienstes der Deutschen Demokratischen Republik. „Wenn Sie jetzt noch wissen möchten, was Sie für unseren Staat und damit für uns alle tun können, verstehen wir uns.“
„Ich bin etwas überrascht, dass gerade Sie mit diesem Ansinnen an mich herantreten“, erwiderte sie. „Es heißt doch, Sie seien vor drei Jahren in den Ruhestand gegangen.“
„Ein echter Staatsdiener ruht nie. Es ist zwar richtig, dass ich mittlerweile Rentenbezüge erhalte. Aber das bedeutet nicht, dass ich diesem Staat Rat und Hilfe verweigere, wenn ich ihm nützlich sein kann.“
„Sie sind also nach wie vor aktiv.“
„Inoffiziell“, bestätigte Markus Wolf verhalten. „Belassen wir es dabei. Das ist nicht so wichtig. Viel interessanter ist die Frage, welche Aktivitäten Sie entfalten könnten.“
„Ich möchte vor allem das Richtige tun.“
„Das wollen wir doch alle. Aber was ist wohl das Richtige? Wenn wir ehrlich sind, weiß das niemand so genau.“ Wolf blickte versonnen zum Fenster hinaus auf die geschäftige Normannenstra-

ße. „Am Ende sind wir nur Menschen, machen Fehler, können uns irren. Was wirklich richtig war, lehrt uns die Geschichte oft erst in der Nachbetrachtung. Und dann bekommen meistens die recht, die zufällig zu den Siegern gehören, sehr unbefriedigend, meinen Sie nicht auch?"
„Ich habe schon eine klare Vorstellung von Recht und Unrecht."
„Das ist schön für Sie. Dann würde mich interessieren, ob Sie es richtig finden, einem Mann einen Stein zu reichen, mit dem dieser einen anderen Menschen totschlägt."
Die junge Frau erbleichte. Schlagartig war sie wieder da, die Panik. Das Gefühl, ausgeliefert zu sein.
„Keine Sorge. Ich denke, die schlimmsten Konsequenzen dieses unbedachten Augenblicks lassen sich für Sie vermeiden." Markus Wolf schien ihre Gedanken lesen zu können. Offensichtlich entging ihm keine Regung in ihrer Mimik. „Ich wollte Sie nur daran erinnern, dass die Grenze zwischen richtig und falsch häufig fließend ist und wir uns deshalb stets vor Selbstgerechtigkeit hüten sollten. Manchmal müssen wir einfach tun, was getan werden muss."
„Ich verstehe. Was erwarten Sie von mir?"
„In erster Linie Loyalität. Ich weiß, das ist ein großes Wort. Aber besser und konkreter kann ich es momentan leider noch nicht umschreiben, Frau…äh."
Dann sprach er sie mit ihrem Geburtsnamen an.
„Sie wissen, dass ich diesen Namen nicht mehr trage."
„Ich dachte, Sie würden Ihren Mädchennamen nach Ihrer frühen Scheidung wieder bevorzugen", entgegnete Wolf.
„Wenigstens mit dieser Annahme liegen Sie falsch. Aber ich verstehe immer noch nicht genau, was Sie von mir wollen. Loyalität zu wem? Gegenüber diesem Staat? Seinen Bürgern? Der Staatsführung? Der Partei? Ihnen persönlich?"
„Das sind sehr gute Fragen. Offen gestanden: Ich weiß es nicht. Die Grenzen sind wie gesagt gerade fließend."
„Dann weiß ich auch nicht, was ich hier soll."
„Offensichtlich muss ich mich deutlicher ausdrücken." Der ehemalige Geheimdienst-Chef und gegenwärtige Berater der SED-Führungsriege beugte sich über den Schreibtisch nach vorne und

zeigte mit dem Finger auf seine Besucherin. „Um es ganz klar zu sagen: Von jetzt an gehören sie uns. Von mir aus können Sie das auch als Majestätsplural nehmen. Ich verkörpere für Sie ab sofort jede Autorität, von der Sie abhängig sind, ganz gleich, ob das der Staat, seine Führung oder die Partei ist."

„Das scheint mir ein bisschen weit zu gehen."

„Die Alternative ist eine Anklage wegen Beihilfe zum Mord. Ihre Entscheidung."

Die Frau senkte den Kopf. „Ich habe verstanden."

„Schön, wir werden kurzfristig wieder auf Sie zukommen. Dazu brauchen wir für Sie einen Decknamen. Hätten Sie einen Vorschlag?"

„Könnten Sie mir denn wenigstens einen ungefähren Anhaltspunkt geben, wie meine Tätigkeit für Sie in Zukunft aussehen könnte. Ich möchte dadurch ungern allzu sehr auffallen."

„In diesem Punkt sind wir uns einig", stimmte Markus Wolf zu. „Diskretion ist in dieser Sache oberstes Gebot. Ich kann Ihnen versichern, dass wir nicht einmal eine Akte über Sie anlegen werden. Wir haben Großes mit Ihnen vor und das funktioniert nur bei absoluter Verschwiegenheit."

Sie hielt einen Moment inne und dachte an den Sekt, den sie gestern am Abend zur Beruhigung ihrer Nerven vor dem Zubettgehen getrunken hatte. „Sie bezeichnen Ihre inoffiziellen Mitarbeiter doch mit dem Kürzel IM. Wie wäre es mit IM Tarnkäppchen?"

Wolf schaute auf, schüttelte dann aber den Kopf. „Zu offensichtlich. Ich habe eine andere Idee", meinte er mit Blick auf die aneinandergelegten Finger ihrer beiden Hände. Dann schrieb er den Tarnnamen auf einen kleinen Notizzettel und reichte ihr das Blatt. Als sie einen Blick darauf warf, lächelte sie das erste Mal an diesem Vormittag.

9. Oktober 1989

Wieder ein Montag. Berthold hasste den Wochenbeginn mittlerweile regelrecht. Er erinnerte ihn immer wieder an seine zerstörten Träume, an seine naive Vertrauensseligkeit und an seine verlorenen Hoffnungen.
Obwohl er sich einen kleinen Rest Hoffnung bewahrt hatte. Immerhin war er noch frei. Seit seiner Vorladung bei der Stasi waren vier Wochen vergangen und niemand hatte ihn bisher abgeholt. Ihm war klar, dass sich das jederzeit ändern konnte. Aber die weiteren Entwicklungen waren zu diesem Zeitpunkt unvorhersehbar und nichts war gewiss.
Nachts träumte er öfter von großen braunen Augen. Irgendwie gefiel ihm dieser Blick, aber manchmal hatte er beim Aufwachen auch Angst. Er wusste nicht genau, wie er Simone Brandner einordnen sollte.
Ein heftiges Klopfen riss ihn aus seinen Gedanken. Er erkannte das Geräusch sofort wieder, auch wenn er es bisher nur einmal in seinem Leben gehört hatte. Vor vier Wochen.
Durch Erfahrung klüger trat er blitzschnell einen Schritt zurück, nachdem er die Tür geöffnet hatte.
„Da ist einer aber ganz vorsichtig“, ertönte eine angenehm tiefe weibliche Stimme.
Berthold blinzelte und blickte in die großen braunen Augen, von denen er vorhin noch geträumt hatte. Als er darunter ein zurückhaltendes Lächeln wahrnahm, schüttelte er sich kurz. Er befand sich wohl doch nicht mehr im Halbschlaf. „Frau Brandner, entschuldigen Sie bitte. Ich hatte mit jemand anderem gerechnet…“, stammelte er etwas unbeholfen.
„Ich muss mich wohl eher entschuldigen“, erwiderte die Angesprochene, immer noch mit einem leichten Lächeln auf den Lippen. „Das laute Klopfen ist eine Unsitte, die ich mehr oder weniger widerwillig aus dem Kollegenkreis übernommen habe. Bei uns gehört das sozusagen zum guten schlechten Ton. Wollte ich mir eigentlich abgewöhnen.“
„Na ja, zumindest freut man sich über die Erleichterung, wenn Sie dann vor der Tür stehen.“

„Ganz falsch war Ihre Vermutung nicht. Zumindest gehöre ich der Behörde an, deren Besuch Sie offensichtlich befürchtet haben."
„Es hätte schlimmer kommen können."
„Das denke ich auch", räumte Simone Brandner ein. „Aber Sie wissen ja noch nicht, warum ich eigentlich hier bin. Darf ich hereinkommen?"
„Ihre Kollegen haben nicht so freundlich gefragt. Deshalb: Sehr gerne." Berthold verbeugte sich in gespielter Ehrerbietung. „Verzeihen Sie, dass es hier nicht so aufgeräumt aussieht."
„Das kenne ich. Meine Mitbewohnerin ist Musikerin und hält auch nicht viel von Ordnung. Kreatives Chaos nennt sie das."
„So gute Ausreden habe ich nicht. Nehmen Sie bitte Platz. Darf ich Ihnen etwas zu trinken anbieten?"
„Danke, ein Glas Wasser wäre völlig ausreichend." Simone setzte sich an den großen Holztisch, der zum Essen, Arbeiten und Gedankenaustausch zugleich diente. „Ich finde es trotzdem gemütlich hier. Sie leben ja jetzt allein in dieser Wohnung."
„Sie sind gut informiert."
„Das gehört zu meinem Job."
„Dann wissen Sie auch, dass mein Mitbewohner nicht mehr lebt?"
Simone nickte wortlos.
„Ich nehme an, Sie dürfen mir nicht sagen, woher Sie das wissen", setzte Berthold nach.
„Ihre Annahme ist richtig. Doch vermutlich können Sie sich das leicht denken."
„Entweder haben Sie die Information von den Mitarbeitern Ihrer Behörde, die mit Gisela Ortheil gesprochen haben, oder von Gernots Mörder selbst."
„Auch dazu darf ich mich nicht äußern. Ich kann Ihnen allerdings nur raten, solche Themen nicht anzusprechen, wenn meine Kollegen in der Nähe sind. Sie wissen offensichtlich schon viel zu viel, das könnte schnell lebensgefährlich für Sie werden."
Berthold sah seine Besucherin mit einem nachdenklichen Blick an. „Warum sind Sie hier?"
„Offiziell, um Sie für Mittwoch um 14:00 Uhr ins Runde Eck vorzuladen."

„Also doch, ich hab´s gewusst." Berthold schlug sich mit der linken Faust in die rechte Handfläche. „Aber dazu hätten Sie doch bloß anzurufen brauchen oder mir schreiben können."
„Stimmt, deshalb bin ich eigentlich auch gar nicht gekommen. Ich wäre Ihnen verbunden, wenn Sie gegenüber meinen Kollegen am Mittwoch nichts von meinem Besuch erwähnen würden."
„Das lässt sich machen." Berthold nickte. „Einigen wir uns darauf, dass Sie angerufen haben, um mich vorzuladen. Unten im Erdgeschoss ist ein Gemeinschaftstelefon. Ich bin gleich selbst an den Apparat gegangen, als es geklingelt hat."
„Sehr gut, dann brauchen wir auch keine Zeugen. Voraussichtlich wird niemand so genau fragen, aber man kann nie wissen."
„In dieser Behörde bestimmt nicht", entgegnete Berthold. „Und was ist der inoffizielle Grund?"
„Für mein Kommen? Ich will Sie warnen."
„Glauben Sie mir, ich habe schon einiges verstanden und bin mehr als vorsichtig."
„Offensichtlich nicht vorsichtig genug. Sie sind viel zu direkt. Das kann einem in einer Diktatur schnell zum Verhängnis werden."
„Diktatur, sagen Sie. Sie nehmen aber auch kein Blatt vor den Mund."
„Nun ja, mein Job ist das eine…", ließ Simone ihren Satz in der Luft hängen.
„Sie haben nicht einmal `Diktatur des Proletariats´ gesagt."
„Ist es auch längst nicht mehr. Das wissen wir doch beide."
„Warum arbeiten Sie dann bei der Stasi, wenn Sie so denken?"
„Ich bin nur eine Protokollantin, eine kleine Schreibkraft. Außerdem bin ich praktisch in diesen Job hineingeboren. Oder besser gesagt, hineinerzogen."
Berthold beugte sich vor. „Das müssen Sie mir genauer erklären."
„Meine Eltern sind in den Westen geflohen, als ich ganz klein war. Später wollten sie mich nachholen, weil die Flucht gefährlich war und sie dabei kein Baby mitnehmen konnten."
„Aber das hat nicht geklappt", vermutete Berthold. „Nein, die Stasi hat mich bei meiner Tante entdeckt. Die Tante kam in Haft und ich in eine staatliche Erziehungsanstalt. Dort wurde ich so

wirkungsvoll umerzogen, dass ich mich besonders früh für eine Arbeit bei der Stasi qualifiziert habe."
„Und heute?"
„Habe ich die Nase gestrichen voll von alldem."
„Willkommen im Club."
„Waren Sie auch in einem solchen Heim?"
„Nein, doch meine Mutter hätte dort durchaus als Erzieherin beschäftigt sein können", erzählte Berthold. „War sie aber nicht. Deshalb hat sie sich dann stellvertretend ganz allein an mir abgearbeitet."
„Was war denn mit Ihrem Vater?"
„Der hat sich schon vor meiner Geburt von meiner Mutter getrennt, ich habe ihn nie kennengelernt. Eine Zeit lang habe ich ihm das ziemlich übel genommen. Doch mit den Jahren kann ich ihn immer besser verstehen."
„Hört sich nicht gerade nach einer glücklichen Kindheit an."
„Vielleicht wollte meine Mutter nur das Beste für mich. Aber ich glaube, sie hat bis heute nicht ganz verstanden, was das wirklich ist."
„Haben Sie noch Kontakt zu ihr?"
Berthold schüttelte den Kopf.
„Aber wir", verriet Simone.
Berthold zog seine rötlichen Augenbrauen weit nach oben.
„Dass Sie noch nicht in Haft sind, haben Sie in erster Linie Ihrer Mutter zu verdanken. Sie ist eine altgediente Genossin und hat sich für Sie eingesetzt", ergänzte Simone.
„Ekelhaft. Wer hat sich denn für meinen Freund Gernot eingesetzt? Oder für Werner Felfe und die anderen toten Demonstranten?"
„Auch wenn ich die Ansichten Ihrer Mutter gewiss nicht teile, bin ich jedenfalls froh, dass sie´s getan hat. Sonst würden wir jetzt hier nicht in Freiheit sitzen."
„Was soll denn das für eine Freiheit sein?"
Simone schlug die Augen nieder. „Wohl die einzige Freiheit, die in diesem Staat möglich ist. Wir haben Ihre Mutter befragt, bevor wir uns mit Ihnen in Verbindung gesetzt haben. Sie hat bereitwillig Auskunft gegeben."
„Was hat sie gesagt?"

„Dass Sie ein guter Junge sind. Nur etwas irregeleitet.“
„Ich wusste es doch. Die versteht überhaupt nichts.“
„Sie kann jetzt nichts mehr für Sie tun. Ich hatte den Eindruck, sie wollte auch nicht mehr. Zum Schluss hat sie gesagt, dass sie selbstverständlich jede Entscheidung des Ministeriums für Staatssicherheit akzeptieren würde.“
„Das sieht ihr ähnlich. Ich habe nicht das Gefühl, dass ich noch einmal von ihr hören werde.“
„Selbst wenn, würde das nichts nützen. Ab jetzt wird auf anderer Ebene entschieden“
Berthold horchte auf. „Wie meinen Sie das?“
„Ich habe gehört, dass zu Ihrer Vernehmung in zwei Tagen ein ganz hohes Tier kommen soll. Das bedeutet in der Regel nichts Gutes.“
„Wer denn? Hummitzsch?“
„Keine Ahnung, ich weiß es wirklich nicht.“
„Ich glaube Ihnen. Sie hätten mir das wirklich nicht alles erzählen müssen. Das weiß ich zu schätzen, vielen Dank.“
„Sie brauchen sich nicht zu bedanken, das war mir ein inneres Bedürfnis.“ Simone sah ihn aus großen braunen Augen an. „Es tut gut, sich mit einem Gleichgesinnten auszutauschen.“
„Aber was wird aus Ihnen? Mit Ihrer Einstellung leben Sie an Ihrem Arbeitsplatz gefährlich.“
„Ach, ich komme schon zurecht. Wir sehen uns vielleicht am Mittwoch. Und halten Sie sich dann besser zurück.“
Mit diesen Worten stand sie auf.
„Passen Sie bitte auch auf sich auf.“
Bertholds letzten leise gesprochenen Satz hörte Simone nicht mehr. Sie hatte die Tür schon hinter sich zugezogen.

10. Oktober 1989

Auszüge aus dem Tonprotokoll der Sitzung des Politbüros – Zentralkomitee der SED im Sitzungssaal des ZK-Gebäudes am Werderschen Markt in Ost-Berlin

Vorsitzender: Erich Honecker, Generalsekretär des Zentralkomitees

Beginn: 10:00 Uhr

Erich Mielke: Ist gestern eigentlich der 17. Juni ausgebrochen?
Kurt Hager: Das werden die Historiker im Nachhinein bewerten. Mich haben die Ereignisse am 9. Oktober 1989 jedenfalls sehr stark an den Aufstand vom 17. Juni 1953 erinnert. Wir müssen dazu unbedingt eine öffentliche Erklärung abgeben. Die Probleme, die wir haben, sind hausgemacht. Darüber sollten wir ganz schnell einen Dialog mit der arbeitenden Bevölkerung beginnen, bevor uns alles über den Kopf wächst.
Erich Honecker: Du willst einen Dialog mit der konterrevolutionären Oppositionsbewegung. Nicht mit mir. Nun macht mal halblang, Genossen.
Egon Krenz: Dann eben ohne dich. Wir müssen die Flucht nach vorne antreten. Daran führt kein Weg vorbei.
Erich Honecker: Solange ich hier Vorsitzender bin, gibt es in diesem Staat keine Flucht. Wir sind das sozialistische Bollwerk gegen den Westen. Schon vergessen?
Egon Krenz: Mit deiner Haltung brauchst du bald eher noch ein Bollwerk gegen den Osten. Ich kann mich jedenfalls nicht erinnern, dass Gorbatschow dir bei seinem Besuch auch nur in einem einzigen Punkt zugestimmt hätte. Oder habe ich da etwas verpasst?
Hermann Axen: Vergesst nicht, dass unsere Feinde im Westen sitzen.
Joachim Herrmann: Genau, dort werden unsere Probleme eigentlich verursacht.
Erich Honecker: Wenn wir konsequent auf die Einheit unserer

Wirtschafts- und Sozialpolitik achten, so wie wir es 1971 beschlossen haben, lösen sich unsere Sorgen schnell in Luft auf.
Egon Krenz: So, wie du es uns zu unserer Jubiläumsfeier versprochen hast? Nur seltsam, dass das Gegenteil der Fall war. Gestern waren alleine in Leipzig 70.000 Menschen auf der Straße. Unsere Sicherheitskräfte waren komplett überfordert.
Erich Honecker: Bist du denn völlig vernagelt, mein Junge? Das ist der Westen, nur der Westen. Die faschistischen Kräfte des Kapitalismus stacheln bei uns die Leute auf. Siehst du das nicht?
Alfred Neumann: Haben diese faschistischen Kräfte denn auch heimlich unsere Devisen gestohlen? Oder könnte es sein, dass unser angeblicher Wirtschafsexperte Günter Mittag nicht mehr so ganz auf der Höhe der Zeit ist und seinen Job komplett in den Sand gesetzt hat? So sieht es doch wohl eher aus. Wir müssen jetzt kleine Brötchen backen und den offenen Dialog mit den Menschen auf der Straße suchen. Ich stimme den Genossen Krenz und Hager zu.
Erich Mielke: Mir passt das zwar auch nicht, aber ich denke, daran führt kein Weg vorbei. Nur fürchte ich, dass selbst das nicht reichen wird, um die Situation zu retten.
Erich Honecker: Was wollt ihr denn noch alles? Vielleicht Wahlen unter der Kontrolle westlicher Wahlbeobachter? Das grenzt ja an Hochverrat.
Erich Mielke: Genau so etwas wollen wir doch verhindern. Deshalb müssen wir den Leuten etwas anbieten. Reformen sowie ein öffentliches Forum in unseren Staatsmedien für Oppositionsgruppen und Bürgerinitiativen.
Hermann Axen: Na ja, über einen unverbindlichen öffentlichen Dialog über gesellschaftliche Themen könnte man vielleicht noch nachdenken, aber alle anderen Schritte halte ich zum gegenwärtigen Zeitpunkt für verfrüht und vollkommen überzogen.
Erich Honecker: Genau. Wo kommen wir denn da hin, wenn demnächst die Konterrevolutionäre mit uns am Tisch sitzen? Nur über meine Leiche.
Egon Krenz: So etwas solltest du nicht zu vorschnell aussprechen. Aber gut, einigen wir uns darauf, dass wir morgen im „Neuen Deutschland“ einen Dialog ankündigen, um gemeinsam

über alle grundlegenden Fragen unserer Gesellschaft zu beraten. Doch wir müssen den Menschen schon etwas mehr geben. Du musst uns mehr geben, Erich.
Erich Honecker: Mit einer solchen Ankündigung in der Zeitung kann ich leben, wenn auch mit Bauchschmerzen. Was wollt ihr denn noch?
Erich Mielke: Wir alle, auch du, müssen uns jetzt für weitergehende Maßnahmen öffnen, um zu retten, was noch zu retten ist. Sofort, heute, ohne Zeitverzögerung.
Erich Honecker: Dem kann ich bis hierhin zustimmen. Es muss nur vernünftig und im Einklang mit den Grundsätzen des Sozialismus sein. Also kommt es im Detail darauf an, welche Maßnahmen das konkret sein könnten.
Erich Mielke: Das sollte uns ein echter Experte in solchen Fragen aus erster Hand erläutern. Ich habe dazu meinen besten Mann reaktiviert. Er wartet draußen vor der Tür, um uns seine Vorschläge zu unterbreiten.
Erich Honecker: Muss das wirklich sein? Kann das nicht etwas warten?
Erich Mielke: Ja, das muss sein. Und zwar sofort. Wir haben schon viel zu lange gezögert.
Erich Honecker: Na gut, sei´s drum.
Erich Mielke: Alfred, holen Sie bitte Herrn Wolf herein.
Egon Krenz: Generaloberst Markus Wolf, ich fasse es nicht. Herr Wolf, ich dachte, Sie wären schon im Ruhestand und gar nicht mehr als Leiter des Auslandsnachrichtendienstes im Ministerium für Staatssicherheit tätig.
Markus Wolf: Genosse Krenz, werte Herren. Unsere gesamte sozialistische Republik ist in Aufruhr. Wie könnte ich mich da zurückziehen?
Egon Krenz: Und Sie hätten tatsächlich eine Idee, wie wir diesen Staat retten können?
Markus Wolf: Ob wir diesen Staat retten können, weiß ich nicht. Nach meiner Wahrnehmung geht es jetzt vor allem um das Überleben des Sozialismus in Deutschland.
Erich Honecker: Keine Spitzfindigkeiten, bitte. Das ist doch das Gleiche.

Markus Wolf: Nicht zwangsläufig.
Erich Honecker: Für mich schon. Ich weiß nicht, was solche Diskussionen bringen sollen.
Markus Wolf: Wir müssen größer denken, Genossen.
Erich Honecker: Ich habe durchaus etwas für historische Schritte übrig. Aber jetzt geht es erst einmal darum, die konterrevolutionären Kräfte in diesem Staat zurückzudrängen, bevor sie zu viel Einfluss gewinnen.
Markus Wolf: Genosse Honecker, meine Herren. Ich blicke hier in viele Gesichter altgedienter Kämpfer. Aber wo ist Ihr Idealismus geblieben, der Elan Ihrer Jugend?
Joachim Herrmann: Wir haben so lange gegen den Kapitalismus und gegen den Westen standgehalten. Manchmal kann man auch im Widerstand erstarren.
Markus Wolf: Vor 40 Jahren sind wir als einer von zwei deutschen Staaten mit dem besseren Konzept gestartet. Erinnern Sie sich nicht mehr daran, wissen Sie das etwa nicht mehr? Dabei ist es doch nach wie vor das bessere Konzept.
Hermann Axen: Eben das wollen wir ja retten.
Markus Wolf: War das damals auch Ihr einziges Ziel, als Sie im Jahr 1949 die Deutsche Demokratische Republik gegründet haben? Ihr System zu retten? Oder waren Sie damals nicht vielmehr überzeugt davon, dass die Zukunft Ihnen gehört? Dass Ihr System überlegen ist und die anderen rettet? Dass der Kapitalismus fallen und der Sozialismus auch im Westen siegen wird, sogar weltweit?
Alfred Neumann: Ist lange her, gedacht haben wir so etwas damals tatsächlich. Aber es ist anders gekommen. Das müssen wir uns eingestehen.
Markus Wolf: Das ist nur eine Etappe. Glauben Sie wirklich, dass wir am Endpunkt der Geschichte angekommen sind? Das Leben wird weitergehen.
Kurt Hager: Aber ohne uns.
Markus Wolf: Das kommt darauf an. Und keinesfalls muss die Geschichte ohne den Sozialismus weitergehen. Vielleicht schlägt schon bald die große Stunde unserer Idee.
Egon Krenz: Ich bemühe mich, immer positiv zu denken. Aber

zu dieser Annahme besteht gerade jetzt kein Anlass. Wir müssen uns doch in erster Linie Gedanken machen, wie wir unser System am Leben erhalten.
Markus Wolf: Mit Verlaub, Genosse Krenz, genau das ist zu kurz gedacht. Heute ist vielmehr die Stunde gekommen, um den Sieg des Sozialismus endlich auch in Westdeutschland und in ganz Europa vorzubereiten.
Egon Krenz: Kann es sein, dass Sie sich in der Tür geirrt haben und eigentlich zu einem Arzt wollten?
Markus Wolf: Ganz gewiss nicht. Vielmehr bin ich so etwas wie Ihr Arzt. Ich bin gekommen, um dieses Land in seiner östlichen, aber auch in seiner westlichen Hälfte sowie den ganzen Kontinent endlich von seinen Irrungen und Wirrungen zu heilen.
Egon Krenz: Große Worte. Aber ich habe keine Vorstellung, wie so etwas gehen sollte.
Markus Wolf: Wir müssen einfach den Tatsachen ins Auge sehen. Es gibt in diesem Staat Zerfallserscheinungen, ganz erhebliche Erosionen. Das sollten wir endlich zur Kenntnis nehmen. Wenn wir uns dagegenstemmen, können wir nur verlieren.
Erich Honecker: Aber was sollen wir denn tun?
Markus Wolf: Bereiten Sie genau heute die Übernahme der BRD vor. Angriff ist die beste Verteidigung. Darauf müssen Sie sich konzentrieren und nicht alle Mittel und Energien für die Aufrechterhaltung eines maroden Systems verschwenden.
Erich Honecker: Das ist vollkommener Blödsinn. Der Westen wird sich uns gerade jetzt kaum unterwerfen.
Egon Krenz: Ich gebe dem Genossen Honecker ungern Recht, aber das sehe ich ganz genauso wie er. Wie soll so etwas gehen? Zum gegenwärtigen Zeitpunkt scheinen mir das bloße Luftschlösser zu sein, die uns in keiner Weise weiterhelfen.
Markus Wolf: Ich habe auch nicht gesagt, dass wir dieses Ziel morgen erreichen können. Aber wir können darauf hinarbeiten. Ein bisschen Geduld müssen wir schon haben.
Egon Krenz: Wir haben aber keine Zeit mehr. Wir brauchen jetzt eine Lösung, sofort. Sonst gibt es die DDR bald nicht mehr.
Markus Wolf: Was wollen Sie, Genossen?
Einen unbedeutenden maroden Staat, der sich DDR nennt?

Oder ein sozialistisches Gesamtdeutschland?
Erich Mielke: Das hört sich zumindest pragmatisch an. Aber auch ich habe leider keine Idee, wie man einen solchen Plan verwirklichen könnte.
Markus Wolf: Ich schon.
Erich Mielke: Dann lassen Sie mal hören.
Markus Wolf: Es geht um eine langfristige Strategie zur Übernahme der Bundesrepublik Deutschland. Wenn wir dort ein sozialistisches System errichten wollen, müssen wir viel geschickter und subtiler vorgehen als in den letzten 40 Jahren.
Erich Honecker: Wir haben in diesem Staat doch herausragende gesellschaftliche Errungenschaften. Denken Sie beispielsweise an die staatliche Ganztagsbetreuung schon kleinster Kinder. So können sich junge Mütter früh wieder selbst verwirklichen und arbeiten gehen. Nur scheint das keiner zu schätzen.
Markus Wolf: Weil sie aus materieller Not arbeiten müssen, wenn sie sich eine eigene Wohnung leisten wollen. Ein solches Thema muss man ganz anders angehen. Die Menschen sollten den Eindruck gewinnen, dass sie das selbst so wollen und nicht dazu gezwungen sind.
Erich Honecker: Und wie wollen Sie so etwas bewerkstelligen? Durch Massenhypnose?
Markus Wolf: Es reicht schon, wenn wir weniger dilettantisch vorgehen und den Aufbau eines gemeinsamen deutschen Staates zusammen mit den richtigen Leuten vorbereiten.
Erich Mielke: Haben Sie da schon bestimmte Personen im Blick?
Markus Wolf: Einige Optionen scheinen sich anzubieten.
Egon Krenz: Sind Sie sich denn überhaupt sicher, dass wir uns auf diese Personen langfristig verlassen können?
Markus Wolf: Das wird sich zeigen. Sicher sein kann man sich nie.
Erich Honecker: Das erscheint mir alles doch sehr dünn und fadenscheinig.
Markus Wolf: Haben Sie vielleicht eine bessere Idee?
Egon Krenz: Nun gut, Generaloberst. Verfolgen Sie Ihr Konzept weiter und erstatten Sie uns bitte zu gegebener Zeit wieder Bericht.

Erich Honecker: Das war eher ernüchternd. Ich kann mir nicht vorstellen, dass dieser Ansatz zu irgendeinem Ziel führen soll. Aber sei´s drum. Ich schließe die Sitzung für heute.

11. Oktober 1989

Als Berthold pünktlich um 14:00 Uhr auf das Portal der Stasi-Zentrale am Dittrichring in Leipzig zuging, warf er einen Blick hinauf in die oberen Stockwerke, kurz bevor er durch die beiden beeindruckenden Eingangssäulen hindurchging. Er glaubte eine Bewegung in der Etage unter dem runden Dachbalkon wahrgenommen zu haben. Eine Hand zog einen Vorhang zu. Ein Zufall? Er könnte sich auch getäuscht haben. Jedenfalls hatte er das Gefühl, dass er von diesem Augenblick an bei allem beobachtet wurde, was er tat. Lange bevor das eigentliche Verhör begann.
Und das dauerte tatsächlich noch einige Zeit. Am Empfang erwartete man ihn bereits und wusste gleich, wer er war. Man bat ihn, sich ein wenig zu gedulden und solange auf einer ungepolsterten Holzbank im Flur des Erdgeschosses Platz zu nehmen.
Zu trinken bot man ihm nichts an. Selbstverständlich nicht.
Zermürbungstaktik? Gleichgültigkeit? Alles und nichts schien möglich. Berthold hatte in der Nacht zuvor wenig geschlafen und sich den Kopf zermartert, wie er sich an diesem Nachmittag am geschicktesten verhalten sollte, um möglichst wenig Angriffsfläche zu bieten.
Doch er war zu keinem vernünftigen Ergebnis gekommen. Immer wieder hallten Simones Warnungen in seinem Kopf nach. Am Vormittag wurde ihm zunehmend klarer, dass er sich eigentlich gar nicht vernünftig auf die vor ihm liegenden Gespräche vorbereiten konnte. Denn im Grunde wusste er überhaupt nicht, was auf ihn zukam. Auch das schien eine wohlkalkulierte Taktik seiner ihm bis zu diesem Zeitpunkt noch gar nicht bekannten Gegenspieler zu sein.
Was wollten sie von ihm? Er würde es bald erfahren, so dachte er. Zumindest in Teilen.
Die Holzbank fühlte sich immer härter an. Gleichzeitig wurde sein Kopf mit der Erkenntnis etwas freier, dass er die Situation einfach nur auf sich zukommen lassen konnte.
Einen Fixpunkt behielt er bei diesen Überlegungen aber fest im Blick: Er wollte nichts sagen, was Simone belasten könnte. Es sollte um ihn gehen, nur um ihn.

Die Sorge um Simone lenkte ihn von seinen eigenen Ängsten ab. Vielleicht würde er sie heute gar nicht sehen. Einerseits hätte er sich zwar darüber gefreut, andererseits war es vermutlich besser, wenn sie möglichst weit weg vom Zentrum des Geschehens und damit persönlich aus der Schusslinie wäre.
Die Minuten verstrichen und wurden schließlich zur vollen Stunde. Berthold warf einen Blick auf seine Armbanduhr, eine klassische Kult Ruhla mit goldgefärbtem Zifferblatt, Datumsanzeige und braunem Kunstlederarmband. Irgendwie passte die Uhr in diese Umgebung, jedenfalls besser als ihr Träger.
Er wusste, dass das Laufwerk manchmal unzuverlässig war. Außerdem konnte er sich nicht erinnern, wann er sie zuletzt aufgezogen hatte. Vermutlich hatte er es in der Aufregung der letzten Stunden vergessen.
Die volle Stunde war mittlerweile deutlich überschritten. Hin und wieder hörte Berthold das Schrillen eines Telefons und die schroffe Stimme des Wachmanns am Empfang, der etwas in den Hörer bellte.
Berthold schwitzte nicht, wie man es in solchen Situationen erwarten könnte. Er fror und stampfte mehrfach leise und behutsam mit den Schuhsohlen auf den Boden. Der Flur war ungeheizt, die alten Mauern des zu Anfang des Jahrhunderts errichteten Gebäudes strahlten Kälte aus.
Schließlich wandte sich der Wachmann vom Empfang an Berthold. „Sie können jetzt ´rauf", schnarrte er.
Der Angesprochene zuckte ratlos mit den Schultern.
„Man holt Sie gleich ab", wurde er beschieden. „Die werden Ihnen zeigen, wo´s langgeht."
Es dauerte eine weitere Viertelstunde, bis sich eine hohe Holztür zum Treppenhaus knarrend öffnete und ein uniformierter Beamter in mittleren Jahren mit zurückgekämmtem fettigem Haar herauskam. Er nickte Berthold kaum merklich zu. „Mitkommen."
Auf dem Weg nach oben zählte Berthold die Stufen und Etagen. Es war tatsächlich das Zimmer in der runden Ecke im dritten Stock, in das man ihn hineinführte. Dort hatte er vor inzwischen anderthalb Stunden die Hand gesehen, die bei seinem Eintreten den Vorhang zugezogen hatte.

„Warten Sie hier", forderte ihn der Beamte auf und schloss die Tür von außen.
Berthold sah sich um. Es handelte sich um einen unpersönlich eingerichteten Besprechungsraum. Keine individuelle Note, dafür aber ziemlich gediegen. Ein dunkler Mahagonitisch, um den sich mit grünem Samt bezogene Stühle mit hohen Lehnen gruppierten.
Das Zimmer wirkte nicht wie ein typischer Ort für brutale Verhöre. Doch das konnte ein Täuschungsmanöver sein, um ihn später umso unangenehmer zu überraschen. Vielleicht sollte der Raum auch die Bedeutung seines Gesprächspartners unterstreichen und Berthold so einschüchtern. Doch zu welchem Zweck?
Die Tür öffnete sich erneut und Berthold erkannte den großgewachsenen älteren Herrn sofort, der da eintrat. Er hatte ihn nie persönlich getroffen, dafür aber umso öfter im *Neuen Deutschland* über ihn gelesen.
„Setzen Sie sich bitte dorthin, Herr Grün", forderte ihn Markus Wolf auf, indem er auf einen Stuhl am seitlichen Rand des Tisches wies. Der Stasi-Generaloberst im Ruhestand nahm wie selbstverständlich am Kopfende Platz. Er zündete sich eine Pfeife an, paffte einige Male und betrachtete seinen Gesprächspartner schweigend.
Berthold konnte seine innere Unruhe nicht bezwingen. Er wusste, dass der Generaloberst a.D. genau diese Reaktion beabsichtigte, konnte sich aber nicht beherrschen.
„Was wollen Sie von mir?", platzte es aus ihm heraus.
„Eigentlich gibt es nicht mehr viele Möglichkeiten für Sie", antwortete sein Gegenüber. „Sie müssen entscheiden, was Sie wollen."
„Ich verstehe überhaupt nichts."
„Dann will ich Ihnen Ihre Lage erklären. Wir haben am Ortsrand von Hohenwalde eine Leiche gefunden. Das ist schon einige Wochen her."
„Ja, Gernot Fraser", nickte Berthold eifrig.
„Ich sehe, wir kommen schnell weiter. Sie gestehen die Tat also?"
„Aber nicht doch. So ein Unsinn. Ich war Zeuge, kein Täter."
„Sie wollen einen Mord beobachtet haben? Und Sie haben keine

Anzeige erstattet? Sondern kommen vielmehr mit Ihrer Beobachtung erst heraus, wenn Sie hier vorgeladen und darauf angesprochen werden? Wer soll Ihnen so etwas abnehmen?“
„Der Täter war einer von Ihren Leuten. Ein inoffizieller Mitarbeiter der Staatssicherheit. Da konnte ich nicht zu Ihnen kommen.“
„Wer soll das gewesen sein?“
„Ich weiß nicht genau, wie er heißt. Irgend so ein eitler Gockel. So ähnlich hieß er auch. Er war Pfarrer, glaube ich.“
„Das sollen wir Ihnen abnehmen? Sie kennen nicht einmal den richtigen Namen des Mannes, wollen aber wissen, dass er zur Staatssicherheit gehört? Ausgerechnet ein Pfarrer?“
„So war es aber. Der Pfarrer hat Gernot erschlagen. Mit einem Stein.“
„Wieso haben wir dann Ihre Fingerabdrücke an der Kleidung des Toten gefunden? Nachdem wir Sie bei Ihrem letzten Besuch hier erkennungsdienstlich behandelt haben, haben wir eine eindeutige Übereinstimmung festgestellt.“
„Na, ich habe neben Gernot im Gebüsch gelegen, als wir den Pfarrer beobachtet haben.“
„Sie geben also zu, dass Sie das Opfer gekannt haben? Außerdem räumen Sie ein, einem Mitarbeiter unserer Behörde nachspioniert zu haben. Das ist eindeutig staatsfeindliches Verhalten.“
„Ich glaube, Ihr Staat hat zur Zeit größere Probleme als die Verfolgung der Beobachtung eines inoffiziellen Stasi-Mitarbeiters.“
„Nicht, wenn Sie diesem Mann einen Mord anhängen wollen“, gab Wolf zu bedenken.
„Ich will niemandem etwas anhängen. Ich gebe nur meine Beobachtungen wieder.“
„Die Indizien sprechen eine völlig andere Sprache.“
„Sieht nach einer klassischen Patt-Situation aus.“
„Wenn da nicht diese zweite Anschuldigung gegen Sie wäre.“
Berthold hob irritiert den Kopf. „Was wollen Sie mir noch vorwerfen?“
„Mitarbeiter unserer Behörde haben Sie am Schauplatz des Mordes an mehreren Demonstranten in Leipzig fotografiert. In unmittelbarem zeitlichen Zusammenhang mit der Tat.“
„Sie wissen genau, dass das Ihre eigenen Leute waren.“

„Etwas mehr Phantasie könnten Sie schon entwickeln. Das ist immer die gleiche Leier: Sie sind unschuldig, die wahren Täter arbeiten für die Stasi."
„Wenn es aber so ist", beharrte Berthold.
„Die Wahrheitsfindung können Sie getrost mir überlassen."
„Das habe ich befürchtet."
„Ihre Schlagfertigkeit hat durchaus Unterhaltungswert." Markus Wolf konnte ein schmales Lächeln nicht unterdrücken. „Aber leider ist so etwas hier fehl am Platze. Wohl hätte es Ihnen auch nichts genützt, wenn Sie sich devoter verhalten hätten."
„Also steht Ihre Entscheidung fest?"
„Ja und nein. Wir behalten Sie erst einmal hier. Was später mit Ihnen geschieht, weiß ich noch nicht, alles ist möglich."
„Wie darf ich das verstehen?"
„Gar nicht." Wolf machte eine kurze Sprechpause und fuhr dann fort. „Jetzt merken Sie selbst, wie sich das anfühlt, wenn man schnippische Antworten bekommt."
„Das ist doch ein Unterschied. Für mich scheint es hier immerhin um die Existenz zu gehen."
„Für das ganze Land geht es in diesen Tagen um die Existenz. Und für die führenden Köpfe unseres Staates ganz besonders."
„Das haben Sie sich aber selbst ausgesucht", wandte Berthold ein.
„Sie gewissermaßen auch. Niemand hat Sie gezwungen, auf die Straße zu gehen, zu demonstrieren und gegen die Sicherheitskräfte unseres Staates zu arbeiten."
„In dieser Zeit ist so etwas erste Bürgerpflicht. Außerdem habe ich niemanden umgebracht."
„Sagen Sie. Doch das wird sich zeigen. Sie kommen erst einmal in Einzelhaft, bis wir klarer sehen."
Wolf erhob sich und verließ grußlos den Raum. Kurz darauf traten zwei uniformierte Stasi-Beamte ein und führten Berthold aus dem komfortablen Besprechungszimmer ab. Wenigstens brachten sie ihn nicht in einen der berüchtigten Kellerräume, sondern schlossen ihn nur in einer kargen, aber reinlichen Zelle eine Etage tiefer ein. Hier fand er ein schmales Bett mit einer harten Matratze, einen kleinen Tisch mit einem Stuhl, einen Waschtisch sowie

eine Toilettenschüssel ohne Deckel vor. An der Decke baumelte eine nackte Glühbirne.
Seine Armbanduhr hatte man ihm abgenommen, ebenso seine Schnürsenkel und seinen Gürtel. Berthold wusste nicht, wie spät es war und konnte nur schätzen, wie die Zeit verging. Durch ein kleines Fenster in Deckenhöhe fiel schräg Tageslicht ein, das langsam in die Dämmerung überging.
Berthold war wie gelähmt. Er hatte nicht die Energie, aufzustehen, zu dem Drehschalter neben der Zellentür zu gehen und die Glühbirne einzuschalten. Er fühlte sich ausgeliefert.
Doch eigentlich war das schon die ganzen letzten Wochen seine vorherrschende Befindlichkeit. Nur rückte seine Festsetzung an diesem Ort seinen Zustand noch einmal überdeutlich in sein Bewusstsein.
Es gab keine echte Freiheit für die Menschen in diesem Staat. Jeder Einzelne war der Willkür der Machthaber ausgeliefert. Es ging gar nicht um den Sozialismus. Darum war es nie gegangen. Es ging um die Ausübung und Absicherung von Macht.
Berthold verstand nur nicht, welche Rolle er selbst dabei spielte. Er hielt sich eigentlich für ziemlich unbedeutend. Doch irgendetwas schienen diese Leute mit ihm vorzuhaben.
Etwas, das möglicherweise nicht unwichtig war. Immerhin beschäftigte sich Markus Wolf persönlich mit ihm. Dafür musste es einen Grund geben.
Die Tür wurde aufgeschlossen und jemand kam mit einem Tablett in den Händen herein. Als Berthold aufsah, blickte er in große braune Augen.
„Frau Brandner…“
„Du kannst mich Simone nennen.“
„Ich möchte dich nicht in Gefahr bringen. Wenn hier jemand mitbekommt, dass wir persönlichen Umgang miteinander haben, könnte das für dich gefährlich werden.“
„Wenn andere in der Nähe sind, können wir ja wieder zu einer förmlicheren Anrede zurückkehren. Aber momentan hört niemand mit. In der Regel weiß ich, wann in welchen Räumlichkeiten Wanzen eingeschaltet sind.“
„Hast du vielleicht doch mehr Einfluss, als du zunächst

angedeutet hast?", erkundigte sich Berthold mit einem leichten Anflug von Argwohn.
„Nein, keine Sorge, ich gehöre nur praktisch zum Inventar. Niemand achtet auf mich, weil ich hier in ganz jungen Jahren angefangen habe und schon so lange dabei bin. Deshalb hat auch niemand gefragt, als ich mir das Tablett mit deinem Abendessen geschnappt habe und zu dir gegangen bin. Die waren einfach nur froh, dass es niemand anders machen musste."
„Schön, dass du da bist", zeigte sich Berthold jetzt wieder viel entspannter. „Wusstest du, dass man mich heute hierbehalten würde?"
„Wie ich vorgestern schon sagte, habe ich nichts Gutes geahnt, als ich von deiner Vorladung erfuhr. Aber es hätte schlimmer kommen können."
„Wie meinst du das?"
„Soweit ich weiß, sind zumindest in nächster Zeit keine weiteren Verhöre mit dir geplant. Vor allem nicht im Keller unter Nutzung der dort lagernden Werkzeuge. Wer hier oben eingesperrt ist, befindet sich eher in einer offenen und noch ungeklärten Situation."
„Es kann also für mich wieder besser werden. Oder deutlich schlimmer."
„So in etwa. Wer hat dich eigentlich heute befragt?"
„Markus Wolf höchstpersönlich. Wusstest du das nicht?"
Simone schlug die Hand vor den Mund. „Gar nicht gut."
„So etwas habe ich schon befürchtet. Aber eigentlich war er nicht so schlimm. Wenigstens scheint er nicht zu Gewalttätigkeit zu neigen."
„Das weiß man nie. Der Typ ist eiskalt und unberechenbar."
„Den Eindruck hatte ich ebenfalls. Ein bisschen habe ich aber auch gedacht, dass er gar nicht so genau weiß, was er will."
„Das geht hier momentan allen Mitarbeitern in den oberen Etagen so. Die politische Gemengelage überfordert jeden und macht auch vor den Chefzimmern nicht halt."
„Bei Wolf schien es noch etwas anderes zu sein. Ich hatte das Gefühl, dass er etwas vorhat, aber selbst nicht weiß, wie er dabei vorgehen soll."
In diesem Augenblick klopfte es an die Tür. „Frau Brandner, sind

Sie dort drin?", rief eine schroffe Frauenstimme.
„Ich hatte nur etwas verschüttet, bin gleich da", antwortete Simone in möglichst unbefangenem Tonfall, um sich danach mit einem Flüstern an Berthold zu wenden. „Ich muss verschwinden, sonst fallen wir auf."
Bevor sie die Tür öffnete, drückte sie ihm mit weichen Lippen einen Kuss auf die Wange. Berthold schlief in seiner ersten Nacht in Haft in erstaunlich gehobener Stimmung ein.

17. Oktober 1989

Auszüge aus dem Tonprotokoll der Sitzung des Politbüros – Zentralkomitee der SED im Sitzungssaal des ZK-Gebäudes am Werderschen Markt in Ost-Berlin

Vorsitzender: Erich Honecker, Generalsekretär des Zentralkomitees

Beginn: 10:00 Uhr

Willi Stoph: Ich schlage als ersten Punkt der Tagesordnung die Entbindung des Genossen Erich Honecker von seiner Funktion als Generalsekretär und die Wahl von Egon Krenz zu seinem Nachfolger vor. Erich, es geht nicht anders. Du musst gehen.
Erich Honecker: Kommen wir zum nächsten Punkt der Tagesordnung.
Kurt Hager: Erich, das kannst du nicht mehr aussitzen. 150.000 Demonstranten alleine in Leipzig gestern sprechen für sich. Sie fordern Rücktritte und wollen Köpfe rollen sehen. Jetzt. Die Leute sind nicht im Zaum zu halten. Wir können nur noch reagieren. Und selbst das höchstens unvollständig.
Alfred Neumann: Die nehmen uns nicht mehr ernst. Wenn ich alleine die Parolen auf den Transparenten lese: „Wende statt Wände", „Reisefrei bis Hawaii"…"
Erich Honecker: Dann tretet doch selbst zurück.
Günter Schabowski: Die Entscheidung ist bereits gefallen. Du hast die Lage falsch eingeschätzt. Jetzt musst du die Konsequenzen tragen, das kann dir keiner abnehmen.
Günter Mittag: Diese Entscheidung ist längst überfällig.
Erich Honecker: Was hier überfällig ist, entscheidet das Kollektiv. Ich bin gespannt, wie ihr die nötige sozialistische Einigkeit herstellen wollt.
Erich Mielke: Erich, treib´s nicht zu weit. Du weißt, dass in meinem Safe alle möglichen Dokumente liegen. Auch solche, die dein makelloses Bild als antifaschistischer Widerstandskämpfer beschädigen könnten. Zwing mich nicht, etwas davon zu veröffentlichen.

Erich Honecker: Reiß dein Maul nicht so weit auf und hör´ gefälligst auf, meinen antifaschistischen Kampf in den Dreck zu ziehen. Damit beleidigst du auch die anderen Genossen am Tisch. Möchte sich jemand zu Wort melden? ... Niemand? ... Dann bleibt mir nur die Abstimmung über den Antrag des Genossen Stoph. Wer ist für meine Absetzung und die Wahl von Egon Krenz zu meinem Nachfolger? ... 1, 2, 3, 4, 5...alle. Dann muss ich wohl auch den Arm heben...Ich fühle mich nicht wohl...Entschuldigt mich...

Egon Krenz: Liebe Genossen, ich danke euch für euer Vertrauen...Wenden wir uns jetzt aber den Aufgaben zu, die vor uns liegen.

Erich Mielke: Ich beantrage, noch einmal den Generaloberst a.D. Markus Wolf zu hören.

Egon Krenz: Jetzt? Na ja, warum nicht? Er soll hereinkommen.

Erich Mielke: Genosse Wolf, Sie finden uns in großer Ratlosigkeit vor. Können Sie uns irgendwelche Perspektiven aufzeigen?

Markus Wolf: Die gleichen wie vor einer Woche.

Erich Mielke: Hat sich seitdem nichts Neues ergeben? Geht es auch etwas konkreter?

Markus Wolf: Das geht schon. Alles ist im Fluss und ändert sich täglich. Aber das merken Sie selbst gerade in diesen Tagen genauso gut wie ich. Die Frage ist nur, wie viel Sie wirklich wissen wollen.

Egon Krenz: Wir müssen schon einige belastbare Informationen haben, um etwas präziser als in den letzten Wochen planen zu können.

Markus Wolf: Das kann ich verstehen. Andererseits dürfte es unter Umständen von Vorteil für Sie sein, wenn Sie in Zukunft wahrheitsgemäß behaupten können, von einigen jetzt zwingend notwendigen Schritten nichts gewusst zu haben. Ich will versuchen, in meinen Erläuterungen beide Aspekte zu berücksichtigen.

Egon Krenz: Ich bitte darum.

Markus Wolf: Wie ich schon ausgeführt habe, müssen wir globaler denken.

Egon Krenz: Korrekt. Das haben Sie bereits gesagt und das wird durch Ihre Wiederholung nicht erhellender.

Markus Wolf: Inzwischen habe ich einige Gesprächspartner hinzugezogen, unter anderem auch auf internationaler Ebene. Selbstverständlich mit der nötigen Diskretion. Ein junger und aufstrebender Sowjetbürger russischer Herkunft ist teilweise in meine Überlegungen eingeweiht.
Kurt Hager: Glauben Sie ernsthaft, dass wir Hilfe von unserem großen Bruderstaat aus dem Osten erwarten können? Unserem ehemaligen Bruderstaat, muss man ja fast sagen.
Markus Wolf: Jetzt vielleicht nicht. Aber wir sollten nicht nur in globaleren Dimensionen, sondern auch in größeren Zeiträumen denken.
Alfred Neumann: Muss man Sie wirklich darauf hinweisen, dass wir diese Zeit nicht haben?
Markus Wolf: Wenn Sie eine schnellere Lösung unseres Problems vorschlagen können, bin ich ganz Ohr. Aber wie ich schon sagte, ist alles im Fluss. Übrigens nicht nur hier bei uns, sondern im Grunde genauso auch in allen Staaten der osteuropäischen sozialistischen Föderation, wie Ihnen wohl kaum entgangen sein dürfte.
Günter Mittag: Soll uns das jetzt beruhigen?
Markus Wolf: Eigentlich schon, wenn Sie genau darüber nachdenken. Denn diesen schnellen Wandel können wir derzeit auch und gerade in der UDSSR als größtem politischem Gebilde im Osten beobachten. Der Weg, den Michail Gorbatschow eingeleitet hat, bereitet nicht nur uns und anderen osteuropäischen Mächten größte Sorgen, sondern auch den sozialistischen Kräften in seinem eigenen Land.
Erich Mielke: Da ist gewiss etwas dran.
Markus Wolf: Deshalb kann auch niemand sagen, ob Michail Gorbatschow in einem Jahr noch über sein Land herrscht. Oder ob es dieses Land dann überhaupt noch gibt, zumindest in den gegenwärtigen Dimensionen. Genauso wenig wissen wir, ob es später sozialistische oder andere Strukturen aufweisen wird.
Kurt Hager: Das macht alles noch viel schwieriger.
Markus Wolf: Mag sein, aber nicht nur für uns. Das gilt genauso für die UDSSR oder für Russland selbst – und auch für den Westen. Hier entsteht gerade ein gewaltiges Machtvakuum.

Alfred Neumann: Niemand weiß, welches politische System im Osten heraufzieht und die Zukunft dominieren wird. Eine absolute Horrorvorstellung.
Markus Wolf: Vielleicht aber auch eine großartige Chance. Wenn man positiv denkt und das Thema richtig angeht.
Egon Krenz: Wie kann man denn in dieser Lage überhaupt sinnvoll agieren?
Markus Wolf: Dazu hatte ich vor wenigen Tagen ein interessantes Gespräch mit einem Offizier der KGB-Residentur in Dresden. Der Mann ist noch keine 40 Jahre alt und schon Major. Außerdem arbeitet er seit fünf Jahren vertrauensvoll mit unserer Staatssicherheit zusammen, ein interessanter Typ, hervorragender Deutschlandkenner, bestens vernetzt.
Egon Krenz: Und was sollen wir mit dieser Personalie anfangen?
Markus Wolf: Der Kollege ist pragmatisch und scheint gute machtpolitische Instinkte zu haben. Wer ihn näher kennt, sagt ihm eine vielversprechende Karriere voraus, egal in welchem System. Man nennt ihn in Dresden auch den Giftzwerg. Bezeichnenderweise ist er stolz auf diesen Spitznamen.
Egon Krenz: Schön für ihn. Aber was kann er für uns tun?
Markus Wolf: In einem russischen Staat der Zukunft vielleicht noch sehr viel.
Egon Krenz: Das ist mir alles immer noch nicht konkret genug.
Markus Wolf: Außerdem schaltet er sich gerade auf meine Veranlassung hin konstruktiv in einige Verhöre und zielführende Gespräche ein.
Erich Mielke: Halten Sie das wirklich für eine gute Idee?
Markus Wolf: Unbedingt. Wir können gegenwärtig unmöglich sagen, wie sich die politischen Verhältnisse im Einzelnen entwickeln werden und wer genau in Zukunft welche Bedeutung haben wird. Deshalb müssen wir von möglichst vielen Seiten Druck ausüben, um unseren Einfluss auf die Entwicklung in den nächsten Dekaden zu optimieren.
Kurt Hager: In den nächsten Dekaden? Was kümmert es mich, was im nächsten Jahrtausend geschieht. Ich habe das Gefühl, dass es eher auf die nächsten Tage ankommt.
Markus Wolf: Auch das ist richtig. Doch die nächsten Tage sind

schnell vorbei, so oder so. Aber das neue Jahrtausend dürfte etwas länger dauern.

Günter Mittag: Schön, schön, das hört sich richtig klug an. Vielleicht sollten Sie ein Philosophie-Seminar leiten. Nur hilft uns das jetzt nicht weiter.

Markus Wolf: Ich sagte ja, dass wir in größeren Zeiträumen denken müssen. Wir sollten den Blickwinkel der Geschichte einnehmen, wenn wir selbst etwas Bleibendes und Dauerhaftes errichten wollen.

Alfred Neumann: Was für ein Geschwafel. Haben Sie nichts Handfesteres zu bieten?

Markus Wolf: Ich wollte Ihnen gerade erläutern, dass wir gegenwärtig den Druck verstärken.

Egon Krenz: Interessant. Nur verstehe ich nicht, wieso wir überhaupt Druck ausüben müssen. Will Ihr sowjetischer Kollege gar nicht mit uns zusammenarbeiten? Ehrlich gesagt würde mich das angesichts der gegenwärtigen Haltung der Moskauer Führung nicht wundern.

Markus Wolf: Mein Freund Wladimir hält nicht viel vom Genossen Gorbatschow, auch wenn er das niemals öffentlich zugeben würde. Der KGB-Residentur in Dresden braucht niemand Druck zu machen, damit sie mit uns kooperiert. Im Gegenteil, in dieser Hinsicht muss Wladimir eher gebremst werden. Aber keine Sorge, das habe ich im Griff.

Egon Krenz: Dann kann ich aber erst recht nicht nachvollziehen, warum Sie den Druck erhöhen wollen.

Markus Wolf: Nun, es gibt noch andere Spieler auf dem Feld. Die muss man manchmal zum Jagen tragen.

Erich Mielke: Heißt das etwa, dass Sie auf Leute setzen, die lieber mit dem Westen fraternisieren?

Markus Wolf: Nein, keineswegs, die Partner, mit denen ich zusammenarbeiten will, sympathisieren alle mit der Idee des Sozialismus oder zumindest wie Wladimir mit dem Gedanken einer starken osteuropäischen Hegemonialmacht. Aber es gibt weitere potentielle Protagonisten in meinen Plänen. Einige von ihnen haben ihren Weg noch nicht gefunden und sind politisch desorientiert. Man könnte sagen, dass sie Anstoß und Wegweisung brauchen.

Erich Mielke: Und dabei wollen Sie ihnen helfen?
Markus Wolf: Ja, mit Nachdruck.
Egon Krenz: Verstehe. Aber dennoch kommen wir nicht umhin, in diesem Zusammenhang auch auf den Zeitdruck hinzuweisen.
Markus Wolf: Dafür habe ich bei allen historischen Dimensionen des Projektes durchaus Verständnis. Doch nicht alles liegt vor dem Hintergrund der Wirrungen der gegenwärtigen Zeitgeschichte in unserer Hand, schon gar nicht mit einem exakten Zeitplan. Aber ich kann Sie beruhigen: Die Ereignisse entwickeln in diesen Stunden eine gewisse Eigendynamik.
Egon Krenz: Das können wir schon seit mehreren Wochen beobachten. Nur leider nicht zu unserem Vorteil.
Markus Wolf: Das kann sich jederzeit ändern. Eben daran arbeite ich.
Erich Mielke: Sie sprachen von weiteren Spielern auf dem Feld. Können Sie das näher ausführen?
Markus Wolf: Ich versuche gerade, Figuren mit Potential in einem System der Zukunft zu positionieren. Menschen, die noch gar nicht wissen, welche Chancen sich sowohl für Deutschland als auch für sie persönlich ergeben können.
Erich Mielke: Denken Sie da an jemanden ganz konkret?
Markus Wolf: Ich habe mich kürzlich mit einer ehemaligen FDJ-Funktionärin unterhalten. Blitzgescheit, mit einer durchaus gesunden sozialistischen Grundhaltung. Nur zeigt sie leider keine ernsthaften Ambitionen.
Erich Mielke: Und wie wollen Sie solche Ambitionen wecken?
Markus Wolf: Durch die Erhöhung des Drucks, von dem ich soeben sprach. Wir konnten die junge Dame in einer kompromittierenden Situation beobachten. Sie war Zeugin in einem Mordfall.
Egon Krenz: So etwas ist nie schön, aber auch nicht strafbar.
Markus Wolf: Sagen wir, sie hat sich etwas unglücklich verhalten und eine Chance zum Eingreifen verpasst. Mit etwas Kreativität könnte man sie auch der Beihilfe zum Mord bezichtigen.
Erich Mielke: Eine solche Kreativität traue ich Ihnen durchaus zu. Aber wäre zum Gelingen Ihres Vorhabens nicht etwas mehr Eigeninitiative und Ehrgeiz hilfreicher?
Markus Wolf: Alles zu seiner Zeit. Ich setze hier zunächst einmal

auf Vertrauen und Dankbarkeit. Es gibt einen anderen potentiellen Schuldigen, den wir zur Entlastung meiner Zielperson verantwortlich machen können.
Erich Mielke: Aber keinen Mitarbeiter unserer Behörde, oder?
Markus Wolf: Wo denken Sie hin? Niemals würde ich so ungeschickt vorgehen, das wissen Sie doch. Für die Rolle des Sündenbocks habe ich einen jungen Regimekritiker aus Leipzig vorgesehen.
Erich Mielke: Geschickter Schachzug. Ist der Mann bereits in unserer Obhut?
Markus Wolf: Er sitzt im Runden Eck. Unser sowjetischer Freund wird sich demnächst des Mannes annehmen.
Erich Mielke: Der Giftzwerg. Nicht dass er dabei über das Ziel hinausschießt. Wir brauchen den Mann noch.
Markus Wolf: Auch dafür ist gesorgt. Denn mein Figuren-Ensemble war mit den bisher genannten Personen noch nicht komplett. Deshalb habe ich zusätzlich einen scharfsinnigen jungen Rechtsanwalt aus Ost-Berlin ins Spiel gebracht, der unseren Regimekritiker verteidigen und auf ihn aufpassen soll.
Egon Krenz: Können wir uns auf diesen Rechtsanwalt verlassen?
Markus Wolf: Ich denke schon, er ist unserem System aus langer Familientradition treu. Seinen Vater kennen Sie alle. Aber mehr wollen Sie an dieser Stelle, glaube ich, nicht wissen.
Egon Krenz: Das hört sich tatsächlich interessant an. Ich bin gespannt, was als Nächstes geschehen wird und gehe davon aus, dass Sie uns darüber weiter berichten werden. Doch ich glaube, wir können die Sitzung zunächst einmal schließen, nachdem uns der Genosse Honecker so frühzeitig verlassen hat.

18. Oktober 1989

Sie ahnte nichts Gutes, als sie beobachtete, wie der schwarze Tatra 603 vor dem Fenster ihrer Wohnung am Kupfergraben in der Nähe der Humboldt-Universität in Ost-Berlin vorfuhr. Dieses tschechische Luxus-Modell für Individualisten in edler schwarzer Lackierung war nur hohen Funktionären vorbehalten.
Dabei hatte sie sich eigens nach Hause zurückgezogen, um in Ruhe arbeiten zu können. Nach ihrer erfolgreichen Dissertation zur *Untersuchung des Mechanismus von Zerfallsreaktionen* sollte sie nun ihre staatstreue Gesinnung mit einer schriftlichen Arbeit zum Titel *Was ist sozialistische Lebensweise?* nachweisen. Auch das würde ihr gut gelingen.
Schon am nächsten Tag musste sie die Arbeit einreichen. Doch an ihrem Arbeitsplatz in der Akademie der Wissenschaften wäre sie permanent von Kollegen gestört worden, die dauernd mit irgendwelchen Anliegen zu ihr kamen. Aber hier blieb sie scheinbar auch nicht unbehelligt.
Vermutlich wäre sie besser wieder in ihr Wochenendhaus in Hohenwalde gefahren. Doch seit den schrecklichen Vorfällen vor fast sieben Wochen brachte sie es einfach nicht über sich, dorthin zurückzukehren.
Ein Chauffeur stieg aus dem Tatra und öffnete die hintere Tür, aus der sich Markus Wolf geschmeidig herauswand. In diesem Augenblick wusste sie, dass der Spätsommer des Jahres sie wieder eingeholt hatte. Er hatte sie bereits hinter dem Fenster entdeckt. Als er mit den Händen diskret das Symbol ihres neuen Tarnnamens formte, kam sie nicht umhin, ein wenig zu lächeln.
Sie wusste selbst nicht, warum sie so dienstfertig reagierte, aber nach einer kurzen Begrüßung setzte sie ungefragt Kaffee auf und bot ihm einen Platz am Esstisch an.
Markus Wolf zündete sich eine Pfeife an und paffte langsam. „Wir können uns Zeit lassen", verkündete er. „Ihr Lebensgefährte hat heute an der Akademie noch einige zusätzliche Aufgaben bekommen, die ihn länger aufhalten werden."
Sie reagierte nicht überrascht, dass Wolf wusste, dass ihr Freund genau wie sie an der Akademie arbeitete. Offensichtlich hatte er

auch dafür gesorgt, dass er dort länger blieb. Eigentlich hatte sie kaum etwas anderes erwartet. Wolf war und blieb ein ranghoher Stasi-Offizier.
Ihr Besucher warf einen Blick auf seine Armbanduhr. „14:30 Uhr, jetzt beginnen die Nachrichten. Vielleicht könnten Sie das Radio einschalten. Das wäre eine gute Einleitung für unser Gespräch."
Kopfschüttelnd drehte sie den Lautstärkeregler des Empfangsgerätes auf. Die unverkennbar hohe Stimme des Generalsekretärs des Zentralkomitees erklang. Er verlas gerade eine Erklärung:
„Nach reiflicher Überlegung und im Ergebnis der gestrigen Beratungen im Politbüro bin ich zu folgendem Entschluss gekommen: Infolge meiner Erkrankung und nach überstandener Operation erlaubt mir mein Gesundheitszustand nicht mehr den Einsatz an Kraft und Energie, den die Geschichte unserer Partei und des Volkes heute und künftig verlangt. Deshalb bitte ich das Zentralkomitee, mich von der Funktion des Generalsekretärs der SED, vom Amt des Vorsitzenden des Staatsrates der DDR und von der Funktion des Vorsitzenden des nationalen Verteidigungsrats der DDR zu entbinden. Dem Zentralkomitee und der Volkskammer sollte Genosse Egon Krenz als mein Nachfolger vorgeschlagen werden. Erich Honecker."
Sie traute ihren Ohren kaum. „Der Mann ist so von der Rolle, dass er seine eigene Unterschrift mit vorliest." Dann sah sie mit plötzlicher Klarheit ihren Besucher an. „Sie wussten das schon. Bevor er es heute verkündet hatte."
„Was ich vorher wusste oder nicht, ist unerheblich", lautete die Antwort. „Entscheidend ist, was in Zukunft passiert. Darüber wollte ich mit Ihnen sprechen. Setzen Sie sich bitte."
Sie gehorchte wie paralysiert und nahm auf einem Stuhl möglichst weit weg von Markus Wolf Platz. In ihrem eigenen Wohnzimmer.
„Was wir heute beobachten und hören, ist erst der Anfang", meinte der fremde Mann an ihrem Tisch. „Es wird sich einiges verändern und wir werden noch viele Menschen kommen und gehen sehen. Doch vielleicht ist das gar nicht wichtig. Was bleibt, sind die Ideen."
Sie konnte sich eines spontanen Nickens nicht erwehren. Der Ge-

danke der persönlichen Zurücknahme war ihr sympathisch. Es entsprach ihrem Wesen, Inhalte und Ideale in den Vordergrund zu rücken.
„Ich hatte gehofft, dass Sie das auch so sehen“, bestätigte Markus Wolf ihre Reaktion. „Die Idee des Sozialismus ist tragfähiger als ihre Protagonisten. Denken Sie das nicht ebenfalls?“
„Die Idee der Gleichheit aller Menschen ist ein Ziel, das ich immer für erstrebenswert gehalten habe. Vielleicht ist dieser Grundgedanke im politischen Tagesgeschäft in unserem Staat etwas untergegangen.“
Wolf lächelte wölfisch. „Sie sprechen wie eine wahre Politikerin.“
„Das wollte ich nicht.“
„Vielleicht wollten Sie es jetzt nicht. Aber irgendwann werden Sie es möglicherweise wollen. Unser Staat braucht Menschen wie Sie, Menschen mit Werten, auch in der Politik, an führender Stelle.“
„Ich weiß nicht, ob diesem Staat überhaupt zu helfen ist“, gab sie zu bedenken. „Sie haben doch gerade mit mir die Nachrichten gehört. Die politische Entwicklung hat unglaublich an Fahrt aufgenommen. Wer weiß, wie lange es die DDR noch gibt?“
„Das weiß in der Tat niemand.“ Wolf nahm einen langen Zug aus seiner Pfeife. „Aber unter Umständen ist das gar nicht die entscheidende Frage. DDR, BRD, das sind nur Namenskürzel für temporäre Systeme. Deutschland wird es immer geben und auch der Sozialismus ist zeitlos.“
„Glauben Sie das wirklich?“
„Sie etwa nicht?“ Wolf beobachtete seine Gesprächspartnerin aufmerksam, bevor er fortfuhr. „Doch, Sie glauben an den Sozialismus, so etwas kann ich sehen. Deshalb sollten Sie in einem Deutschland der Zukunft eine führende Rolle spielen.“
„Ich? Das glauben Sie doch selbst nicht. Sehen Sie mich an, für so etwas bin ich nicht geschaffen.“
„Sie unterschätzen sich, wieder einmal. Sie bringen die besten Voraussetzungen mit. Denn Sie glauben an die Idee des Sozialismus, ganz ohne Selbstverliebtheit und Fixierung auf die eigene Karriere.“
„Und wenn ich eine solche Rolle nicht will?“

„Ihre Entscheidung." Wolf lehnte sich zurück. „Sie kennen die Alternative. Beihilfe zum Mord ist in beiden deutschen Staaten und bestimmt auch in einem Deutschland der Zukunft eine schwere Straftat. Die Konsequenz wäre nicht nur eine langjährige Gefängnisstrafe, sondern ebenso der Ausschluss aus der Akademie der Wissenschaften, lebenslange Ächtung."

„Ja, ja, ich weiß, Sie haben mich in der Hand. Verzeihen Sie, ich hatte einen Moment geglaubt, Sie könnten menschlich handeln. Was erwarten Sie also von mir?"

„Betätigen Sie sich politisch, zunächst nur verhalten, wir wissen ja nicht, wohin die Reise geht. Vielleicht treten Sie erst einmal in die Ost-CDU ein. Sollte diese später mit der CDU West fusionieren, wären Sie gleich Mitglied der stärksten deutschen Partei."

„Die CDU?" Sie lachte höhnisch auf. „Dann überlege ich mir das mit dem Gefängnis lieber noch einmal. Mit dieser Partei will ich nichts zu tun haben."

„Na ja, das spricht immerhin für Ihre sozialistische Gesinnung. Nehmen wir das erst einmal hin und warten ab, vielleicht gibt es sich noch. Gerade befindet sich der Demokratische Aufbruch in Gründung, der DA, vielleicht wäre das etwas für Sie."

„Hört sich schon besser an. Was soll ich da machen?"

„Arbeiten Sie zunächst ehrenamtlich mit", empfahl Wolf, „alles Weitere wird sich ergeben. Ich werde über meine Kontakte ein Auge auf Sie haben und darauf achten, dass Sie in eine hauptamtliche Position kommen. Die Berührung mit den gestaltenden Kräften in Ost und West wird sich dann mehr oder weniger automatisch einstellen."

„Das klingt etwas vage."

„Die ganze Weltlage ist derzeit vage, damit müssen wir uns abfinden. Aber ich werde den Kontakt zu Ihnen in loser Folge halten und wir werden uns halbwegs regelmäßig über das weitere Vorgehen absprechen."

„Gibt es sonst nichts, was Sie mir mit auf den Weg geben können?"

„Im Grunde tragen Sie alle wichtigen Anlagen in sich", meinte Markus Wolf. „Bewahren Sie Ihren Glauben an den Sozialismus, selbst wenn dieser Begriff gegenwärtig und auch für längere Zeit in Deutschland nicht so populär sein sollte. Sie müssen das, was

Sie tun, ja nicht Sozialismus nennen. Hauptsache, Sie handeln sozialistisch."
„Denken Sie wirklich, dass das keiner merkt? Auch nicht an den entscheidenden Stellen? An den Schaltstellen der Macht?"
„Man sollte die Dummheit von Regierungen nie unterschätzen. Dieser Satz stammt übrigens nicht von mir, sondern vom ehemaligen westdeutschen Bundeskanzler Helmut Schmidt."
„Na, das beruhigt mich aber."
„Sollte es auch. Wenn Sie behutsam, subtil und geschickt in kleinen Schritten vorgehen, werden Sie erfolgreich sein."
„Wie würden Sie den Erfolg denn definieren?"
„Wenn es gelingt, den Raubtier-Kapitalismus in Deutschland zurückzudrängen, ist schon viel gewonnen. Das Primat der Wirtschaft muss gebrochen werden. In einem Deutschland der Zukunft sollte die Politik lenken und entscheiden, die Interessen der Wirtschaft müssen dem Willen des Volkes untergeordnet werden."
„Das hört sich zumindest demokratisch an."
„Die Demokratie ist gar keine so schlechte Sache. Besonders, wenn führende Köpfe den Volkswillen in einem vernünftigen Sinne medial beeinflussen und stets auf Volksbefragungen hören. Achten Sie genau auf die Umfragen, dann werden Sie politisch erfolgreich sein."
„Dieser Gedanke wirkt auf mich absolut sympathisch. Klingt logisch."
„Viel Glück damit. Solange Sie das beherzigen, brauchen Sie sich um Ihre Zukunft keine Sorgen zu machen."
„Und die Wirtschaft? Müsste man darauf nicht etwas mehr Rücksicht nehmen?"
„Auf keinen Fall." Wolf schüttelte den Kopf. „Der Grundsatz der Gleichheit ist viel wichtiger. Wohlstand für alle ist sowieso illusorisch, so etwas gibt es nicht. Dann ist es besser, alle haben das Gleiche, dafür aber deutlich weniger."
„Wird ein solcher Verfall des Lebensstandards nicht zu massiven Protesten und Aufständen führen?"
„Nicht, wenn man es geschickt anstellt. Man muss nur suggerieren, dass die Maßnahmen, die zur Minderung des Wohlstandes führen, für das Überleben der Menschen unabdingbar notwendig

sind. Die Bedeutung des Individuums und seines Wohlbefindens wird allgemein überschätzt."
„Aber wenn einzelne Individuen deutlich mehr leisten? Sollten sie dann nicht auch bessere Lebensbedingungen bekommen?"
„Möglichweise könnten sie in die Kaste der politischen Funktionäre aufsteigen. Doch viele werden immer noch durchs Raster fallen, denn dort ist ja nicht für jeden Platz. Das ist auch ganz in Ordnung so", bekräftigte Wolf. „Leistungsanreize sind nur bedingt sinnvoll. Für durchschnittliche Menschen reicht ein sehr durchschnittlicher Lebensstandard. So können wir die Masse des Volkes optimal einsteuern."
„Da hat uns die Aufklärung aber etwas anderes gelehrt."
„Das Zeitalter der Aufklärung ist vorbei. Wir sehen am Kapitalismus, dass diese Lehre versagt hat. Der einzelne Mensch ist nichts, nur die Gemeinschaft zählt."
„Ein prosperierendes Wirtschaftsleben scheint mir nicht unbedingt zu erwarten zu sein, wenn man eine Gesellschaft nach diesen Grundsätzen gestaltet."
„Das ist auch nicht zwingend erforderlich. Viele Menschen geben sich gerne mit weniger zufrieden. Dann müssen sie sich bei der Arbeit nicht so anstrengen."
„Sind Sie da sicher?"
„Wenn wir den Leuten die richtigen Argumente vorlegen, werden sie uns folgen", erklärte Wolf. „Auf der moralischen Schiene funktioniert das in der Regel ganz gut. Im Westen haben die Menschen doch schon in den frühen Achtzigerjahren massiv gegen die Atomenergie protestiert. Jetzt müssen wir den Blick der Massen für die Umweltschädlichkeit jeder Form von Energieerzeugung weiten, dann werden wir die Energiewirtschaft insgesamt zerstören können."
„Was wäre damit gewonnen?"
„Die Energieversorgung ist das Herzstück der Wirtschaft. Mit deren Zerschlagung weisen wir die Industrie in ihre Schranken und gewinnen in der Politik wieder die Oberhand über die Gesellschaft."
„Klingt strategisch schlüssig."
„Ist es auch. Danach wäre die Autoindustrie an der Reihe, ein

weiteres Aushängeschild der westdeutschen Wirtschaft, das völlig überbewertet ist. Längst nicht jeder Bürger braucht ein eigenes Auto."

„Das riecht nach Problemen. Das Auto, der Deutschen liebstes Kind. So sagt man doch."

„Vielleicht sollte man den Deutschen klarmachen, dass dieses Kind ziemlich missraten ist und der Umwelt sowie der Zukunft der Menschheit massiv schadet. Der Mensch muss nicht persönlich überallhin reisen. Moderne Kommunikationsgeräte können viele persönliche soziale Kontakte ersetzen." Wolf hielt kurz inne. „Die soziale Kompetenz vieler Bürger ist sowieso schon zu hoch. Sie sehen doch, wohin das führt, wenn die Leute zu eigenwillig werden und sich zu viele Gedanken machen: Proteste, Unruhen, Umstürze. So etwas wollen wir nicht noch einmal erleben."

„Nachvollziehbar. Ich fürchte nur, dass man nicht jeden zum Schweigen bringen kann. Was sollte man also mit denen machen, die nicht mitziehen und widersprechen?"

„Abstempeln, stigmatisieren, ausgrenzen. Gerade in Deutschland wirkt die Nazi-Keule immer noch sehr gut. Alle Andersdenkenden sollten in den Medien immer wieder in die Nähe des Faschismus gerückt werden."

„Schon klar, da will keiner hin und ist lieber still, bevor er sich den Protesten anschließt und einem solchen Verdacht aussetzt, hat ja auch in der DDR immer gut funktioniert. Das scheint mir wohldurchdacht zu sein. Mal sehen, wohin das führt."

„Unter anderem in die Verknappung begehrter Konsumgüter." Wolf lächelte dünn. „Wenn die Menschen 20 Jahre warten müssen, freuen sie sich sogar über einen Trabi. Das gilt auch für andere Produkte. Bei vielen Menschen erzeugt man mehr Dankbarkeit und Wertschätzung, wenn sie etwas erst nach langer Zeit bekommen, Sie werden sehen."

19. Oktober 1989

„Der Giftzwerg ist da. Er ist heute früh am Morgen aus Dresden angereist, um Dich zu verhören."
Simone hatte ihm das Frühstück in seine Zelle gebracht und war völlig außer sich. Sie atmete flach und stoßweise.
Berthold setzte sich auf seiner schmalen Liege auf und nahm das Tablett entgegen. „Der Giftzwerg? Wer soll das sein?"
„Das ist sein Spitzname. Offiziell ist er stellvertretender Leiter der KGB-Residentur in Dresden. Ein ganz übler Typ."
„KGB in Dresden?" Berthold verstand überhaupt nichts mehr. „Und was hat der bei der Stasi in Leipzig zu suchen?"
„Weiß ich auch nicht. Er will jedenfalls mit dir sprechen."
„Darf er das denn? Ich bin doch von der Stasi inhaftiert."
„So einer darf alles. Außerdem hat er neben seinen KGB-Papieren auch einen Stasi-Ausweis."
„Seltsam." Berthold schüttelte den Kopf. „Könnte Wolf dahinter stecken?"
„Keine Ahnung, würde mich nicht wundern. Ich muss wieder weg. Wenn mich der Giftzwerg hier sieht, könnte das für uns beide kritisch werden."
Das sah Berthold genauso und erhob keine Einwände, als Simone sofort wieder durch die Tür verschwand. Schade, nicht einmal Zeit für eine Berührung war geblieben.
Doch er fand kaum Gelegenheit, darüber nachzudenken. Kaum hatte er die Beine aus dem Bett geschwungen und das Tablett auf den Knien ausbalanciert, wurde die Tür wieder aufgeschlossen. Dabei hatte er noch gar nicht angefangen, an dem harten Brot auf seinem Teller zu knabbern.
Berthold sah auf und blickte in tote Augen. Haifischaugen unter halb herabgezogenen Schlafzimmerlidern. Ein beklemmendes Gefühl machte sich in ihm breit, das aber schnell wieder verflog.
Der Mann sagte zunächst gar nichts, nahm sich den einzigen Stuhl in der Zelle und setzte sich Berthold gegenüber. Dann stellte er sich mit leiser, dünner Stimme in fehlerfreiem Deutsch mit seinem russischen Namen und KGB-Dienstgrad vor.
Dabei wirkte außer den Augen nichts an ihm beunruhigend. Ein

wenig traurig sah er aus. Und klein, kaum einen Meter siebzig groß.
Damit hatte Berthold schon gerechnet, irgendwo musste der Spitzname Giftzwerg ja herkommen. Nur hätte er ihn sich etwas kompakter, breiter, kräftiger vorgestellt. Irgendetwas, was eine physisch bedrohliche Wirkung hervorgerufen hätte.
Aber nichts dergleichen war auszumachen. Die zusammengesunkene Gestalt, die da auf dem Stuhl vor ihm saß, weckte eher sein Bedauern. Fast war er versucht, dem Russen etwas von seinem Frühstück anzubieten, so mager und hilflos wirkte er.
Doch es sollte nicht lange dauern, bis Berthold verstand, wie sehr dieser erste Eindruck täuschte. Es begann ganz harmlos, als sich der Mann sachlich nach den Umständen des Todes seines Freundes Gernot erkundigte.
Eigentlich war Berthold sogar froh, sich dazu zur Abwechslung in einer ruhigen Gesprächssituation äußern zu können. So schilderte er ausführlich die mittlerweile schon über sieben Wochen zurückliegenden Ereignisse, die ihn so aufgewühlt hatten.
Der Giftzwerg erwies sich als guter Zuhörer. Er nickte mehrmals mit vorgeblich verständnisvoller Geste und unterbrach ihn nicht, bis er mit seinem Bericht endete.
„So in etwa habe ich mir das vorgestellt“, erwiderte der Russe nach einer kurzen Pause des Nachdenkens. „Eigentlich ist der Fall sogar noch eindeutiger, als er mir zuvor geschildert wurde. Doch dies ist unser erstes persönliches Zusammentreffen und ich wollte mir zunächst einen eigenen Eindruck verschaffen. Den konnte ich jetzt gewinnen.“
Berthold sah auf. „So schnell?“
„Zum Glück habe ich schon einige Erfahrung im Umgang mit Staatsfeinden. Die Muster gleichen sich. Sie wiederholen sich immer wieder.“
„Aber ich bin kein Staatsfeind“, wandte Berthold empört ein. „Ich möchte den Menschen in diesem Land helfen.“
„Das behaupten sie alle. Aber was den Menschen hilft und was ihnen schadet, entscheiden wir. Doch im Grunde sind Ihre Motive zweitrangig.“
„Wie darf ich das verstehen?“

„Es ist nicht meine Aufgabe, Sie psychologisch einzuschätzen. Ich muss nicht herausfinden, warum Sie etwas getan haben, sondern nur, was Sie getan haben. Und das ist eindeutig."
Berthold fühlte sich verzweifelt. „Ich verstehe das nicht. Was werfen Sie mir denn vor?"
„Verschwörung gegen die sozialistische Gesellschaft und Mord. Mehrfachen Mord."
„Haben Sie mir denn gerade überhaupt nicht zugehört? Ich habe niemanden ermordet. Zuerst war es der Pfarrer und dann die Stasi."
„Der Pfarrer und die Stasi." Der Russe schüttelte den Kopf. „Haben Sie eigentlich schon einmal darüber nachgedacht, was Sie da die ganze Zeit behaupten? Der Sicherheitsdienst eines sozialistischen Staates und die geistliche Obrigkeit arbeiten zusammen? Eine solche Kollaboration von Klassenfeinden wird es in hundert Jahren nicht geben."
„Die Zeiten wandeln sich schnell."
„Aber doch nicht die Antagonisten der Menschheitsgeschichte. Und selbst wenn es wahr wäre, würden sich diese beiden Gruppen nicht ausgerechnet zu einem Mord verschwören und damit gegen ihre heiligsten Gesetze verstoßen. Nein, dahinter steckt etwas ganz anderes."
„Und was soll das sein?"
„Sie."
„Ich? Sie glauben doch nicht ernsthaft, dass ich ganz alleine eine solche Mordserie in Gang gesetzt hätte?"
„Na bitte, da sagen Sie es ja. Wer sind also Ihre Hintermänner, in wessen Auftrag handeln Sie? Das will ich ganz genau von Ihnen wissen."
„Ich habe keine Auftraggeber", beteuerte Berthold. „Ich wollte nur für mehr Freiheit und Bürgerrechte demonstrieren."
„Auf solche Ideen kommen Sie doch nicht von alleine. Schließlich stammen Sie aus gutem Haus. Ihre Mutter ist eine treue Genossin."
„Bitte fangen Sie jetzt nicht damit an. Ich kann die Leier nicht mehr hören. Meine ganze Kindheit über hat mir meine Mutter das hohe Lied des Sozialismus gesungen."

„Renitent sind Sie auch noch. So langsam verstehe ich immer mehr“, murmelte der Russe in sich hinein und wandte sich dann wieder Berthold zu. „Vielleicht war Ihre Erziehung doch nicht so konsequent und zielführend. Gab es bei Ihnen zu Hause keine körperliche Züchtigung?“
„Erlauben Sie mal. Meine Mutter war zwar linientreu, aber nicht unanständig.“
„Die einen nennen es anständig, die anderen gefühlsduselig. Da hätten wir wohl einiges nachzuholen.“ Der KGB-Offizier zog einen Gummiknüppel aus dem Gürtel, der bis dahin gut verborgen unter der Uniformjacke steckte. „Also, zum letzten Mal: Wer hat Sie beauftragt?“
Berthold erbleichte. „Ich kann Ihnen niemanden nennen, den es überhaupt nicht gibt.“
Er versuchte, sich unter den Schlägen wegzuducken, doch sein Folterer hatte in diesem Geschäft offensichtlich viel Erfahrung. Mit jeder Ausweichbewegung lief er in einen neuen Schlag hinein. An Gegenwehr war nicht zu denken. Der Giftzwerg war unerbittlich.

20. Oktober 1989

Simone Brandner war lange vor dem Morgengrauen aufgewacht. Jetzt stand sie am Fenster ihres Ein-Zimmer-Apartments einer Gemeinschaftswohnung in der fünften Etage und starrte auf die dunkle Stadt hinunter.
Doch sie konnte sich nicht auf den Anblick konzentrieren. Immer wieder schoben sich die Bilder des gestrigen Tages vor ihr inneres Auge. Berthold in seinem Blut. Fast schien es keine Pore in seiner Haut zu geben, aus der er nicht blutete.
Mehr tot als lebendig war er, als sie ihn vom Boden zurück auf seine Liege hievte. An ein Gespräch war nicht zu denken. Doch er brauchte ihr nichts zu sagen. Sein geschundener Körper erzählte genug.
Sie konnte sich genau vorstellen, was geschehen war. Der Giftzwerg hatte seinem Ruf alle Ehre gemacht. Und in der nächsten Woche sollte er wiederkommen, wie es im Runden Eck hieß. Allein der Gedanke daran verursachte ihr Übelkeit.
Schon gestern Abend. Da hatte sie sich von ihrer Mitbewohnerin zum ersten Mal etwas von dem Selbstgebrannten ihrer Oma auf dem Land einflößen lassen. Das Zeug schmeckte scheußlich, aber es tat seine Wirkung. Ohne das Gesöff hätte sie in der vergangenen Nacht nicht einmal eine einzige Stunde schlafen können.
Viel mehr wurde es dann auch nicht. Von Alpträumen geschüttelt wachte sie schon kurz nach Mitternacht wieder auf. Sie sah den Giftzwerg auf einer Kanonenkugel in den Westen reiten. Oder war es eine Rakete, die einen langen Feuerschweif hinter sich herzog. In ihrem Strahl wurde Bertholds blutiger Körper hin und her geworfen. Bis er schließlich Feuer fing…
Simone schüttelte sich. Sie durfte es in ihrer Phantasie nicht noch schlimmer machen, als es schon war. Immerhin lebte Berthold noch. Und zumindest an diesem Freitag würde er in Ruhe gelassen werden und konnte sich etwas erholen.
Doch sie durfte sich andererseits keinen Illusionen hingeben. Der Giftzwerg würde nächste Woche dort weitermachen, wo er gestern aufgehört hatte. Vermutlich nicht gleich am Montag, aber doch spätestens Mitte der Woche.

Wenn sein Opfer sich etwas erholt hatte. Für die nächste Runde. Für Berthold würde das keinesfalls angenehmer werden als der vergangene Donnerstag. Nach allen Erfahrungswerten eher schlimmer.
Wenn man nur wüsste, was der Giftzwerg mit dieser Aktion bezweckte. Aber das würde vermutlich auch nichts ändern. Der Giftzwerg würde immer so handeln, weil er eben ein Giftzwerg war. Also musste Simone ihm zuvorkommen. Möglichst schnell, bevor alles zu spät war.

21. Oktober 1989

Treffen sich zwei kleine Männer. Was wie ein Witz anfing, sollte leider bald tragische Ausmaße annehmen. Der Giftzwerg war schon per Definition klein. Doch der Mann, der das neueste Opfer des Giftzwergs verteidigen sollte, war sogar noch etwas kleiner. Wobei von einer echten Verteidigung keine Rede sein konnte. Hier ging es vielmehr um Manipulation. Berthold Grün sollte in eine bestimmte Ecke gestellt werden. So lautete der Wille der Staatsführung der DDR, in diesem Falle verkörpert durch Generaloberst a.D. Markus Wolf.
Diesem Willen hatten sich alle unterzuordnen, sowohl der Folterer als auch der Verteidiger. Denn Rechtsanwalt konnte in diesem System nur jemand sein, der hundertprozentige Loyalität gegenüber Staat und Partei zeigte, die in ihrem Selbstverständnis nicht voneinander zu trennen waren. Die Loyalität gegenüber einem Mandanten begann frühestens in zweiter Priorität. Zumindest nach außen hin.
Wenn ein Rechtsanwalt etwas Anstand und Herz hatte, versuchte er innerhalb des ihm gesteckten Rahmens wenigstens so weit wie möglich die Interessen seines Mandanten zu schützen. Glücklicherweise war Berthold Grüns Verteidiger ein solcher Anwalt. Der zudem durch seine langjährige Mitgliedschaft in der Partei und das Vertrauen des ehemaligen Chefs des Auslandsnachrichtendienstes der DDR ein gewisses Gewicht hatte.
Das konnte selbst der Giftzwerg nicht ganz ignorieren, als er ihm in einem Café in Dresden in der Nähe seiner Wohnung in der Radeberger Straße gegenübersaß. Obwohl er sich nach Kräften darum bemühte.
Die beiden hatten sich an einem späten Samstagvormittag verabredet. Wichtige Entscheidungen oder Vereinbarungen wurden in diesen Kreisen gerne an Wochenenden getroffen.
„Seine Schuld steht fest“, eröffnete der Giftzwerg das Gespräch und zog an einer billigen Belomor.
„Sagen wir, dass seine Schuld beschlossen wurde. Von ganz oben. Die Partei hat es so entschieden“, hielt der Anwalt ihm nach einem längeren Hustenanfall entgegen.

„Sag´ ich doch. Er ist schuldig. Für mich macht es keinen Unterschied, woraus sich seine Schuld ableitet."
„Für mich schon", beharrte der Verteidiger.
„Interessiert mich nicht."
„In einem anderen Rechtssystem müsste der Staat seine Schuld beweisen."
Der Giftzwerg verzog die Lippen zu einem dünnen Lächeln. „In unserem System nicht." Die Augen erreichte das Lächeln nicht.
„Aber wir sollten den Mann wenigstens nicht wie einen brutalen Mörder behandeln, wenn wir nicht einmal wissen, ob er wirklich einer ist."
„Das müssen wir gar nicht wissen. Ich behandle die Menschen immer so, dass sie am Schluss gefügig sind und funktionieren. Ein anderes Kriterium zählt für mich nicht, da habe ich meine Erfahrungen."
„Wie man hört, hat aber so mancher Beschuldigte seine Erfahrungen mit Ihnen nicht überlebt", wandte der Anwalt ein.
„Nicht mein Problem."
„Könnte es aber werden."
„Wollen Sie mir drohen?" Die toten Haifischaugen verengten sich zu Schlitzen.
„Ich nicht. Aber Markus Wolf und das Zentralkomitee der Partei haben gewisse Pläne. Sie brauchen den Mann noch."
Der Giftzwerg drückte seine Belomor ärgerlich im Aschenbecher aus. „Ich weiß nicht, was an diesem Typen wichtig sein könnte."
Der Verteidiger atmete auf und lächelte fein. „Ich denke, es hat uns auch nicht zu interessieren, was an ihm wichtig ist. Es reicht zu wissen, dass das die Staatsführung denkt."
„Welche Staatsführung? Bei Ihnen scheint sich gerade einiges in Auflösung zu befinden. Ich kann jedenfalls nicht erkennen, was das Zentralkomitee wirklich wünscht."
„Bei Ihnen in der Sowjetunion ändert sich zur Zeit ebenfalls nicht wenig. Ich könnte mir gut vorstellen, dass Sie gegenwärtig auch keine klaren Vorgaben haben. Sieht nach einer klassischen Patt-Situation aus."
„Vielleicht, vielleicht auch nicht." Der Giftzwerg verdrehte die toten Augen. „Vom Schachspiel verstehen wir in Russland mehr

als ihr Deutschen. Möglicherweise ist jetzt der richtige Zeitpunkt, um Eigeninitiative zu ergreifen."
„Mit solchen Ambitionen war man gerade in Ihrer Behörde immer schlecht beraten. So ein Schuss kann schnell nach hinten losgehen."
„Was verstehen Sie schon von Schüssen, Herr Anwalt? Die Zeiten ändern sich. Vielleicht ist jetzt der Moment gekommen, um durchzugreifen, das könnte unsere letzte Chance sein."
„Es kann aber auch schiefgehen. Könnte es nicht klüger sein, zunächst einmal zu beobachten, wohin die Reise geht?"
„Möglicherweise." Der KGB-Mann nickte langsam. „Ihr Mann hat Glück, dass er einen so guten Anwalt hat. Vielleicht darf er noch etwas leben."
„Wieso nur ´vielleicht´?"
„Ich plane noch nicht, ihn zu töten. Aber mit einer gewissen Härte muss ich ihn schon behandeln, sonst bleibt er nicht gefügig. Manchmal passiert mir dabei ein Versehen, ich bin nicht perfekt."
„Das habe ich befürchtet", entgegnete der Verteidiger. „Ich kann Ihnen nur empfehlen, sich zurückzuhalten."
„So, so, empfehlen. Ja, mehr können Sie wirklich nicht. Weisungen werden immer noch von der UDSSR an die DDR ausgesprochen, nicht umgekehrt."
„Nur glaube ich kaum, dass der derzeitige Generalsekretär der KPDSU im gegenwärtigen Klima zunehmender Offenheit besondere Härte gegenüber Regimekritikern wünscht."
„Treiben Sie´s nicht zu weit, Herr Anwalt. Wir haben immer noch gewisse Freiräume, die wir nutzen können, auch gegenüber Organen der Rechtspflege Ihres Staates. Außerdem sprechen Sie ganz zu Recht vom derzeitigen Generalsekretär. Mal sehen, wie lange er das bleibt."
„So genau kann das niemand wissen, auch Sie nicht."
„Sie nehmen sich ganz schön viel heraus." Der Giftzwerg beugte sich vor und fletschte kurz die Zähne. „Unabhängig von einzelnen Personen bleibt es unsere oberste Aufgabe, die Geltung Osteuropas und Asiens in der Welt zu bewahren und nach Möglichkeit auszubauen. Wer dieses Ziel infrage stellt, wird vernichtet. Gnadenlos."

„Und welche Bedeutung hat dabei der Sozialismus?“
„Vielleicht weiß ich das nicht so genau. Sagen Sie´s mir.“
„Der Sozialismus ist das einzige zukunftsfähige Gesellschaftsmodell.“
„Glauben Sie das wirklich? In dieser Zeit?“ Der KGB-Offizier versuchte sich an einem Lachen, das eher einem trockenen Husten ähnelte. „Ich glaube vielmehr, dass der Sozialismus in der Vergangenheit ein nützliches Vehikel war, um das Volk ruhigzustellen. Aber es könnte sein, dass er ausgedient hat. Das scheint mir aber nicht wichtig, wichtig ist nur der Ausbau der Macht Groß-Russlands und seiner Satelliten-Staaten.“
„Meinen Sie, dass Ihr Generalsekretär so etwas gerne hört?“
„Keine Ahnung, vielleicht nicht, aber ich höre es gern. Und vermutlich werde ich noch etwas länger da sein als der Mann im Kreml. In Russland geht es immer nur um Macht, das lehrt uns schon die historische Betrachtung.“
„Haben Sie in diesem Zusammenhang mit Markus Wolf über dessen Pläne und Gedankenspiele gesprochen?“, erkundigte sich der Verteidiger.
„Eleganter Themenwechsel. Doch, ja, das habe ich. Aber offen gestanden konnte ich seine Gedankengänge nicht ganz nachvollziehen.“
„Das kann ich verstehen. Der Mann bleibt manchmal etwas allgemein. Dennoch sollte man ihn nicht unterschätzen, denn oft zeigt er einen beeindruckend intuitiven Weitblick.“
„Ich bin sogar bereit, Ihnen gedanklich ein Stück zu folgen“, nickte der Giftzwerg. „Aber jetzt müssen Sie mich entschuldigen. Ich sollte mich wieder der Vorbereitung meiner Aufgaben in der nächsten Woche widmen. Und dazu gehört trotz unseres anregenden Gedankenaustausches auch die ausführliche Beschäftigung mit Ihrem Mandanten.“

23. Oktober 1989

An diesem Montagmorgen kam Simone Brandner zwei Stunden vor Arbeitsbeginn ins Runde Eck. Der diensthabende Beamte der Nachtschicht am Empfang wunderte sich nicht und sah nur kurz vom Tresen auf, als sie an ihm vorbeiging. Schon seit Jahren war Simone dafür bekannt, zu ungewöhnlichen Zeiten zu arbeiten.
In der fünften Etage nahm sie im noch verwaisten Büro der Wachoffiziere den Schlüssel zu Bertholds Zelle vom Brett und begab sich zielstrebig zu seiner Tür. Ihre Absätze hallten laut auf dem Linoleumboden in den leeren Gängen.
Sie bemühte sich nicht, leise zu sein. Das wäre eher verdächtig gewesen. Wenn sie denn überhaupt jemand gehört hätte. Aber da war niemand.
Nur Berthold, der mit blauen und gelben Flecken übersät irritiert aufblickte, als sie hereinkam. Er versuchte zu lächeln, was ihm mit gebrochenem Jochbein nur mäßig gut gelang.
„Schön, dich zu sehen“, erklärte er dennoch.
„Keine Zeit für Small Talk. Komm, wir müssen los.“
„Wohin denn?“
„Ich bring´ dich hier ´raus. Keine Ahnung, ob du sonst eine Chance hättest, die nächsten 48 Stunden zu überleben.“
„Aber wie stellst du dir das vor? Ich kann mir in diesem Land keinen sicheren Unterschlupf denken.“
„Ich schon, doch darüber sprechen wir später. Mach schon, komm. Wir müssen uns beeilen.“ Simone zog ihn von seiner Pritsche hoch und legte einen seiner Arme um ihre Schulter.
Mühsam richtete Berthold sich auf. Jeder einzelne Knochen schmerzte ihn. „Wenigstens sollte ich mich noch anziehen.“
Seine Kleidung hing über dem Stuhl. Simone half ihm hinein. „Jetzt nichts wie ´raus hier.“
„Damit bringe ich dich nur in Gefahr. Das hat doch keinen Sinn.“
„Lass mich mal machen.“ Simone zog Berthold hartnäckig zur Tür hinaus. „Vertrau mir und folge mir einfach.“
„Wo wollen Sie mit dem Mann hin?“, blaffte der Wachhabende am Empfangstresen, als Simone mit Berthold an ihm vorbeikam. „Haben Sie überhaupt einen Passierschein?“

„Eilauftrag. Generaloberst Wolf hat ihn persönlich zum Verhör angefordert. Haben Sie den Verlegungsbefehl nicht gesehen?"
„Bei mir ist nichts angekommen." Der Beamte blätterte hektisch in den vor ihm liegenden Papieren. „So geht das aber nicht."
„Dann war diese Information wohl nur für die höheren Ränge bestimmt", erwiderte Simone geistesgegenwärtig. „Am besten vergessen Sie gleich wieder, was ich gerade gesagt habe. Dann bekommt auch niemand von uns Ärger."
„Aber der Dienstweg…"
„Sie können den Generaloberst ja anrufen und sich bei ihm beschweren", fiel Simone dem Mann ins Wort. „Um diese Zeit wird er sich bestimmt besonders über Ihren Anruf freuen."
Der Wachhabende stieß geräuschvoll Luft aus und schüttelte den Kopf. Keine zwei Sekunden später standen Simone und Berthold vor der Tür.
„Du hast ja eine ganz schön große Klappe", meinte Berthold, nachdem sie sich ein paar Schritte von der Stasi-Zentrale entfernt hatten.
„Manchmal ist das die einzige Chance, um zu überleben. Nur so funktioniert der deutsche Beamte, im Osten wie im Westen. Ein Verweis auf die Obrigkeit schüchtert immer ein."
„Ich habe nicht gerade den Eindruck, dass du mit dieser Aktion dein Überleben gesichert hast."
„Aber deins."
„Wenn dich die Stasi nach dieser Nummer in die Finger bekommt, wird es dir nicht besser gehen als mir."
„Stimmt, als Agentin wäre ich jetzt verbrannt."
„Ich weiß nicht", wandte Berthold ein. „Du hast soeben einen hohen Preis für meine Freiheit bezahlt."
„Das kann man relativ sehen. Möglicherweise hättest du eine weitere Woche in den Händen des Giftzwergs nicht überlebt."
„Ich möchte gar nicht daran denken, was passieren könnte, wenn er dich erwischt."
„Hat er aber nicht. Wir müssen jetzt beide nur noch einige Zeit unter dem Radar bleiben, bis hier alles zusammenbricht. Danach haben die Typen im Politbüro und auch im Geheimdienst ganz andere Sorgen, als nach uns zu suchen."

„Mag sein. Nur hat keiner eine Ahnung, wie lange das dauern wird.“
„Nicht mehr so lange. Es wird sich eher um Wochen handeln als um Monate.“
„Wirklich? Wie will man so etwas wissen?“
Simone lächelte. „Manchmal hat es seine Vorteile, bei der Stasi zu arbeiten. Die hören das Gras wachsen. Ich habe noch nie erlebt, dass die Bonzen und hohen Funktionäre so gezittert haben.“
„Das wäre zu schön, um wahr zu sein. Dennoch sollten wir aufpassen, dass wir uns nicht zu früh freuen. Selbst wenn es nur wenige Wochen dauern sollte, wüsste ich nicht, wo wir in dieser Zeit einen sicheren Unterschlupf vor Stasi und KGB finden sollten.“
„Weißt du, meine Mitbewohnerin hat da so eine Oma auf dem Lande, die wohnt ganz einsam und abseits gelegen. Außerdem hat die alte Dame eine ausgeprägte Abneigung gegen die Stasi…“

24. Oktober 1989

Markus Wolf hatte in seinem Ostberliner Büro in der Normannenstraße Besuch. Aus Dresden und aus der Nachbarschaft in Ost-Berlin. Der Anwalt aus der Hauptstadt argumentierte deutlich zivilisierter und sachlicher als der Hardliner aus Dresden, der eigentlich aus der Sowjetunion kam.
Dennoch beharrte auch der Anwalt konsequent auf seinem Standpunkt. „Wir dürfen diesen Mann nicht opfern", forderte er gerade zum wiederholten Male energisch.
„Können wir gar nicht", erwiderte der KGB-Mann mit den toten Augen. „Sie haben ihn verloren." Er hatte einen spöttischen Zug um den Mund. „Bei uns ist so etwas nie passiert", setzte er nach.
„Vermutlich, weil man mit einem gebrochenen Rückgrat nicht davonlaufen kann", murmelte der Anwalt.
„Bitte?" Der Mann aus Russland beugte sich vor und verengte die Augen zu Schlitzen. „Was haben Sie gerade gesagt?"
„Sie rühmen sich doch Ihrer konsequenten Methoden, wie Sie es nennen."
„Wenn ich diesen Berthold Grün dauerhaft in Gewahrsam genommen hätte, wäre er jedenfalls nicht verschwunden."
„Meine Herren, ich muss sehr bitten", schaltete sich Wolf ein. „Dieses Geplänkel führt zu nichts."
„Ich verstehe sowieso nicht, welchen Sinn die ganze Aktion hat", zischte der KGB-Offizier. „Sie haben einige lästige Todesopfer und einen potentiellen Täter. Bei uns in Russland hätten wir mit dem Mann längst kurzen Prozess gemacht und alle wären zufrieden gewesen. Denken Sie nur an die öffentliche Wirkung, gerade jetzt, in diesen Zeiten."
Markus Wolf musterte seine beiden Besucher nachdenklich. Er fühlte sich wie ein Lehrer, der zwei renitente Schüler in ihre Schranken weisen musste. Nur war einer der beiden Delinquenten unglücklicherweise der Sohn des Rektors. Es wurde Zeit, ein Machtwort zu sprechen.
„Ein potentieller Schuldiger ist gewiss gut", wandte er sich an den Russen. „Doch wir dürfen nicht vorschnell handeln und uns zu früh festlegen. Noch wissen wir nicht genau, wen der Mann

entlasten und wen er beschuldigen soll. So lange wir das nicht entschieden haben, brauchen wir ihn noch und so lange sollte er auch leben."

„Das erscheint mir ziemlich weit hergeholt und kompliziert." Der KGB-Offizier schüttelte den Kopf. „Ich kann mir nicht vorstellen, dass die Weltpolitik und der weitere Lauf der Geschichte an Berthold Grün hängen."

„Tatsächlich ist alles noch viel komplexer", entgegnete Wolf. „Wir arbeiten mit vielen Unbekannten und Variablen, die wir nicht absehen können und über die ich auch nicht sprechen kann."

„Dann bitte ich um Verständnis, dass ich weiterhin auf meine altbewährten Methoden vertraue, solange ich nicht mehr weiß."

„Dieses Verständnis kann ich leider nicht aufbringen", widersprach der Generaloberst a.D. „Wir befinden uns auf ostdeutschem Boden und führen eine Operation meiner Behörde durch."

„Früher war die Sachlage einfacher. Da hat die Sowjetunion den Ton angegeben und alle sind uns gefolgt. Aber heute…" Der Russe pfiff durch die Zähne.

„Wir reden sowieso über ungelegte Eier", versuchte der Anwalt zu beschwichtigen. „Unser Mann ist verschwunden und wir können derzeit keinen Einfluss auf ihn nehmen."

„Dann spüren Sie ihn doch auf", erwiderte der KGB-Mann lakonisch.

„Tolle Idee", konterte der Anwalt. „darauf wäre ich von alleine nie gekommen. Können Sie mir vielleicht auch sagen, wie das gehen soll?"

„Da hätte ich schon eine Idee."

Markus Wolf hob den Kopf. „Ich höre."

Der Russe presste die Lippen zu einem dünnen Lächeln zusammen. „Die Drahtzieherin hinter Grüns Flucht scheint doch diese abtrünnige Stasi-Mitarbeiterin in Leipzig zu sein, Simone Brandner."

„Ich sehe, Sie haben Ihre Hausaufgaben gemacht und die Akten gründlich gelesen", nickte der Generaloberst. „Bitte weiter."

„Da würde ich ansetzen. Zunächst einmal mit Befragungen an ihrer Wohnadresse."

„Dafür haben Sie grünes Licht", nickte Wolf. „Die Frau hat uns

schwer enttäuscht und nützt uns nichts mehr. Tun Sie, was Sie tun müssen. Aber Berthold Grün darf nichts geschehen."
„Mal sehen, ich werde das im Hinterkopf behalten. Doch mit Samthandschuhen bekommt man den Mann gewiss nicht zu packen."

26. Oktober 1989

Berthold öffnete die Augen. Durch die halb geöffneten Vorhänge des kleinen Holzhauses fiel etwas Sonnenlicht. Er blinzelte träge und sah sich um. Er war alleine. Dann tastete er das Bett ab. Simones Kissen war warm. Lange konnte sie noch nicht weg sein. Zunehmend fühlte er Unruhe in sich aufsteigen. Sobald sie nicht in der Nähe war, machte er sich Sorgen. Was sie getan hatte, war unerhört. Sie hatte sich über die Staatsmacht hinweggesetzt, ihn befreit und dabei gleichzeitig ihr gesamtes bisheriges Leben aufgegeben.

Dafür war er ihr unendlich dankbar. Gleichzeitig hatte er große Angst um sie. Wenn die Stasi ihrer habhaft würde, drohte ihr ein grausames Schicksal. Keiner wusste das besser als er, auch wenn seine blauen und gelben Flecken an Gesicht und Körper langsam verblassten.

Doch es war mehr als Verantwortungsbewusstsein und Dankbarkeit. In den vergangenen drei Tagen war viel zwischen ihnen geschehen. Zwei verlorene Seelen hatten sich gefunden. Nicht nur ihr eigenes bisheriges Leben, das gesamte Land war in Auflösung.

In dieser verzweifelten Lage fanden sie Halt aneinander. Wie zwei Schiffbrüchige hatten sie sich in ihrem Bett aneinandergeklammert und sich gegenseitig getröstet. Dabei sorgte sich jeder von ihnen immer mehr um den anderen als um sich selbst.

Vielleicht, so dachte Berthold, durfte man das sogar Liebe nennen, was da in zunächst zarten und dann immer innigeren Umarmungen zwischen ihnen entstanden war.

Deshalb fürchtete er auch so sehr, sie zu verlieren. Er hatte nichts anderes und noch nie etwas Größeres gehabt. Und dass Simone in Gefahr war, war keine Einbildung, sondern eine realistische Einschätzung der Lage.

Hier in dieser von Bäumen dicht umstandenen Holzhütte irgendwo im Nirgendwo des sächsischen Heidelandes fühlte er sich relativ sicher. Den Trampelpfad durch den Wald zu ihrer Behausung kannte außer der Großmutter von Simones Mitbewohnerin niemand. Die alte Dame lebte im nahe gelegenen Wermsdorf und

nutzte die Hütte als Sommerhaus. In einem kleinen Gemüsegarten auf der Rückseite der Kate baute sie Kartoffeln, Bohnen und Salat an. Anders kam man hier kaum zu frischen Lebensmitteln. Gewiss würde die Großmutter niemanden verraten. Aber auf dem Weg zu ihr oder im Dorf konnte Simone als ortsfremde Person leicht auffallen.
Doch da öffnete sich schon knarzend die Tür zum einzigen großen Raum der Hütte und der wichtigste Mensch in seinem Leben trat ein. „Hier, ich war beim Bäcker und habe dir nicht nur Brötchen, sondern auch das neue Deutschland mitgebracht. Leider nicht buchstäblich, bloß die Zeitung mit diesem irreführenden Titel, aber Informationen können nichts schaden, auch wenn sie von der Gegenseite kommen. Man muss sie nur richtig lesen."
„Was steht denn drin."
„Mielke hat die Stasi gestern zur erhöhten Kampfbereitschaft und zum ständigen Tragen von Schusswaffen angewiesen."
„Warum wundert mich das nicht? Wir müssen weiter vorsichtig sein."
„Wieso eigentlich? Die haben jetzt ganz andere Sorgen."
„Sollte man meinen", räumte Berthold ein. „Aber hinter der ganzen Aktion muss mehr stecken. Warum sollte mich sonst Markus Wolf persönlich verhören? Und wieso ist dieser unsägliche russische Giftzwerg involviert?"
„Du stellst die richtigen Fragen. Zu einer anderen Zeit hätte ich gesagt, dass du bei uns anfangen kannst. Also bei der Stasi."
„Zu viel der Ehre. Doch das wollen wir niemandem zumuten. Aber damit sind meine Fragen nicht beantwortet."
„Die Bonzen und Funktionäre sind in der Defensive", stellte Simone fest und kam mit einer Tüte Brötchen unter die Decke. „Unter dem öffentlichen Druck, unter dem die gerade stehen, können sie nicht einfach ungeniert morden. Deshalb brauchen sie dringend einen Sündenbock. Da kommst du gerade recht."
„Mag sein", erwiderte Berthold und schnupperte zuerst an den Brötchen und dann an Simone. „Aber da muss noch mehr sein."
„Reicht das nicht?" Sie entzog ihm spielerisch die Brötchentüte. „Jetzt mal ernsthaft: Dein Freund Gernot war ein Regimekritiker und wurde ermordet, offensichtlich von diesem Pfarrer, einem

inoffiziellen Stasi-Mitarbeiter. Dann folgten die drei Demonstranten, deren Tod ebenfalls auf das Konto der Stasi ging."
„Und mit beiden Fällen stehe ich in Verbindung", nickte Berthold langsam. „Das passt der Stasi optimal, sozusagen als Idealbesetzung der Rolle des Sündenbocks. So kann sich das Regime international reinwaschen. Aber dennoch rechtfertigt das nicht den ganzen Aufwand."
„Wieso nicht? Dadurch, dass sie dich glaubhaft beschuldigen, schlagen sie gleich zwei Fliegen mit einer Klappe. Sie stehen nicht nur in der Öffentlichkeit sauber da, sondern spalten und diskreditieren auch die Bewegung."
„Da ist was dran. Ein Regimekritiker ermordet den anderen. Wenn das stimmt, können sich die Demonstranten gegenseitig nicht über den Weg trauen und die internationale Presse wird uns auch nicht mehr so großartig finden."
„Na also", triumphierte Simone. „Brauchst du noch mehr Begründungen, warum die Stasi für dich das ganz große Geschütz auffährt?"
„Eigentlich schon, denn das würde ohne den persönlichen Auftritt von Markus Wolf genauso funktionieren. Der zieht ohnehin lieber im Hintergrund die Fäden. Warum mischt er sich hier so offensichtlich ein?"
„Du bist wirklich schwer zufriedenzustellen." Simone kuschelte sich an ihn. „Aber ganz unbegründet sind deine Einwände nicht."
„Außerdem verstehe ich nicht, warum dieser Russe ins Spiel gekommen ist. Der wurde doch gar nicht gebraucht, um mir die Morde anzuhängen."
„Vielleicht, um das Geständnis aus dir herauszupressen?"
„Der ist zwar ein harter Brocken, aber das würde die Stasi zur Not auch ohne ihn schaffen."
„Punkt für dich. Das kann ich aus eigener Anschauung bestätigen. Schließlich habe ich lange genug in dem Laden gearbeitet."
„Hinzu kommt, dass der Typ mich fast umgebracht hätte. Das würde er immer noch gerne. Ich hab´s in seinen Augen gesehen."
„Das dürfte so sein", stimmte Simone beklommen zu.
„Warum hat er´s dann nicht gemacht?"
„Ich schätze, er durfte nicht. Ein lebender Schuldiger ist glaub-

hafter als ein toter. Du wirst in deren Augen noch gebraucht."
„Das denke ich auch. Aber nicht nur als Beschuldigter."
„Zu welchem Zweck denn außerdem?" Simone blickte irritiert auf. „Du würdest doch nie mit denen zusammenarbeiten."
„Das nicht. Aber vielleicht wäre ich ein gutes Druckmittel. Möglicherweise will Markus Wolf etwas gegen die wahren Täter in der Hand haben."
„Seine eigenen Leute? Das hat er nicht nötig. Die hat er sowieso im Griff."
„Bisher schon. Aber die Zeiten wandeln sich. Es könnte auch um langfristige Zukunftspläne gehen."
„Du bist klug, so tickt Wolf tatsächlich. Aber das berührt uns nicht mehr lange. Wir müssen nur noch kurz durchhalten, bis alles zusammenbricht."
„Das könnte funktionieren. Aber wir bleiben bis zum letzten Tag der alten Ordnung in Gefahr. Das dürfen wir nie unterschätzen."
Endlich erwiderte Berthold ihre Umarmung.

8. November 1989

Auszüge aus dem Tonprotokoll der Sitzung des Politbüros – Zentralkomitee der SED im Sitzungssaal des ZK-Gebäudes am Werderschen Markt in Ost-Berlin

Vorsitzender: Egon Krenz, Generalsekretär des Zentralkomitees

Beginn: 10:00 Uhr

Egon Krenz: Die Lage ist dramatisch. Offen gestanden bin ich am Ende meiner Weisheit.
Werner Eberlein: Das scheint ja kein weiter Weg gewesen zu sein. Außerdem brauchst du uns das nicht zu sagen, das sehen wir selbst. Wie wär's mit Lösungsvorschlägen?
Egon Krenz: Alles, was wir bisher versucht haben, hat nicht ansatzweise ausgereicht. Die Menschen sind durch nichts zufriedenzustellen. Der Unmut über 40 Jahre politischer Fehlentscheidungen bricht sich jetzt unaufhaltsam Bahn.
Hans-Joachim Böhme: Es wäre schön gewesen, wenn das jemand früher gesagt hätte. Dann wäre vielleicht noch etwas zu machen gewesen.
Wolfgang Herger: Solche zynischen Kommentare nützen uns nichts.
Egon Krenz: Lass mal, Wolfgang, jetzt nützt vermutlich gar nichts mehr. Zunächst haben wir das Zentralkomitee runderneuert und nicht nur an der Spitze neu besetzt. Vor zwei Tagen haben wir sogar noch den Entwurf für ein neues Reisegesetz veröffentlicht. Ab sofort dürfen alle Bürger der DDR mit gültigem Reisepass und Visum für einen Monat pro Jahr ins Ausland. Die einzige Reaktion in der Bevölkerung darauf waren neue Massendemonstrationen unter dem Motto „Die Mauer muss weg".
Heinz Keßler: Was sollen wir denn noch machen?
Egon Krenz: Ganz ehrlich: Keine Ahnung. Ich habe deshalb in Abstimmung mit Erich Mielke den Genossen Markus Wolf wieder zu unserer heutigen Sitzung hinzugebeten. Zumindest könnten seine Gedanken eine Diskussionsgrundlage für unsere nächs-

ten Schritte sein. Bitte, Genosse Wolf, Sie haben das Wort.

Markus Wolf: Meine Herren, zunächst muss ich Ihnen sagen, dass Sie die Lage nach meiner Wahrnehmung völlig richtig einschätzen. Sie haben verspielt, wir haben alle verspielt. Es ist bereits fünf nach zwölf.

Siegfried Lorenz: Ich dachte, Sie hätten uns etwas Konstruktives mitzuteilen.

Markus Wolf: Habe ich. Wir müssen unsere Niederlage nur jetzt eingestehen. Für die Zukunft haben wir alle Chancen.

Wolfgang Rauchfuß: Na toll. Wenn unsere Niederlage aber unseren Untergang bedeutet, können wir diese Chancen nicht mehr nutzen.

Markus Wolf: Das kommt darauf an, wie wir´s anpacken.

Egon Krenz: Das ist ja eine geniale Erkenntnis, darüber beraten wir doch die ganze Zeit. Was glauben Sie denn, warum wir hier sitzen? Also, bitte konkret: Wie würden Sie das Thema angehen?

Markus Wolf: Sie haben gegenwärtig keine andere Chance, als den Leuten alles zu geben, was sie wollen.

Gerhard Schürer: Das wäre der politische Offenbarungseid.

Markus Wolf: Die Kröte müssen Sie schlucken.

Erich Mielke: Was sollen wir nach Ihrer Ansicht genau machen?

Markus Wolf: Wir dürfen uns nicht länger gegen den Lauf der Zeit stemmen. Viel geschickter ist es, mit dem Strom zu schwimmen und den Fluss langfristig umzuleiten.

Werner Eberlein: Geht´s auch etwas weniger blumig? Was meinen Sie konkret? Sollen wir den Sozialismus abschaffen?

Markus Wolf: Eben nicht. Und wenn, dann nur vorübergehend. Es geht den Leuten nicht um abstrakte Ideen.

Hans Modrow: Worum denn dann?

Markus Wolf: Um einfache Antworten. Um ihre kleine Welt. Um Wohlstand, mehr Freiheiten.

Erich Mielke: Den Wohlstand für alle können wir auch nicht herbeizaubern.

Markus Wolf: Dann geben Sie den Menschen die Freiheit. Alle Freiheit, die sie wollen. Das können Sie, Sie brauchen es nur zu beschließen, jetzt, heute.

Günter Schabowski: Was? Wie?

Markus Wolf: Wenn die Leute absolute Reisefreiheit wollen, dann geben Sie ihnen eben absolute Reisefreiheit. Das wird ihnen eine Menge Protestpotential nehmen.
Egon Krenz: Ich fürchte, so müssen wir´s machen. Wenn wir noch länger den Deckel draufhalten, fliegt uns alles um die Ohren. Die Volksmassen sind nicht zu halten.
Werner Jarowinsky: Dann laufen uns alle weg.
Egon Krenz: Das machen sie sowieso. Aber vielleicht bleiben noch einige freiwillig hier, wenn wir sie nicht einsperren. Genosse Schabowski, du solltest am besten gleich für morgen eine Pressekonferenz dazu vorbereiten.
Siegfried Lorenz: Unerhört. Was soll das bringen?
Markus Wolf: Erst einmal etwas Ruhe und Frieden. Das brauchen wir, denke ich, alle am dringendsten. So verschaffen wir uns die nötige Luft, um die Zukunft zu gestalten.
Hans Modrow: Welche Zukunft?
Markus Wolf: Die Zukunft des Sozialismus in Deutschland.
Werner Eberlein: Das glauben Sie doch selbst nicht.
Markus Wolf: Gewiss ist in diesem Augenblick gar nichts. Doch ich bin überzeugt, dass der Sozialismus in Deutschland eine realistische Zukunftschance hat.
Erich Mielke: Das müssen Sie bitte näher erklären.
Markus Wolf: Die Menschen in der Deutschen Demokratischen Republik haben zwei grundlegende Forderungen an uns: Freiheit und Wohlstand. Die Freiheit können wir ihnen geben, das machen wir jetzt. Den Wohlstand gibt es in Westdeutschland, daran können viele nach Öffnung der Grenzen teilhaben.
Hans-Joachim Böhme: Um welchen Preis? Dass die BRD uns übernimmt?
Markus Wolf: Das mag so aussehen. Aber nur auf den ersten Blick.
Heinz Keßler: Das sieht nicht einfach so aus, das ist eine Tatsache.
Markus Wolf: Vor 40 Jahren hielten viele Menschen den Sozialismus in diesem Land für eine gute Idee. Die Realität hat den Idealismus dann, sagen wir einmal, über die Jahrzehnte hinweg getrübt. Wenn die Leute jetzt Freiheit und Wohlstand bekommen,

könnten sie auch wieder eine ungetrübtere Sicht auf die Qualitäten der sozialistischen Idee gewinnen.
Wolfgang Herger: Vielleicht, vielleicht auch nicht, hört sich zugegebenermaßen nicht ganz schlecht an. Nur weiß man es eben nicht. Und selbst wenn der Sozialismus in Deutschland eine Renaissance erfahren sollte, haben wir nichts mehr davon.
Markus Wolf: Vermutlich tatsächlich nicht jeder von uns. Aber einige vielleicht schon, wenn wir an den richtigen Stellschrauben drehen.
Erich Mielke: Welche Stellschrauben sollten das sein?
Markus Wolf: Wie ich vor diesem Gremium mehrfach ausgeführt habe, stehe ich mit einigen für die politische Zukunft dieses Landes möglicherweise relevanten Schlüsselfiguren auf verschiedenen Ebenen in intensivem Austausch. Auch nach einer Grenzöffnung und der darauffolgenden unvermeidlichen Hinwendung zum Westen sind einige Weichen für eine sozialistische Zukunft Deutschlands unter Umständen gar nicht ungünstig gestellt.
Wolfgang Rauchfuß: Möglicherweise, unter Umständen, das ist doch viel zu vage. Wie mir zugetragen wurde, ist es Ihnen nicht einmal gelungen, einen Bürgerrechtler dauerhaft festzusetzen, der Mitschuld an einigen bedauerlichen Fehlentwicklungen übernehmen sollte. Der Mann ist entkommen.
Markus Wolf: Wir arbeiten daran.
Wolfgang Rauchfuß: Ja, Sie arbeiten daran. So etwas haben wir schon öfter gehört. Das sind doch alles nur Hirngespinste und Luftschlösser. Niemand kann sich vorstellen, dass es noch einmal ein sozialistisches Deutschland geben wird, alles kompletter Unsinn.
Egon Krenz: So gerne ich etwas anderes glauben würde, muss ich dem Genossen Rauchfuß leider zustimmen. Der Sozialismus hat in Deutschland ausgedient. Nach den Erfahrungen der letzten 40 Jahre wird sich niemand mehr darauf einlassen, das wäre absoluter Wahnsinn.
Markus Wolf: Dann werden meine Dienste wohl nicht mehr benötigt.
Egon Krenz: Sie sind dennoch ein verdienter Kämpfer für unsere Sache. Bitte bleiben Sie uns gewogen und verfolgen Sie Ihre

Pläne weiter. Auch wenn sich kein Mensch mit klarem Verstand vorstellen kann, dass das etwas nützt. Aber Alternativen haben wir nicht. Selbstverständlich werden wir wie von Ihnen vorgeschlagen die Grenzen vollständig ohne jede Einschränkung oder zeitliche Limitierung öffnen.

9. November 1989, 8:00 Uhr

Berthold und Simone waren in aufgekratzter Stimmung. Sie saßen an einem einfachen Holztisch beim Frühstück in ihrer Kate im sächsischen Heideland.

„Jetzt kann es nicht mehr lange dauern, bis wir uns frei bewegen können“, meinte Simone. „Der Kollaps der DDR steht unmittelbar bevor. Das spürt man ganz deutlich.“

„So langsam glaube ich´s ebenfalls“, nickte Berthold. „Wird aber auch Zeit. Irgendwann fällt einem sonst die Decke auf den Kopf.“

„Gefällt´s dir etwa nicht mehr mit mir hier drin?“

„Mit dir schon. Aber vielleicht möchte ich noch an anderen Orten mit dir zusammen sein. Außerdem finde ich diese ständige Angst vor Entdeckung ziemlich bedrückend.“

„Ich glaube, die brauchst du nicht mehr zu haben. Wer soll uns jetzt noch schaden? Die haben andere Probleme, erst gestern ist das Politbüro zurückgetreten.“

„Und vorgestern die Regierung der DDR, ich weiß“, ergänzte Berthold. „Das sieht gut für uns aus. Doch ganz beruhigt bin ich nicht. Verwundete Raubtiere sind besonders gefährlich.“

„Ja, schon klar. Aber das sind alles nur Salonlöwen, die endlos debattieren und um sich selbst kreisen. Dabei sind die Würfel längst gefallen, dieser Staat befindet sich in Auflösung.“

„Das scheint so zu sein. Dennoch würde ich mich wohler fühlen, wenn wir endlich ohne jede Grenzkontrolle frei reisen dürften. Dann würde ich sofort mit dir von hier verschwinden, weit weg, wo uns niemand kennt und wir unbehelligt ein neues Leben beginnen können.“

„Das wäre schön. Und das machen wir auch, sehr bald, du wirst sehen. Es kann sich höchstens noch um wenige Tage handeln, wenn überhaupt.“

„Vielleicht kommen wir später einmal hierhin zurück, um uns bei der Großmutter deiner Freundin zu bedanken. Wenn das System der DDR endgültig Geschichte ist. Schließlich hat uns die alte Dame das Leben gerettet.“

„Ja, wir kommen zurück“, schwärmte Simone. „In eine moderne gesamtdeutsche Demokratie nach westlichem Vorbild. Es kann

gar nicht anders kommen, die kommunistische Diktatur hat ausgedient. Niemand will so etwas mehr, auch nicht die Armut, die Enge und die Verbote dieses maroden Staates."
„All das haben aufrechte Bürger auf der Straße durchgesetzt, die Massen haben sich behauptet, damit es in ganz Deutschland wieder Recht und Freiheit gibt. Ein bisschen stolz bin ich schon, dass ich auch ein Teil der Bewegung war. Ganz gewiss werden wir uns das nicht wieder nehmen lassen."
In diesem Augenblick flog die Tür mit einem Knall auf. Der Giftzwerg trat mit vorgehaltener Pistole ein. Unmittelbar hinter ihm folgten zwei athletisch gebaute Männer in ziviler Kleidung, ebenfalls bewaffnet. Offensichtlich handelte es sich bei ihnen auch um KGB-Agenten, denn alle drei verständigten sich mit knappen Worten in russischer Sprache.
Dann hielt der Giftzwerg den Lauf seiner Pistole auf Bertholds Brust und sprach sein erstes deutsches Wort an diesem Tag: „Mitkommen."
„Was soll das?" Simone war aufgesprungen und hatte dabei ihren Stuhl umgestoßen. „Ihr habt hier nichts mehr zu melden, das ist ostdeutsches Gebiet. Verhaftungen kann auf diesem Boden ausschließlich die Stasi vornehmen, das weiß ich zufällig ganz genau. Und überhaupt, wie habt ihr uns gefunden?"
„Deine Freundin in Leipzig wird nie mehr in ihrem Leben musizieren können." Der Giftzwerg verzog die Lippen zu einem dünnen Lächeln. „Dummerweise verriet sie uns erst, dass sie euch zu ihrer Großmutter geschickt hatte, nachdem wir ihre Hände zu Fleischklumpen verarbeitet hatten."
„Du miese Ratte", zischte Simone. „Und die Großmutter…?"
„…hat nichts verraten, bis wir sie aufgehängt haben", beantwortete der Russe die Frage. „Dabei ist sie völlig umsonst gestorben. Wir brauchten nur den Lageplan und die Besitzurkunde für diese Kate im Wald aus ihrem Schrank herauszusuchen, um euch zu finden. So, genug geplaudert, raus hier, am Ende des Waldpfades wartet ein Gefangenentransporter."
„Der kann lange warten. Ihr Russen habt hier keine Befehlsgewalt mehr", entgegnete Simone ungerührt.
„Lass nur", schaltete sich Berthold ein. „Das hat keinen Zweck.

Ich gehe freiwillig mit. Vielleicht lassen sie dich dann in Ruhe."
„Noch ist die Sowjetunion für alle Menschen hier eine Schutzmacht. Darauf können wir uns bei unseren Aktionen nach wie vor berufen", erklärte der KGB-Offizier ungerührt.
„Nur bin ich mir ziemlich sicher, dass es für unsere Festsetzung von sowjetischer Seite gar keine politische Legitimation gibt", beharrte Simone.
„Ich zeige dir meine Legitimation." Mit lässiger Geste schwenkte der Giftzwerg seine Pistole von Berthold zu Simone und schoss ihr mitten in die Stirn. Wie in Zeitlupe sank sie auf den Rücken.
Es musste ein Durchschuss gewesen sein, denn aus ihrem Hinterkopf ergoss sich in kürzester Zeit ein immenser Blutstrom auf den Holzboden. Simones tiefbraune Augen standen offen und sahen in die Ewigkeit.
Berthold konnte den Blick nicht abwenden. So schnell wie das Blut floss, war alles für ihn bedeutungslos geworden. Sein eigenes Leben, seine Zukunft, die Zukunft dieses Landes, die Zukunft beider deutscher Staaten, die Zukunft aller Staaten. Widerstandslos ließ er sich abführen.

9. November 1989, 20:00 Uhr

„DDR öffnet Grenzen."
Berthold hatte in seiner komfortablen Einzelzelle sogar einen Fernseher und konnte westliches Programm empfangen. Niemand hatte etwas dagegen.
Der Giftzwerg hatte ihn nach einer holprigen Fahrt im Gefangenentransporter am frühen Nachmittag in der Berliner Stasi-Zentrale im Stadtteil Lichtenberg abgeliefert. Seitdem schien sich keiner mehr für ihn zu interessieren.
So blieb Berthold sich selbst und seiner diffusen Gefühlswelt überlassen. Er schwankte zwischen wilden Rachephantasien auf der einen und hoffnungsloser Lethargie auf der anderen Seite. Im einen Augenblick hielt er sein Leben nach Simones Tod für sinnlos und wollte nur noch sterben, im nächsten Moment wollte er den Giftzwerg gnadenlos zur Verantwortung ziehen und am liebsten eigenhändig erwürgen.
Die Ereignisse der Außenwelt sowie die historischen Umwälzungen dieses Tages erreichten sein Bewusstsein kaum und drangen wie durch eine unendlich dichte Schicht von Watte gedämpft zu ihm durch. Nur die Schlagzeile, mit der die Tagesschau im ersten Programm des Westfernsehens soeben begonnen hatte, ließ ihn etwas aufhorchen.
Doch, er hatte tatsächlich richtig gehört. Gerade wurde ein Mitschnitt aus der Pressekonferenz des Politbüromitglieds Günter Schabowski gezeigt, der vor einer Stunde wörtlich erklärt hatte: „Und deshalb haben wir uns dazu entschlossen, heute eine Regelung zu treffen, die es jedem Bürger der DDR möglich macht, über Grenzübergangspunkte der DDR auszureisen. Die Genehmigungen werden kurzfristig erteilt."
Auf Nachfrage eines Journalisten erklärte Schabowski, dass diese Regelung nach seiner Kenntnis sofort in Kraft trete, unverzüglich.
Jetzt hatte der Sender Bertholds ganze Aufmerksamkeit. Mit heruntergeklapptem Unterkiefer starrte er auf den Fernseher. Die kommunistische Diktatur schien endgültig kapituliert zu haben. Es war soweit. Freiheit für alle. Nur wenige Stunden nach Simones Tod.

Und damit leider zu spät. Berthold konnte zu diesem Zeitpunkt nicht ahnen, dass der scheinbar so ungeschickte Vortrag Günter Schabowskis einer genau vorgegebenen Choreographie von Markus Wolf entsprang. Auch wusste er nicht, welche Pläne und Ideen für die Zukunft dahinterstanden.
Zunächst empfand er ein wenig Erleichterung darüber, dass bald in ganz Deutschland Freiheit und Recht herrschen könnten. Viel Unrecht würde es dann aufzuarbeiten geben. Vielleicht könnte man tatsächlich auch den Mord an Simone sühnen. Doch mit einem russischen Schuldigen, der dann gewiss über den Ural verschwunden wäre, würde das eher schwierig sein.
Dann dachte Berthold an seinen Freund Gernot. Aber schnell wurde ihm klar, dass er erst einmal sein eigenes Verfahren überstehen müsste. Ein Berliner Stasi-Mitarbeiter hatte ihm vorhin in knappen Worten angekündigt, dass er sich noch heute einem Schnellgericht stellen müsse.
Angesichts der gegenwärtig so instabilen politischen Lage sei es umso wichtiger, zügig und konsequent Recht zu sprechen. Ihm sei auch ein Verteidiger zugeteilt worden. Berthold erwartete ihn jeden Augenblick.
Als der Anwalt in seine Zelle eintrat, machte Berthold große Augen. Diesen Mann hatte er schon im Fernsehen gesehen. Erst vor wenigen Tagen. Noch zusammen mit Simone. Er hatte auf einer großen Kundgebung gesprochen. Für die SED. Angeblich galt er in der Partei als kommender Mann.
„Keine Sorge, ich bin auf Ihrer Seite“, beeilte sich der relativ kleinwüchsige Verteidiger zu versichern. Offenbar hatte er in Bertholds Blick gesehen, dass dieser ihn erkannt hatte und sich deshalb Sorgen machte. Der Anwalt sprach mit ruhiger, entspannter Stimme weiter. „Ich bin zwar in der Partei, aber ich stehe für eine neue SED. Mit den alten Betonköpfen habe ich nichts zu tun. Ich will Freiheit und Rechtstaatlichkeit für alle Menschen in der DDR, nur so hat dieses Land eine Zukunft.“
„Gilt das auch für mich?“
„Gute Frage, schwierige Frage.“ Der junge Anwalt runzelte seine hohe Stirn unter dem schon früh deutlich zurückweichenden dunklen Haaransatz und putzte umständlich seine runde Brille.

„Ich will ganz offen zu Ihnen sein. Auch wenn es sich gleich um ein Schnellgerichts-Verfahren handeln wird, ist es gleichzeitig ein politischer Prozess, der auf uns zukommt. Das dürfte Ihnen klar sein."
Berthold nickte und schob eine weitere Frage nach. „Aber warum ein Schnellgerichts-Verfahren?"
„Den alten Machthabern schwimmen die Felle weg. Bald werden sie in diesem Staat nichts mehr zu sagen haben. Das spüren sie und wollen vorher noch möglichst viel in ihrem Sinne regeln."
„Was bedeutet das für meinen Fall? Wäre es nicht für das Regime besser, die Angelegenheit geräuschlos auslaufen zu lassen und nicht so viel Staub aufzuwirbeln?"
„Ich fürchte, so einfach liegt der Fall nicht", dämpfte der Anwalt Bertholds aufkeimende Hoffnung. „Immerhin geht es mittlerweile um vier dokumentierte und aus den Akten nicht so leicht zu tilgende Mordfälle. Die Opfer sind Regimegegner. Hier wird eine neue politische Führungsschicht mit Sicherheit auf Aufklärung drängen, wenn Fragen offen sein sollten."
„Verstehe", entgegnete Berthold schon deutlich weniger zuversichtlich. „Wenn man mir die Morde nicht anhängt, sind die wahren Schuldigen in Gefahr, später dafür gerade stehen zu müssen."
„Leider ist es noch komplizierter. Ursprünglich wollte man Sie als ´Joker´ im Spiel lassen, um einige wahre Täter gefügig zu halten und ihnen zu drohen, dass Sie jederzeit aussagen und sie belasten könnten. Es gibt sogar jemanden, der das immer noch denkt." „So etwas in der Art habe ich mir schon gedacht. Ich habe auch eine Ahnung, wer dieser ´Jemand´ sein könnte. Vermutlich sprechen wir von einem gewissen Generaloberst a.D., der in diesem Gebäude hier lange Jahre seine Wirkungsstätte hatte."
„Sie sind nicht auf den Kopf gefallen, mein Junge", bestätigte der Anwalt. „Wohl ist der genannte Generaloberst der Einzige, der noch an dieser Überlegung festhält."
„Ist das gut oder schlecht für mich?"
„Eher schlecht, fürchte ich. Die anderen beteiligten Personen im Politbüro und in der Stasi glauben, dass sie keine Verwendung mehr für Sie haben und wollen lieber einen endgültigen Deckel auf die Sache legen."
„Das wäre dann wohl mein Sargdeckel."

„Ganz ungeschminkt kann man das buchstäblich so sagen. Wenn Sie als Mörder überführt und eigens für Sie die in der DDR schon 1987 abgeschaffte Todesstrafe reaktiviert würde, würde man dieses Urteil unmittelbar vollstrecken. Dann wäre der Fall gelöst und abgeschlossen, niemand würde mehr unliebsame Fragen stellen."
„Woher wissen Sie das alles eigentlich?", erkundigte sich Berthold.
„Es gereicht mir nicht gerade zur Ehre, dass ich selbst seit einer Reihe von Jahren hier in Ost-Berlin Teil des Systems bin. Aber so ist es nun einmal und ich kann es nicht ändern. Zumindest könnte es sich zu Ihrem Vorteil auswirken, dass ich in die Überlegungen der Staatsmacht im Umgang mit Ihrer Person schon in den letzten Wochen eingebunden war."
„Ich wüsste nicht, welchen Vorteil es für mich geben könnte, wenn ich zum Tode verurteilt werde."
„Na, na, so weit sind wir noch nicht." Der Anwalt nahm seine kleine Brille ab und schwenkte sie in einer ausholenden Geste, um sie schließlich mit seiner Krawatte zu putzen. „Die vorgelegten Indizienbeweise werden wir nicht entkräften können, auch wenn ich Ihnen glaube, dass Sie die Taten nicht begangen haben. Doch das Gericht wird aller Voraussicht nach der Beweisführung der Staatsanwaltschaft folgen. Sie dürfen nicht vergessen, dass die Justiz in der DDR nicht unabhängig ist, noch leben wir in keinem wirklich freien Land."
„Also, was soll das Ganze? Dann ist es doch für mich sowieso vorbei."
„Nicht zwangsläufig. Eine kleine Chance haben wir noch."
„Spannen Sie mich bitte nicht auf die Folter. Was haben Sie vor?"
„Keine Sorge, die Folter spielt wenigstens an diesem Tag keine Rolle mehr."
„Ganz schlechter Scherz."
„Ich weiß, Entschuldigung."
„Ist bei dieser Anspannung ja verständlich. Aber kommen Sie bitte zur Sache."
„Ihre Verurteilung werde ich kaum verhindern können. Aber vielleicht ist es möglich, Ihr Leben zu retten und das Todesurteil umzuwandeln."
„Wie stellen Sie sich das vor?"
„Es könnte sein, dass mir die Verfahrensordnung eine Möglich-

keit eröffnet, hängt vom Verlauf der Verhandlung ab. Ich weiß es nicht genau, aber ich werde es versuchen."
„Ein Leben hinter verschlossenen Türen ist auch keine erfreuliche Aussicht."
„Vielleicht, aber besser als gar kein Leben. Außerdem weiß niemand, was die Zukunft bringt, da kann sich viel bewegen. Kommen Sie, die Verhandlung beginnt gleich."
Wenige Minuten später betrat Berthold mit seinem Verteidiger einen schmucklosen Besprechungsraum von verhältnismäßig großzügigen Ausmaßen. Vermutlich diente das Zimmer ansonsten zu Schulungszwecken. Graue Tische waren jetzt zu einer U-Form zusammengeschoben.
Am Kopfende saßen auf mit hellgrünem Stoff gepolsterten Stühlen drei uniformierte Stasi-Beamte, die als Schnellrichter fungierten. Berthold ging davon aus, dass nicht wenige leitende Mitarbeiter in diesem Gebäude-Komplex eine juristische Ausbildung hatten.
Auf der linken Seite der Tischanordnung saß ein Mann in einer dunklen Robe, den Berthold unschwer als Staatsanwalt identifizierte. Mit seinem Verteidiger nahm er auf der rechten Seite gegenüber Platz.
Außer dem Anwalt kannte Berthold niemanden in diesem Raum. Markus Wolf und alle anderen Protagonisten hielten sich im Hintergrund. Dafür hatten sie ihre Leute. Doch Berthold zweifelte keinen Augenblick daran, wer diese Verhandlung initiiert hatte, ohne dass er deshalb in Einzelheiten der Prozessführung involviert sein musste.
„Ich eröffne die heutige Sitzung – Schnellgerichts-Strafverfahren gegen Berthold Grün – pünktlich um 20:45 Uhr", schnarrte der kahlköpfige Richter in der Mitte mit hoher Stimme. Offensichtlich war der blasse Mann der Vorsitzende des dreiköpfigen Gremiums.
„Einspruch", meldete sich Bertholds Anwalt zu Wort. „Ich sehe keine hinreichende Notwendigkeit für ein Schnellverfahren. Mein Mandant befindet sich in diesem Gebäude in sicherem Gewahrsam, es besteht keine Fluchtgefahr. Außerdem befinden wir uns nicht im Krieg."

„Ihr Mandant hat schon einmal im Gewahrsam der Stasi in Leipzig seine Findigkeit im Aufspüren von Fluchtwegen unter Beweis gestellt. Seine Fluchthelferin ist sogar zu Tode gekommen", hielt der Staatsanwalt dagegen und zwirbelte unbewusst mit den Fingerspitzen seinen dunklen Schnurrbart. „Solche unliebsamen Vorkommnisse wollen wir in Zukunft doch vermeiden."
„Das ist absolut zynisch", ereiferte sich der Verteidiger. „Fremde Sicherheitskräfte haben die Fluchthelferin, wie Sie sie nennen, ohne erkennbaren Anlass einfach erschossen. Diesen Mord durch die Staatsgewalt können Sie jetzt nicht meinem Mandanten zur Last legen."
„Sie werden schon sehen, was wir können", versetzte der Staatsanwalt. „Wir könnten zum Beispiel auch ein Verfahren wegen Verleumdung der Staatsgewalt gegen Sie eröffnen, Herr Anwalt."
„Da bin ich aber gespannt, wie Sie das begründen wollen. Denn bei den Tätern handelte es sich gar nicht um deutsche, sondern um russische Sicherheitskräfte. Die Reaktion der Öffentlichkeit, aber insbesondere auch der Sowjetunion, dürfte interessant sein, wenn Sie sich als ostdeutscher Staatsanwalt deren Interessenvertretung zur Strafverfolgung anmaßen."
„Wie dem auch sei", der Staatsanwalt räusperte sich zweimal. „Ihr zweites Argument ist ebenfalls fragwürdig, Herr Anwalt. Wir befinden uns zwar derzeit nicht im Krieg, aber dennoch in einer Zeit einzigartiger Umwälzungen in diesem Land. Deshalb bestehe ich auf der unmittelbaren Durchführung dieses Schnellgerichts-Verfahrens, besondere Zeiten erfordern besondere Maßnahmen."
„Der Einspruch der Verteidigung wird abgelehnt", befand der vorsitzende Richter. „Herr Staatsanwalt, bitte verlesen Sie die Anklageschrift."
Der Angesprochene erhob sich umständlich und trug die Berthold sowie seinem Verteidiger längst bekannte staatliche Auslegung der Ereignisse vor. Danach habe Berthold seinen Freund im Gebüsch in Hohenwalde mit einem Stein erschlagen. Seine Fingerabdrücke fanden sich auf der Kleidung des Toten.
Außerdem wurde ihm die Ermordung dreier Demonstranten auf einer Kundgebung in Leipzig zur Last gelegt, die dort erstochen

aufgefunden worden seien. Berthold war der Einzige, dessen Anwesenheit am Tatort zur Tatzeit nachgewiesen werden konnte, wie Fotos der Staatssicherheit belegten, so der Staatsanwalt. Aufgrund der eindeutigen Beweislage und weil es sich bei Berthold offensichtlich um einen Wiederholungstäter handelte, forderte der Ankläger die Todesstrafe.
Der Vorsitzende dankte dem Staatsanwalt ausdrücklich für seine schlüssige Argumentation und übergab das Wort an den Verteidiger.
„Haben Sie für Ihre Beschuldigungen irgendwelche Zeugen, die Ihre Vorwürfe untermauern?“, wandte sich dieser an den Staatsanwalt.
„Das dürfte kaum nötig sein“, erwiderte der Angesprochene. „Die Indizien sind eindeutig, die Beweislast ist erdrückend. In diesen ereignisreichen Tagen ist es nicht erforderlich, die ermittelnden Beamten der Staatssicherheit herbeizuzitieren und von ihrer Arbeit abzuhalten, um die Aussagekraft der vorgelegten Beweise zu bestätigen.“
„Verstehe, nachher belasten die sich noch selbst“, warf der Verteidiger lässig ein.
„Solche Kommentare können Sie sich sparen“, schnappte der Staatsanwalt. „Sonst noch etwas?“
„Ja. Ist Ihnen eigentlich klar, dass der Angeklagte mit dem Mordopfer in Hohenwalde eng befreundet war und sogar in einer gemeinsamen Wohnung mit ihm lebte? Da ist es doch ganz selbstverständlich, dass sich die Fingerabdrücke des einen auf der Kleidung des anderen befanden.“
„Spekulativ. War der Angeklagte denn auch mit den Mordopfern am Rande der Demonstration in Leipzig bekannt?“
„Das müsste man erst noch ermitteln, was bisher wohl nicht geschehen ist. In meinen Augen ein weiterer Verfahrensfehler und ein deutliches Anzeichen für schlampige Arbeit.“
„Für mich ist das eher ein klarer Hinweis auf die Täterschaft des Angeklagten. Eine solche Häufung von Zufällen kann es gar nicht geben“, beharrte der Ankläger.
„Für meine Kollegen und mich klingt das sehr überzeugend“, schaltete sich der vorsitzende Richter ein. „Ich neige dazu, den

Ausführungen der Staatsanwaltschaft zu folgen und die Todesstrafe wegen vierfachen Mordes zu verhängen, die unverzüglich vollstreckbar wird. Wenn Sie nichts weiter vorzubringen haben, Herr Anwalt, würde ich gerne zur Urteilsfindung kommen."
Bertholds Verteidiger hob die Hand. „Ich hätte noch etwas zu sagen."
„Dann sagen Sie es, wenn es nicht anders geht", knurrte der Vorsitzende mit einem unwilligen Seitenblick. „Aber fassen Sie sich bitte kurz, es ist spät."
„Ich habe verstanden, dass Sie sich in der Schuldfrage festgelegt haben und wir daran nichts mehr ändern können", erwiderte der Anwalt mit betonter Langsamkeit. „Deshalb will ich nur zum Verfahrensablauf Stellung nehmen. Sollten Sie jetzt das Todesurteil verhängen, werde ich Rechtsmittel einlegen und eine Berufung fordern. Im Falle einer Ablehnung der Berufung müsste ich mich an die Öffentlichkeit wenden."
„Das wäre mehr als unerfreulich." Der vorsitzende Richter wurde noch blasser. „Aber es würde im Ergebnis nichts ändern. Sie wissen, dass die Justiz in diesem Land durchgehend stringent und staatstreu ist. Am Ende wird immer die Todesstrafe stehen, nur dass sich die Angelegenheit für alle Beteiligten einschließlich Ihres Mandanten quälend lange hinzieht."
„Ich weiß nicht, ob es Ihnen entgangen ist, aber die Todesstrafe wurde in der DDR vor zwei Jahren abgeschafft."
„Der Herr Staatsanwalt sagte es vorhin schon einmal und ich kann dem nur zustimmen: Besondere Zeiten erfordern besondere Maßnahmen."
„Ich weise noch einmal darauf hin, dass es für alle Beteiligten höchst unangenehm sein könnte, wenn solche fragwürdigen Urteile öffentlich diskutiert würden. Aber vielleicht gäbe es eine andere Alternative, mit der alle Beteiligten etwas besser leben könnten."
Erstmals im Verlauf des Verfahrens wandte sich der Vorsitzende dem Verteidiger mit echtem Interesse zu. „Ich höre."
„Haben Sie sich einmal überlegt, welches Motiv mein Mandant für diese Taten haben sollte? Mit dem ersten Opfer war er befreundet, die anderen drei kannte er nicht. Das passt doch vorne und hinten nicht zusammen."

„Über dieses Stadium waren wir längst hinaus." Der vorsitzende Richter stöhnte auf. „Wir können die Beweisaufnahme jetzt nicht noch einmal aufrollen."
„Darum geht es mir gar nicht", insistierte der Verteidiger. „Ich will vielmehr darauf hinaus, dass das Verhalten meines Mandanten vollkommen irrational war, wenn er die ihm zur Last gelegten Morde begangen haben sollte. Es gab schlichtweg keinen Grund dazu. Wenn Sie sich also dazu entschließen könnten, das Todesurteil wegen Mordes in eine lebenslange Sicherheitsverwahrung in der Psychiatrie umzuwandeln, würde mein Mandant sich schuldig bekennen."
„Wie stellen Sie sich das genau vor?"
„Nun, Sie sagten selbst, dass dies hier ein vollkommen gerechtfertigtes Schnellgerichts-Verfahren ist. In einem solchen Schnellverfahren können sich die Parteien ohne weitere Anhörung von Sachverständigen auf eine Einstufung des Angeklagten als unzurechnungsfähig verständigen. Die Vorteile für alle Beteiligten liegen auf der Hand: geräuschloser und endgültiger Abschluss des Verfahrens, keine Berufung, keine Öffentlichkeit, keine Unklarheit mehr."
Der Vorsitzende winkte den Staatsanwalt zu sich heran. Gleichzeitig wandte sich der Verteidiger Berthold zu. „Tut mir leid. Ich weiß, dass die Unterbringung in der geschlossenen forensischen Psychiatrie keine angenehme Aussicht ist. Aber mehr konnte ich nicht erreichen."
Berthold nickte verzweifelt, wohl wissend, dass ihm kein anderer Ausweg blieb. „Ich stimme zu."
Inzwischen war der Staatsanwalt wieder mit verkniffenem Mund zurück an seinen Platz gegangen und der vorsitzende Richter ergriff erneut mit säuerlicher Miene das Wort. „Hiermit spricht dieses Gericht Berthold Grün des vierfachen Mordes für schuldig. Aufgrund eines psychischen Zustandes der Unzurechnungsfähigkeit wird der Angeklagte mit sofortiger Wirkung lebenslänglich mit anschließender Sicherungsverwahrung in den Maßregelvollzug der forensischen Psychiatrie im Lindenberger Weg 69 in Berlin-Pankow eingewiesen. Die Parteien verzichten auf weitere Rechtsmittel, beschlossen und verkündet."
Ein Beisitzer hatte alles protokolliert und legte dem Vorsitzenden das Dokument zur Unterschrift vor.

9. November 1989, 23:55 Uhr

„Mittlerweile sind alle Grenzübergänge in Berlin geöffnet", verkündete der Nachrichtensprecher des westdeutschen Fernsehens. „Auch an den übrigen innerdeutschen Grenzen sind die Kontrollen aufgehoben. Überall stauen sich die Trabi-Kolonnen."
Berthold saß wieder in seiner komfortablen Zelle in der Stasi-Zentrale in der Normannenstraße und verfolgte das West-Fernsehen. Wohl zum letzten Mal für sehr lange Zeit, wie er befürchtete. Bevor er endgültig in Pankow eingewiesen werden würde, durfte er noch diese eine Nacht alleine und ungestört in Lichtenberg verbringen.
Er freute sich aufrichtig über die Bilder, die er gerade sah. Die Botschaft war eindeutig: Die DDR, wie sie die Welt bis hierhin kannte, war Geschichte. Der Osten Deutschlands war endlich ein freies Land. So wie es war, würde es nie wieder sein.
Das ist sehr, sehr gut, dachte Berthold. Dafür hatte er gekämpft. Doch leider würde er an der neuen Zeit nicht teilhaben können. Denn zeitgleich mit der Befreiung seiner Heimat hatte er seine Freiheit verloren. So gerne hätte er miterlebt, wie die Menschen in der DDR die Fesseln der kommunistischen Diktatur endgültig abwerfen und sich in einer freien Marktwirtschaft westlicher Prägung demokratisch neu konstituieren würden. Wie schön wäre es gewesen, diesen Prozess mitgestalten zu können. Sei es auch nur als kleines Rädchen in einem großen Getriebe.
Doch so würde es für ihn nicht kommen. Das hatte Berthold verstanden.
So viel Glück und so viel Unglück an einem einzigen Tag. Aber er wollte sich nicht beklagen. Immerhin hatte er sein Leben behalten. Das konnte Simone heute nicht von sich sagen.
Die tiefste Trauer tröstete ihn zugleich über den nachhaltigen Verlust seiner persönlichen Freiheit. Denn was wäre sein freies Leben wert gewesen ohne den Menschen an seiner Seite, den er mehr als jeden anderen geliebt hat? Mehr als sein eigenes Leben. Zumindest wurde Simones Widerstand gegen das System belohnt, wenn auch erst nach ihrem Tod. So gesehen war ihr Leben nicht sinnlos. Bertold stellte sich vor, wie sie sich über diese

Entwicklung gefreut hätte. Dabei umspielte kurz ein leichtes Lächeln seine Lippen.
Vielleicht war es für ihn nicht ganz verkehrt, dass sich alles an diesem Abend so gefügt hatte. Sein Land war frei für eine helle Zukunft. Daran zweifelte Berthold keinen Augenblick. Niemand in ganz Deutschland musste mehr um ein besseres Leben in Freiheit kämpfen.
So gesehen wurde er auch nicht mehr gebraucht. Und seine Erlebnisse der letzten Wochen reichten für mehr als ein Leben. Wenn er jetzt von der Welt abgeschieden war, konnte er sich möglicherweise damit arrangieren. Hoffte er zumindest.
Auch wenn er gleichzeitig Angst vor dem hatte, was in der Psychiatrie auf ihn zukommen würde. Eigentlich konnte er sich das gar nicht vorstellen.
Sein Anwalt hatte ihm erklärt, dass eine vorzeitige Entlassung oder gar Strafverkürzung so gut wie ausgeschlossen sei. Selbst nach einem Systemwechsel. Denn um der Todesstrafe zu entgehen, hatte er sich schließlich zur Ermordung von Regimegegnern bekannt, die dem Westen freundlich gesonnen waren. Das würde man auch in einem neuen Deutschland demokratischer Prägung nicht verzeihen.
Doch was sollte Schlimmeres oder auch Schöneres als das kommen, was bereits geschehen war? Seine große Liebe war ihm endgültig genommen und sein geliebtes Land war befreit.

Zweiter Teil

2020

Zeitenwende

Seicht ist er, der Brunnen der Zukunft. Könnte irgendein Mensch orakeln, was sich unter seinem Wasserspiegel verbirgt?
Vor allem, wenn es nicht nur um diesen Menschen selbst geht, sondern auch um die Epoche, die ihn geprägt hat und vielleicht sogar um künftige Epochen, die kommen und weiter prägen werden. Epochen, die umgekehrt auch er prägen wollte.
Ob ihm das in der vergangenen Epoche gelungen ist, die er noch in relativer Freiheit erlebt hatte, bezweifelt er. Wenn überhaupt, dann nur zu einem sehr geringen Teil. Oder vielleicht gar nicht. Er hat viel Zeit, um über diese und andere Fragen von mehr oder minder großer Bedeutung nachzudenken. Zeit, die so seicht ist wie der Brunnen der Zukunft und deren Grund doch nie erkennbar ist oder auch nur etwas näherzukommen scheint.
Denn er lebt in einem Zustand permanenter geistiger Benebelung. Zeit ist bedeutungslos geworden. Die Tage werden zu Wochen, die Wochen zu Monaten, die Monate zu Jahren und die Jahre gar zu Jahrzehnten.
Nichts dringt in das Innenleben, die Außenwelt findet im Bewusstsein des Menschen nicht statt. Doch auch die innere Welt ist in diesen schwer definierbaren Zeitspannen nicht besonders reich. Immer mehr reduziert sie sich über die Jahre und Jahrzehnte hinweg auf die fixen Termine zur Verabreichung von Psychopharmaka.
Anfangs widerwillig nahm Berthold Grün seine Tabletten schon bald wesentlich aufgeschlossener entgegen. Auf die Idee, dass das ein Zeichen von Abhängigkeit sein könnte, kam er nicht. Kein Patient in der forensischen Psychiatrie in Pankow hatte solche Gedanken.
Obwohl jeder von ihnen ohne seine Medikamente nicht mehr leben konnte. Wie hatten sie das bloß alles vorher geschafft? Eigentlich unvorstellbar.
Jetzt konnte man mit den chemischen Helferlein sogar vergessen, dass man sich im Maßregelvollzug befand. Was ja wirklich kein schöner Gedanke war.
Spannend war es außerdem, die vielen Jahre hindurch stets neue

Medikamente kennenzulernen. Schon die Namen klangen immer besser. Waren es zunächst die klassischen Benzodiazepine und Neuroleptika, kamen später noch neuere Präparate wie Risperdal hinzu.
Der Begriff Antipsychotika klang allgemein sehr beruhigend. Ganz offensichtlich dämpften sie die Psychosen, die bei Berthold und vielen anderen Patienten mit der Zeit häufiger auftraten.
Solche Psychosen waren eine schlimme Sache. Man hörte Stimmen, sah grelle Lichtblitze sowie andere Erscheinungen, die gar nicht da waren und unbeschreibliche Ängste auslösten.
Woher das wohl nach so langer Medikamenteneinnahme kam? Aber dafür gab es ja wieder neue Medikamente.
Nach und nach hatte Berthold das Gefühl, dass er innerlich versteinerte. Erst wurde er apathisch, dann hatte er zunehmende Lähmungserscheinungen bis zur völligen Bewegungslosigkeit.
Innerlich durchlebte er neben den psychotischen Symptomen stets aufs Neue Momente aus den letzten Wochen und Monaten vor seiner Einweisung. Leider waren es nicht die schönen Augenblicke, die es in den ersten Tagen in der einsamen Hütte im sächsischen Heideland auch gab. Doch er hörte nur die hohe Stimme des Richters, die ihn verurteilte. Auf seiner Haut spürte er die Schläge des Giftzwergs mit dem Gummiknüppel. Er roch den Duft des Waldes, in dem der erschlagene Gernot nur wenige Meter von ihm entfernt lag, bevor der Pfarrer ihn wegschaffte. Und immer wieder sah er das grässliche Loch in Simones Stirn und das Blut, das in unendlichen Strömen aus ihrem Hinterkopf floss. Für immer starrten die großen braunen Augen ins Nichts.
Seine Mitpatienten konnte Berthold kaum ertragen, er wollte nur seine Ruhe. Für Ereignisse aus der Außenwelt oder gar für die Nachrichten im Fernsehprogramm, im Radio oder in Zeitungen war er nicht zugänglich. Er wusste nichts und hätte auch keine einzige Information mehr verkraften können.
Kam es doch einmal zu Gesprächen mit anderen Patienten, waren diese frustrierend. In der Regel erzählten sie von ihren Psychosen. Auch und gerade dann, wenn Berthold selbst einmal keine hatte. Oft gellten ihre Schreie durch die Nacht, wollten aber häufig auch tagsüber nicht verstummen.

Nicht alle Insassen hier hatten schwere Straftaten begangen. Bei einigen Patienten handelte es sich stattdessen um hoffnungslose Fälle von Suchterkrankten, die im Strafrechtssystem höchstens durch Beschaffungskriminalität aufgefallen waren.
Der Gedanke daran, diesen Ort zu verlassen, kam Berthold gar nicht erst. Das hätte eine Initiative von ihm verlangt, zu der er sich nie in der Lage gefühlt hätte. Kein einziges Mal stellte er einen Antrag auf vorzeitige Entlassung aus dem Maßregelvollzug. Andere taten das auch nicht für ihn. Seine Mutter hatte sich endgültig von ihm abgewandt und ihn nie besucht. Dass sie später irgendwann verstorben war, erfuhr Berthold nicht einmal. Weitere bekannte Angehörige hatte er nicht.
Von Zeit zu Zeit überprüften unabhängige Gutachter seinen Zustand. Aber immer nur halbherzig, weil niemand eine Erwartungshaltung signalisiert hatte. So konnte man bequem alles unverändert belassen und sich wieder den arbeitsintensiven strittigeren Fällen zuwenden, bei denen Angehörige, Anwälte oder Behörden Druck machten.
Das erste ernsthafte Gespräch mit dem Chefarzt der forensischen Psychiatrie führte Berthold knapp 31 Jahre nach seiner gerichtlichen Einweisung. Dass so viel Zeit vergangen war, war ihm nicht annähernd bewusst. Es sollte gleichzeitig sein letztes Arztgespräch in Pankow sein.

16. September 2020

Berthold fühlte sich unruhig. Er konnte auf dem Besucherstuhl im Chefarztzimmer keinen Augenblick stillhalten. Seine Knie zitterten. Weil er im Sitzen mit den Fersen ständig auf und ab wippte.

Nicht nur die ungewohnte Situation und die fremde Umgebung machten ihn nervös. Auch das Warten. Er war allein im Raum. Der Chefarzt hatte sich verspätet, doch seine Sekretärin meinte, Berthold könne schon in dessen Zimmer Platz nehmen.

Sofort hatte sich der Wärter verabschiedet, der ihn aus der geschlossenen Abteilung hierhergebracht hatte. So viele neue Eindrücke waren auf dem Weg an den aufgeräumten Altbauten der anderen Abteilungen vorbei auf ihn eingestürmt. Der frische Geruch des frühherbstlichen kleinen Waldes, der das Gelände umgab. Der angenehm kühlende Morgennebel. All das hatte Berthold zuvor nie bewusst wahrgenommen.

Tatsächlich gab es schon in den letzten Wochen einige betreute Freigänge in Begleitung. Doch die hatte er mit einem regelrechten Tunnelblick absolviert. Die ganze Zeit dachte er darüber nach, was das zu bedeuten hatte. So intensiv, dass er bis dahin keinen Sinn für seine Umgebung gehabt hatte.

Dass seine Unruhe noch eine weitere Ursache hatte, wusste Berthold nicht: Seine Medikamentendosis wurde schon seit geraumer Zeit langsam reduziert. Nach und nach machten sich Entzugserscheinungen bemerkbar. Zu denen unter anderen Nervosität, gelegentliche Schlaflosigkeit und leichte psychotische Zustände zählten.

Die ungewisse Wartezeit im Chefarztzimmer trug auch nicht zu seiner Beruhigung bei. Die Einrichtung irritierte, ja verstörte ihn regelrecht.

Weniger die nüchtern zweckmäßigen Büromöbel, vielmehr aber die übrigen Gegenstände im Raum. Das nachgebildete Skelett in Lebensgröße, das mit einem Haken in der Schädeldecke an einem Ständer aufgehängt war. Oder die ebenfalls lebensgroße Skizze der Nervenbahnen auf einem Plakat an der Wand daneben.

Nichts aber ängstigte Berthold so sehr wie das in Formaldehyd

eingelegte menschliche Gehirn in einem Glasbehälter, der auf einem Regal hinter dem ausladenden Schreibtisch des Chefarztes stand. Wie gebannt starrte er dorthin und konnte den Blick nicht einmal abwenden, als sich hinter ihm die Tür öffnete.
Mit einer schwungvollen Bewegung und flatternden Rockschößen seines offenen weißen Kittel ließ sich Dr. Schwarz federnd in seinen Schreibtischsessel fallen. „Ich freue mich, dass wir uns endlich in Ruhe unterhalten können. Sie haben bestimmt viel Interessantes zu erzählen. Schließlich haben Sie hier genau genommen ein viel älteres Hausrecht als ich."
„Wie meinen Sie das?", erkundigte sich Berthold mit zitternder Stimme.
„Na ja, als Sie hier eingezogen sind, sozusagen Ihre Karriere hier begonnen haben, habe ich noch nicht einmal studiert. Ich war zu der Zeit Schüler." Der drahtig gebaute Chefarzt mit dem kurzgeschnittenen dunklen Haar und den angegrauten Schläfen verzog die Lippen zu einem schmalen Lächeln. Eine beeindruckende Erscheinung, die sich ihrer Wirkung durchaus bewusst war.
'Hat der jetzt wirklich Karriere gesagt oder habe ich mir das nur eingebildet?', dachte Berthold. 'Was soll das? Will der sich über mich lustig machen?'
Tatsächlich reagierte er auf die Bemerkung nur mit einem kaum hörbaren „So kann man das auch sehen."
„Schön, Sie haben Sinn für Ironie." Dr. Schwarz schlug mit einem hallenden Klatschen die Hände zusammen. „Das ist ein gutes Zeichen. Damit können wir arbeiten."
„Woran wollen wir denn arbeiten?", erkundigte sich Berthold tonlos.
„An Ihrer Entlassung."
„Meiner…was?" Bertholds Unterkiefer klappte herunter.
„Ja, Sie haben richtig gehört. Ihre Zeit hier geht ihrem Ende entgegen. Haben Sie das nicht gewusst, nicht wenigstens geahnt?"
„Schon?"
„Selbstverständlich. Bewahren Sie sich bitte Ihren unerschütterlichen Sinn für Humor. Sie sind jetzt über 30 Jahre bei uns."
„30 Jahre!" Berthold konnte sein Erstaunen nicht verbergen. „Wenn Sie von drei Jahren gesprochen hätten, hätte ich das auch geglaubt."
„Ich verstehe, was Sie meinen." Dr. Schwarz nickte langsam.

„Die Zeit ist an diesem Ort relativ. Aber das kann sich schnell wieder ändern. Das werden Sie sehen, wenn Sie in die Welt dort draußen zurückkehren."
„Meinen Sie wirklich, dass die Zeit dafür reif ist? Müssen dazu nicht erst einige Vorbereitungen getroffen werden?"
„Die sind längst im Gange", lachte der Arzt.
„Was sollen das denn für Vorbereitungen sein?"
„Zum Beispiel schleichen wir gerade Ihre Medikation langsam aus. Die Dosen werden geringer. Eigentlich müssten Sie schon einige Nebenwirkungen wahrgenommen haben."
Berthold rieb sich mit Daumen und Zeigefinger das Kinn. „Jetzt wird mir einiges klarer, meine zunehmende Unruhe, der schlechte Schlaf."
„Machen Sie sich keine Sorgen, das gibt sich wieder. Sie sind längst reif für Ihren nächsten Lebensabschnitt. In Freiheit."
„Woher wollen Sie das wissen?"
„Ihr letztes Gutachten ist ausgesprochen positiv ausgefallen, verfasst von einem kompetenten Kollegen, die Befunde sind eindeutig. Ihre Strafe haben Sie längst verbüßt, ein weiterer Freiheitsentzug ist juristisch nicht vertretbar. Und aus Sicht der forensischen Psychiatrie auch nicht."
„Was geschieht dann jetzt mit mir?", erkundigte sich Berthold nervös.
„Keine Angst, wir werfen Sie nicht ins kalte Wasser. So ganz lassen wir Sie nicht allein. Sie bekommen draußen einen Sozialarbeiter und selbstverständlich auch einen Psychologen, der sich um sie kümmert."
„Wann soll das sein?"
„In gut 14 Tagen."
„So schnell?" Berthold blickte erschrocken auf.
„Ich finde, der 3. Oktober wäre ein schönes Datum, gerade vor dem Hintergrund Ihrer persönlichen Geschichte", meinte Dr. Schwarz. „Der Tag der Deutschen Einheit."
„Tag der Deutschen Einheit? Ich dachte, der wird im Westen immer am 17. Juni gefeiert."
„Mann, Sie sind wirklich schon viel zu lange hier drin."
„Aber wo soll ich denn hin?"

„Sie sind jetzt ein freier, selbstbestimmter Mensch. Also dürfen Sie das alleine entscheiden. Wohin möchten Sie gerne, wollen Sie hier in Berlin bleiben?“
„Ich weiß nicht“, versetzte Berthold zögerlich. „Wenn ich es mir genau überlege, möchte ich eigentlich so weit wie möglich in den Westen. Irgendwo nach Nordrhein-Westfalen vielleicht.“
„Das kann ich gut verstehen“, lachte der Arzt. „Ich denke, das wird sich machen lassen. Dort gibt es viele gute Psychiater, die sich um Sie kümmern und die weitere Ausschleichung Ihrer Medikamente begleiten können. Jetzt üben wir in den nächsten beiden Wochen fleißig für Ihr neues Leben und werden noch einige Freigänge organisieren.“

3. Oktober 2020

„Kennen Sie Düsseldorf?“ erkundigte sich Dr. Schwarz, als er Berthold an diesem Morgen gegenübersaß.
Wieder befanden sie sich im Zimmer des Chefarztes und wieder konnte Berthold seine Unruhe nicht verbergen. Womöglich war sie sogar noch größer als gut zwei Wochen zuvor. Denn heute war der große Tag, der Tag seiner Entlassung.
„Nur dem Namen nach“, antwortete er zögerlich.
„Düsseldorf ist ebenfalls eine Hauptstadt. Wie Berlin“, erwiderte Dr. Schwarz. „Wenn auch nur eine Landeshauptstadt.“
„Ost-Berlin war doch die Hauptstadt der DDR“, warf Berthold irritiert ein. „Bonn ist die Hauptstadt Westdeutschlands. Das weiß ich noch.“
„Und jetzt ist ganz Berlin eben die Hauptstadt Gesamtdeutschlands.“
„Aber was ist aus Bonn geworden?“
„Dort sind noch einige Ministerien und Bundesbehörden angesiedelt. Aber die sind nicht so wichtig.“
„Das verstehe ich nicht“, hakte Berthold nach. „Die DDR war in Auflösung, als ich damals hier eingeliefert wurde. Wieso ist Bonn dann nicht die Hauptstadt geblieben, wenn es heute ein vereinigtes Deutschland nach westlichem Muster gibt?“
„Das war politisch so gewollt.“
„Seltsam.“
„Sie werden gewiss vieles seltsam finden, wenn Sie sich in den nächsten Wochen und Monaten neu in Freiheit orientieren müssen. Aber das ist ganz natürlich“, beruhigte Dr. Schwarz.
„In Freiheit. Wie sich das anhört. Ich kann es mir gar nicht richtig vorstellen, in so einem System habe ich noch nie gelebt.“
„Das werden Sie bald lernen.“
Berthold hatte mit einem Mal das Gefühl, seine Ohren würden explodieren. Vorsichtig tupfte er mit den Fingern an seine Ohrläppchen, weil er befürchtete, dass dort Blut hinablief. Doch da war nichts.
„Warum schreien Sie mich plötzlich so an?“, erkundigte er sich bei seinem Arzt.

„Ich habe nicht laut gesprochen, wir unterhalten uns die ganze Zeit in normalem Tonfall. Vermutlich ist das eine latent psychotische Wahrnehmungsstörung, die durch die Reduzierung Ihrer Medikamentendosierung hervorgerufen wird. Aber machen Sie sich bitte nicht zu viele Sorgen, das sollte bald wieder von selbst abklingen."

„Na ja, beruhigend finde ich das nicht gerade. Könnte ich denn noch andere Wahrnehmungsstörungen haben?"

„Ausschließen kann man das vorübergehend nicht."

Berthold überlegte kurz, ob es auch eine Wahrnehmungsstörung gewesen sein könnte, dass er verstanden hatte, dass Berlin jetzt die Hauptstadt Gesamtdeutschlands sei. Aber er behielt diesen Gedanken lieber für sich. Zunächst wollte er sich in der realen Welt noch ein Stück vortasten, bevor er durch möglicherweise allzu dumme Fragen auffiel.

„Lassen Sie uns lieber über etwas Konstruktiveres sprechen", fuhr Dr. Schwarz ungerührt fort. „Ihr Sozialhelfer konnte eine Wohnung für Sie an der Grafenberger Allee in Düsseldorf anmieten. Sehr schöne Wohngegend mit einer guten Anbindung an den öffentlichen Personennahverkehr. Direkt vor Ihrer Haustür ist eine Straßenbahnhaltestelle, wenige hundert Meter weiter fährt auch ein Bus ab."

„Ich weiß gar nicht, wohin ich da fahren sollte."

„In nördlicher Richtung geht´s ins Grüne, das Neandertal ist nicht weit. Dort kann man spannende historische Besichtigungstouren machen. Und nach Süden hin führt die Grafenberger Allee direkt in die Innenstadt, wo Sie nach Herzenslust shoppen können."

„Kann ich mir so etwas denn leisten?"

„Selbstverständlich, Ihre Wohnkosten werden gefördert, gehört alles zum Resozialisierungsprogramm. Außerdem suchen wir eine passende Arbeit für Sie, damit Sie bald eigenes Geld verdienen können. Sie werden sehen, das wird ein ganz anderes Lebensgefühl."

„Damals habe ich in Leipzig einige Semester Grafik und Design studiert. Doch die Technik wird inzwischen viel weiter sein, außerdem fehlt mir der Abschluss. Ich weiß nicht, ob ich so schnell eine Stelle finden kann."

„Es hat niemand gesagt, dass es einfach wird. Doch mit einer positiven Einstellung, Optimismus und einem festen Willen ist viel möglich. Außerdem geben wir Ihnen etwas Zeit, so teuer ist die Wohnung an der Grafenberger Allee nicht."
Berthold blickte irritiert auf. „Ich dachte, Düsseldorf sei eine der teuersten Wohnlagen im Westen. Und die Adresse hört sich nicht gerade bescheiden an."
„Mehr Schein als Sein. Sie ziehen in die Grafenberger Allee mit der Hausnummer 122. Das ist ein möbliertes Apartment in einem Haus mit vielen Gemeinschaftswohnungen."
„Gemeinschaftswohnungen? Das gab es zu meiner Zeit in Leipzig und Ost-Berlin auch, mit gemeinsamer Küche, gemeinsamen Sanitär-Anlagen und gemeinsamen Aufenthaltsräumen. Mehr konnten sich junge Leute in den großen Städten damals nicht leisten."
„Sehen Sie, heute ist das nicht anders. Wohnraum ist ein knappes Gut, vor allem in den Metropolen unseres Landes. Deshalb gibt es jetzt bundesweit immer mehr solcher sozialen Angebote für modernes Wohnen."
„Modernes Wohnen nennen Sie das? Das ist doch ein alter Hut. Mit solchen Parolen wollten die Funktionäre in der DDR damals verschleiern, dass sie auf der ganzen Linie versagt hatten und nicht in der Lage waren, ausreichend Wohnraum für ihre Bürger zu schaffen."
„Manchmal ändern sich die Zeiten, manches bleibt auch gleich", bemerkte Dr. Schwarz lakonisch. „Außerdem lernen Sie so viele neue Menschen kennen und können Ihre sozialen Kompetenzen besser trainieren. Da dürften Sie nach dem langen Aufenthalt bei uns einigen Nachholbedarf haben."
„Aber das ist die neue Zeit. Eine Zeit, in der sich das System der Bundesrepublik gesamtdeutsch durchgesetzt hat. Da kann doch Gemeinschaftswohnraum nicht der neue Trend sein."
„Man darf einzelne Fakten nicht überbewerten. Die Welt ist nicht perfekt. Daran müssen Sie sich gewöhnen, wenn Sie Ihr neues Leben in Freiheit erfolgreich meistern wollen."
Das wollte Berthold unbedingt und deshalb schwieg er an dieser Stelle lieber. Aber insgeheim befürchtete er in diesem Augen-

blick einen erneuten psychotischen Schub, durch den ihm seine Wahrnehmung einen weiteren Streich spielte. Gewiss hatte er sich verhört und sein Arzt hatte etwas ganz anderes gesagt.
Dr. Schwarz schien zufrieden und schob ihm einige Papiere über den Tisch. „Hier ist Ihre Entlassungsbescheinigung sowie Ihre Bahnfahrkarte nach Düsseldorf und die Adresse Ihrer neuen Wohnung, außerdem Anschrift und Telefonnummer Ihres Bewährungshelfers. Bei ihm sollten Sie sich innerhalb von drei Tagen melden, er wird Ihnen die Adresse Ihres neuen behandelnden Arztes nennen. Ihr Entlassungsgeld bekommen Sie im Sekretariat."
Berthold bedankte sich höflich. „Der Zug geht noch heute. Dann werde ich gleich morgen den Bewährungshelfer anrufen."
„Das wird kaum möglich sein, morgen ist Sonntag, Sie müssen sich schon bis Montag gedulden. Ich habe Sie heute am Samstag auch nur entlassen, weil sich an diesem dritten Oktober der Tag der Deutschen Einheit zum dreißigsten Mal jährt. Eigentlich arbeite ich sonst samstags nicht."
Vor genau dreißig Jahren hatte sich Deutschland also wiedervereinigt. Berthold war tief beeindruckt. Hoffentlich würde er das später alles noch richtig verstehen.

4. Oktober 2020

Ein Glück, dass heute Sonntag war. So konnte Berthold etwas zur Ruhe kommen. Selbst eine Großstadt wie Düsseldorf strahlte an diesem Tag weniger Hektik aus. Zumindest in den Außenbezirken und ganz besonders in Bertholds Apartment in der vierten Etage.
Der Tag gestern hatte ihm gereicht. Die Bahnfahrt von Berlin zum Düsseldorfer Hauptbahnhof hatte ihn zunächst noch fast euphorisch gestimmt. Wenigstens auf dem ersten Teil der Strecke, als der Zug die Berliner Außenbezirke verließ und dann weiter von Ost nach West fuhr, ohne die geringsten Anzeichen von Grenzbefestigungen erkennen zu lassen.
Doch als sich die Fahrt durch ausgedehnte Grünflächen im Flachland hinzog, konnte Berthold den Blick durch das Fenster seines Abteils kaum ertragen. Bei der Ankunft in Düsseldorf flimmerte vor seinen Augen nur noch verschwommenes Grün. Das änderte sich selbst nicht mehr, als er mit seinen wenigen Habseligkeiten in einem Rucksack aus dem Zug heraustaumelte und schlingernd die Treppen vom Bahnsteig in die Ankunftshalle des Bahnhofs hinunterging. Alles war von einem grellgrünen Teppich überdeckt, der zu allem Überfluss ständig in Bewegung zu sein schien.
Sogar der Taxifahrer, der ihn vom Bahnhof zu seiner Adresse fuhr, sprach grüne Worte. Oder kam ihm das nur so vor? Konnten Worte überhaupt eine Farbe haben?
Berthold war klar, dass er mit seinen Beurteilungen vorsichtig sein musste. Er konnte nie wissen, ob das, was er gerade sah, hörte, fühlte, roch oder schmeckte wirklich real war oder ob er wieder etwas durcheinanderbrachte. Die Psychose ließ grüßen.
Bestimmt war es richtig, wenn die Ärzte seine Medikation reduzierten. Aber die Nebenwirkungen waren grauenvoll.
Schon jetzt lagen weniger Tabletten in den einzelnen Tages-Fächern des Medikamenten-Streifens, den ihm Dr. Schwarz mitgegeben hatte. Glaubte er jedenfalls. Aber auch da war er sich nicht sicher.
Er würde sich bei seinem neuen Arzt im Westen danach erkundi-

gen. Doch dazu musste er zunächst dort ankommen. Und vorher die nächsten Tage überstehen.
Nachdem er endlich den aufdringlich grünen Worten des Taxifahrers entkommen war, war er vor dem weißgetünchten Gebäudekomplex ausgestiegen, in dem sein Apartment lag. Die Taxifahrt war ein Fehler gewesen. Eindeutig. Er hatte viel zu viel von seinem kargen Entlassungsgeld für die kurze Strecke vom Hauptbahnhof bis zu seiner neuen Adresse zahlen müssen. Doch andererseits hätte er auch keine Alternative gewusst. Alleine hätte er sich zu Fuß in der fremden Stadt gewiss verirrt und wäre nie an seinem Ziel angekommen.
Die grellweiße Außenfassade des Hauses vor ihm hatte auf ihn verdächtig gewirkt. Künstlich, unecht, als ob ihm jemand ein Theaterstück vorspielen wollte.
Nur die Außenbegrünung machte einen natürlichen Eindruck. Das beruhigte ihn aber auch nicht.
Beherzt hatte er an der Tür der Hausmeisterwohnung in der unteren Etage geklingelt. Ein kahlköpfiger Mann im Trainingsanzug hatte geöffnet. Tätowierungen krochen unter seinem Kragen hervor. „Ah, Herr Grün, nehme ich an, ich habe Sie schon erwartet, hier ist Ihr Wohnungsschlüssel. Gehen Sie einfach die Treppe hinauf, vierte Etage, zweite Tür links, das ist jetzt Ihr Reich. Willkommen und auf Wiedersehen, Sie entschuldigen mich bitte, ich möchte jetzt weiter die Sportschau sehen, es geht um den Abstieg."
Berthold hatte auf dem Absatz kehrtgemacht und war nach oben gegangen. Wenigstens hatte der Typ keine grünen Worte gesprochen. Doch dafür erwarteten ihn in seiner kleinen Wohnung grüne Wände. Zwar waren sie nur in einem dezenten Mintgrün gestrichen. Doch Berthold hatte sie so lange angestarrt, bis sie ihm grellgrün erschienen waren.
Die ganze Nacht hindurch hatte er das Licht nicht ausgeschaltet und konnte sich dem hypnotischen Bann des auf ihn so giftig wirkenden Grüns nicht entziehen.
Dann, in den frühen Morgenstunden, dämmerte es ihm schließlich: Das war alles nur für ihn gemacht. Der Hausmeister hatte ihm einen eindeutigen Tipp gegeben. Er hatte ihn mit ´Herr Grün´

angeredet. Das war sein Name. Berthold Grün. Deshalb war alles für ihn grün gefärbt. Darauf hätte er gleich kommen können. Endlich schlief er ein. Wenn auch nur für wenige Stunden.
Als er am frühen Vormittag wieder erwachte, nahm er als Erstes seine vorgeschriebene Tablettendosis. Schon nach wenigen Minuten wurde ihm immer klarer, dass seine Gedankenwelt in dieser Nacht etwas durcheinandergeraten war. Aus leidvoller langjähriger Erfahrung konnte er die Symptome einer Psychose ziemlich gut identifizieren.
Doch ihn ängstigte, dass die Wände immer noch grellgrün auf ihn wirkten und das Weiß der Decke zu kreisen schien. Sein Bewährungshelfer musste ihm morgen unbedingt die Adresse seines neuen Arztes geben.
Bis dahin wollte er sich möglichst effektiv ablenken. Im Treppenhaus hatte er gestern ein Schild gesehen, das auf einen Gemeinschaftsraum in der ersten Etage hinwies. Er zog sich legere Kleidung an und folgte den Richtungspfeilen.
Als Berthold den Aufenthaltsraum der Wohngemeinschaft betrat, schrillte in seinem Kopf gleich eine ganze Armee von Alarmglocken. Reflexartig trat er zwei Schritte zurück auf den Flur. Dann unternahm er einen neuen Anlauf und öffnete die Tür nochmals.
Doch wieder bot sich ihm der gleiche Anblick: Alle Menschen, die hier saßen, hatten blaue Masken vor dem Gesicht. Einige waren auch weiß, andere sogar grün.
Das konnte nicht sein. So etwas gab es in der Realität doch nicht. Psychose, Psychose, schoss es ihm durch den Kopf.
Gestern im Zug hatte er auch Menschen mit Masken über den Gang laufen sehen, erinnerte er sich jetzt. Aber das war nur ein vorübergehender Eindruck, weil er alleine in seinem Abteil gesessen hatte. Der Zug war nicht besonders voll. Mit den Masken hatte er sich bestimmt geirrt, hatte er da noch gedacht.
Doch diesmal verschwand das Bild nicht aus seinem Kopf. Die Leute saßen immer noch da. Alle trugen sie Masken.
Zögerlich ging Berthold in den Raum. Auf dem Sofa saß eine jüngere Frau mit untergeschlagenen Beinen und sah sich eine Sendung im Fernsehen an. Rechts neben ihr kritzelte ein Kleinkind im Vorschulalter mit Buntstiften auf einem Blatt Papier herum.

Berthold zeigte auf den Platz links daneben. „Entschuldigung, ist hier noch frei?“
„Na klar“, kam eine freundliche Stimme hinter der Maske hervor. „Setz dich einfach, du brauchst nicht so förmlich zu sein. Ich nehme an, du bist der Neue. Wir haben schon gehört, dass du kommst, ich bin Lina.“
Berthold bedankte sich, räusperte sich und nannte ebenfalls seinen Namen. Nachdem er sich gesetzt hatte, schwieg er für eine Weile und blickte sich unsicher um.
Er wollte die Leute nicht verärgern, indem er sie anstarrte. An einer Wand entdeckte er einen großen Spiegel, den er unauffällig musterte. Immer noch trugen alle Personen im Raum Masken und wirkten etwas unheimlich.
Nur einer nicht, aber der ängstigte ihn dadurch noch mehr. Er sah einen älteren Mann mit grauen Haaren, die etwas unordentlich geschnitten waren. Dünn war der Mann, die Schultern leicht nach vorne gezogen. Sein Blick war unergründlich starr. Irgendwie kam er ihm bekannt vor, aber wenn das stimmte, hatte er ihn wohl lange nicht gesehen.
Schließlich wandte sich Berthold wieder der jungen Frau auf dem Sofa zu. „Entschuldige meine seltsame Frage. Aber kannst du bitte einmal lächeln?“
„Das kann man doch hinter der Maske gar nicht sehen“, antwortete die Angesprochene.
„Du trägst wirklich eine Maske?“
„Das sieht man doch.“
„Und die anderen hier im Raum auch alle?“
„Offensichtlich. Du stellst wirklich seltsame Fragen. Nur ein Einziger hier hat keine Maske auf.“
Berthold befühlte irritiert sein Gesicht. Langsam dämmerte ihm, wer der fremde Mann im Spiegel war, der so unheimlich auf ihn gewirkt hatte. Er hatte sich selbst ewig nicht mehr gesehen. Im Maßregelvollzug in der Psychiatrie hatte es keine Spiegel gegeben. Die Verletzungsgefahr wäre zu groß gewesen, wenn jemand die Kontrolle über seine Bewegungsabläufe verloren hätte. Außerdem gab es nicht wenige Patienten, die in psychotischen Zuständen von ihren Spiegelbildern verwirrt worden wären. Und

als er sich am Abend vorher in dem kleinen Badezimmer, das zu seinem Apartment gehörte, notdürftig gewaschen hatte, war er für einen Blick in den Spiegel zu müde gewesen.
Aber mit solchen Äußerlichkeiten würde er sich später befassen. Jetzt galt es, zunächst das Phänomen mit den Masken aufzuklären.
„Aber warum tragt ihr alle diese Masken?“, erkundigte er sich bei Lina.
„Kommst du von einem anderen Planeten?“
„Könnte man fast so sagen, ja.“
„Scheint mir auch so.“ Seine neue Nachbarin schüttelte den Kopf. „Natürlich wegen der Pandemie.“
„Pandemie, das Wort habe ich schon einmal gehört. Ist das nicht so eine lebensbedrohliche Seuche, die weltweit grassiert und die Menschen in Massen dahinrafft? So etwas wie Ebola in Afrika?“
„Du bist ja ein ganz Schlauer.“
„Und so etwas haben wir jetzt hier in Deutschland? Das habe ich wirklich nicht gewusst.“
„Nicht nur in Deutschland, überall in Europa und in der ganzen Welt, seit Anfang dieses Jahres berichten die Nachrichten über nichts anderes mehr. Wenn du das nicht mitbekommen hast, musst du blind und taub sein. Oder wirklich hinter dem Mond gelebt haben.“
„Eher Letzteres“, räumte Berthold ein. „Aber ich habe gar keine Toten in den Straßen liegen gesehen. So wie man das in den Nachrichten aus Afrika beobachten konnte, wenn dort das Ebola-Virus grassierte.“
„Na, wir sind hier eben nicht in Afrika. Ein bisschen besser haben das die Behörden und das Gesundheitssystem schon im Griff. Außerdem werden überdurchschnittlich viele alte Menschen befallen.“
„Warum tragen dann die ganzen Jungen diese Masken?“
„Manchmal stecken sich auch junge Leute an“, erklärte Lina.
„Ach so. Und die sterben dann alle?“
„Eigentlich nicht. Es sterben nur vergleichsweise wenige junge Patienten, die von dem Virus befallen sind. Eher die Alten und Vorerkrankten.“
„Hier in diesem Raum wirken die Menschen doch ziemlich jung

und fit. Warum tragen die trotzdem Masken?“
„Um die alten Leute zu schützen. Damit wir keine Risikopatienten infizieren können.“
„Nur scheint hier gar keine gefährdete Person zu sein.“
„Es könnte ja einmal ein alter Mensch vorbeikommen. Oder man könnte irgendwo einen treffen. Du stellst vielleicht Fragen.“
„Was ist das überhaupt für ein Virus?“
„Hast du noch nie von Corona gehört?“
„Ehrlich gesagt nicht.“
„Unglaublich. Das musst du mir erklären“, forderte Lina ihn auf.
„Ich war lange in einer Klinik in Ostdeutschland“, setzte Berthold an. Dann wurde er plötzlich einsilbig. Er war noch nicht so weit, über seine Erlebnisse zu sprechen. Zunächst einmal musste er das selbst verarbeiten.
Zum Glück drang Lina nicht weiter in ihn. Ihr Kind beanspruchte sie jetzt. Immer wieder klopfte ihr das kleine Mädchen auf den Arm und wollte ihr das Bild zeigen, das es gemalt hatte.
Irgendetwas kam Berthold merkwürdig vor. Die ganze Zeit über, auch beim Zeichnen, war das Mädchen keinen Schritt von der Seite seiner Mutter gewichen, obwohl das Gespräch für ein Kind doch langweilig gewesen sein musste. Die Kleine klammerte sich regelrecht an Lina.
Natürlich wirkte das nicht. Dafür musste es einen Grund geben. Doch Berthold war sich nicht sicher. Vielleicht entwickelte er auch nur wieder eine Verschwörungstheorie als Nebenwirkung seines schleichenden Medikamentenentzugs. Er wollte darüber nachdenken.
„Ich muss dann mal wieder“, erklärte er unbestimmt und verabschiedete sich von Lina, die zum Glück nur mit einem gedankenverlorenen „Bis bald“ antwortete und sich gleich wieder ihrer kleinen Tochter zuwandte, die diese Aufmerksamkeit weiterhin dringend einforderte.
Vielleicht würde er sie später auf seine Beobachtung ansprechen. Er fand sie nett. Ein wenig erinnerte sie ihn mit ihren kurzgeschnittenen dunklen Haaren und den braunen Augen an Simone. Auch wenn Linas Augen etwas kleiner waren. Doch er wollte lieber nicht weiter über dieses Thema nachdenken, das würde ihn

zu sehr frustrieren.
Zurück in seinem Zimmer legte sich Berthold auf sein Bett und versuchte gedanklich einzuordnen, was er erfahren hatte. Dass er von diesem neuen Corona-Virus vorher nichts gehört hatte, wunderte ihn nicht. Im Maßregelvollzug war er von der Welt der Nachrichten völlig abgeschottet gewesen.
Außerdem war dort niemand ansteckungsgefährdet. Auf den Stationen waren die Bewohner völlig isoliert und konnten sich kaum einen Virus einfangen. Nicht einmal einen Schnupfen hatte es in den ganzen Jahren gegeben. Also bedurfte es an diesem Ort auch keiner Schutzmaßnahmen gegen eine Infektion.
Darüber hinaus gehörten die Menschen, die mit ihm in Pankow einsaßen, allesamt nicht zu den von Lina beschriebenen Risikogruppen. Niemand war ernsthaft erkrankt oder hatte auch nur das Rentenalter erreicht. Der älteste Bewohner war Berthold selbst. Dabei war er nicht einmal Mitte fünfzig.
Ganz nachvollziehen konnte er nicht, warum dieses Virus für die Allgemeinbevölkerung so gefährlich sein sollte, wenn fast ausschließlich sehr alte Menschen und Risikopatienten daran starben. Doch er befürchtete, dass er vielleicht das eine oder andere nicht richtig verstanden hatte und ihm seine chronische Psychose wieder einige Scheinwelten vorgaukelte.
Genau genommen hatten diese Fragen für ihn keine Priorität. Das Corona-Virus schien zwar gerade ein aktuelles Problem zu sein. Aber erst einmal wollte Berthold herausfinden, wie sich die Gesellschaft im wiedervereinigten Deutschland in den letzten 30 Jahren entwickelt hatte und warum sie so geworden war, wie sie sich jetzt zeigte. Die Fragen, die sich rund um Corona stellten, konnte er später klären.
Jetzt interessierte ihn vielmehr, warum beispielsweise heute in Großstädten so unterschiedliche Menschen in Gemeinschaftswohnungen lebten. Das war doch keineswegs die erstrebenswerteste Errungenschaft des alten sozialistischen Systems in der DDR. Es hätte also eigentlich keinen Grund gegeben, so etwas in einem neuen Deutschland westlicher Prägung fortzuführen.
Denn das waren keineswegs nur Studenten, die da eine entspannte Zeit erlebten und zusammen feierten. Soweit er das mitbekom-

men hatte, wohnten in diesem Gebäudekomplex neben jungen Auszubildenden und Berufsanfängern alleinerziehende Mütter wie Lina sowie Menschen in mittlerem Alter mit geringem Einkommen, die sich keinen individuelleren Wohnraum leisten konnten. Nicht nur Singles, manchmal auch kleinere Familien, die dort in beengten Verhältnissen lebten. Solche Wohneinheiten erschienen Berthold nicht zeitgemäß.
Mit diesen Gedanken dämmerte er in den Schlaf hinüber. Bald umspielte ein Lächeln seine Lippen. Er hatte das Gefühl, Simones Körper neben sich zu spüren. Wohl wusste er, dass das nur eine Sinnestäuschung im Halbschlaf sein konnte. Doch gelegentlich hatten solche psychotischen Anwandlungen auch ihre Vorteile. Er genoss den Augenblick, ohne ihn zu hinterfragen.

5. Oktober 2020

Am nächsten Morgen wusch sich Berthold gründlich und wagte einen genaueren Blick in den Badezimmerspiegel. Es wurde Zeit, sein Selbstbild zumindest äußerlich der Realität anzupassen. Immerhin konnte er Spuren des alten Bertholds erkennen, wenn er genauer hinsah. So war sein Haar wenigstens noch voll und nicht überall weiß. An einigen Stellen schimmerte es nach wie vor rot, wenn auch deutlich heller als früher.
Dass er abgenommen hatte, stand ihm gar nicht schlecht, fand er. Seine Gesichtszüge wirkten markanter. Auch der Blick seiner braunen Augen zeigte immer noch eine gewisse Intensität. Gelegentlich konnte er aber etwas stumpf werden, wenn Berthold sich wieder einmal in Gedanken über die Vergangenheit verlor.
Außerdem nahm er sich vor, sich in Zukunft etwas besser zu pflegen. Die Rasur musste gründlicher sein, der Haarschnitt ordentlicher. Wenn er gegen seine psychische Instabilität ankämpfen wollte, musste er sich auch äußerlich disziplinieren. Das sollte möglich sein. Denn ihm war klar, dass seine psychotischen Zustände alleine durch die jahrzehntelange Überdosierung seiner Medikamente sowie den jetzt folgenden langsamen Entzug hervorgerufen wurden. Eine genetische Veranlagung zu Psychosen hatte er nach seinem Kenntnisstand eigentlich nicht.
Doch eins nach dem anderen. Nachdem er sich angezogen hatte, ging Berthold hinunter ins Erdgeschoss und rief über das Gemeinschaftstelefon seinen Bewährungshelfer an. Noch für den gleichen Nachmittag konnte er einen Termin vereinbaren.
Danach suchte er den nächstgelegenen Kiosk und kaufte sich einen Düsseldorfer Stadtplan. Das Büro des Bewährungshelfers lag in den südlichen Ausläufern der Altstadt in der Nähe des Rheinufers. Diesmal wollte er kein Taxi nehmen und lieber zu Fuß gehen.
Wie sich bald herausstellte war es ein längerer Fußweg, der ihn mehr anstrengte, als er gedacht hatte. Wenigstens hatte er keine Schwierigkeiten, sich zu orientieren. Seinem neuen Stadtplan konnte er gut folgen. Was sein Selbstvertrauen und seine Zuversicht stärkte.

Von der Grafenberger Allee aus ging es lange geradeaus bis in die Schadowstraße. Eine Einkaufsstraße, die ihn mit ihrem Angebot beeindruckte. Bis er schließlich die Königsallee erreichte. Die Geschäfte hier stellten alles in den Schatten, was er in seinem Leben bisher an mondänen Konsummöglichkeiten gesehen hatte.
Er war wohl doch im modernen Westen angekommen. Glaubte er zumindest in diesem Moment.
Auch wenn der Kontrast groß war, als er mittags die Altstadt durchquerte. Das quirlige Nachtleben hatte dort noch längst nicht begonnen. Jetzt saßen hauptsächlich angeschlagene Gestalten mit bunt gefärbten Haaren in abgerissener Kleidung auf Treppenstufen und Gehwegen. Manche bettelten unverhohlen um Geld. Andere schliefen einfach nur mitten auf der Straße ihren Rausch aus.
Als Berthold schließlich das Büro seines Bewährungshelfers im Erdgeschoss eines unscheinbaren Altbaus betrat, stand ihm der eine oder andere Schweißtropfen auf der Stirn. Gregor Keller bot ihm Platz in einer gemütlichen Sitzecke und erfreulicherweise auch ein Glas Wasser an.
Die Gesichtszüge des Mannes mit den mittelblonden Haaren erschienen Berthold erstaunlich weich für jemanden, der regelmäßig mit Straftätern zu tun hatte.
„So einen schweren Jungen wie Sie hatte ich noch nie hier", eröffnete Keller das Gespräch mit schnörkelloser Offenheit und blätterte dabei in einer vor ihm liegenden Akte. „Mindestens vierfacher Mord, vielleicht sogar mehr, steht hier."
„Das ist ein Justizirrtum, so war es nicht", stieß Berthold hervor. „Eigentlich sogar eher ein Justizskandal. Ich war zu Unrecht im Maßregelvollzug, die ganzen Jahre hindurch." Berthold atmete tief ein. Es tat gut, das einmal laut und deutlich auszusprechen.
„Das sagen alle, die hier sitzen", war die lakonische Antwort. „Aber mir ist das egal", erklärte Gregor Keller. „Jeder, der zu mir kommt, hat seine Strafe verbüßt und deshalb eine zweite Chance verdient. Andererseits muss er natürlich gut aufpassen, nicht gegen Bewährungsauflagen zu verstoßen, um sich nicht in neue Schwierigkeiten zu bringen. Doch bei Ihnen gibt es da nach meinen Informationen keine besonderen Risiken." Wieder blätterte er in der Akte.
„Für mich ist es aber nicht egal, dass ich unschuldig verurteilt

wurde und 30 Jahre meines Lebens verloren habe“, widersprach Berthold mit leiser Stimme.
Sein Bewährungshelfer sah ihn eine ganze Weile lang schweigend an, bevor er antwortete. „Das kann ich gut verstehen, mit so einem Makel möchte keiner gerne leben. Als nicht vorbestraft zu gelten ist angenehmer. Deshalb beharren ja alle auf ihrer Unschuld, ob sie nun etwas ausgefressen haben oder nicht.“
„Und aus diesem Grunde hinterfragen Sie solche Aussagen nicht. Das macht es leichter für Sie. Nur eben nicht für mich.“
„Vielleicht sind Sie wirklich unschuldig. Nur kann ich das nicht abschließend beurteilen, man kann niemandem hinter die Stirn sehen. Wohl weiß ich, dass wirklich schwere Justizirrtümer eher selten sind.“
„Im Westen mag das so sein. In der ehemaligen DDR tickte die Justiz damals ganz anders. Dort waren die Urteile politisch motiviert.“
„Ich sagte schon eingangs, dass ich so einen Fall wie Ihren noch nie hatte. Da ist in der Tat einiges anders als bei meinen üblichen Kunden“, gab Gregor Keller zu. „Aber hier in Düsseldorf haben wir leider keine Erfahrungen mit der Justiz im alten Ostblock.“
„Was würden Sie mir denn raten?“
„Um Ihre Unschuld zu beweisen?“
„Darum geht es.“
Der Bewährungshelfer holte tief Luft. „Beweisen Sie Ihre Unschuld nicht mir, nicht einmal sich selbst. Versuchen Sie nüchtern aufzuarbeiten, was damals wirklich geschehen ist, dann werden Sie der Wahrheit näher kommen. Haben Sie eine gute Erinnerung an die seinerzeitigen Ereignisse?“
„Nicht wirklich. Das ist ein Teil des Problems. Das Geschehen ist in meinem Kopf ziemlich verschwommen.“ Berthold blickte betreten zur Seite. „Sie wissen, dass ich in der geschlossenen Psychiatrie war? 30 Jahre lang.“
Keller nickte stumm.
„Die ganzen Jahre über hat man mich mit Psychopharmaka vollgepumpt. Das hat man mit allen Häftlingen so gemacht. Um uns ruhigzustellen.“
„Ich fürchte, da waren die Verhältnisse im Westen nicht besser.“

„Mag sein. Aber das macht etwas mit einem. Auch bei gesunden Menschen werden so Psychosen ausgelöst."
„Daran werden wir als Erstes arbeiten", warf Gregor Keller ein und schob ein von Hand beschriebenes Notizblatt über den Tisch. „Das hier ist die Adresse Ihres neuen Psychiaters. Er behandelt in der Ambulanz der Alexius-Klinik in Neuss auch Patienten, die dort nicht stationär untergebracht sind. Der Mann ist zusätzlich Neurologe und auf Fälle wie den Ihren spezialisiert, am Freitag um 11:00 Uhr haben Sie Ihren ersten Termin."
„Das ist gut. Ich denke, das habe ich dringend nötig."
„Es ist nicht weit von hier, gleich auf der anderen Rheinseite, wo Düsseldorf unmittelbar in die kleinere Stadt Neuss übergeht. Sie müssen nur über die Südbrücke."
„Mein Arzt im Maßregelvollzug in Pankow hat mir das schon angekündigt. Meine Medikation wird schrittweise herabgesetzt. Grundsätzlich ist das gut, nur verstärken die Nebenwirkungen des schleichenden Entzugs leider meine Symptome."
„Darf ich fragen, was das für Symptome sind?", erkundigte sich Keller.
„In erster Linie Wahrnehmungsstörungen, die typischen Begleiterscheinungen einer Psychose. Ich kann nur bedingt zwischen Realität und Phantasie unterscheiden. Dann weiß ich nicht mehr, ob jemand etwas wirklich gesagt hat oder ob ich mir das nur eingebildet habe, ob ich etwas tatsächlich gesehen habe oder ob es gar nicht da war."
„Klingt schwierig."
„Mal mehr, mal weniger. Gerade in diesem Augenblick kann ich mir beispielsweise ziemlich sicher sein, dass unser Gespräch real ist."
„Warum?"
„Weil es in einen schlüssigen Kontext meiner gesamten Lebenssituation eingebettet ist", erläuterte Berthold. „Ich wurde aus dem Maßregelvollzug entlassen, bin nach Düsseldorf gekommen und führe jetzt mit meinem Bewährungshelfer vor Ort ein Gespräch über meine Zukunft."
„Interessant. Sie sind offensichtlich ein lebendes Beispiel dafür, dass man eine gestörte Wahrnehmung haben und dabei gleich-

zeitig dennoch klar denken kann.“
„Mag sein, aber so einfach ist es nicht immer.“
„Inwiefern?“, hakte Keller nach.
„Als ich in die geschlossene Psychiatrie kam, war die Mauer gerade gefallen und die DDR befand sich in Auflösung. Kein Jahr später wurde Ostdeutschland dem Westen mit seinem kapitalistischen System angeschlossen. Wenn ich heute 30 Jahre später aber sehe, unter welch beengten Verhältnissen die Menschen in den Städten teilweise leben und wie gering ihr Einkommen ist, fühle ich mich fast wieder in das Leipzig der Achtzigerjahre zurückversetzt.“
„Zugegeben, die Wohnungspolitik der Regierung in Berlin weist schwere Versäumnisse auf…“
„Es ist nicht nur der mangelnde Wohnraum, es sind auch die Mutlosigkeit sowie die fehlenden Perspektiven, die man den Menschen ansieht“, warf Berthold ein. „Und warum ist Berlin als ehemalige Hauptstadt der DDR jetzt auch die Hauptstadt eines wiedervereinigten Deutschlands? Das ist irgendwie seltsam. Finden Sie nicht?“
„Ich weiß nicht. Es ist nicht alles perfekt, aber möglicherweise interpretieren Sie da zu viel hinein.“
„Vielleicht haben Sie Recht und es ist gar nicht so, wie ich es sehe. Aber das genau ist eben mein Problem. Ich muss mir mehr Klarheit verschaffen.“
„Das dürfte der wesentliche Punkt sein“, stimmte der Bewährungshelfer zu.
„Ich denke, wenn ich besser verstehe, was jetzt um mich herum geschieht und wie sich alles in den letzten 30 Jahren entwickelt hat, wird das auch meinen Blick auf die Ereignisse vor meiner Verurteilung schärfen. Irgendwie habe ich das Gefühl, dass es da Zusammenhänge geben könnte.“
„Auch dieser Gedanke scheint es wert zu sein, genauer untersucht zu werden. Sie sollten in den nächsten Tagen und Wochen viel lesen, aktuelle Tageszeitungen und Zeitschriften, aber auch alte Archivausgaben. Ich bewillige Ihnen die finanziellen Mittel für einen Handyvertrag sowie für einen PC, dann werden Sie schnell mehr herausfinden.“

„P…was? Was soll ich mit so etwas? Und was bitte ist ein Handy?“

„Ach so, verzeihen Sie bitte. Ich vergesse immer, dass Sie sich gedanklich noch im Jahr 1989 bewegen. Das Internet kennen Sie ja noch nicht.“

„Inter…?“ Bertholds Gesicht war ein einziges Fragezeichen.

„Damit können Sie sich das Wissen der gesamten Welt und ihrer Geschichte auf Ihren Bildschirm nach Hause holen. Und ein Handy ist vielmehr als ein schnurloses Telefon. Im Prinzip handelt es sich bei einem heutigen Smartphone eher um einen Computer im Mini-Format, mit dem Sie sich überall mobil informieren können.“

„Ich glaube nicht, dass ich das richtig verstanden habe. In diesem Augenblick bin ich mir nicht sicher, ob Sie das wirklich gesagt haben oder ob ich wieder einen leichten psychotischen Schub habe.“

„Das kommt schon noch, bald sehen Sie klarer. Aber ich kann Ihnen versichern, dass Sie sich nicht verhört haben und alles real ist, was Sie verstanden haben.“

„Wenn Sie meinen.“

„Außerdem werden wir für Sie ein Konto eröffnen, auf das wir regelmäßig Unterstützungszahlungen leisten. Geben Sie mir noch ein paar Tage und melden Sie sich dann bitte bei der Stadtsparkasse Düsseldorf, das macht Sie im Alltag unabhängiger. Um eine Arbeit für Sie kümmern wir uns später, wenn Sie sich etwas mehr an diese Welt gewöhnt haben und noch besser etabliert sind.“

6. Oktober 2020

Der Dienstagmorgen hatte in Pankow ruhig angefangen. Dr. Schwarz hatte die Muße gefunden, einige handschriftliche Notizen seiner letzten Therapiegespräche aufzuarbeiten. Überall in seinem Chefarztzimmer lagen verstreut Papierstapel herum. Bei seinen Patienten hätte er eine solche Unordnung bemängelt, sich selbst ließ er das als kreatives Chaos durchgehen.

Nachdem seine Sekretärin ihm gegen zehn Uhr den zweiten Kaffee des Tages serviert hatte, stellte sie ein Telefongespräch durch. „Bundesamt für Verfassungsschutz", flötete sie durch die Leitung.

Dr. Schwarz schloss die Tür seines Zimmers und nahm das Gespräch in aufgeräumter Stimmung an. „Was verschafft mir die Ehre?"

„Von Ehre kann wohl kaum die Rede sein", zischte eine tiefe Stimme grußlos.

„Was soll das?", erwiderte der Chefarzt irritiert. „Wer ist da in der Leitung?"

„Millen, persönlicher Referent des Präsidenten."

„Der Referent des Präsidenten des Bundesamtes für Verfassungsschutz? Wir wurden uns noch nicht vorgestellt. Bisher haben sich bei mir immer Vertreter der einzelnen Fachabteilungen gemeldet, wenn Patienten zu uns verlegt wurden, die aus Gründen der Staatssicherheit besonderer Aufmerksamkeit bedurften."

„Ja, das ist gute Tradition, dass über alle Belange solcher Personen schon im Vorfeld ausführlich kommuniziert wird. Von beiden Seiten."

„Gewiss, gewiss. Aber wen wollen Sie mir denn nun ankündigen?"

„Ich dachte, Sie hätten in Ihren therapeutischen Gesprächen gelernt, genau zuzuhören. Ich sagte: von beiden Seiten."

„Das habe ich schon verstanden. Aber ich weiß nicht, worauf Sie hinauswollen. Da müssen Sie sich bitte klarer ausdrücken."

„Können Sie gerne haben", antwortete der mysteriöse Anrufer. „Sie haben am Wochenende Berthold Grün entlassen. Ohne uns zu informieren, ohne uns im Vorfeld auch nur ein einziges Mal zu

konsultieren. Das ist ein schweres Dienstvergehen."
„So, so, ein Dienstvergehen. Wenn Sie meinen, dass das so ist, wenden Sie sich doch bitte an das Bundesgesundheitsministerium als für uns zuständige Behörde." Dr. Schwarz sprach jetzt ganz kühl und geschäftsmäßig. „Dort können Sie einschlägige Formulare anfordern und ausfüllen, um Ihre Beschwerde einzureichen."
„Ich denke, Sie haben mich nicht richtig verstanden. Dieser Vorfall ist so schwerwiegend, dass er sogar in den strafrechtlichen Bereich hineinreicht. Unser Amt steht kurz davor, ein Strafverfahren gegen Sie einzuleiten."
„Das haben schon andere versucht. Aber zum Glück funktioniert unser Rechtsstaat ziemlich gut. Herr Grün hat seine Strafe vollständig verbüßt und sein gesundheitlicher Zustand rechtfertigt keine weitere Unterbringung im Maßregelvollzug, da ist nichts zu machen, der Fall ist eindeutig."
„Sie wissen ja gar nicht, mit wem Sie es zu tun haben."
„Und Sie wissen das besser? Wann haben Sie sich denn das letzte Mal mit Berthold Grün unterhalten? Kennen Sie den Mann überhaupt?"
„Wenn Sie seine Akte gelesen hätten, wüssten Sie, wie gefährlich er ist. Außerdem hätten Sie dann zur Kenntnis genommen, dass der Präsident des Bundesamtes für Verfassungsschutz vor jeder Verlegung oder sonstigen Veränderungen in den Verhältnissen Berthold Grüns informiert werden muss."
„Das habe ich tatsächlich nirgendwo gelesen. Von wann stammt diese Anordnung?"
„Das ist gleich nach der Wiedervereinigung im Spätherbst 1990 festgelegt worden."
„Also vor 30 Jahren. Hören Sie, ich bin seit über fünf Jahren Leiter dieser Einrichtung. Aber verzeihen Sie bitte, dass ich aufgrund der Vielfalt unserer Aufgaben bisher noch keine Gelegenheit hatte, in den Keller hinabzusteigen, in unserem Archiv wochenlang alte Akten zu studieren und deren Vorgaben in unsere tägliche Arbeit einfließen zu lassen."
„Wie dem auch sei, Sie müssen Ihre Entscheidung sofort rückgängig machen. Widerrufen Sie Berthold Grüns Entlassung und

erklären Sie seine weitere Unterbringung in der geschlossenen Psychiatrie in Pankow aus medizinischen Gründen für unabdingbar notwendig. Unbefristet."
„So funktioniert das nicht. Das Gutachten, auf dem Herrn Grüns Entlassung beruht, wurde von einem hochkompetenten Kollegen verfasst und ist medizinisch absolut fundiert. Sie können niemanden bis zu seinem Tod wegsperren, nur weil Ihnen das gerade passt", erklärte Dr. Schwarz mit unbeirrbarer Bestimmtheit.
„Wenn Sie sich weigern zu kooperieren, ist ein Strafverfahren gegen Sie unumgänglich. Wir werden dann nicht nur Strafanzeige erstatten, sondern Sie ab sofort engmaschig beobachten. Das wird für Sie alles andere als angenehm, das kann ich Ihnen versprechen."
„Das ist ja skandalös, Herr…äh…Millen."
„Dennis Millen, Referent des Präsidenten unseres Amtes. Sie können sich auf mein Wort verlassen. Wenn Sie es sich allerdings anders überlegen und in unserem Sinne agieren, finden wir gewiss auch eine andere Lösung."
„Gar nichts werde ich, im Gegenteil, ich wende mich an die Presse. Dieser Versuch der Einflussnahme auf meine Arbeit widerspricht allen rechtsstaatlichen Prinzipien. Das ist Behördenwillkür."
„Dieser Fall unterliegt der höchsten Geheimhaltungsstufe." Plötzlich klang Millens Stimme nervös. „Wenn Sie Ihre Pflicht zur Diskretion verletzen, machen Sie alles noch viel schlimmer. Dann müssen wir Sie als Verräter von Staatsgeheimnissen betrachten und so mit Ihnen verfahren. Wir könnten Sie in diesem Falle nicht mehr schützen und Sie wären der Gewalt anderer Staatsfeinde hilflos ausgeliefert, beispielsweise aus dem rechtsextremen Lager."
„Was sollen das denn für nebulöse Drohungen sein? Für solche infantilen Spielchen stehe ich nicht zur Verfügung. Außerdem bluffen Sie doch nur, ich kann hier keine Geheimhaltungsvorschrift erkennen. Morgen kontaktiere ich die Presse, ebenso Rundfunk und Fernsehen."
Kopfschüttelnd legte Dr. Schwarz auf.

7. Oktober 2020

Berthold hatte in diesen Tagen viel zu verarbeiten. Gestern hatte er mit dem amtlichen Bewilligungsschreiben, das ihm sein Bewährungshelfer gegeben hatte, in einem Handyladen einen Netzvertrag unterschrieben. Jetzt lag sein neues Smartphone vor ihm, das man ihm gleich mitgegeben hatte, ein japanisches Fabrikat. Doch er verzweifelte zunehmend bei dem Versuch, das Gerät in Betrieb zu nehmen. Er konnte es zwar einschalten und aufladen, aber die Installation im Netz wollte ihm nicht gelingen.
Nach mehreren Stunden gab er auf und ging mit dem Smartphone nach unten in den Aufenthaltsraum. Dort fand er erfreulicherweise Lina, die sich ein Nachrichtenmagazin im Fernsehen ansah, diesmal ohne Kind. „Wo ist denn deine Tochter heute?“, erkundigte er sich und setzte sich neben sie.
„In der Kita“, antwortete sie und lächelte ihn freundlich an.
Über die empathische Begrüßung freute sich Berthold, doch ihre Antwort irritierte ihn. „Kita?“, wiederholte er verständnislos. „So etwas hatten wir früher in der DDR, da hieß das Kinderkrippe. Dort mussten alle Kinder hin, von klein auf, von morgens bis abends, fürchterlich. Gibt´s das jetzt hier etwa auch?“
„Ja klar, für alle Kinder in ganz Deutschland stehen schon ab einem Jahr Kitaplätze zur Verfügung. Ist doch toll, so können junge Mütter oder auch Väter schnell wieder arbeiten gehen und sich selbst verwirklichen. Was soll daran fürchterlich sein?“
„Frag mal die Kinder, ob denen das gefällt. Wenn die so klein sind, suchen sie doch die Geborgenheit, die ihnen nur Mutter oder Vater geben können.“
„Da ist was dran.“ Lina wurde nachdenklich.
„Geht deine Tochter immer dorthin?“
„Die ganze Woche, von 8:00 bis 17:00 Uhr.“
„Und hast du das Gefühl, dass ihr das gut bekommt?“
„Na ja, Paula klammert sich schon sehr an mich, wenn wir zusammen sind“, räumte Lina ein.
„Wie fühlst du dich denn selbst dabei?“
„Ehrlich gesagt auch nicht immer so gut, manchmal habe ich ein schlechtes Gewissen, wenn ich sie weggebe. Aber es geht nicht

anders, ich bin alleinerziehend und muss für uns beide Geld verdienen. Außerdem nehme ich an Fortbildungskursen teil, um mich höher zu qualifizieren."

„Aha, du sprichst über deine Selbstverwirklichung."

„Unsinn. Solche Flausen habe ich mir längst aus dem Kopf geschlagen", winkte Lina ab. „Mit einer höheren Qualifikation kann ich mehr Geld verdienen, damit wir uns endlich eine bessere Wohnung leisten können. Es geht nur noch ums Geldverdienen."

„So war das früher in der DDR auch", nickte Berthold. „Mann und Frau mussten beide arbeiten gehen, weil es finanziell vorne und hinten nicht gereicht hat. Dabei blieben die Kinder auf der Strecke und wurden von klein auf in staatliche Obhut gegeben. So war es vom System gewollt."

„So habe ich das noch gar nicht gesehen. Ich dachte, das wäre modern und richtig, weil es alle so machen. Aber wenn man solche scheinbaren Selbstverständlichkeiten hinterfragt, sieht die Welt manchmal ganz anders aus."

Lina stellte den Fernseher lauter. „Da kommt gerade ein Ausschnitt aus der Rede der Bundeskanzlerin zur Feier der Deutschen Einheit am vergangenen Wochenende", erklärte sie.

„Wir sollten weiterhin mit viel Mut neue Wege beschreiten…", forderte die Regierungschefin im Fernsehen.

Berthold hörte gebannt zu und sah sich die Kanzlerin in ihrer eleganten weißen Jacke genauer an. Ihre Stimme klang leidenschaftslos, übertrieben nüchtern, fast schon roboterhaft. Er fand es gut, dass in der neuen Zeit auch eine Frau Bundeskanzlerin werden konnte, doch irgendwie hatte er sich eine erfolgreiche Politikerin mit einem solchen Machtumfang anders vorgestellt. Auf jeden Fall charismatischer, fesselnder, gewinnender. Dennoch ließ ihn ihr Anblick nicht los.

„Ich weiß, dass das lächerlich klingt", setzte er an, „aber die Frau kommt mir bekannt vor. Als hätte ich sie früher schon gesehen. Nur nicht mit diesen tief eingeschnittenen Falten in den Mundwinkeln, dafür jünger und schlanker."

„Das ist nicht auszuschließen. Die Kanzlerin kommt ebenfalls aus der DDR, wie du. Sie hat ihre Kindheit in Brandenburg verbracht."

„Was?“ Berthold fuhr auf. „Eine Bürgerin der DDR ist Kanzlerin eines wiedervereinigten Deutschlands nach westlichem Vorbild? Das darf doch nicht wahr sein.“
„Was soll daran so schlimm sein? Bis vor kurzem war ein Ostdeutscher auch Bundespräsident.“
„Ist dir eigentlich klar, was du da sagst?“
„Das weiß jeder, das ist nichts Besonderes.“
„Seid ihr denn alle völlig vernagelt? Das ostdeutsche System hat versagt, ist völlig zusammengebrochen. Und jetzt lasst ihr zu, dass die Ostdeutschen hier alles übernehmen? Was glaubt ihr denn, was dann passiert?“
„Du übertreibst“, beschwichtigte ihn Lina. „Du weißt ja nicht, was sich in den letzten 30 Jahren verändert hat.“
„Dann erklär´s mir bitte.“
„Die Unterschiede zwischen Ost und West sind nicht mehr wie früher vorhanden. Wir sind tatsächlich ein einziges und einiges Volk geworden.“
„Hat so etwas die Bundeskanzlerin in ihrer Rede nicht gerade gesagt?“
„Mag sein, aber deshalb ist es nicht weniger richtig, wir haben eine demokratische Verfassung nach westlichem Vorbild, nach wie vor gilt überall im Land das Grundgesetz der Bundesrepublik Deutschland. Dem sind selbstverständlich auch die Bundeskanzlerin und der Bundespräsident unterworfen. Und du kannst sicher sein, dass sich alle Staatsorgane vorbildlich daran halten.“
„Aber Spielräume für ihr Handeln haben sie schon?“
„Ja, doch nur innerhalb des demokratischen Spektrums“, beeilte sich Lina zu versichern.
„Sag mal, diese Bundeskanzlerin scheint nicht mehr die Jüngste zu sein. Ich würde sie vielleicht auf Mitte 60 schätzen. Was hat die eigentlich früher gemacht, in der DDR, vor der Wende?“
„Ich glaube, die war Wissenschaftlerin oder so etwas. Moment, ich schaue mal nach.“ Lina zog ihr Smartphone aus der Tasche und tippte in schneller Folge etwas ein. „Ja, hier steht´s. Sie war Physikerin an der Akademie der Wissenschaften in Ost-Berlin.“
„Da siehst du´s. So etwas habe ich mir gedacht.“
„Was bitte soll ich sehen?“

„Physikerin an der Akademie der Wissenschaften in der Hauptstadt“, wiederholte Berthold verächtlich. „Das waren bei uns in der DDR damals privilegierte Leute, in solche Positionen kamst du nicht einfach so. Da musstest du hundertprozentig linientreu sein, ein in der Wolle gefärbter Sozialist. Oder eben eine Sozialistin.“
„Man kann doch einfach nur Leidenschaft für seinen Beruf haben.“
„So funktionierte das System damals nicht. Wer sich nicht nachhaltig in der Partei engagierte, wurde in der DDR nichts. Ich wette, das war bei dieser Bundeskanzlerin früher nicht anders.“
„Ich kann ja nachsehen.“ Wieder tippte Lina mit flinken Fingern einige kurze Tastenkombinationen in das Display ihres Handys ein. „Es ist so, wie du sagst. Die Kanzlerin war früher in der DDR in einer FDJ-Gruppe für Propaganda zuständig.“
„Warum überrascht mich das nicht?“
„Sei nicht so negativ. Menschen können sich ändern. Weißt du, wie lange das alles her ist?“
„Ja, das weiß ich leider genau. Aber Menschen werden nun einmal in ihrer Jugend fürs Leben geprägt, auch wenn danach viel Zeit vergeht. Und diese Frau hat den Sozialismus offensichtlich mit der Muttermilch eingesogen.“
„Sieht so aus. Aber du würdest heute auch keine Muttermilch mehr trinken, nur weil sie dir als Kind geschmeckt hat. Das waren damals andere Zeiten, der Sozialismus hat längst ausgedient.“
„So einfach ist das nicht. Außerdem sprechen die Zeichen für sich. Es gibt Kitas wie in der DDR, knappen Wohnraum und Gemeinschaftswohnungen wie früher in den ostdeutschen Städten. Die ostdeutschen Regierungsspitzen drücken dem wiedervereinigten Deutschland ganz klar ihren Stempel auf.“
„Willst du mir jetzt etwa eine Verschwörungstheorie auftischen?“
„Da braucht es keine geheimen Verschwörungen. Eine solche Entwicklung erklärt sich aus der individuellen Biografie heraus in der Regel nur allzu menschlich. Wie lange regiert diese Bundeskanzlerin eigentlich schon?“
Nina warf wieder einen Blick auf ihr Smartphone. „Seit gut 15 Jahren.“

„Die Hälfte der Zeit seit der Wiedervereinigung, das ist ganz schön lange. Da ist es im Prinzip zwangsläufig, dass eine solche Persönlichkeit das Land prägt. In diesem Falle gewiss nicht nur zum Guten."
„Ach, ich weiß nicht. Kann es nicht sein, dass du durch deine persönlichen Erfahrungen einfach traumatisiert bist und deshalb eine solche Sichtweise hast?"
Berthold zögerte. Sie hatte einen wunden Punkt getroffen. Seine Selbstzweifel regten sich wieder. „Leider kann ich gar nichts ausschließen", räumte er leise ein. „Aber sag mal, wie hast du eigentlich all diese Informationen so schnell aus deinem Handy geholt?", wechselte er abrupt das Thema. „Das ist ja faszinierend."
„Du hast mit jedem Smartphone Zugang zum Internet, zum ´World Wide Web´. Damit kannst du praktisch das Wissen der ganzen Welt auf deinem kleinen Bildschirm abrufen. Das ist wie ein Computer im Westentaschenformat."
„Internet, das habe ich jetzt schon einmal gehört. Zu meiner Zeit gab es das noch nicht."
„Ich sag´ ja, du kommst von einem anderen Planeten."
„Aber ein Telefon habe ich jetzt auch. Schau mal." Berthold holte seine neue Errungenschaft aus der Tasche und hielt sie Lina hin. „Ich bekomme es nur nicht ans Laufen. Kannst du mir vielleicht helfen?"
„Kein Problem. Wir haben in diesem Haus nicht in allen Apartments ein gutes Netz, aber hier im Aufenthaltsraum funktioniert es meistens. Ich müsste dir eigentlich die nötigen Daten herunterladen können." Lina nahm ihm das Smartphone aus der Hand und tippte einige Befehle ein. Schon nach kurzer Zeit gab sie ihm das Gerät zurück. „Bitte schön, über diesen Icon hier kommst du ins Internet. Telefonieren kannst du hier. Eine Mailadresse habe ich dir auch eingerichtet."
„Eine Mailadresse?"
„So kannst du jederzeit von jedem Ort der Welt an jeden Menschen Nachrichten verschicken."
„Unglaublich."
„Außerdem hast du hier Social-Media-Accounts für Facebook, Twitter, Instagram…"

„Social Media, was ist das jetzt wieder?“
„Damit baust du dir einen Freundeskreis auf und kannst laufend mit deinen Freunden in Kontakt bleiben.“
„Ist das nicht etwas anstrengend? Außerdem hätte ich vielleicht lieber persönliche Begegnungen mit Freunden.“
„Ach, so etwas ist längst out. Du brauchst heute nur ein Smartphone, dann hast du die ganze Welt in der Tasche.“
„Und was ist mit einem Auto? Damit könnte man doch überall hinfahren.“
„Uninteressant, ein Auto will heute keiner mehr. Ist außerdem viel zu teuer und dazu noch umweltschädlich. Ein Smartphone ist viel cooler.“
„So, so, cooler. Und zu teuer sind die Autos im Westen jetzt auch geworden. Das ist ja fast wie in der DDR, außerdem musste man da viele Jahre auf ein Auto warten, wenn man eines bestellt hatte.“
„Das ist jetzt hier ebenfalls so“, gestand Lina freimütig ein. „Für ein neues Elektroauto liegt die Wartezeit manchmal bei zwei bis drei Jahren.“
„Das kann doch nicht wahr sein. Merkst du eigentlich selbst, was du mir gerade erzählst? Ich habe das Gefühl, ich bin nicht in der gesamtdeutschen Bundesrepublik, sondern in der wiedervereinigten DDR angekommen.“
„So schlimm ist es nicht. Benzinbetriebene Autos oder Diesel werden manchmal schneller geliefert. Aber die will kaum noch jemand haben.“
„Warum denn nicht?“, erkundigte sich Berthold.
„Das sind Umweltkiller. Die Abgase heizen mit ihrem Kohlendioxid die Erdatmosphäre auf. Damit zerstören wir die Zukunft unserer Kinder.“
„Ist das jetzt ein weltweiter Trend? Das macht ja eigentlich nur Sinn, wenn alle auf Elektroautos umsteigen. Ich meine, so groß ist Deutschland alleine nicht, um da etwas bewirken zu können.“
„Die großen Länder dieser Erde haben wohl noch nicht das richtige Problembewusstsein entwickelt, weder China oder Indien noch die USA, die meisten anderen auch nicht.“
„Dann nützt das doch nichts, wenn nur wir hier in Deutschland

die herkömmlichen Autos abschaffen."
„Na ja, einer muss ja anfangen, eben Vorbild sein. Dann werden die anderen schon nachziehen", meinte Lina.
„Vorbild sein, am deutschen Wesen soll die Welt genesen, was? So etwas hatten wir vor über hundert Jahren in der Kolonialzeit schon einmal. Ist dann gründlich schiefgegangen und endete im Ersten Weltkrieg."
„Du bist ganz schön zynisch. Wart ihr damals im Osten alle so?"
„Nur realistisch, so wird man durch leidvolle Erfahrung. Doch sag mal, wie ist das denn heute? Folgen die anderen Länder unserem Vorbild?"
„Eher nicht", räumte Lina ein. „Die erhöhen ihren Kohlendioxid-Ausstoß immer weiter."
„Also kein globaler Nutzen, sondern nur wirtschaftlicher Schaden im Inland", stellte Berthold fest. „Scheint mir keine besonders kluge Politik für die Bürger zu sein. Für die Autoindustrie kann das auch nicht besonders zuträglich sein. Die galt doch immer als Motor der deutschen Wirtschaft."
„Ja, aber wir haben nach wie vor ein gutes Wohlstandsniveau. Deutschland ist ein reiches Land."
„Bist du denn reich?"
„Ich noch nicht so richtig."
„Wie willst du es denn werden?"
„Ich kann mir ehrlich gesagt nicht vorstellen, wie das möglich sein sollte."
„Oder kennst du viele reiche Leute?"
„Auch nicht."
„Na bitte. Was kostet eigentlich so ein neues Elektroauto heute?"
„So ab 60.000 Euro aufwärts, eher 80.000 und mehr."
„Wer kann sich denn so etwas leisten?"
„Kaum jemand. Aber wir haben unsere Smartphones, die bekommt man schon für 400 bis 800 Euro, das geht. Die meisten sind sogar noch günstiger, wenn man sie bei Abschluss eines langfristigen Handyvertrages erwirbt."
„Merkst du nicht selbst, wie eure Ansprüche nach unten gedrückt werden? In meiner Jugend war ein Auto der Inbegriff von Freiheit und persönlicher Mobilität, in Ost und West. Jetzt lasst ihr

euch mit einem billigen Mobiltelefon mit ein paar Zusatzfunktionen abspeisen und haltet euch damit für die Könige der Welt."
„Schlecht sind diese Smartphones aber wirklich nicht", widersprach Lina zaghaft.
„Das stimmt schon, ich bin ja selbst fasziniert von den Möglichkeiten, die man mit diesem Gerät hat. Ich danke dir auch sehr, dass du mir das gezeigt und eingerichtet hast. Nur muss man auch die gesamtgesellschaftlichen Realitäten sehen, die damit verbunden sind."
„Was meinst du damit?"
„Na, eben dass die Menschen materiell immer eingeschränkter werden und vieles schon nach dem System der DDR umgestaltet ist. Glaub mir, ich habe das selbst erlebt und kann es beurteilen."
„Ich werde darüber nachdenken", versprach Lina. „Außerdem kannst du jetzt selbst mit deinem Smartphone im Internet surfen und nachforschen, ob die Entwicklung in diesem Land wirklich so bedenklich ist, wie du sie empfindest."
„Das werde ich machen."
„Dann lass uns auf deinen Eintritt in die digitale Welt anstoßen. Wir haben im Gemeinschaftsraum einen Kühlschrank, dort habe ich schon vor einigen Tagen eine Flasche Sekt kaltgestellt. Ich denke, das ist der passende Anlass, um sie zu öffnen."
„Gute Idee", lächelte Berthold.
Lina öffnete die Kühlschranktür und präsentierte Berthold mit schwungvoller Geste ihre Flasche. „Bitte schön, der wird dir schmecken. Gar nicht so teuer, aber sehr gefällig. Rotkäppchen-Sekt."
„Entschuldige, wir müssen unseren Umtrunk verschieben. Ich glaube, mir wird schlecht."
Ohne ein weiteres Wort verschwand Berthold in sein Apartment.

8. Oktober 2020

Berthold hatte in der vergangenen Nacht kein Auge zugetan. Stundenlang hatte er sich in seinem Bett hin- und hergewälzt.
Er fühlte sich zunehmend unsicher. Auch Schlaflosigkeit war eine bedenkliche Nebenerscheinung einer Psychose, die die anderen Symptome in der Regel massiv verstärkte. Denn der Schlafmangel beeinträchtigte die Fähigkeit, klar zu denken, sich zu konzentrieren und die Realitäten richtig einzuordnen.
Berthold war froh, dass er morgen das erste Gespräch mit seinem neuen behandelnden Arzt haben sollte. Er erhoffte sich davon mehr Orientierung.
Denn er war sich längst nicht mehr sicher, ob er alles richtig verstanden hatte, was er gestern im Internet gesehen und mit Lina besprochen hatte. Außerdem verstärkten sich seine Selbstzweifel. Bewertete er das, was er erfahren hatte, richtig? War seine Wahrnehmung tatsächlich zutreffend?
Funktionierte im wiedervereinigten Deutschland mittlerweile tatsächlich viel zu viel nach dem Muster der untergegangenen DDR? Und warum sollte das überhaupt so sein?
Oder reagierte er einfach viel zu heftig und war sein Urteil zu radikal? Wie zum Beispiel im Fall seiner überzogenen Reaktion auf die Flasche Rotkäppchen-Sekt. Denn sein plötzlicher Gesprächsabbruch war ziemlich unangemessen, wie er sich inzwischen selbst eingestand.
Er hatte am Abend zuvor noch einmal im Netz recherchiert. Es gab bundesweit in den Supermärkten zahlreiche westdeutsche und internationale Getränkesorten, insbesondere auch bei Sekt, Champagner, Weinen und Spirituosen. Aus nostalgischen Gründen hatte man nach der Wiedervereinigung nur die Marke Rotkäppchen ins gesamtdeutsche Sortiment übernommen und dort behalten. Ansonsten gab es relativ wenige DDR-Produkte in der neuen Bundesrepublik.
Berthold hatte eindeutig überreagiert und war übers Ziel hinausgeschossen. Dafür schämte er sich jetzt und nahm sich vor, zukünftig etwas mehr Zurückhaltung an den Tag zu legen.
Am besten sammelte er mehr Fakten. Dazu musste er lernen, ef-

fizient Informationen im Netz zu recherchieren. Er lehnte sich am Frühstückstisch in seinem Apartment zurück und nahm sein Smartphone zur Hand.
Schon bald schwirrte ihm der Kopf, weil der Bildschirm für die vielen Fakten, die er aufrief, schon bald zu klein erschien. Berthold nahm sich vor, über seinen Bewährungshelfer die Mittel für den PC zu beantragen, von dem dieser gesprochen hatte. Damit würde er die nötigen Informationen auch im Format etwas geordneter aufnehmen können.
Jetzt wollte er zur Entspannung aber zunächst nicht noch mehr aus der neuen Welt erfahren, in die er hineingeworfen worden war. Mit ein wenig nostalgischen Gefühlen rief er die Homepage der forensischen Psychiatrie in Pankow auf. Mal sehen, wie es seinen alten Weggefährten erging.
Als sich die Seite aufbaute, erschien rund um das Startbild ein schwarzer Trauerrand. Berthold beugte sich irritiert vor und klickte auf die Grafik. Ein weiteres Fenster ging auf.
Das konnte doch nicht sein. Eine Traueranzeige. Dr. Schwarz war gestorben. Erst gestern. Wie war das möglich? Der Mann war doch in den besten Jahren und wirkte topfit.
Berthold klickte auf einen weiteren Link am Ende der Seite. Er führte auf ein Nachrichtenportal. Dort wurde berichtet, dass auf Dr. Schwarz ein tödlicher Anschlag verübt worden war. Man vermutete Täter aus dem rechtsradikalen Milieu. Dem Verfassungsschutz lagen angeblich Hinweise in dieser Richtung vor.
Berthold fühlte sich wie vor den Kopf geschlagen. Alles drehte sich um ihn. War das jetzt Realität oder Einbildung? Er sah noch einmal hin. Die Meldung war klar und deutlich auf dem Bildschirm seines Smartphones nachzulesen.
Das war mehr als merkwürdig. Oder? Dr. Schwarz war wenige Tage, nachdem er ihn entlassen hatte, ermordet worden. Da musste es einen Zusammenhang geben. Nur welchen? Oder entwickelte er gerade nur eine neue psychotische Verschwörungstheorie und bezog völlig unangemessen wieder alles auf sich? Aber warum sollten rechtsradikale Extremisten den Leiter einer forensischen Psychiatrie ermorden?
Er wusste es einfach nicht, konnte es beim besten Willen nicht

einschätzen. Berthold stellte alle weiteren Nachforschungen für diesen Tag ein. Er nahm eine Beruhigungstablette aus seiner Notfallration und legte sich wieder hin. Am nächsten Tag musste er das unbedingt mit seinem neuen Arzt besprechen.

9. Oktober 2020

Berthold hatte sich inzwischen mit den Fahrplänen im Verkehrsverbund Rhein-Ruhr vertraut gemacht. So konnte er am nächsten Morgen gleich vor seiner Haustür in die Straßenbahn steigen und von dort aus über die Südbrücke bis ins unmittelbar benachbarte Neuss fahren. Ganz in der Nähe der Alexius-Klink gab es eine Haltestelle.

Er stieg aus und betrachtete lange den weitläufigen Gebäudekomplex, der ziemlich modern wirkte. Gleichzeitig kam ihm das Gelände sehr unübersichtlich vor.

Nach längerem Suchen fand Berthold einen zentralen Empfangsbereich und fragte sich zur Ambulanz durch. Glücklicherweise hatte er mehr Zeit für die Anfahrt eingeräumt und betrat deshalb gerade noch pünktlich das Vorzimmer seines neuen Arztes.

Dort bat ihn eine zurückhaltende Sekretärin, zunächst im Wartezimmer Platz zu nehmen. Der Herr Doktor habe gerade noch einen anderen Patienten.

Nach einer halben Stunde wurde Berthold endlich vorgelassen. Der Arzt stand gleich auf, kam um seinen Schreitisch herum und führte ihn zu einer niedrigen Sitzgruppe mit Zimmerpalme. Hier setzten sich beide auf Augenhöhe gegenüber.

Berthold empfand das Auftreten des Arztes spontan als angenehm. Ein fester Händedruck, ein klarer Blick Auge in Auge, keine Ignoranz, aber auch keine übertriebene Theatralik. Dr. Sven Altenburger war kaum mittelgroß und von kräftiger Statur. Über seinem gepflegten braunen Vollbart saß eine Lesebrille ganz vorn auf seiner Nasenspitze.

Als Erstes erkundigte er sich, ob Berthold einverstanden sei, wenn dieses und alle weiteren Gespräche aufgezeichnet würden. Das sei nicht nur zur Dokumentation sinnvoll, sondern auch zum schlüssigen Aufbau der Therapie. So könne sich Dr. Altenburger besser an ihre Erörterungen erinnern, auch wenn eine Reihe von Therapie-Gesprächen mit anderen Patienten dazwischenliegen würden.

Berthold stimmte zu und sein Arzt beugte sich vor, um das unscheinbare Bandgerät im Miniaturformat auf dem Tisch vor ihnen einzuschalten.

Therapiegespräch zwischen Berthold Grün (BG) und Dr. Sven Altenburger (Dr. A), Psychiater und Neurologe, Alexius-Klinik Neuss

Beginn: 11:00 Uhr

Dr. A: Herzlich willkommen in unserer ersten Therapiestunde. Offen gestanden habe ich mich sehr auf das Gespräch mit Ihnen gefreut.
BG: Warum das? Ich bin nur ein Patient unter vielen.
Dr. A: Ja, aber eben ganz anders. Zu mir kommen viele Menschen mit Suchterkrankungen oder angeborenen psychischen Störungen. Jemanden mit einer Vorgeschichte wie der Ihren hatte ich noch nie hier.
BG: Ich saß über 30 Jahre wegen Mordes im Maßregelvollzug der forensischen Psychiatrie in Berlin-Pankow. Das klingt nicht unbedingt besser.
Dr. A: Meine Aufgabe ist es nicht, über Ihre Taten aus der Vergangenheit zu urteilen. Mich interessiert viel mehr Ihre psychische Befindlichkeit heute.
BG: Das eine hängt mit dem anderen zusammen.
Dr. A: Gute Antwort. Und gewiss richtig beobachtet. Doch dazu kommen wir später.
BG: Ich möchte aber, dass Sie als Erstes wissen, dass ich unschuldig verurteilt wurde.
Dr. A: Dazu kann ich mich zu Beginn unserer Sitzungen noch nicht äußern. Ich muss Sie erst besser kennenlernen.
BG: Das verstehe ich. Nur ist Ihnen unabhängig von meiner Person gewiss bekannt, dass die DDR ein Unrechtsstaat war. Dort wurden viele Fehl-Urteile gefällt.
Dr. A: Das weiß ich. Allerdings wurde das Urteil gegen Sie später von der bundesdeutschen Justiz überprüft und bestätigt. Es ging hier auch nicht um einen der typisch fragwürdigen Straftatbestände der DDR wie etwa Republikflucht.
BG: Das ist ja das Perfide daran. Man hat mir die Ermordung anderer Regimekritiker vorgeworfen. Dabei hätte ich so etwas nie gemacht, das waren meine Gesinnungsgenossen, meine Freunde.

Dr. A: Ich kann verstehen, dass Sie das bewegt.
BG: In Wahrheit hat die Stasi diese Menschen getötet. Man hat mir die Morde angehängt, um nach dem Zusammenbruch des Regimes einen Sündenbock zu haben und nicht selbst durch die westliche Gerichtsbarkeit dafür belangt zu werden.
Dr. A: Das klingt schlüssig. Wir werden uns im Rahmen unserer Therapiegespräche zu gegebener Zeit damit befassen. Doch neben Ihrer nahezu einzigartigen gesamtdeutschen Biografie gibt es einen weiteren Grund, warum ich Ihren Fall so interessant finde.
BG: Und der wäre?
Dr. A: Ihre Krankengeschichte. Sofern man von einer solchen überhaupt sprechen kann.
BG: Das verstehe ich nicht ganz. Können Sie mir das näher erläutern?
Dr. A: Gerne. Soweit das aus Ihrer Akte hervorgeht, waren Sie vor Ihrer Verurteilung am 9. November 1989 nie wegen einer psychischen Erkrankung in Behandlung. Ist das richtig?
BG: Korrekt.
Dr. A: Haben Sie zuvor nie irgendwelche irritierenden Symptome in Ihrer seelischen Befindlichkeit wahrgenommen?
BG: Abgesehen vom üblichen Blues aller Ostdeutschen in ihrer damaligen Situation: Nein.
Dr. A: Das deckt sich mit meinen Erkenntnissen aus dem Aktenstudium. Dennoch wurden Sie bei Ihrer Verurteilung wegen angeblicher Unzurechnungsfähigkeit unbefristet in die forensische Psychiatrie eingewiesen.
BG: Das war ein Deal, den mein Anwalt mit Gericht und Staatsanwaltschaft ausgehandelt hat, damit ich der Todesstrafe entgehe. Wenn ich mich nicht schuldig bekannt und der Überstellung in den Maßregelvollzug zugestimmt hätte, wäre ich hingerichtet worden.
Dr. A: So etwas habe ich mir gedacht. Sie sind erst in der forensischen Psychiatrie erkrankt.
BG: Wegen der ganzen Medikamente, mit denen man mich vollgepumpt hat.
Dr. A: Das ist zwar etwas laienhaft ausgedrückt, aber im Kern richtig, wie ich vermute. Jetzt müssen wir diese Annahme noch

durch weitere Untersuchungen bestätigen, dann können wir den Prozess gewiss umkehren.
BG: Das hört sich gut an.
Dr. A: Verstehen Sie mich bitte nicht falsch, ich therapiere selbst meine Patienten aus voller Überzeugung mit hochwirksamen Psychopharmaka. Solche Medikamente können segensreich sein und buchstäblich Leben retten. Aber eben nur bei Menschen, die tatsächlich an einer psychischen Erkrankung leiden.
BG: Was bei mir ursprünglich nicht der Fall war.
Dr. A: Eben aus diesem Grunde müssen wir Ihre Medikamente in wohldosierter Frequenz absetzen. Womit man unmittelbar vor Ihrer Entlassung in Pankow schon begonnen hat.
BG: Ich bin mir nur nicht sicher, ob man dabei alles richtig gemacht hat.
Dr. A: Das ist auch meine Befürchtung. Jeder Organismus reagiert anders auf einen Entzug. Vor allem, wenn die Verabreichungen wie in Ihrem Falle über mehrere Jahrzehnte hinweg erfolgt sind.
BG: Vielleicht wurde meine Dosis zu schnell herabgesetzt. Manchmal habe ich Angst, dass in meinem Kopf in den letzten Tagen etwas verrutscht ist.
Dr. A: Worauf gründet diese Annahme?
BG: Ich bin mir nicht sicher, ob ich eine leichte Psychose habe. Die Symptome kenne ich ganz gut. Ich hatte viel Zeit, darüber zu lesen und habe in meiner langen Haftzeit unter Medikamenteneinfluss damit auch die eine oder andere Erfahrung gemacht.
Dr. A: Eigentlich wirken Sie auf mich nicht psychotisch. Und ich habe dafür einen guten Blick, der durch meine zahlreichen Patienten-Kontakte geschärft ist. Aber ich kann mich irren, welche Symptome sind das denn nach Ihrer Beobachtung?
BG: In erster Linie Wahrnehmungsstörungen. Ich weiß, dass die Mauer 1989 gefallen ist und sich die DDR 1990 aufgelöst und der Bundesrepublik Deutschland angeschlossen hat. Dennoch habe ich den Eindruck, wieder in der DDR zu leben. Das kann doch nicht sein.
Dr. A: Was erweckt diesen Eindruck bei Ihnen?
BG: Ich traue mich kaum, das auszusprechen, weil ich Angst habe, dass ich damit nur meine Wahrnehmungsstörungen bestä-

tige. Aber wenn ich das richtig verstanden habe, haben wir eine Bundeskanzlerin aus der DDR und bis vor Kurzem auch einen Bundespräsidenten von dort. Die gesamtdeutsche Hauptstadt ist Berlin, nicht der ehemalige westdeutsche Regierungssitz in Bonn, außerdem leben die Menschen in den Städten wieder in Gemeinschaftswohnungen und Konsumgüter des täglichen Gebrauchs wie zum Beispiel Autos sind knapp, ein typisches Symptom sozialistischer Mangelwirtschaft.

Dr. A: Stimmt alles, keine Wahrnehmungsstörung.

BG: Ich weiß nicht, ob ich mich über diese Erkenntnis freuen oder daran verzweifeln soll.

Dr. A: Weder noch. Sie müssen lernen, mit den Realitäten zu leben, ohne darauf gleich mit allzu emotionalen Höhen oder Tiefen zu reagieren.

BG: Wie verhält es sich mit diesem neuen Virus? Covid-19? Gibt es den wirklich?

Dr. A: Aber selbstverständlich. Wenn man dessen Existenz leugnet, begibt man sich in bedenkliche Gesellschaft und setzt sich damit sowohl physisch als auch psychisch nicht geringen Risiken aus.

BG: Mir kommt es so vor, als seien manche Maßnahmen dagegen etwas überzogen.

Dr. A: Das steht auf einem anderen Blatt. Ich habe gesehen, dass Sie auch eine Maske getragen haben, als Sie hierhergekommen sind.

BG: Mein Bewährungshelfer hat mir eine Packung mit Masken gegeben. Er sagte, das gehört zu meinem neuen Leben in Freiheit dazu. Wobei ich nicht weiß, was das mit Freiheit zu tun haben soll.

Dr. A: Finden Sie das Tragen einer Maske denn so schlimm?

BG: Nein, das mit den Masken ist schon in Ordnung. Für Kleinkinder mag das vielleicht manchmal etwas schwieriger sein, aber ich denke, das ist eine vergleichsweise harmlose Einschränkung. Da habe ich Schlimmeres erlebt.

Dr. A: Na sehen Sie.

BG: Zum Beispiel nächtliche Ausgangssperren. So etwas kenne ich aus der DDR und das gibt es jetzt wieder. Doch auch das mag noch hinnehmbar sein.

Dr. A: Was wäre nach Ihrer Einschätzung nicht mehr akzeptabel?

BG: Die Zerstörung der mittelständischen Wirtschaft, des Einzelhandels, der Gastronomie, des gesamten Messewesens. Der freie Handel in einer friedlichen Gesellschaft ist immerhin eine der Grundfesten der westlichen Kultur.
Dr. A: Es könnte sein, dass Sie nicht ganz Unrecht haben. Ein bisschen wirken die Maßnahmen hilflos und nicht ganz zielgerichtet. Wie nach dem Gießkannenprinzip verteilt.
BG: Genau das ist mein Eindruck. Ich habe gelesen, dass das Durchschnittsalter der Corona-Toten bei 86 Jahren liegt. In den Alten- und Pflegeheimen sterben die Menschen wie die Fliegen, darauf müsste man sich viel mehr fokussieren und dafür mit dem Rest der Gesellschaft moderater umgehen.
Dr. A: In der Tat erscheinen die Maßnahmen teilweise unverhältnismäßig.
BG: Unverhältnismäßig scheint mir eine treffende Bezeichnung zu sein, dazu noch eine Zahl: Bis zum Jahresende werden wir in Deutschland gemäß einschlägigen Schätzungen rund 50.000 Corona-Tote haben. Insgesamt sterben hierzulande pro Jahr aber rund eine knappe Million Menschen. Corona rangiert selbst in diesem Krisenjahr als Todesursache weit hinter Krebs, Herz-Kreislauf-Erkrankungen, Alkohol- oder Nikotin-Missbrauch.
Dr. A: Tja, manchmal ist leider der Neuigkeitswert einer Nachricht wesentlich ausschlaggebender für die öffentliche Reaktion als deren Relevanz. Sie haben sich in der kurzen Zeit seit Ihrer Entlassung jedenfalls ganz schön kundig gemacht.
BG: Ich habe viel Zeit, mit meinem neuen Smartphone im Netz zu surfen. Und ich finde, das passt alles nicht zusammen. Warum bekämpft man nicht genauso den Missbrauch von Alkohol und Nikotin? Hat das vielleicht wirtschaftliche Gründe?
Dr. A: Solche Fragen stellen sich viele Menschen. Damit sind Sie nicht alleine. Der Eindruck, dass die Maßnahmen gegen Corona der Gesellschaft insgesamt mehr schaden als nützen könnten, ist nicht ganz von der Hand zu weisen.
BG: Warum liest man darüber dann so wenig? Wenn größere gesellschaftliche Gruppen ähnlich denken? Wir leben immerhin in einer Demokratie, oder nicht?
Dr. A: Manche sprechen auch von einer Mediokratie. Politik und

Medien sind sich zu diesem Thema erstaunlich einig. Alle Kritiker an den Corona-Maßnahmen werden sofort in eine extreme Ecke gestellt oder als Verrückte abgestempelt.
BG: Sehen Sie, das ist auch wie früher in der DDR. Dort wurde von Politik und Medien stets nur eine Einheitsmeinung zugelassen. Haben Sie das wirklich gerade gesagt oder bilde ich mir das nur ein?
Dr. A: Keine Sorge, Sie leiden nicht unter Realitätsverlust, Sie sind nur aktuell in eine sehr komplexe gesamtgesellschaftliche Gemengelage hineingeraten. Vielen Menschen fehlt heute die Orientierung. Es ist aber nicht so wie damals in der DDR, als abweichende Meinungen gesetzlich verboten waren.
BG: Wie ist es dann?
Dr. A: Komplizierter. Die Gesetzgebung funktioniert nach wie vor demokratisch. Aber Andersdenkende werden rein psychologisch von den Massenmedien und Teilen der politischen Klasse stigmatisiert und ausgegrenzt.
BG: Das hört sich nicht viel besser an als im östlichen Teil Deutschlands zu meiner Zeit.
Dr. A: Das Meinungsdiktat funktioniert auf jeden Fall subtiler und wirkt auf den ersten Blick weniger autoritär.
BG: Also mir reicht es schon so.
Dr. A: Das sagen nicht wenige Menschen. Nur können sie an den Gegebenheiten nichts ändern.
BG: Aber welchen Sinn sollen diese Entwicklungen haben?
Dr. A: Manchmal ist es falsch, die Sinnfrage zu stellen. Nicht immer steckt eine ordnende Kraft hinter den Strömungen in der Gesellschaft. Die Welt kann ein Chaos sein.
BG: Das beruhigt mich nicht gerade.
Dr. A: Die Menschheit und das Universum sind auch nicht dazu da, um Sie zu beruhigen. Aber es sollte Sie Ihren Frieden mit sich selbst finden lassen, dass Ihre Beobachtungen nicht falsch sind. So wie es sinnlos brutale Verbrechen unter Individuen gibt, existieren auch gesamtgesellschaftliche Entwicklungen, die der Logik entbehren.
BG: Etwas mehr Grund zum Optimismus würde ich mir schon wünschen.

Dr. A: Den gibt es auch. Zunächst einmal ist Ihre persönliche psychische Verfassung weit stabiler, als Sie selbst befürchtet haben. Soviel kann man jetzt schon sagen.
BG: Mag sein. Aber wenn sich die heutige Gesellschaft so entwickelt hat, wie ich sie wahrnehme, ist das höchst bedenklich.
Dr. A: Da kann ich Ihnen nicht ganz widersprechen. Die altgediente Politikberaterin Gertrud Höhler sagte zuletzt in einem Interview, dass wir in Deutschland derzeit die typischen Zerfallserscheinungen einer hochentwickelten Zivilisation mit einem fatalen Hang zur Selbstzerstörung beobachten können, wie sie etwa für das untergehende Römische Reich zum Ende der Antike typisch waren.
BG: Aber das ist entsetzlich. Wofür haben wir damals vor der Wende gekämpft? Doch nicht dafür, dass die nachfolgenden Generationen die Fehler unserer Väter im Osten jetzt im Westen wiederholen.
Dr. A: Genauso machen sie es ja nicht.
BG: Aber in vielem ähnlich. So dumm kann eine Gesellschaft eigentlich nicht sein.
Dr. A: Sehen Sie, Sie haben sich etwas Optimismus bewahrt. Aber leider ist er an dieser Stelle ausnahmsweise unangebracht.
BG: Wieso?
Dr. A: Ein prominenter Kollege von mir hat vor nicht allzu langer Zeit ein Buch mit dem Titel „Ist ja irre, wir behandeln die Falschen" veröffentlicht. Er wollte damit wohl zum Ausdruck bringen, dass psychisch kranke Menschen oft im Grunde ganz gesund reagieren und aufgrund ihrer besonderen Sensibilität nur stärker unter den zahlreichen allgemeinen Fehlentwicklungen in der Gesellschaft leiden. Was normal ist, bestimmt eben die „Norm".
BG: Verstehe. Und diese „Norm" wird von einer ungesunden Gesellschaft festgelegt.
Dr. A: Sie haben eine schnelle Auffassungsgabe.
BG: Das freut mich persönlich. Aber für die Gesellschaft insgesamt scheint diese Entwicklung eher doppelt bedrohlich zu sein.
Dr. A: Können Sie das näher erläutern?
BG: Na ja, jetzt wird die große Mitte der Gesellschaft von zwei Seiten in die Zange genommen. Einmal von links, durch den

Linksruck, den wir derzeit beobachten. Wenn ich das so nennen darf?

Dr. A: Dürfen Sie. Und was meinen Sie mit der anderen Seite?

BG: Selbstverständlich die Gefahr, die von rechtsradikalen Gruppen auf unsere Demokratie ausgeht. Sowohl innerparlamentarisch als auch außerparlamentarisch. Denn der Linksruck treibt doch als nahezu zwangsläufige Gegenreaktion dem rechten politischen Lager Menschen aus der Mitte der Gesellschaft zu, die dort eigentlich nicht hinwollen, aber in ihrer Verzweiflung keinen anderen Ausweg sehen.

Dr. A: Woran verzweifeln diese Menschen denn nach Ihrer Wahrnehmung?

BG: An ihrem wirtschaftlichen Niedergang, an ihrer Perspektivlosigkeit, daran, dass sie nicht einmal laut und offen ihre Meinung sagen dürfen, weil sie dann als politisch rechts oder geistig verwirrt stigmatisiert werden. Für die rechten Bauernfänger ist das ein gefundenes Fressen, das ihnen auf dem Silbertablett serviert wird. Soviel konnte ich meinen Recherchen im Netz in wenigen Tagen entnehmen.

Dr. A: Das haben Sie klug analysiert. Ich denke, wir brauchen nicht allzu viele Sitzungen, um Ihre Medikamente auszuschleichen und Sie vollständig lebenstauglich zu machen.

BG: Sie wissen noch nicht alles über mich.

Dr. A: Das müssen Sie mir bitte näher erläutern.

BG: Es gibt weitere psychotische Symptome, die ich an mir wahrnehme.

Dr. A: Als da wären?

BG: Zunächst Schlaflosigkeit.

Dr. A: Das ist in der Tat etwas bedenklich. Können Sie grundsätzlich überhaupt nicht mehr schlafen?

BG: Manchmal schon. Aber es gibt immer wieder Ereignisse oder auch Erkenntnisse, die mich so aus der Bahn werfen, dass ich keine Ruhe mehr finde.

Dr. A: Zum Beispiel?

BG: Als ich gestern im Netz gelesen habe, dass Dr. Schwarz ermordet wurde, hat mich das ziemlich umgehauen.

Dr. A: Was? Dr. Schwarz ist tot? Ermordet, sagen Sie? Sind Sie sich da sicher?

BG: Eben nicht. Manchmal fürchte ich, dass mir meine Wahrnehmung wieder einen Streich gespielt hat.
Dr. A: Moment, das haben wir gleich, ich sehe einmal auf meinem Smartphone nach … Ja, da steht es, tatsächlich, eine rechtsradikale Gruppe wird verdächtigt, ihn getötet zu haben. Das ist entsetzlich.
BG: Ich nehme an, Sie kannten Dr. Schwarz?
Dr. A: Ja, selbstverständlich, er hat Sie doch an mich überwiesen. Wir sind uns häufiger auf diversen Fachtagungen begegnet. Ein angenehmer Kollege.
BG: Dann können Sie meine Betroffenheit verstehen?
Dr. A: Aber ja. Ich kann nur nicht nachvollziehen, warum Sie an Ihrer Wahrnehmung gezweifelt haben, als Sie davon erfuhren.
BG: Ich dachte, dass es solche Zufälle nicht geben könne. Der Mann hat mich vor wenigen Tagen entlassen und wird dann angeblich von einer rechtsradikalen Gruppierung ermordet? Das ergibt keinen Sinn, da muss es einen Zusammenhang mit meinem Fall geben, was aber eigentlich wieder nicht sein kann.
Dr. A: Nein, da gibt es bestimmt keinen Zusammenhang. Es wäre nicht das erste Mal, dass rechtsradikale Extremisten psychisch kranke Menschen als lebensunwert einstufen und sich an den Institutionen sowie deren Repräsentanten vergehen, die solche Menschen unterstützen. Wenn Sie hier gedanklich Verbindungen zu sich selbst konstruieren, könnte das tatsächlich ein Symptom für eine leichte Psychose sein.
BG: So etwas habe ich befürchtet. Ich habe schon einmal gelesen, dass man in einer Psychose alle möglichen Beobachtungen und Ereignisse in der Welt zentriert auf sich bezieht. Deshalb mache ich mir Sorgen und weiß nicht, was ich denken soll.
Dr. A: Das bekommen wir wieder hin. Wer so reflektiert und selbstkritisch mit seiner psychischen Disposition umgeht wie Sie, hat beste Chancen auf vollständige Wiederherstellung. Haben Sie noch an anderer Stelle ähnliche Reaktionen bei sich selbst beobachtet?
BG: Vor zwei Tagen hat mich eine Flasche Rotkäppchen-Sekt im Kühlschrank völlig aus der Fassung gebracht. Und auf der Bahnfahrt von Berlin nach Düsseldorf verschwamm vor meinen

Augen alles in grüner Farbe. Ich hatte das Gefühl, dass sogar die Worte des Taxifahrers, der mich vom Bahnhof zu meinem neuen Apartment brachte, grün wären.
Dr. A: Ein solcher Zustand ist wirklich nicht ganz in Ordnung, aber in Ihrer Lage auch nicht ungewöhnlich und völlig verständlich. Ich denke, wir sollten Ihre Antipsychotika langsamer ausschleichen und zunächst nicht weiter reduzieren. Hier haben Sie ein neues Rezept mit Einnahmevorschriften, wir sehen uns dann in vierzehn Tagen wieder.

Diagnostische Notizen Dr. A:

- Patient BG reagiert affektiv positiv.
- Hohe Aufgeschlossenheit gegenüber seiner Umwelt.
- Logisch schlüssige Reflexionen sowohl über die Gesellschaft allgemein als auch über seine persönliche Situation.
- Stark geprägt durch seine Lebensgeschichte in der ehemaligen DDR.
- Konservatives Weltbild.
- Hohe Anpassungsbereitschaft.
- Ausgeprägte Fähigkeit zur Selbstkritik.
- Gute Voraussetzungen für vollständige Rehabilitation.
- Mittelschwere Nachwirkungen langfristiger Verabreichung von Psychopharmaka.
- Anklänge leichter Psychosen.
- Selbstzentrierte Interpretation äußerer Ereignisse.
- Schlaflosigkeit.
- Ansätze von Verfolgungswahn?
- Gegenmaßnahmen: Verzögerte Ausschleichung der Verabreichung von Antipsychotika.
- Engmaschigere Überwachung und phasenbedingt fortlaufende Anpassung der Medikation angezeigt.

12. Oktober 2020

„Herr Präsident, die Wurst." Seine Sekretärin brachte ihm an diesem Montagmorgen sein zweites Frühstück. Er quittierte den Service mit einem kurzen Nicken und wandte sich wieder den vor ihm liegenden Akten zu.

Der Präsident musste sich zwingen, etwas mehr zu sich zu nehmen, weil das Mittagessen heute ausfallen würde. Vor ihm lag ein ganztägiger Sitzungsmarathon. Auf den er sich gut vorbereiten musste. Doch es gelang ihm nicht, sich zu konzentrieren. Immer wieder schweifte sein Blick auf den üppigen Grüngürtel vor seinem Fenster ab. Dieses Grün machte ihn unruhig, nahezu aggressiv.

Das hatte seinen Grund. Denn es erinnerte ihn an Berthold Grün. Sein derzeit größtes Problem.

Es hätte nie so weit kommen müssen, wenn dieser eingebildete Dr. Schwarz nicht so eigenmächtig gehandelt hätte. Dabei hatte man ihm unmissverständlich klargemacht, dass die Entlassung Grüns ein schwerer Fehler war.

Doch leider erwies sich der Mann als unbelehrbar. Nicht nur, dass er nicht bereit war, seine Entscheidung zu revidieren. Nein, er drohte sogar seinerseits mit Konsequenzen und wollte die Öffentlichkeit informieren, dass man Druck auf ihn ausübte, um seine Entscheidung rückgängig zu machen.

So etwas konnte man sich keinesfalls leisten. Insofern mussten härteste Maßnahmen ergriffen werden, um das Schlimmste zu verhindern. Die Folgen hatte sich Dr. Schwarz selbst zuzuschreiben. Nur konnte er sich das jetzt nicht mehr eingestehen. Denn er war tot.

Der Präsident hatte eben weitreichende Möglichkeiten und konnte auf einen komplexen Apparat zurückgreifen. Eigentlich hätte Dr. Schwarz auch so weit denken können und hätte daher besser kooperiert. Doch nun war es zu spät für ihn.

Leider war das Problem für den Präsidenten damit aber nicht gelöst. Berthold Grün war nach wie vor in Freiheit und niemand wusste, was in dessen Kopf vorging. Woran konnte der Mann sich erinnern und woran nicht mehr? Welche Ambitionen hatte er überhaupt, was plante er? Und was wollte er noch herausfinden?

Eine unübersichtliche Situation, die nicht unerhebliches Gefahrenpotential barg. Doch der Präsident war nicht der Mann, der wie das Kaninchen vor der Schlange saß und hilflos abwartete. Vielmehr wollte er proaktiv handeln.
Dazu musste er sich absichern. Das sollte nicht allzu schwer werden, denn er hatte einen guten Draht nach ganz oben. Niemand wusste das.
Außer der Person, mit der er ein düsteres Geheimnis aus ferner Vergangenheit teilte. Die beiden hatten buchstäblich eine Leiche im Keller liegen. Gemeinsam.
Es war in ihrer beider Interesse, dass die Ereignisse aus dem Spätsommer 1989 rund um ein Ferienhaus im ostdeutschen Hohenwalde niemals ans Licht der Öffentlichkeit kamen.
Die Frau würde nicht gerne daran erinnert werden, was damals geschehen war. Aber darauf konnte er keine Rücksicht nehmen, da musste sie jetzt durch. Sie würde auch heute wieder einlenken, das wusste er. Denn in letzter Konsequenz hatte er sie in der Hand. Wie vor 30 Jahren.
Der Präsident griff zum Telefonhörer und rief die Bundeskanzlerin an. „Höchste Dringlichkeitsstufe", erklärte er der Telefonistin im Bundeskanzleramt. Sofort wurde er durchgestellt.
Er wusste, dass die Frau kein Vorgeplänkel und seichtes Gerede mochte. Deshalb kam er sofort zum Thema, als sie in der Leitung war. „Berthold Grün ist frei. Er lebt in Düsseldorf."
„Seit wann? Wie konnte das passieren? Ich dachte, ihr hättet das im Griff."
„Seit neun Tagen ist er draußen. Ein eigenmächtiger Schnösel in Pankow hat ihn entlassen, ohne vorher zu fragen."
„Dann soll er die Entlassung wieder rückgängig machen."
„Das habe ich auch gesagt", erwiderte der Präsident. „Aber das geht nicht mehr."
„Wieso nicht?"
„Der Mann ist tot."
In der Leitung war ein lang gezogenes Ausatmen zu hören. „Du lernst nie dazu", beschwerte sich die Kanzlerin.
„Was hätte ich denn machen sollen? Der Typ wollte an die Öffentlichkeit gehen."

„Du hättest es eben nie so weit kommen lassen dürfen."
„Du hast gut reden. Wie immer."
„Der Ärger ging doch wieder mal von dir aus. Hättest du dich damals anständig benommen, als du in mein Ferienhaus gekommen bist, wäre das alles nicht nötig gewesen. Es wäre nie etwas passiert."
„Jammern nützt nichts. Wir müssen handeln, dann wird nichts passieren. Zumindest uns nicht."
„Was schwebt dir vor?", erkundigte sich die Kanzlerin.
„Das willst du gar nicht genau wissen."
„Stimmt. Aber warum rufst du mich dann überhaupt an?"
„Ich brauche freie Hand."
„Die hast du sowieso. Du nimmst dir doch immer alle Freiheiten heraus, wie es dir passt. Ohne zu fragen."
„Gerade jetzt ist es aber wichtig, dass mir niemand in den Rücken fällt und ich auf jeder Ebene alles durchsetzen kann, was ich für nötig erachte", forderte der Präsident.
„Dann soll es so sein."
„Gut, ich verlasse mich darauf, dass du eventuell aufkommende Rückfragen von welcher Behörde auch immer stets in meinem Sinne beantworten lässt und niemand meine Anweisungen ignorieren oder nur infrage stellen kann."
„Es bleibt mir nichts anderes übrig. Wie immer kannst du uneingeschränkt über alle Mittel verfügen, die die Staatsgewalt in diesem Lande zu bieten hat. Nur eines noch: Dieses Gespräch hat nie stattgefunden."
„Selbstverständlich. Diskretion ist oberstes Gebot. Aber falls du es dir anders überlegen solltest und mich im Regen stehen lassen willst, wenn etwas auffliegen sollte…"
„Du solltest besser aufpassen, dass nichts auffliegt", fiel ihm die Bundeskanzlerin ins Wort. „Das können wir uns beide nicht leisten."
„Genau, das können wir uns nicht leisten. Deshalb habe ich dieses Gespräch gerade mitgeschnitten. Wenn ich hingehängt werde, hängst du mit, wie damals in Hohenwalde…"
Der Präsident hatte aufgelegt, bevor die Kanzlerin zu der Schimpftirade ansetzte, die nun zu erwarten war. Er behielt den

örer aber gleich in der Hand und ließ sich mit den ver-
rtlichen Stellen verbinden, um die nötigen Anweisungen zu
eilen. Dem gleich folgenden Konferenzmarathon sah er jetzt
etwas gelassener entgegen.

13. Oktober 2020

„Neuer Auftrag, kommt von ganz oben“, eröffnete Frank Kruse, Bereichsleiter „Delegitimierung des Staates“ im Kölner Bundesamt für Verfassungschutz seinem Stellvertreter Günther Feldmann. „Hat absolute Priorität.“

„Hört sich ziemlich brisant an“, antwortete der Angesprochene. „Islamisten? Rechtsradikale? Hinweise auf einen bevorstehenden Terroranschlag?“

„Weder noch. Wir sollen einen psychisch labilen Ex-Häftling überwachen, der nach 30 Jahren entlassen wurde, weil er von den Gutachtern als harmlos eingestuft wurde.“

„Wie bitte? Mit so etwas kommen die zu uns? Und machen das zur Chefsache?“

„Ich kann es auch nicht verstehen“, räumte Kruse ein. „Aber uns bleiben keine Spielräume, die Anweisungen sind eindeutig.“

„Gibt es wenigstens noch einige konkrete Erläuterungen?“

„Schon, doch im Grunde genommen nichts Brauchbares. Von der zu beobachtenden Person geht angeblich höchstes Gefährdungspotential aus.“

„Inwiefern?“, hakte Feldmann nach. „Geht es etwas genauer?“

„Offensichtlich nicht. Die Angaben in der Dienstanweisung bleiben nebulös, nach meiner Wahrnehmung ganz bewusst.“

„Was wird von uns erwartet?“

„Das volle Programm, Überwachung rund um die Uhr, täglich ausführliche Berichte. Außerdem die permanente Bereitschaft zum Eingreifen, wenn nach Lageeinschätzung der Kräfte vor Ort Gefahr im Verzug ist. Das alles selbstverständlich bei voller Diskretion, wir müssen absolut unauffällig agieren.“

„Also schießen wir wieder mit Kanonen auf Spatzen.“ Feldmann schnaubte verächtlich. „Dafür brauchen wir ein komplettes Zwölf-Mann-Team. Wo ist der Einsatzort?“

„Düsseldorf.“

„Wenigstens fast vor unserer Haustür. Das dürfte ein Fall für die Abteilung O sein. Ich werde alles Nötige veranlassen.“

Günther Feldmann begab sich zu den Kollegen in der Abteilung Observation mit dem Buchstabenkürzel „O“ eine Etage tiefer.

14. Oktober 2020

An diesem Nachmittag nahm Berthold die Straßenbahn, die ihn von der Grafenberger Allee bis an den Rand der Altstadt fuhr. So kam er weniger verschwitzt im Büro seines Bewährungshelfers an.

Dafür wirkten die Räumlichkeiten dort umso derangierter. Die Polster in der gemütlichen Sitzecke waren aufgeschlitzt, die Telefonanlage zerschlagen, möglicherweise mit einem Baseballschläger oder Ähnlichem. Überall waren Spuren von Verwüstung zu erkennen oder zu kleinen Haufen zusammengekehrt.

„Entschuldigen Sie bitte die Unordnung“, begrüßte Gregor Keller seinen Klienten, „aber bei mir wurde heute Nacht eingebrochen. Polizei sowie Versicherung waren hier und haben den Schaden aufgenommen. Leider kann ich Ihnen nichts zu trinken anbieten, weil sowohl meine Wasserflaschen als auch die Kaffeemaschine kurz und klein gehauen wurden.“

„Sieht nach Vandalismus aus“, bemerkte Berthold.

„Das kann man wohl sagen. Aber setzen Sie sich bitte. Ein Holzstuhl ist noch heilgeblieben. Mein Schreibtischsessel ebenfalls.“

„Da war wohl ein ehemaliger Häftling mit Ihrem Service nicht zufrieden.“

„Ich glaube eher nicht, dass die Übeltäter in diesem Kreis zu suchen sind. So dumm ist keiner, dass er ausgerechnet hier wieder auffällig wird. Außerdem sind die meisten ganz vernünftig und bemüht, mit dem Gesetz lieber nicht mehr in Konflikt zu geraten, eher so wie Sie.“

„Ich wollte niemandem zu nahe treten.“ Berthold hob in einer beschwichtigenden Geste die Hände. „Aber wer könnte so etwas gemacht haben?“

„Wir sind hier in der Düsseldorfer Altstadt. Da liegen Glanz und Elend dicht beieinander. Das sind die zwei Gesichter unserer modernen westlichen Gesellschaft, die Ihnen gerade bei Ihrer Wiedereingliederung vermutlich häufiger begegnen.“

„Stimmt. So etwas in der Art habe ich seit meiner Ankunft im Westen schon öfter gehört, zuletzt auch von Dr. Altenburger. Guter Mann übrigens.“

„Unbedingt", nickte Keller. „Ich denke, dass Sie dort in besten Händen sind. Auch wenn ich nur weiß, dass er jetzt Ihr behandelnder Arzt ist und Sie psychologisch sowie physiologisch bei Ihrem Einstieg in Ihr neues Leben begleitet. Inhaltlich habe ich von Ihren Therapiegesprächen keine Kenntnis, denn der Doktor nimmt seine Schweigepflicht ernst."
„Schon in Ordnung, ich habe da keine Berührungsängste und nichts zu verbergen. Ich habe das Gefühl, dass ich bei Ihnen beiden an der richtigen Adresse bin. Aber sagen Sie mal: Mich würde interessieren, warum hier überhaupt jemand einbrechen sollte, was denken Sie?"
„Ich verstehe, was Sie meinen, es gibt gewiss lohnendere Ziele für einen Hauseinbruch. Doch die sind meistens deutlich besser gesichert. Hier gibt es zwar nicht viel zu holen, aber dafür keine Alarmsysteme."
„Also reine Zerstörungswut?"
„Nicht nur, doch gewiss auch. Die Bewohner dieser Stadt haben pro Kopf zwar im Durchschnitt ein gutes Einkommen, aber es gibt viele abgehängte Existenzen. Die sind ziemlich frustriert."
„Und das bricht sich Bahn, indem man wahllos irgendwo einsteigt und alles kurz und klein schlägt?", hakte Berthold nach.
„Manchmal schon. Beschaffungskriminalität spielt dabei zusätzlich eine Rolle. Es ist viel zerstört, aber ein paar Gegenstände sind auch verschwunden."
„Zum Beispiel?"
„Eben Ware, die sich leicht auf dem schwarzen Markt absetzen lässt und ein paar Euro für den nächsten Schuss bringt. Mein Laptop fehlt, ebenso mein Zweithandy und ein kleiner Flachbildschirm."
„Traurig."
„Ja, aber die Versicherung ersetzt alles. Man fühlt sich nur irgendwie verletzt und beschmutzt, wenn jemand so einfach in die eigene Privatsphäre eingedrungen ist. Doch Sie haben Glück gehabt."
„Inwiefern?" Berthold hob die Augenbrauen.
„Für Sie habe ich im Hinterzimmer etwas stehen. Das wurde erstaunlicherweise weder beschädigt noch gestohlen."

„Jetzt machen Sie mich neugierig.“
Ohne ein weiteres Wort verschwand Gregor Keller durch die Tür und kehrte kurz darauf wieder zurück. Unter dem einen Arm hielt er einen Monitor, an dem einige Kabel hingen, unter dem anderen Arm eine PC-Station. „Das ist für Sie, etwas sperrig und nicht mehr neu, dafür aber voll funktionsfähig. Ihr persönliches Computer-Set. Damit Sie keine Kopfschmerzen bekommen, wenn Sie im Netz surfen und immer nur auf den kleinen Bildschirm Ihres Smartphones starren müssen.“
„Wo haben Sie das Zeug her?“
„Ganz preiswert bei einer Wohnungsauflösung erstanden, man hat da so seine Kontakte. Die Kosten konnte ich aus den allgemeinen Spesen decken, Sie müssen nichts bezahlen. Für ein neues Gerät hätte ich zuerst eine Unmenge von Papierkram erledigen müssen und dann ewig auf die Bewilligung des Antrags warten müssen.“
„Das übersteigt meine kühnsten Erwartungen. Ich weiß gar nicht, was ich sagen soll.“
„Ist schon in Ordnung. Es ist doch selbstverständlich, dass Sie möglichst viel online recherchieren und über die neue Welt in Erfahrung bringen wollen, in der Sie jetzt leben. Das finde ich gut so, also viel Spaß und Erfolg damit.“
Berthold nahm die beiden Geräte unter vielfachen Dankesbekundungen in Empfang und machte sich auf den Heimweg. Dass er in der Straßenbahn so vollbepackt auffiel und den einen oder anderen Fahrgast anrempelte, bemerkte er gar nicht.
Auch den Passagier, der unmittelbar nach ihm an der gleichen Haltestelle eingestiegen war und der jetzt zwei Reihen hinter ihm saß und ihn eine Spur zu aufmerksam beobachtete, registrierte er in seiner Begeisterung nicht. Erst als er an der Grafenberger Allee ausstieg und der Mann gleichzeitig mit ihm die Bahn verließ, streifte er ihn kurz mit seinem Blick.
Doch er dachte sich nichts dabei und war in Gedanken schon damit beschäftigt, seinen neuen PC zu installieren. Dazu würde er Hilfe brauchen.
Sofort fiel ihm Lina wieder ein. Aber die hatte er zuletzt ziemlich vor den Kopf gestoßen, als er ihre freundliche Einladung,

mit ihm Rotkäppchen-Sekt zu trinken, so schroff ausgeschlagen hatte.
Da musste er sich etwas einfallen lassen. Ganz langsam nahm eine Idee in seinem Kopf Gestalt an. So betrat ein gänzlich argloser und über seinen neuen Besitz hocherfreuter Berthold tief in seine Überlegungen versunken den Hausflur seiner Wohnanlage.

15. Oktober 2020

In einem kleinen Supermarkt schräg gegenüber seiner Haustür tigerte Berthold am nächsten Vormittag verloren vor dem gut gefüllten Regal mit Schaumweinen der unterschiedlichsten Preisklassen auf und ab. Er konnte sich nicht entscheiden. Die Marke Rotkäppchen sollte es nicht sein. Ebenso wenig Mumm oder Söhnlein.
So richtig edel wirkten die Flaschen alle nicht. Er hatte das Gefühl, sich mehr ins Zeug legen zu müssen. Doch andererseits hatte er von solchen Getränken keine Ahnung.
„Kann ich Ihnen helfen", erkundigte sich eine ältere Verkäuferin, die seine Unschlüssigkeit bemerkt zu haben schien.
„Ich habe etwas gutzumachen", erklärte Berthold erleichtert. „Bei einer jüngeren Dame."
Die Verkäuferin musterte ihren nicht mehr ganz taufrischen Kunden irritiert, fing sich aber schnell wieder. „Das Alter spielt keine Rolle, wenn es um Schaumwein geht", erläuterte sie. „Eine noble Marke schmeichelt jedem Gaumen, ganz gleich in welcher Generation."
„Hört sich gut an. Was könnten Sie mir denn empfehlen?"
„Nach meinem persönlichen Geschmack ist der Veuve Clicquot in seiner schlichten Reinheit unübertroffen."
„Es dürfte vernünftig sein, Ihrem Urteil zu folgen."
Doch als die Verkäuferin ihm die Flasche hinhielt und er das Preisschild las, erblasste Berthold. Es bedurfte keiner weiteren Worte.
„Wir haben auch kleinere Flaschen", schob die ältere Dame schnell nach. „0,375 Liter, die kostet nur halb so viel. Meiner Ansicht nach sollte hier aber Klasse vor Masse gehen, wenn ich mir die Bemerkung erlauben darf."
Berthold schluckte, nahm die Flasche entgegen, bedankte sich und ging zur Kasse. Als er bezahlt hatte, fiel ihm ein Mann am Eingang auf. Hatte er dieses Gesicht nicht gestern in der Straßenbahn gesehen?
Seltsam. Na ja, vielleicht wohnte er hier, wenn er zusammen mit ihm ausgestiegen war. Er durfte sich nicht zu viele Gedanken ma-

chen. Immerhin war ihm klar, dass Verfolgungswahn ein psychotisches Symptom sein konnte.

„Schade, schon leer." Lina schüttelte die letzten Tropfen aus der kleinen Champagnerflasche in ihr Glas, das sie gerade zum dritten und letzten Mal gefüllt hatte. Berthold hatte sich nur einmal ganz wenig eingeschenkt, weil er die Wechselwirkung mit seinen Medikamenten fürchtete. Auch er konnte schmecken, dass es sich um ein edles Getränk handeln musste.
Mittlerweile war die Abenddämmerung hereingebrochen und Lina lehnte sich gemütlich in die Polster des Sofas im Gemeinschaftswohnraum zurück. „Entschuldigung angenommen", schnurrte sie. „Wer könnte bei einer so luxuriösen Wiedergutmachung noch beleidigt sein?"
„War blöd von mir, dich einfach mit dem Rotkäppchen-Sekt stehen zu lassen", erwiderte Berthold.
„Ganz verstanden habe ich deine Reaktion nicht, aber Schwamm drüber."
„Du weißt doch, ich habe so etwas wie eine Ost-Phobie. Die Marke Rotkäppchen hat bei mir hässliche Erinnerungen an die alten Zeiten in der DDR hochgespült. Ich muss mir einfach ein dickeres Fell zulegen."
„Solltest du. Wird dir guttun. Na jedenfalls weißt du, wie man Freunde wiedergewinnt."
„Sag mal, hast du nicht Lust, mit auf mein Zimmer zu kommen?"
„Oh, jetzt gehst du aber ganz schön ´ran, alter Mann. So viel Temperament hätte ich dir gar nicht zugetraut. Aber bild dir nicht zu viel ein."
„Nein, so war das nicht gemeint", stotterte Berthold. Er fühlte, wie sein Gesicht bis zum Haaransatz hinauf heiß wurde. Das war ihm jetzt peinlich.
„Wie niedlich, du wirst rot", lächelte Lina. „Ist in Ordnung. Ich fand es eigentlich ganz süß, dass du gefragt hast. Worum geht´s denn?"
„Also, ich hab´ seit gestern einen neuen PC, den müsste ich anschließen. Du weißt ja, dass ich mit der Technik auf Kriegsfuß stehe. Da habe ich gedacht, du könntest mir vielleicht helfen…"

„Ach so.“ Jetzt wirkte Lina plötzlich verlegen. „Und ich habe gedacht…Entschuldige, ich wollte dir nicht zu nahe treten.“
„Das bist du nicht. Ich habe mich nur etwas unglücklich ausgedrückt. Außerdem hast du ja etwas getrunken, vielleicht können wir das auf später verschieben.“
„Nein, komm, das machen wir jetzt. Mit Computern kenne ich mich aus. So einen PC bringe ich noch im Halbschlaf ans Laufen.“ Lina stand auf und zog den neben ihr sitzenden Berthold an der Hand hoch. „Die Kleine schläft heute bei meiner Mutter. Da habe ich etwas Zeit. Los, gehen wir zu dir.“
Schon wenige Minuten später klang das Startsignal des PCs durch Bertholds Apartment. „So, läuft alles“, verkündete Lina. „Über Google kommst du ins Internet, deine Mailadresse habe ich ebenfalls auf dem PC installiert, Outlook hast du auch und Word war auf deinem Rechner bereits gespeichert.“
„Google, Outlook, Word…?“, murmelte Berthold verständnislos.
„Ganz einfach, ich erklär´s dir. Am besten lernst du das, wenn du es selbst machst.“ Lina stand auf und drückte Berthold auf den Stuhl vor dem PC nieder, auf dem sie gerade selbst gesessen hatte. „Hier, mit der Maus steuerst du den Cursor, über dieses Symbol kommst du ins Netz, so öffnest du dein Mailprogramm. Und mit der Tastatur gibst du Suchbegriffe für Anfragen auf Google ein. Siehst du, so, ganz einfach.“
„Das ist wirklich toll.“ Berthold starrte wie gebannt auf den großen Monitor vor ihm. Fasziniert rief er ein Thema nach dem anderen auf und startete seine Netzrecherche. Er hatte viele Fragen. Für die es hier überall Antworten gab.
Linas Hand, die viel länger als nötig auf seiner Schulter liegen blieb, spürte er nicht. Und er hörte auch nicht, wie leise die Tür hinter ihr ins Schloss fiel, als sie irgendwann ging.
Berthold hatte sich in die neuere Geschichte der ehemaligen DDR-Staatspartei SED vertieft, die er jetzt auf seinem Monitor nachverfolgte. Die Mitglieder der SED hatten sich nach der Auflösung der Partei in der neuen PDS formiert, der Partei des Demokratischen Sozialismus. Doch auch die PDS hatte keinen dauerhaften Bestand und ging in der neuen Partei *Die Linke* auf. Viele Mitglieder in den neuen Bundesländern waren aber noch

die gleichen wie vor 1990.
Berthold schüttelte den Kopf. Er fand das nicht richtig, konnte es einfach nicht akzeptieren. Da gab es in Thüringen ein prominentes Mitglied, das behauptete, man dürfe die ehemalige DDR nicht als Unrechtsstaat bezeichnen. Dieser Begriff sei nicht „justitiabel“, wie der Mann sich ausdrückte.
„Was war die DDR denn sonst, wenn nicht ein Unrechtsstaat?“, schimpfte Berthold leise vor sich hin und scrollte weiter durch die Dokumente auf seinem Bildschirm. „Der Typ hat keinen einzigen Tag dort gelebt. Hätte er besser mal, dann würde er nicht so einen Unsinn verzapfen. Natürlich war das ein Unrechtsstaat, das habe ich am eigenen Leib verspürt.“
Berthold sträubten sich die Nackenhaare, als er weiterlas, dass nach Auffassung des linken Politikers nicht belegt sei, dass es an der innerdeutschen Grenze einen Schießbefehl gegeben habe. „Warum ist er dann damals nicht einfach über diese angeblich so gemütliche Grenze spaziert, um uns zu besuchen und sich selbst ein Bild zu machen?“, murmelte Berthold.
Vollends aus der Fassung geriet er, als er die Quelle dieser Äußerungen sah. Der genannte Politiker hatte seine zynischen Behauptungen in einer Zeitung mit dem Titel *Neues Deutschland* aufgestellt. *Neues Deutschland*, das war das Zentralorgan der SED in der ehemaligen DDR. Und eine Zeitung mit diesem Titel gab es in der wiedervereinigten Bundesrepublik Deutschland immer noch.
Wie konnte es sein, dass ein Mensch mit einer derartigen Haltung und solchen Medienkontakten in Deutschland heute überhaupt Politik machen durfte? Berthold klickte weiter, um mehr über den Mann zu erfahren.
Und traute seinen Augen nicht, als er erfuhr, dass dieser Mann als Vorsitzender einer starken linken Partei seit sechs Jahren Ministerpräsident des Landes Thüringen war. Demnächst sollte er sogar Präsident des deutschen Bundesrates werden. Die etablierten westdeutschen Parteien im Thüringer Landtag umwarben ihn, um sich als Juniorpartner in einer von ihm und den Linken angeführten Landesregierung zu engagieren.
Das also sollte die deutsch-deutsche Realität 30 Jahre nach der

Wiedervereinigung sein? Die Kräfte und Prinzipien der alten DDR waren ganz oben angekommen. Wo waren nur die Stärke und Überlegenheit der alten westlichen Systeme geblieben?
Was war beispielsweise mit dem militärischen Sektor?
Berthold rief eine neue Seite im Netz auf. Und erschauderte. Die allgemeine Wehrpflicht war abgeschafft, die Truppenstärke der Bundeswehr auf einen Bruchteil ihrer früheren Größe geschrumpft.
Das konnte nicht wahr sein. Verstand denn niemand, was das bedeutete? Das Land war Bedrohungen aus dem Osten schutzlos ausgeliefert.
Oder waren die technischen Standards der Bewaffnung so hoch, dass sich hier die Wehrhaftigkeit der westlichen Systeme fokussierte? Die Antworten, die er online auf diese Frage erhielt, ließen ihn noch mehr verzweifeln.
Hubschrauber, Panzer und Gewehre der Bundeswehr waren in desolatem Zustand und größtenteils nicht einsatzfähig. Technische Neuerungen im Waffenarsenal waren so dilettantisch, dass sie schon vom ersten Tag an nicht funktionierten. Und zu allem Überfluss wurde der Etat der Bundeswehr auf politischer Ebene weiter zusammengestrichen.
Berthold warf einen Blick auf den Kalender. Noch eine Woche und einen Tag bis zu seiner nächsten Therapiesitzung mit Dr. Altenburger. Er musste infolge einer Psychose offensichtlich unter schwerem Realitätsverlust leiden und brauchte dringend Hilfe. Das, was er da im Netz recherchiert hatte, konnte unmöglich den Tatsachen entsprechen. So dumm würde keine Gesellschaft sein. Hoffentlich hielt er noch bis zu seinem Behandlungstermin in der nächsten Woche durch.

16. Oktober 2020

„Gibt es schon Neuigkeiten im Observierungs-Fall Grün?“, erkundigte sich Bereichsleiter Frank Kruse im Bundesamt für Verfassungsschutz bei seinem Stellvertreter Günther Feldmann.
„Wie man´s nimmt. Wie so häufig ist die Lage unklar“, erläuterte der Angesprochene seinem Vorgesetzten, der auf dem Besucherstuhl vor seinem Schreibtisch Platz genommen hatte, nachdem er die Tür hinter sich geschlossen hatte.
„Geht´s etwas genauer?“, fasste Kruse nach.
Feldmann räusperte sich und warf einen Blick auf einige Dokumente auf seinem PC-Monitor. „Der Start der Observation lief etwas holprig. Die Kollegen haben den Eindruck, dass die Zielperson Verdacht geschöpft hat.“
„Bei einem Zwölf-Mann-Team? Was sind das denn für Dilettanten?“
„Das war einmal ein Zwölf-Mann-Team. Die Hälfte sitzt mit einer Corona-Infektion zu Hause in Quarantäne.“
„So schlimm?“
„Eigentlich nicht, die Kollegen haben keine Symptome. Aber sie wurden positiv getestet. Da sind die Vorschriften eindeutig und auch für Verfassungsschützer gibt es keine Ausnahmen.“
„Und was jetzt?“, wollte Kruse wissen.
„Bei dem zu erwartenden milden Verlauf dürften bald wieder alle im Einsatz sein. Dann können wir unauffälliger und zugleich engmaschiger agieren.“
„Gab es schon Auffälligkeiten?“
„Das ist es ja. Wir wissen nicht genau, wie wir die Erkenntnisse interpretieren sollen, die wir gewonnen haben.“
„Von welchen Erkenntnissen sprechen Sie? Lassen Sie sich bitte nicht alles aus der Nase ziehen.“
„Wie Sie wissen, haben wir Grüns neuen PC angezapft“, setzte Feldmann an.
„Ja, das ist mir leider nur allzu bekannt“, unterbrach ihn sein Chef. „Eine sehr unglückliche Aktion war das. Mussten Sie wirklich gleich einen Einbruch in das Büro seines Bewährungshelfers vortäuschen, um das Gerät zu präparieren? Wie die Elefanten im Porzellanladen.“
„Irgendwo mussten wir einen Anfang machen. Zu diesem Zeit-

punkt wussten wir noch nicht, auf welchem Weg Grün online gehen würde. Da haben wir lieber gleich seine Hardware komplett verwanzt."

„Sie wissen, dass wir zu äußerster Diskretion angehalten sind. Ich muss alle Erkenntnisse nach ganz oben weiterleiten, da kommt ein solch rabiates Vorgehen gewiss nicht gut an. Was haben Sie denn herausgefunden?"

„Grün interessiert sich detailliert für die Bundeswehr", referierte Feldmann. „Er hat alle greifbaren Erkenntnisse über die Bewaffnung der Truppe und deren technischen Zustand recherchiert."

„Aber nur über öffentlich zugängliche Quellen, oder?"

„So ist es, keine Verschlusssachen oder geheimen Essays aus dem Darknet oder Ähnliches."

„Dann kann man kaum von illegaler Informationsbeschaffung oder Spionage sprechen."

„Formal genommen nicht. Nur ist das genau die Art von Informationen, die ein feindlich gesonnener Agent hierzulande als Erstes abrufen würde."

„Oder aber ein Mann, der 30 Jahre von der Außenwelt abgeschnitten war und die Vergangenheit aufarbeiten will." Kruse nickte nachdenklich. „Sie haben recht, die Informationslage ist unklar. Beide Interpretationen sind denkbar. Was haben wir noch?"

„Grün interessiert sich auffällig intensiv für den Ministerpräsidenten des Bundeslandes Thüringen."

„Ein mögliches Anschlagsziel? Halten Sie das für denkbar?"

„Wir sind von höchster Stelle sensibilisiert und dürfen nichts ausschließen. Immerhin soll der Mann demnächst Präsident des Bundesrates werden. Andererseits ist er eine hoch umstrittene Figur", gab Feldmann zu bedenken.

„Stimmt. Wenn man sich politisch ganz allgemein informiert, dürfte man schnell auf diese Personalie stoßen. Was schlagen Sie vor?"

„Den Ball flach halten. Wir haben keinen Grund, Alarm zu schlagen, sollten aber Grüns Aktivitäten im Hinblick auf die genannten kritischen Punkte weiter beobachten. Dann wird sich über kurz oder lang herauskristallisieren, welchen Handlungsbedarf wir haben."

„Gibt es weitere Quellen, die wir anzapfen könnten, um mehr über den Mann zu erfahren?"
„Darüber haben wir im Team schon nachgedacht." Feldmann rieb sich das Kinn. „Grün konsultiert in Neuss einen Psychiater. Ihm wurde bei seiner Entlassung aus Pankow auferlegt, dort regelmäßig zu festgelegten Therapie-Sitzungsterminen zu erscheinen."
„Das dürfte nach 30 Jahren im Maßregelvollzug sinnvoll sein. Bitte sprechen Sie weiter. Woran denken Sie?"
„Gewöhnlich erstellen Therapeuten schriftliche Aufzeichnungen über die erfolgten Gespräche mit ihren Patienten sowie die sich daraus ergebenden diagnostischen Bewertungen. Wenn wir darauf Zugriff hätten, bekämen wir eine fachlich kompetente Expertise zu Grüns Gefährdungspotential praktisch frei Haus."
„Guter Gedanke. Aber ich fürchte, daraus wird nichts. Kein Untersuchungsrichter wird uns bei dieser dünnen Verdachtslage einen Antrag auf Akteneinsicht gewähren."
„So kompliziert müssen wir es nicht machen. Wir sind doch zunächst einmal nicht auf der Suche nach gerichtsverwertbaren Fakten, sondern nur nach konkreten Informationen zu den Absichten unseres Observationsobjektes. Und die Serverzugänge in der Praxis des Psychiaters sind nicht besonders aufwendig gesichert."
„Ich beginne zu verstehen."
„Für unsere IT-Abteilung wäre das eine Kleinigkeit." „Dann sollten wir den Herrschaften etwas Beschäftigung gönnen. Ist hiermit auf dem kleinen Dienstweg beschlossen." Kruse klopfte mit der flachen Hand zweimal auf Feldmanns Schreibtisch. „Aber nur, damit wir uns richtig verstehen: Dieses Gespräch hat nie stattgefunden. Auf keinen Fall darf die Maßnahme jemals bekannt werden, Diskretion ist oberstes Gebot."

19. Oktober 2020

Wieder ein Montag im Oktober. Nur 31 Jahre später. Ein unguter Tag, der Berthold an die damaligen Montagsdemonstrationen mit den verschwiegenen Todesopfern und den für ihn so fatalen Folgen erinnerte.
Hatte sich seitdem wirklich nichts geändert? Oder hatte sich vielleicht zu viel verändert? Hin zum Schlechteren? Hier im Westen? Oder bildete er sich das alles nur ein, wie er insgeheim fast hoffte? War möglicherweise das Einzige, was geblieben war, seine frustrierte Gemütslage? Nach 30 Jahren verlorener Lebenszeit in der geschlossenen psychiatrischen Abteilung in Pankow wäre das verständlich.
Alles Grübeln half nichts, er musste der Sache weiter auf den Grund gehen. Auch wenn er sich vor den Ergebnissen seiner Recherchen noch so sehr fürchtete.
Denn die alternativen Schlüsse, die er daraus ziehen konnte, waren für ihn alles andere als ermutigend: Entweder er litt unter schwersten Wahrnehmungsstörungen mit massivem Realitätsverlust und war völlig verrückt geworden. Oder die Welt war verrückt geworden.
Wirklich die ganze Welt? Berthold beschloss, sich das genauer anzusehen. Vielleicht würde sich das Gesamtbild entzerren, wenn er zunächst mehr über die Entwicklung des übrigen Europa in Erfahrung brachte.
Er erinnerte sich, dass die Europäische Gemeinschaft vor der Wende eine starke Allianz bildete, die die repressiven Grundhaltungen des damaligen Ostblocks konsequent ablehnte und überzeugend die freiheitlichen Werte demokratischer Grundordnungen nach westlichem Muster verkörperte. In Westeuropa folgte man damals dem Vorbild der USA, allen voran Großbritannien, Frankreich und selbstverständlich die Bundesrepublik. Was war heute aus diesem Bollwerk des alten christlichen Abendlandes geworden?
Berthold schaltete seinen Rechner ein und ging ins Netz. Die ersten Informationen, auf die er stieß, entlockten ihm ein befriedigtes Nicken. Es gab ein großes Europäisches Parlament, eine echte

europäische Volksvertretung, die konsequent nach demokratischen Prinzipien ausgerichtet war. Die Einzelstaaten gaben sogar immer mehr Entscheidungsbefugnisse im wirtschaftlichen, rechtlichen und gesellschaftlichen Bereich ab.
Berthold lehnte sich mit ersten Anzeichen beginnender Erleichterung entspannt zurück. Er hielt das für eine begrüßenswerte Entwicklung, friedensfördernd und demokratisch. Ein Schritt zu mehr freiheitlicher Selbstbestimmung in ganz Europa.
Er klickte sich weiter durch das gesamteuropäische Nachrichtenarchiv. Und erstarrte. Die Briten hatten erst kürzlich in einer Volksabstimmung ihren Austritt aus der Europäischen Union beschlossen. Alle seriösen politischen Kommentatoren und Experten waren sich einig, dass diese Entscheidung fatale Folgen haben würde. Sowohl wirtschaftlich als auch sicherheitspolitisch. Nicht nur für Großbritannien, sondern für ganz Europa.
Die Europäische Union war entscheidend geschwächt. Wie konnte es dazu gekommen sein? Berthold recherchierte weiter im Netz. Er stellte fest, dass Deutschland als wirtschaftsstärkste Nation in Europa unter seiner seit 15 Jahren regierenden Kanzlerin die anderen Mitglieder der Gemeinschaft nachhaltig frustriert hatte. Mit ihrer unüberwindbaren Wirtschaftsmacht im Rücken setzte die wiedervereinigte Bundesrepublik Deutschland immer wieder ihre Interessen innerhalb Europas durch, ohne sich von abweichenden Positionen anderer Nationen irritieren zu lassen.
Wie sollte Berthold das einordnen? Rücksichtslosigkeit? Gefühlskälte? Mangelndes diplomatisches Geschick? Möglicherweise Dummheit? Oder vielleicht sogar Kalkül? Er wusste es nicht und starrte frustriert aus dem Fenster.
Plötzlich hob er ruckartig den Kopf. Dort stand ein Mann mit einem Fernglas. Das Okular zeigte in seine Richtung.
Der Mann kam ihm irgendwie bekannt vor. Hatte er den nicht zuletzt in der Straßenbahn und danach im Supermarkt gesehen? Doch auf die Entfernung ließ sich das nicht genau feststellen.
Vielleicht täuschte er sich. Der Typ konnte genauso gut Vögel beobachten. Ein paar Bäume gab es ja. Auf der Grafenberger Allee und in den dahinterliegenden Seitenstraßen. Aber etwas seltsam war es schon.

Berthold schüttelte den Kopf. Dann entdeckte er Lina, die auf die Haustür zuging. Einem Impuls folgend warf er sich seine Jacke über und ging ins Treppenhaus. Auf seinem Weg nach unten müsste er Lina begegnen, bevor sie an ihrer eigenen Wohnungstür ankam.
Er wollte die Begegnung wie zufällig wirken lassen. Warum er das machte, wusste er selbst nicht so genau. Doch es fühlte sich in diesem Augenblick richtig an. Außerdem brauchte er Ablenkung. Das spürte er deutlich. Sonst käme er aus seinem Gedankenkarussell nicht mehr heraus und würde noch überall Gespenster sehen.

21. Oktober 2020

Berthold hatte ein schlechtes Gewissen. Nachdem er Lina vorgestern wie geplant im Treppenhaus getroffen hatte, hatten sich die beiden zum Abendessen verabredet. Ihre Mutter konnte kurzfristig zum Babysitten einspringen.

Es war ein unterhaltsamer und ablenkungsreicher Abend geworden. Genau das, was Berthold zu diesem Zeitpunkt gebraucht hatte. Lina kannte ein kleines spanisches Restaurant in der Nähe, in dem Berthold zum ersten Mal in seinem Leben Muscheln gegessen hatte.

Zunächst hatte er sich ein wenig gesträubt, ihrer Empfehlung zu folgen. Doch die Muscheln waren im Oktober wunderbar frisch und mit Knoblauch, Olivenöl sowie Peperoni nach mediterranem Rezept zubereitet.

Das leichte Essen schmeckte Berthold köstlich. Er hatte sich von Lina sogar zu einem kühlen Glas Weißwein überreden lassen, das gut mit den Meeresfrüchten harmonierte.

Was sich nach Bertholds Eindruck im Nachhinein als Fehler erwies. Denn selbst das eine Glas Wein stieg ihm in Kombination mit seinem Medikamentencocktail gewaltig in den Kopf.

Er verzichtete daher konsequent darauf, sich etwas nachschenken zu lassen und fühlte sich bald wieder zunehmend klarer. Die schlichten Tische mit geschmackvollen roten Decken sowie die leise Hintergrundmusik in dem kleinen Lokal trugen das ihre zu einer wohltuend harmonischen Atmosphäre bei.

Berthold und Lina lachten viel. Sie spürten eine angenehm unaufdringliche Vertrautheit. Mehr war an diesem Abend nicht geschehen.

Doch Berthold hatte das untrügliche Gefühl, dass daraus etwas werden konnte. Trotz des Altersunterschiedes. Linas Lachen und ihre braunen Augen erinnerten ihn immer wieder an Simone.

Und genau das war sein Problem. Das machte er sich zwei Tage später klar, nachdem er bis mittags im Bett gelegen und darüber nachgegrübelt hatte.

Bis dahin hatte er sich nicht mehr von selbst bei Lina gemeldet. Sie hatte ihm zwei SMS geschickt und er hatte freundlich, aber unverbindlich darauf geantwortet. Vor allem hatte er keinen Versuch unternommen, sich wieder mit ihr zu verabreden. Obwohl sie augenscheinlich genau das von ihm erwartete.

Berthold wusste, dass man sich nicht so benahm. Er sollte sich glücklich schätzen, dass eine natürliche und deutlich jüngere Frau offensichtliches Interesse an ihm zeigte.

Dabei hatte er nichts Besonderes zu bieten. Er war weder wohlhabend noch erfolgreich. Außerdem hatte er eine fragwürdige Lebensgeschichte hinter sich und mit einigen inneren Dämonen zu kämpfen. Doch er konnte die Erinnerung an Simone einfach nicht abschütteln. Im Grunde genommen wollte er das auch nicht. Das wäre ihm wie Verrat vorgekommen. Verrat an ihrer Liebe und Verrat an ihrem Opfer. Als wäre sie umsonst gestorben.

Das befürchtete er sowieso, wenn er über die Verhältnisse nachdachte, die sich ihm im heutigen Deutschland präsentierten. Er musste noch mehr darüber herausfinden. Das war er Simone schuldig. Aber auch sich selbst und den vielen Lebensjahren, die er in der Haft verloren hatte.

Außerdem war Simones Mörder immer noch nicht zur Rechenschaft gezogen worden. Berthold wusste nicht einmal, ob der Mann noch lebte. Er beschloss, zu diesem Thema zu recherchieren. Um mehr darüber in Erfahrung zu bringen, was damals wirklich geschehen war.

Doch in diesen Sumpf wollte er Lina nicht mit hineinziehen. Da musste er alleine durch. Erst wenn er damit abgeschlossen hatte, wäre er frei für sie. Vielleicht würde er dann auch besser damit leben können, wie sehr sie ihn an Simone erinnerte.

Nach einem kurzen verspäteten Frühstück setzte sich Berthold an den Rechner. Als er den vollen Namen des Giftzwergs bei Google eingab, war er über die Anzahl der Treffer verblüfft. War der Mann heute so etwas wie ein Prominenter? Ein Superstar?

Zuerst wusste Berthold nicht, mit welchen Dokumenten er anfangen sollte, um mehr über seine Zielperson zu erfahren. Als er die Quellen einigermaßen geordnet hatte und die ersten Informationen auf seinem Bildschirm aufrief, schnappte er nach Luft.

Das konnte nicht stimmen. Berthold rieb sich die Augen und sah noch einmal hin.

Doch, das war unverkennbar der Giftzwerg. Die toten Haifischaugen, die zusammengekniffenen Lippen, die klein gewachsene Gestalt, früher schmaler, heute aufgedunsener. Er wirkte zwar nicht ganz gesund, aber auch nicht schwächlich und immer noch energiegeladen.
Was nicht verwunderte, denn dem Mann mussten ja alle Mittel zur Abmilderung der Folgen des Alterns zur Verfügung stehen. Immerhin war er heute niemand anderes als der gewählte Präsident der Russischen Föderation, also des russischen Zentralstaates, der nach der Auflösung der Sowjetunion übrig geblieben war. Und das mit einer Unterbrechung seit 20 Jahren.
Berthold konnte es nicht fassen und zweifelte wieder an seinem Wahrnehmungsvermögen. Ein Mörder, ein skrupelloser Gewalttäter war einer der mächtigsten Männer der Welt? In einem demokratischen Staat?
Doch war Russland wirklich ein demokratischer Staat? Die einen sagten so, die anderen so. Berthold klickte sich weiter durchs Netz.
Wie er schnell herausfand, hatte sich das russische Staatssystem unter der Herrschaft des Giftzwergs mehr und mehr von demokratischen Prinzipien abgewandt. Angesichts der Persönlichkeit des Mannes erschien Berthold eine solche Entwicklung glaubhaft. Schon zweifelte er weniger an seinem Verstand.
Doch dann wurde ihm bewusst, dass Simones Mörder damit praktisch unantastbar war. Wie sollte man einen Mann in dieser Position für seine Taten zur Rechenschaft ziehen?
Berthold fühlte sich frustriert. Gab es möglicherweise Zusammenhänge zwischen seinen früheren Verbrechen und seiner Entwicklung bis zum heutigen Tag?
Eigentlich müsste das zwangsläufig der Fall sein. Doch wie sahen diese Zusammenhänge aus? Und nützte es etwas, mehr darüber herauszufinden? Brachte ihn das irgendwie weiter? Berthold wusste es nicht. Doch viele Alternativen hatte er nicht. Also beschloss er, an diesem Punkt anzusetzen und nach solchen Zusammenhängen zu suchen.
Schnell fand Berthold heraus, dass der Giftzwerg unmittelbar nach dem Mauerfall versuchte, gemeinsam mit ehemaligen Stasi-

Mitarbeitern einen russischen Spionagering in Ostdeutschland aufzubauen. Doch das Unternehmen scheiterte, weil eine Schlüsselfigur des Projektes zum bundesdeutschen Verfassungsschutz überlief und alles verriet.
So wurde der Giftzwerg im Januar 1990 zum damaligen sowjetischen Geheimdienst KGB nach Leningrad zurückbeordert und schied dort im Mai des gleichen Jahres aus dem aktiven Dienst aus. Mit Hilfe wohlhabender Freunde stieg er innerhalb von zwei Jahren zum Vizebürgermeister der Stadt auf, die sich nach der Auflösung der Sowjetunion wieder in Sankt Petersburg umbenannt hatte.
Von dort aus führte ihn sein Weg nach Moskau, wo er schließlich im Jahr 2000 zum Präsidenten gewählt wurde. Einflussreiche Geldgeber mit schwerkriminellem Hintergrund, mit denen der Giftzwerg teilweise seit Jugendjahren befreundet war, spielten dabei eine bedeutende Rolle.
Zaghafte demokratische Ansätze wurden unter seiner Regierung systematisch unterdrückt. Der Giftzwerg selbst sprach gerne von einer „gelenkten Demokratie" oder der „Vertikale der Macht".
Berthold nickte mehrmals, als er diese Zitate las. Das passte zu dem skrupellosen Gewaltverbrecher, den er vor über 30 Jahren kennengelernt hatte.
Jetzt galt es herauszufinden, inwieweit der Werdegang dieses Mannes mit seinem eigenen Schicksal verbunden war. Er wollte das Thema in seiner nächsten Therapie-Sitzung in Neuss ansprechen. Bis dahin waren es noch zwei Tage. Es hatte sich viel aufgestaut.

23. Oktober 2020

Therapiegespräch zwischen Berthold Grün (BG) und Dr. Sven Altenburger (Dr. A), Psychiater und Neurologe, Alexius-Klinik Neuss

Beginn: 11:00 Uhr

Dr. A: Na, was machen Ihre Wahrnehmungsstörungen?
BG: Sind weniger aufdringlich. Glaube ich jedenfalls.
Dr. A: Können Sie das näher erläutern?
BG: Ich zweifle weniger an dem, was ich sehe oder höre. Manchmal fürchte ich dann wieder, dass ich unter komplettem Realitätsverlust leide und einfach nur nicht registriere, dass ich Phantasiegebilden und Phantomen nachjage.
Dr. A: Klassisches Dilemma. Aber eigentlich ein gutes Zeichen. Die wirklich bedenklichen Wahnvorstellungen verfestigen sich nämlich in aller Regel so massiv, dass sie der Betroffene gar nicht mehr infrage stellt.
BG: Also sind die Briten tatsächlich aus der EU ausgetreten?
Dr. A: Klar sind sie das. Typische Wahrnehmungsstörungen beziehen sich auch höchst selten auf die Berichterstattung in den Nachrichtenmedien, sondern eher auf den persönlichen Bereich.
BG: Für mich ist das eine persönliche Angelegenheit. Genauso wie die desolate Ausstattung der Bundeswehr. Das macht mir gewaltige Angst vor der Bedrohung aus dem Osten.
Dr. A: Vor dem Hintergrund Ihrer Lebensgeschichte ist das absolut nachvollziehbar und alles andere als ungewöhnlich. Auch objektiv betrachtet erscheint eine solche Einschätzung nach der Besetzung der Krim-Halbinsel durch die Russen im Jahr 2014 legitim. Mindestens mit der gleichen Berechtigung könnten die Menschen ihren Realitätssinn überprüfen lassen, die die mitteleuropäischen Sicherheitsinteressen derzeit nicht gefährdet sehen.
BG: Ist es denn normal, dass ich den russischen Präsidenten für einen Schwerverbrecher halte?
Dr. A: Wahrnehmungsstörungen hat in meinen Augen eher jemand, der diesen Mann zu einem mustergültigen Demokraten erklärt.

BG: Und wenn ich Ihnen sage, dass ich ihn aus der Zeit vor meiner Inhaftierung in der DDR kenne.
Dr. A: Dann wäre das zwar ein ungewöhnlicher Zufall, aber immer noch im Bereich des Möglichen. Bekanntermaßen diente der Mann bis zum Mauerfall als Geheimdienstoffizier der ehemaligen Sowjetunion in Ostdeutschland. Dort könnten Sie ihm ohne Weiteres begegnet sein.
BG: Ganz genau. So war es auch. Erst hat er mich verprügelt und dann meine Freundin erschossen.
Dr. A: Moment mal. Sie glauben, dass der russische Präsident im Jahr 1989 zum Mörder Ihrer Freundin wurde?
BG: Ich habe es mit eigenen Augen gesehen. Nur einen Meter stand ich daneben.
Dr. A: Aber Sie sagten doch in unserer letzten Sitzung, dass Ihre Erinnerung an die Zeit vor Ihrer Inhaftierung verschwommen sei?
BG: Auf viele Lebensbereiche trifft das auch zu. Aber so ein einschneidendes Ereignis vergisst man nie, das können Sie mir glauben. Noch heute habe ich nahezu jede Nacht Alpträume, in denen ich Simone in ihrem Blut liegen sehe.
Dr. A: Und der Schütze war der russische Präsident? Sind Sie sich da sicher?
BG: Absolut, natürlich in jüngeren Jahren. Doch er ist es unverkennbar. Glauben Sie mir nicht?
Dr. A: Na ja, ganz ausschließen kann man es wohl nicht. Zur Tatzeit hat er sich tatsächlich in der DDR aufgehalten. Außerdem soll er schon damals für seine Brutalität bekannt gewesen sein.
BG: Das können Sie laut sagen, „Giftzwerg“ wurde er überall genannt. Den Spitznamen hat er sich redlich verdient. Er hat mich am 9. November 1989 verhaftet.
Dr. A: Das wäre dann wirklich ein ungeheurer Zufall. Einer der mächtigsten und gefährlichsten Männer der Welt in unseren heutigen Tagen war vor 30 Jahren maßgeblich für Ihr persönliches Unglück mitverantwortlich. Das klingt schon nach Verschwörungstheorie, finden Sie nicht?
BG: Ich hab´s befürchtet. Also doch alles nur eingebildet. In Wirklichkeit bin ich schwer psychotisch, sagen Sie´s bitte einfach.
Dr. A: Eben nicht, das gibt mir ja so zu denken. Sie argumentie-

ren sowie erzählen absolut schlüssig und bleiben dabei immer angemessen selbstkritisch. Außerdem entbehrt Ihr Bericht nicht einer gewissen inneren Logik.
BG: Wie sollten wir dann weiter vorgehen?
Dr. A: Alles, was Sie gesagt haben, beruht auf klarer Beobachtung und nüchterner Analyse. Also sollten wir die von Ihnen dargestellte fatale Verbindung zum russischen Präsidenten unter dieser Prämisse betrachten, so unglaublich es im ersten Moment auch klingt. Sie sollten den Vorfall näher untersuchen.
BG: Wie denn?
Dr. A: Gute Frage. Wenn ich Ihre Akte richtig verstanden habe, wurden Sie 1989 von einem Schnellgericht in Ost-Berlin verurteilt und in den Maßregelvollzug der forensischen Psychiatrie eingewiesen.
BG: Richtig, unmittelbar nach dem Mauerfall, am späten Abend des 9. November.
Dr. A: Verhaftet hat Sie aber der spätere russische Präsident, der dem damals noch nicht aufgelösten sowjetischen KGB angehörte?
BG: Genauso war´s.
Dr. A: Dann müssten theoretisch irgendwelche Verbindungen oder Nachweise über die Kooperation von ostdeutschen und sowjetischen Behörden in dieser Sache aktenkundig sein. Denn wenn Sie ein Schnellgericht der DDR verurteilt hat, nachdem Sie zuvor durch einen sowjetischen Geheimdienstler verhaftet wurden, muss dieser Sie am gleichen Tag an die ostdeutschen Behörden überstellt haben.
BG: Guter Gedanke. Ich bin mir auch ziemlich sicher, wer damals auf ostdeutscher Seite in dieser Sache alle Fäden in der Hand gehalten hat.
Dr. A: Jetzt bin ich gespannt.
BG: Markus Wolf.
Dr. A: Generaloberst Markus Wolf, der Leiter des Auslandsnachrichtendienstes der Stasi?
BG: Genau der. Er war damals offiziell im Ruhestand, mischte aber in Wirklichkeit noch ganz oben tatkräftig mit. Er hat mich sogar einmal persönlich verhört.

Dr. A: Das ist schlecht.
BG: Warum?
Dr. A: Der Mann ist tot. Schon seit 2006. Den können wir nicht mehr fragen.
BG: Dann müssen wir seine Verbindungen zum KGB auf anderem Wege untersuchen.
Dr. A: Gute Einstellung, nie aufgeben. Es sollte möglich sein, mehr darüber herauszufinden. Bekanntermaßen haben Stasi und KGB damals in vielen Bereichen eng zusammengearbeitet.
BG: Markus Wolf hat im Spätherbst 1989 allem Anschein nach seine eigene Agenda verfolgt. Dabei muss er eine ganze Reihe von Personen des öffentlichen oder geheimen Lebens im ehemaligen Ostblock kontaktiert und mitunter auch manipuliert haben. Es fragt sich nur, ob dazu heute noch schriftliche Dokumente existieren.
Dr. A: Genau das gilt es herauszufinden. Also, an die Arbeit.
BG: Ich habe nur Angst, dass ich mich in etwas verrenne, was der Überprüfung in der Realität nicht standhält. Dann würde ich wieder in der Sackgasse einer Psychose landen.
Dr. A: So dürfen Sie nicht denken. Wenn Sie schriftliche Notizen oder andere Zeugnisse finden, die persönliche Kontakte oder Kooperationen zwischen dem seinerzeitigen Spionage-Chef der DDR und dem späteren russischen Präsidenten belegen, sind wir einen großen Schritt weiter. Vielleicht ergeben sich aus Ihren Recherchen die Namen weiterer Schlüsselfiguren, die rund um Ihre Verhaftung sowie die Ermordung Ihrer Freundin eine Rolle spielten.
BG: Die ich dann befragen könnte, um weiteres Licht in dieses Dunkel zu bringen. Der Ansatz gefällt mir.
Dr. A: Dann haben wir also einen Plan?
BG: Im Grunde ja, aber…
Dr. A: Was haben Sie noch auf dem Herzen?
BG: Zwei Themen, erstens: der Ministerpräsident des Landes Thüringen, ein führendes Mitglied der Linken. Wie kann es sein, dass ein solcher Mensch Chef der Regierung eines Bundeslandes im wiedervereinigten Deutschland ist und sich die etablierten Parteien des alten Westens um Koalitionen mit dem Mann bemü-

hen? Hat der alte Osten etwa doch gewonnen oder halluziniere ich vielleicht?

Dr. A: Sie haben auch in diesem Fall keineswegs Wahnvorstellungen. Der Mann ist für viele ein Ärgernis.

BG: Aber er bleibt umworben. Hat sich der Kommunismus also doch durchgesetzt?

Dr. A: Hat er nicht. Die Menschen vergessen nur leider viel zu schnell, welche Gefahr für die Demokratie von einem ideologisch-autoritären System ausgeht.

BG: Das zu hören, dämpft meine Besorgnis nicht gerade. Wenn der Kommunismus aber keinen Auftrieb hat, frage ich mich, wie der russische Präsident als ehemaliger Scherge des sowjet-kommunistischen Systems eine solche Bedeutung erlangen konnte.

Dr. A: Weil er dessen Prinzipien längst abgeschworen hat. Dem Mann geht es ausschließlich um die Ausübung absoluter autoritärer Macht durch Angst und Schrecken nach dem Vorbild des alten sowjetischen Machtapparates und seines Geheimdienstes. Deshalb hat er längst einen Nachfolger des KGB installiert, den sogenannten FSB, gleiches Prinzip, nur ein anderes Etikett.

BG: Verstehe, mit Ideologie oder Idealismus hat das nichts zu tun. Das sind einfach nur Gewaltverbrecher.

Dr. A: Sie sagen es. Und Ihr zweites Problem?

BG: Ich werde verfolgt.

Dr. A: Das hört sich nicht gut an. Sie wissen, warum ich das sage?

BG: Ja, klares Symptom einer Psychose. Leider genau das, was ich befürchtet habe. Aber ich habe nun einmal diesen Eindruck.

Dr. A: Können Sie das konkreter beschreiben?

BG: Es war immer derselbe Mann. Erst war er in der Straßenbahn und stieg mit mir aus, dann betrat er einen Tag später nach mir den Supermarkt. Und als ich letztens aus dem Fenster gesehen habe, stand er unten am Bordstein auf der gegenüberliegenden Straßenseite und blickte durch ein Fernglas hinauf zu meiner Wohnung.

Dr. A: Sind Sie sicher, dass das wirklich so war?

BG: Eben nicht. Ich habe Angst, dass ich mir das eingebildet habe und etwas sehe, was nicht da ist.

Dr. A: Das glaube ich wiederum nicht.

BG: Warum nicht?
Dr. A: Lassen Sie mich mit einer Gegenfrage antworten: Sehen Sie mich?
BG: Ja, selbstverständlich.
Dr. A: Wer hält sich außer mir noch in diesem Raum auf?
BG: Ich selbst.
Dr. A: Und sonst?
BG: Niemand, das sieht man doch.
Dr. A: Nimmt an unserer Unterhaltung gerade noch jemand anderes teil?
BG: Herr Doktor, ich bitte Sie. Wir wissen beide, dass wir allein sind.
Dr. A: Eben. Sehen Sie, damit ist es ziemlich offensichtlich, dass Sie unter keinen schweren Wahnvorstellungen leiden. Sie halluzinieren nicht, Sie sehen niemanden, der nicht da ist, und Sie hören auch keine Stimmen.
BG: Also glauben Sie mir, dass ich verfolgt werde?
Dr. A: So weit würde ich nicht gehen. Sie haben zwar keine Symptome einer schweren Psychose, aber eine leichte Überinterpretation Ihrer Wahrnehmung könnte gegeben sein.
BG: Inwiefern?
Dr. A: Ich denke, dass Sie mehrfach einen Mann gesehen haben und dass dieser Mann wirklich da war. Es muss aber nicht zwangsläufig immer der gleiche Mann gewesen sein, vielleicht sahen sich die Männer nur ähnlich oder trugen ähnliche Kleidung. Im letzten Fall, den Sie geschildert haben, war das Gesicht des Mannes sogar hinter einem Fernglas verborgen, Sie konnten ihn also gar nicht eindeutig identifiziert haben.
BG: Es wäre möglich, dass es nicht immer der gleiche Mann war, das muss ich einräumen. Aber die Sache mit dem Fernglas war schon etwas merkwürdig, finden Sie nicht?
Dr. A: Man darf solche Einzelbeobachtungen nicht überbewerten. Vielleicht hatte er das Fernglas neu gekauft und wollte es ausprobieren. Oder vielleicht war er ein eifersüchtiger Ehemann, der ein untreues Paar in der Wohnung neben Ihnen beobachtete…
BG: …oder vielleicht wollte er einfach mehr über mich herausfinden.

Dr. A: Möglich ist grundsätzlich fast alles. Nur müsste man sich in diesem Falle fragen, warum er Sie beobachten sollte? Sind Sie eine Person des öffentlichen Lebens und daher von allgemeinem Interesse? Oder vielleicht wohlhabend und damit ein lohnendes Opfer für eine Entführung oder einen Raubüberfall? Oder ein Erfinder, dessen Ideen man stehlen könnte?
BG: Sie wissen, dass nichts von alldem zutrifft.
Dr. A: Dann gibt es auch keinen vernünftigen Grund, Sie zu beobachten und zu verfolgen.
BG: Vielleicht meine Vergangenheit?
Dr. A: Die ist abgeschlossen, die DDR ist längst Geschichte. Wenn Sie vor 30 Jahren zu Unrecht verurteilt worden sind, haben Sie die Ihnen heimtückischerweise zugedachte Rolle perfekt ausgefüllt und Ihre unberechtigte Strafe vollständig abgesessen. Jetzt braucht Sie niemand mehr und deshalb hat auch niemand einen Grund, Sie zu beobachten, selbst wenn das hart klingt.
BG: Irgendwie beruhigt es mich andererseits, denn es erscheint mir schlüssig.
Dr. A: Na sehen Sie, das bekommen wir schon wieder hin. Ich gebe Ihnen ein neues Rezept mit. Die Dosierung Ihrer Medikamente behalten wir erst einmal bei, damit sich die latenten Symptome einer leichten Psychose wieder vollständig zurückbilden.
BG: Glauben Sie, das funktioniert?
Dr. A: Aber gewiss, da habe ich schon schwierigere Aufgaben gelöst. Vielleicht können wir Ihre Medikamentendosis in 14 Tagen wieder etwas reduzieren. Möglicherweise wäre das sogar in einer Woche möglich, aber das geht leider nicht.
BG: Wieso nicht?
Dr. A: Ich habe ein verlängertes Wochenende geplant und fahre mit meinem Sohn zu einem Segeltörn ans östliche Mittelmeer. Da ist das Wetter noch ziemlich gut, frische Winde und milde Temperaturen. Lassen Sie sich von meiner Sekretärin einen Termin heute in zwei Wochen geben, dann sehen wir weiter.

Diagnostische Notizen Dr. A:

- Patient BG zeigt Symptome der Verfestigung einer leichten Psychose.
- Verfolgungswahn verstärkt sich, allerdings ohne halluzinatorische Komponente.
- Wahrnehmung wird selbstzentrierter, die Beobachtung der Umwelt krankhaft ich-bezogener.
- Gleichzeitig empfänglich für diagnostische Hinweise.
- Nach wie vor hohe Bereitschaft zur Selbstkritik.
- Zweifelt eigene Beobachtungen permanent an, dabei durchaus vernünftige eigene Bewertungen.
- Fallspezifisch typische Orientierungslosigkeit.
- Projektion persönlicher Traumata auf historische Persönlichkeiten.
- Hält den russischen Präsidenten für den Mörder seiner Freundin.
- Macht vergangene System-Antagonisten verantwortlich für reale Probleme und Missstände der Gegenwart.
- Insgesamt dennoch ein gut therapierbares Krankheitsbild.
- Deshalb Anregung zu weiteren Recherchen gegeben.
- Selbst gewonnene Erkenntnisse sollen zu einer gesünderen Einordnung sowohl zeitgeschichtlicher als auch persönlicher Ereignisse in Vergangenheit und Gegenwart führen.
- Weitere Ausschleichung der Medikation vorerst gestoppt.
- Verzögerung sinnvoll.
- Starke Reduzierung der Dosierung birgt in diesem Fall hohes Risiko des Abgleitens in eine schwere Psychose mit massiver kognitiver Verwirrung, die drastischere Maßnahmen bis hin zu einem dauerhaften Klinikaufenthalt nötig machen könnten.

26. Oktober 2020

Dieser Grün war schlimmer als ein Bluthund. Der Mann ließ nicht locker. Verärgert schob der Präsident den vor ihm liegenden Bericht beiseite.
Montage waren schon vor 31 Jahren in der DDR nicht unproblematisch. Möglicherweise hatte sich seitdem nicht viel geändert. Immer wieder gab es Ärger, der mit Grün zusammenhing.
Doch immerhin konnte der Präsident heute auf mehrere tausend Mitarbeiter zurückgreifen, von denen einige ziemlich kompetent und technisch bestens ausgerüstet waren. Deshalb lag ihm jetzt dieser Gesprächsmitschnitt der letzten Therapiesitzung seines persönlichen Problemfalles vom vergangenen Freitag vor.
So war der Präsident gewarnt und wusste, was der Mann vorhatte. Und das war leider nichts Gutes.
Deshalb musste er Grün unbedingt ausschalten, bevor er schweren Schaden anrichtete. Nur wie? Konzentriert blätterte er im Ausdruck des Tonprotokolls aus der Praxis Dr. Altenburgers. Diese Psychoheinis waren selten hilfreich.
Im Grunde ermunterte der Doktor seinen Patienten geradezu, noch tiefer zu graben und immer mehr Schmutz aus der Vergangenheit zutage zu fördern. Wie sollte man darauf am besten reagieren?
Zum Schluss las der Präsident die diagnostischen Notizen. Plötzlich schlug er sich mit der Hand an die Stirn. Hier, ganz unten, in der letzten Zeile. Da stand sie doch, die Lösung seines Problems, nach der er so verzweifelt gesucht hatte.
Nach und nach nahm ein Plan in seinem Kopf Gestalt an. Er nickte langsam mehrmals vor sich hin. Das sollte funktionieren. Doch dazu brauchte er internationale Schützenhilfe. Nur konnte er sich die leider nicht besorgen, ohne seine alte Weggefährtin einzuschalten. Er griff zum Telefonhörer und drückte auf die Kurzwahltaste für das Bundeskanzleramt.
Wie zu erwarten war die Kanzlerin wenig erfreut, seine Stimme zu hören. „Ich brauche keine weiteren Probleme“, bellte sie in den Hörer, kaum dass er seinen Namen genannt hatte.
„Da sind wir schon zwei“, erwiderte der Präsident mit aufrei-

zender Gelassenheit und fügte hinzu: „Ich will keine Probleme schaffen, sondern eines lösen."
„Dann mach das bitte, ohne mir die Zeit zu stehlen."
„Schon gut, du brauchst nicht aktiv zu werden. Ich wollte dich nur informieren und bitten, dein Einverständnis zu bestätigen, wenn du gefragt wirst."
„Einverständnis womit?", wollte die Kanzlerin wissen. „Und wer sollte mich fragen?"
„Die Russen. Die könnten sich bei dir nach meinem Vorgehen und deiner Haltung dazu erkundigen."
„Vorsicht, ganz dünnes Eis. Mit den Russen arbeiten wir nicht mehr nachrichtendienstlich zusammen. Das könnte ich vor unseren Partnern in der Nato nicht rechtfertigen."
„Dort soll das auch niemand erfahren, wir werden ganz diskret vorgehen."
„Warum kommen mir solche Beteuerungen so wenig glaubhaft vor?"
„Wir haben kaum eine andere Wahl. Die Russen müssen uns helfen. Es geht wieder um Berthold Grün."
Die Kanzlerin schnappte hörbar nach Luft. „Hast du dieses Problem immer noch nicht selbst gelöst?"
„Ich bin dabei, deshalb rufe ich an. Grün erinnert sich wieder an den Mord an seiner Freundin sowie an den Täter."
„Dann ist das tatsächlich ein Problem, von dem die Russen wissen sollten."
„Schon, aber es ist auch unser Problem."
„Inwiefern?"
„Berthold Grün hat verstanden, dass er den Mörder von damals heute in dessen Eigenschaft als russischer Präsident kaum zur Rechenschaft ziehen kann. Deshalb will er ausgehend von dieser Täterschaft recherchieren, wer damals noch seine Finger im Spiel hatte."
„Woher weißt du das?"
„Glaub mir, du willst keine operativen Details kennen."
„Stimmt", bestätigte die Kanzlerin. „Aber in jedem Fall wäre es fatal, wenn der Mann tiefer gräbt und die alten Geschichten von damals ans Licht der Öffentlichkeit bringt."

„Ich sehe, wir verstehen uns.“
„Das will ich hoffen“, zischte die Kanzlerin. „Aber nur, damit wir uns wirklich richtig verstehen: Keine weiteren Morde, auch nicht an Grün. Der Typ muss diskreter aus dem Verkehr gezogen werden, du solltest hier endlich mehr Fingerspitzengefühl zeigen.“
„Ich habe mir gedacht, dass du das sagen wirst.“
„Du wirst doch auf deine alten Tage nicht noch dazulernen? Sag das bitte den Russen, kein Polonium und auch kein anderes Nervengift. So eine Schweinerei wie in Großbritannien können wir hier nicht gebrauchen, das würde in Deutschland einen handfesten Skandal geben, den wir kaum kontrollieren könnten.“
„Keine Sorge.“
„Und das aus deinem Mund. Hätte ich dich doch vor 30 Jahren nie in mein Ferienhaus gelassen.“
„Ich sage dir immer noch das Gleiche“, beharrte der Präsident. „Jetzt hängst du mit drin und musst mitspielen, ob du willst oder nicht.“
„Leider richtig. Aber wenn schon, dann zu meinen Regeln. Nie wieder lasse ich mir von dir oder anderen Typen sagen, wo´s langgeht.“
„Ja, schon klar. Ich hab´s verstanden. Du kannst beruhigt sein, die Russen werden nicht einmal deutschen Boden betreten.“
„Ich kann mir zwar nicht vorstellen, wie du das hinbekommen willst, aber ich verlasse mich auf dein Wort. Wenn wieder etwas schiefgeht, haftest du dafür.“
„Wenn ich hafte, haftest du mit“, drohte der Präsident. „Buchstäblich.“ Doch das hörte seine Gesprächspartnerin nicht mehr. Sie hatte nach ihren letzten Worten aufgelegt. Grußlos.

29. Oktober 2020

Berthold war wieder im Supermarkt. Er fühlte sich in den letzten Tagen zunehmend besser. Der Gedankenaustausch mit Dr. Altenburger hatte ihm gutgetan.
Manche Schrecken wurden offensichtlich kleiner, wenn man darüber sprach. Auch sein Hormonhaushalt schien durch die weitere Medikamenteneinnahme besser ins Gleichgewicht geraten zu sein. Er fühlte sich emotional gefestigter.
Außerdem hatte er nicht mehr den Eindruck, verfolgt zu werden. Niemand in seiner Nähe fiel ihm auf, der mehrfach aufgetaucht sein könnte. Zwar trugen die Menschen in der Öffentlichkeit mit immer stärker zunehmender Konsequenz Masken und er konnte sich nicht sicher sein, wer sich dahinter verbarg, aber er ließ sich von solchen Gedanken nicht irritieren.
Für ihn war das ein ermutigendes Zeichen. Seine leichte Psychose schien sich zu bessern.
Auf den Gedanken, dass es ein ganzes Überwachungsteam geben könnte und dieses sich in den letzten Tagen noch vergrößert hätte, kam er nicht. Doch auch das wäre eine mögliche und nicht unrealistische Erklärung dafür gewesen, dass er keine Person, die ihn beobachtete, mehrfach ausmachen konnte. Die Maskenpflicht spielte seinen Beschattern tatsächlich in die Hände.
Eben auch in diesem Supermarkt. Berthold kaufte gerade wieder eine kleine Flasche Veuve Clicquot. Für Lina.
Bestärkt durch seinen neu gewonnenen Optimismus hatte er sie für den Abend in sein kleines Apartment eingeladen. Nach anfänglichem Zögern ob seiner vorherigen Zurückhaltung hatte sie zu seiner Freude zugesagt und ihre Mutter wieder als Babysitterin für den Abend engagiert.
Den Champagner fand Berthold im Regal diesmal ohne Beratung wieder. Jetzt schob er seinen Einkaufswagen zur Käsetheke und ließ sich verschiedene Rohmilchkäsesorten heraussuchen. Frisches Brot hatte er vorher beim Bäcker erstanden.

Mit nur wenigen Minuten Verspätung klopfte Lina am Abend an seine Tür. Sie staunte nicht schlecht, als sie den edlen Champag-

ner, Trauben, Käse und Baguette auf Bertholds kleinem Esstisch entdeckte, eingerahmt von zwei roten Kerzen, die er eigens für diesen Anlass besorgt hatte und gerade entzündete.
„Sogar beim Friseur warst du“, lächelte Lina anerkennend. „Richtig modern, der Schnitt. Aus dir kann noch etwas werden.“
Berthold lächelte verlegen zurück. Auch ihm gefiel, was er sah. Sie hatte sich eine kleine Schleife in ihr kurz geschnittenes dunkles Haar gebunden und in ihren braunen Augen spiegelten sich dezente Lichtreflexe des Kerzenscheins. Unter dem gemusterten Stoff der durchsichtigen Ärmel ihrer Bluse schimmerte leicht olivfarbene Haut.
„Setz dich, dann ist das Bild perfekt, das dieses Zimmer abgibt.“
Berthold schob den Stuhl an Linas Platz zurecht.
Mit offensichtlichem Genuss kostete sie von den Trauben, dem Käse und dem Brot. Auch den Veuve Clicquot verachtete sie nicht. Berthold hielt beim Essen gut mit, nippte aber nur zweimal kurz an seinem Champagnerglas.
Er fürchtete immer noch die Wechselwirkung mit seinen Medikamenten. Lina nickte verständnisvoll, als er es ihr erklärte. Dann erzählte sie von ihrer Tochter, ihrer Mutter und von ihrem Vater, der die kleine Familie verlassen hatte, noch bevor sie damals eingeschult wurde.
Auch der Vater ihres Kindes habe das Weite gesucht, sobald sie schwanger wurde, berichtete Lina. Er wollte keine Verantwortung übernehmen, war selbst noch sehr jung und fürchtete um seine Freiheit. Sie und ihre Mutter hätten kein Glück mit Männern. Das müsse in der Familie liegen, meinte sie.
„Verstehe ich nicht“, erwiderte Berthold. „Jeder Mann sollte sich glücklich schätzen, mit einer Frau wie dir zusammen sein zu dürfen.“
„Vielleicht wissen so etwas erst ältere Männer zu schätzen“, antwortete sie mit kokettem Augenaufschlag.
„Möglich“, entgegnete er zurückhaltend. „Doch ältere Männer tragen manchmal einen schwereren Ballast mit sich herum, wenn ihre Lebensgeschichte nicht ganz geradlinig verlaufen ist.“
„Deshalb muss man mit älteren Männern mehr Geduld haben.“ Lina lächelte verhalten. „Aber vielleicht lohnt sich die Geduld. Zumindest wirkst du heute sehr entspannt.“

„Langsam habe ich wieder ein Ziel, auf das ich hinarbeiten kann.“ Und dann erzählte Berthold von seinen Recherchen zum russischen Präsidenten und dessen Verwicklung in sein persönliches Schicksal, ohne zu sehr auf die grausigen Details einzugehen. Doch Lina verstand auch so genug. Mit offenem Mund starrte sie Berthold an. „Das war bestimmt nicht leicht für dich, darüber zu sprechen. Aber bei allem Leid, das dir widerfahren ist, finde ich es schön, dass du dich mir öffnest. Ich möchte dir gerne helfen.“
„Wie denn?“
„Lass uns zusammen weiter recherchieren.“
„Jetzt gleich?“
„Warum nicht?“
„Ich will dich in diese Sache nicht mit hineinziehen. Schon viel zu viele Menschen haben darunter gelitten.“
„Ach, was soll da passieren? Das ist doch jetzt alles über 30 Jahre her.“
„Man kann nie wissen.“
„Nun komm schon, du willst doch dein Schicksal wieder selbst in die Hand nehmen. Also kannst du dir auch von mir helfen lassen. Schließlich bin ich deine ehrenamtliche PC-Beraterin.“ Kurzentschlossen stand Lina auf und trug ihren Stuhl an Bertholds PC-Platz. Dem nicht viel anderes übrig blieb, als ihr mit seinem Stuhl zu folgen.
Nach wenigen Sekunden ertönte ein melodisches Startsignal, als Lina das Gerät einschaltete. Schon nach kurzer Zeit pfiff sie durch die Zähne. „Sieh mal einer an. Stasi-Chef Erich Mielke hat dem späteren russischen Präsidenten in seiner damaligen Eigenschaft als Mitarbeiter der Dresdner KGB-Filiale die Verdienstmedaille der Nationalen Volksarmee verliehen.“
Berthold reckte den Kopf nach vorne und las am Bildschirm mit. „Das war ein Jahr vor dem Mauerfall. Und weil er in der zweiten Reihe nur im Rang eines Majors stand, gab es auch bloß die Ausgabe in Bronze.“
„Immerhin können wir daraus entnehmen, dass eine gewachsene und vertrauensvolle Verbindung zwischen der Stasi und dem sowjetischen KGB-Offizier existierte, der gute zehn Jahre später russischer Präsident wurde“, gab Lina zu bedenken.
„Und der meine damalige Freundin erschoss und mich verhaftete.“

„Das auch. Wichtiger ist aber die Erkenntnis, dass der Typ vor dem Mauerfall Erich Mielke kennengelernt hatte. Damit ist ein Kontakt zu Markus Wolf naheliegend, denn Mielke war dessen Chef."
„Ist ein solcher Kontakt denn aktenkundig?"
„In den hier vorliegenden Quellen nicht direkt. Indirekt kann man ihn aber daraus ableiten."
„Inwiefern?"
„Der spätere russische Präsident hatte damals nicht nur eine KGB-Lizenz, sondern auch einen waschechten Stasi-Ausweis." Lina scrollte die Dokumente auf dem Monitor weiter herunter. „Das war absolute Verschlusssache und wurde erst kürzlich in den Archiven entdeckt. Nach seiner Rückkehr nach Sankt Petersburg im Jahr 1990 verpasste man ihm dort sogar den Spitznamen ´Stasi´. Die beiden osteuropäischen Dienste müssen damals eng zusammengearbeitet haben."
„So hat der Giftzwerg also Markus Wolf kennengelernt." Berthold nickte bedächtig. „Mit wem haben die beiden noch zusammengearbeitet? Geben die Quellen dazu etwas her?"
„Bis heute ist kein Spitzel im Westen aufgeflogen, der für den russischen Präsidenten in seiner Zeit beim KGB spioniert hat, ist hier zu lesen. Staatsschützer sind sich sicher, dass so mancher von ihnen nach wie vor Informationen und noch viel mehr nach Moskau liefert."
„Wer sollte das sein?"
„Genau das gilt es herauszufinden. Aber in dieser Frage komme ich nicht richtig weiter."
„Lass mich noch einmal sehen."
Lina stand auf und goss sich das letzte Glas Champagner ein. Mit frustriertem Blick beobachtete sie, wie Berthold versonnen auf den Bildschirm starrte. Gelegentlich drückte er einige Tasten. Auf Linas mehrmaliges Räuspern reagierte er nicht. Nachdem sie ihr Glas viel zu schnell geleert hatte, ging sie umso langsamer in den Hausflur und schloss leise die Tür hinter sich.

31. Oktober 2020

Die Lesebrille ganz vorn auf der Nasenspitze wirkte fehl am Platz. Davon abgesehen aber sah man Sven Altenburger den Psycho-Doktor nicht an. Vielmehr wirkte er in weißen Shorts, Segeltuchschuhen und T-Shirt wie einer von Tausenden von Seglern, die in diesem Herbst den frischen Wind nutzten, der um die griechischen Inseln wehte. Mit seinem braunen Vollbart sah er fast wie ein richtiger Seebär aus.
Der Drei-Tage-Bart seines Sohnes war etwas heller und luftiger geschnitten. Auch die Kleidung des jungen Mannes war weniger segel-typisch. Mit der abgeschnittenen Jeans, geblümtem Hemd und Strohhut hätte er genauso gut an jeden Touristen-Strand gepasst. Und dort mit seiner schlanken Figur, außerdem ein ganzes Stück größer als sein Vater, auch die Blicke der einen oder anderen Urlauberin auf sich gezogen.
Doch das wollte Jan Altenburger überhaupt nicht. Er hatte gerade eine ziemlich anstrengende Beziehung hinter sich und war froh, einfach nur seine Ungebundenheit zu genießen. Das konnte man mit seinem alten Herrn eigentlich ziemlich gut. Die Ehe seiner Eltern war schon vor vielen Jahren in die Brüche gegangen und sein Vater führte seitdem ein sehr entspanntes Privatleben.
Sven Altenburger wiederum war dankbar für die Zeit, die er mit seinem Sohn verbringen konnte. Weil er durch die Scheidung von seiner Frau auch einen Teil der Jugend des Sohnes verpasst hatte, musste er einiges nachholen. Zumal der Junge dem Vater nie Vorwürfe wegen der Vergangenheit gemacht hatte, waren es für beide angenehme Stunden.
Gerade ankerten sie mit ihrer kleinen Yacht, die sie für fünf Tage gemietet hatten, östlich von Rhodos. Der lebhafte Wind des Tages, der ihr Boot schnell vorangetrieben hatte, war wie so oft in diesen Breiten gegen Abend abgeflaut.
Bei einer angenehmen Außentemperatur von 21 Grad Celsius aßen sie auf dem Vordeck frisch gegrillten Fisch, den sie tagsüber im Meer geangelt hatten. Dazu gab es Weißbrot und Salat. Jan trank eisgekühltes Bier, sein Vater Weißwein.
„Ich habe über ein Auslandssemester nachgedacht“, erzählte

Jan. „Aber ich glaube, ich bleibe doch lieber in Köln. Du weißt schon, meine ganzen Freunde sind da, ich fühle mich dort ziemlich wohl."
„Deine Entscheidung. Gewiss hat ein Auslandsaufenthalt seinen Reiz, wenn man Politik studiert. Aber ich freue mich selbstverständlich ebenso, wenn du in der Nähe bleibst und wir uns ab und zu sehen können."
„Sehr entspannte Haltung, du könntest mein Vater sein…" Plötzlich hob Jan die Hand vor die Augen und spähte zum Horizont. „Was wollen die denn da?"
Mit hoher Geschwindigkeit kam ein Zodiac auf sie zugeschossen. Jetzt sah Vater Sven das graue Schlauchboot mit dem versteiften Mittelteil und zwei PS-starken Außenbordmotoren auch. Und die Sturmgewehre, die die vier Männer an Bord schussbereit in den Händen hielten.
Sven Altenburger kannte die Waffen aus einer Fernsehdokumentation, die er einmal gesehen hatte. Wenn man die Einzel-Schuss-Funktion einstellte, war man damit aus großer Entfernung ziemlich treffsicher. Legte man dagegen den Hebel auf Schnellfeuer um, konnte man in Sekundenschnelle 150 Geschosse in sein Ziel entleeren.
Der Neurologe musste schlucken und hatte Mühe, seine aufkommende Panik zu unterdrücken. Piraten waren in diesen Gewässern eher selten. Die Männer trugen außerdem keine Masken, um sich zu vermummen. Das verhieß nichts Gutes. Gingen sie etwa davon aus, dass es nach ihrem Zusammentreffen keine Zeugen mehr geben würde?
Was wollten diese Leute überhaupt von ihnen? Das Schiff? Das hätten sie doch viel einfacher abends am Liegeplatz stehlen können.
Kostbare Wertsachen gab es an Bord auch nicht. Eine Entführung würde sich ebenfalls nicht lohnen. Dr. Altenburger und sein Sohn waren nicht vermögend.
Sie würden den Zweck des Überfalls gleich erfahren. Das Schlauchboot ging längsseits. Die beiden Mieter der Yacht hatten keine Chance zu verhindern, dass die vier offensichtlich durchtrainierten Männer mit vorgehaltener Waffe an Bord kamen.

Ihre Gesichtszüge wirkten slawisch. Sie musterten Vater und Sohn eindringlich. Schließlich wandte sich derjenige, der der Anführer zu sein schien, an den jungen Jan Altenburger. Der Mann sprach deutsch, wenn auch mit einem Akzent, der russisch klang. Er sagte nur ein einziges Wort: „Mitkommen!“

Blitzschnell schob sich Dr. Altenburger vor seinen Sohn. „Nein, nehmen Sie bitte mich, aber lassen Sie den Jungen in Frieden.“

Der Anführer stieß den Vater unsanft mit dem Gewehr beiseite. Auf seinen Wink hin packten zwei seiner Männer Jan unter den Armen und zerrten ihn auf ihr Schlauchboot.

„Bitte…“, flehte Sven Altenburger.

„Wenn du tust, was wir sagen, geschieht dem Jungen nichts“, knurrte der Anführer. „Solltest du aber nicht kooperieren, dann…“ In einer unmissverständlichen Geste fuhr der Entführer mit der Handkante über seine Kehle.

„Ist schon gut, ich mache alles, was Sie wollen. Wo bringen Sie meinen Sohn hin?“

„Weit weg, dorthin, wo du keinen Zugriff hast.“

„Was soll ich tun, damit Sie ihn mir wiedergeben?“

„Wir melden uns bei dir, sehr bald. Nur so viel schon jetzt: Niemand darf erfahren, dass dein Sohn entführt wurde. Du musst ihn an der Universität abmelden und allen Leute erzählen, er habe sich für ein Auslandssemester in Amerika entschieden.“

„Ist in Ordnung, werde ich machen.“

„Sofort nach deiner Rückkehr. Ist besser für euch. Sonst ist er tot“, drohte der Entführer.

„Ja, aber wann kommt er zurück?“

„Wenn du alles erledigt hast, was wir von dir wollen. Es geht um deine Arbeit. Aber jetzt genug geschwätzt, du wirst von uns hören.“

Mit katzenhafter Geschmeidigkeit sprang der Anführer hinter Jan und seinen Leuten ins Schlauchboot. Kaum berührten seine Militärstiefel das Deck, brauste das Zodiac mit Vollgas davon.

Zurück blieb ein verzweifelter Sven Altenburger. Er fühlte sich völlig ratlos. Was sollte das alles bedeuten? Er konnte sich keinen Reim darauf machen.

Dann begann er langsam, wieder den einen oder anderen klaren

Gedanken zu fassen. Was ihm dabei in den Sinn kam, war alles andere als beruhigend.
Eigentlich musste man nur eins und eins zusammenzählen. Es ging um seine Arbeit, hatte der Anführer gesagt. Gesprochen hatte er mit russischem Akzent.
Dr. Altenburgers interessantester Patient war derzeit Berthold Grün. Der Mann, der wilde Geschichten über die Verbrechen des russischen Präsidenten in dessen Zeit als KGB-Offizier in der ehemaligen DDR vor dem Mauerfall erzählt hatte. Geschichten, die Dr. Altenburger zu psychotischen Symptomen erklärt und ins Reich der Phantasie verwiesen hatte.
Konnte es sein, dass er sich in diesem Falle geirrt hatte und dass das alles stimmte? War Grün möglicherweise noch klarer im Kopf, als er zunächst geglaubt hatte? Hatte er vielleicht deshalb gerade eine Spezialoperation des russischen Geheimdienstes erlebt?
Es sah fast danach aus.
Dr. Altenburger war sich sicher, dass er bald mehr erfahren würde. Mühsam führte er alleine alle nötigen Handgriffe aus, um die kleine Yacht zurück an die Anlegestelle des Vermieters zu bringen. Nach seinem Sohn würde niemand fragen, wenn er die Pacht bezahlte.

2. November 2020

Berthold saß allein in seinem kleinen Apartment. Lina hatte sich seit dem Wochenende rar gemacht. Der Grund dafür war ihm leider nur zu bewusst.

Er war am Donnerstagabend so in seine Recherchen im Netz vertieft, dass er Ninas Anwesenheit gar nicht mehr registriert hatte. Er hatte nicht einmal gemerkt, dass sie nach Hause gegangen war. Seine Entschuldigung hatte ihr offensichtlich nicht gereicht. Als er ihr am Samstagmittag einen Blumenstrauß vor die Tür gelegt hatte, hatte sie sich zwar artig per SMS bedankt, seine nachfolgende Einladung für den Sonntag aber abgelehnt.

Er solle sich erst einmal selbst darüber klar werden, welche Prioritäten er setzen wollte, hatte sie ihm geschrieben. Wieder per SMS. Telefonieren oder persönlich mit ihm sprechen wollte sie an diesem Wochenende nicht.

Sie habe Verständnis, meinte sie, dass er mehr über die Hintergründe seines Schicksals erfahren wolle. Aber einer solch fanatischen Obsession, wie er sie an den Tag lege, könne sie nicht folgen. Wenn er sie und andere Menschen in seinem Umfeld wieder wahrnehme, könne man sich gerne erneut treffen. Doch das brauche wohl noch seine Zeit.

So ein Mist. Berthold ärgerte sich über sich selbst. Denn sie hatte ja recht. Dabei hatte er am Donnerstag nicht einmal mehr etwas Interessantes herausgefunden, nachdem Lina gegangen war.

Am Wochenende hatte er keine Lust, weiter zu recherchieren. Er fühlte sich frustriert und hatte die ganze Zeit überlegt, wie er bei Lina einen neuen Anlauf starten könnte. Doch dazu war ihm nichts eingefallen.

Also konnte er sich an diesem Montag genauso gut wieder an seinen PC setzen und versuchen, mit frischen Kräften etwas mehr als Donnerstagnacht herauszufinden. Doch immer noch stellte sich die Frage, wo er am besten ansetzen sollte.

Über den heutigen russischen Präsidenten hatte er so einiges herausgefunden. Mit dem Namen Markus Wolf aber kam er nicht weiter. Dass es zwischen den beiden damals Berührungspunkte gab, war zwar interessant, aber nicht wirklich überraschend.

Wer, so überlegte Berthold, spielte 1989 bei der unglückseligen Wendung seines Schicksals noch eine Rolle? Angefangen hatte alles mit diesem unsäglichen Pastor, der seinen Freund Gernot vor seinen Augen ermordet hatte. Mit einem Stein hatte er ihm einfach den Schädel eingeschlagen.

Was war das für ein Mann? Und was war in den letzten 30 Jahren aus ihm geworden? Krampfhaft versuchte Berthold, sich an den Namen des Pastors zu erinnern. Er grübelte und grübelte. Schließlich fiel er ihm wieder ein.

Als er den Namen in eine Suchmaschine im Netz eingab, erzielte er gleich eine große Anzahl von Treffern. Zwar hatte der Pastor keine so glanzvolle Karriere hingelegt wie der russische Präsident, aber auch dieser Mann hatte einiges in seinem Leben erreicht.

Nach dem Mauerfall war er gleich im Jahr 1990 zum Abgeordneten der DDR-Volkskammer gewählt worden. Noch im selben Jahr ernannte man ihn zum Vorsitzenden des Sonderausschusses zur Überprüfung der Auflösung des Ministeriums für Staatssicherheit.

Das war es doch, da war die Verbindung zu Markus Wolf. Zu einem Markus Wolf, der zuvor noch Stellvertreter des Ministers eben dieses Ministeriums war, Stellvertreter von Erich Mielke.

Wenn der Pastor die Auflösung des Stasi-Ministeriums überwacht hatte, musste er dabei unter Garantie auch mit Markus Wolf in Kontakt gekommen sein. Wenn es nicht schon vorher Kontakte gegeben hatte, was naheliegend war.

Jetzt fiel es Berthold wieder ein. Als er seinerzeit die verräterische Gisela mit ihren Stasi-Kontakten belauscht hatte, war auch der Name des Pastors gefallen. Der Mann war ebenfalls ein Informant der Stasi.

Ausgerechnet der sollte später die Auflösung dieses Vereins überwachen. Da hatte man buchstäblich den Bock zum Gärtner gemacht.

Es kam sogar noch schlimmer. Bereits im Oktober 1990 wurde er zum Sonderbeauftragten für die Verwaltung der Stasiunterlagen bestellt. Diesen Job behielt er 20 Jahre lang.

In dieser ganzen Zeit kam Markus Wolf ziemlich glimpflich

davon und war später sogar ein angesehener Bürger der Bundesrepublik Deutschland, der Bücher veröffentlichte und damit gutes Geld verdiente. Das konnte kein Zufall sein. Der Pastor und der ehemalige Chefspion der DDR hatten offensichtlich vor und nach der Wende effektiv zusammengearbeitet. Sogar über eine lange Zeit hinweg.

Doch welche Rolle spielte der Pastor in der Gegenwart? Berthold rief das nächste Dokument aus dem Netz auf. Als er es öffnete, kam er erneut aus dem Staunen nicht heraus.

Der Pastor war heute im Alter von 70 Jahren Präsident. Kein Staatspräsident, aber immerhin Präsident des Bundesamtes für Verfassungsschutz. Er war kurz vor dem Ruhestand, hielt aber nach wie vor die Fäden der Macht seines Amtes in der Hand.

Einmal Spion, immer Spion, dachte Berthold. Plötzlich kam ihm der Gedanke, beschattet zu werden, nicht mehr so abwegig und psychotisch vor.

Aber konnte so etwas wirklich sein? Es gab doch demokratische Institutionen. Würde die Bundesregierung das zulassen? Die Regierungschefin?

Als Berthold an die Kanzlerin dachte, entgleisten plötzlich seine Gesichtszüge. Jetzt endlich erinnerte er sich, woher er diese Frau kannte, die herabgezogenen Mundwinkel, der spröde Tonfall ihrer Stimme.

Sie war es, die Namenlose, die dem Pastor vor 31 Jahren den Stein reichte, mit dem er Gernot erschlagen hatte.

Fieberhaft tippte Berthold einige Suchbegriffe in die Tastatur seines PCs ein. Tatsächlich, da war sie, die gewünschte Bestätigung. Die heutige Bundeskanzlerin besaß 1989 ein Ferienhaus in Hohenwalde.

Es gab keinen Zweifel. Sie leistete damals dem Pastor Beihilfe zum Mord an Gernot. Auch wenn sie vermutlich nicht freiwillig in die Tat hineingezogen wurde, trug sie dennoch eine Mitschuld. So etwas schweißt zusammen, ob man will oder nicht.

Außerdem lebten diese Frau sowie der Pastor heute in Deutschland und waren somit deutscher Gerichtsbarkeit unterworfen. Anders als den russischen Präsidenten konnte man sie daher haftbar machen.

Auch wenn Berthold keine Illusionen darüber hegte, dass das unglaublich schwer oder gar unmöglich werden würde. Aber er wollte es wenigstens versuchen.
Selbst wenn ihm nicht alle Zusammenhänge klar waren und er nicht wusste, welchen Einfluss diese Vorgänge auf die Entwicklung der Bundesrepublik Deutschland in den letzten 30 Jahren gehabt hatten.
Er würde als Erstes am Freitag mit seinem Therapeuten darüber sprechen. Doch bis zu diesem Termin waren es noch vier Tage. Berthold konnte es kaum erwarten.

4. November 2020

Dr. Sven Altenburger saß hinter verschlossener Tür an seinem Schreibtisch. Als seine Sekretärin kurz zuvor einen Anruf aus dem Ausland durchstellte, hatte er sofort geahnt, worum es sich handelte und erklärte, dass er keinesfalls gestört werden wollte. Jetzt hielt er krampfhaft den Telefonhörer umklammert.
„Haben Sie getan, was wir Ihnen gesagt haben?", tönte die blecherne Stimme mit dem russischen Akzent aus der Leitung.
„Sie meinen…? Äh, Sie wollten mir doch noch sagen, was ich zu tun habe, damit mein Sohn wieder freikommt…"
„Idiot! Du solltest ihn an der Uni abmelden und erzählen, dass er ein Auslandssemester macht."
„Ach so, ja…, ja, das habe ich erledigt."
„Na gut, vielleicht bist du doch nicht so blöd."
„Ist mir egal. Wo ist mein Junge?"
„Ah, du bist wohl blöd. Das habe ich dir längst gesagt. An einem Ort, an dem du ihn nicht erreichen kannst."
„Wenn ich ihn nicht erreichen kann, will ich wenigstens wissen, ob es ihm gut geht", beharrte Dr. Altenburger.
„Noch geht es ihm gut, ja, er sitzt in einem schönen Bungalow mit Kiesstrand am Meer, Tag und Nacht streng bewacht. Er benimmt sich gut. Wenn du alles richtig machst, darf er vielleicht sogar Wasserski fahren."
„Ich will, dass er nach Hause kommt."
„Dazu musst du viel mehr leisten."
„Dann spucken Sie´s endlich aus. Was wollen Sie von mir?"
„Ich sehe, wir können ins Geschäft kommen", erwiderte der Entführer betont langsam. „Du hast da einen Patienten."
„Ich habe viele Patienten."
„Jetzt stellst du dich wieder blöd, das mag ich nicht. Soll ich dir erst ein Ohr von deinem Sohn schicken, damit du besser zuhörst? Du weißt genau, wen ich meine, diesen Grün."
„Grün, ja, Berthold Grün, genau." Dr. Altenburger fing an zu schwitzen. In diesem Augenblick begannen sich seine schlimmsten Befürchtungen zu bestätigen.
„Na siehst du, geht doch. Dein Berthold ist ziemlich verrückt.

Und du möchtest nicht, dass er noch verrückter wird."
„Genau deshalb bin ich Arzt geworden."
„Es interessiert mich nicht, warum du Arzt geworden bist. Jedenfalls ist der Typ ordentlich verrückt. Er erzählt viel Mist über unseren Präsidenten."
„Ihren Präsidenten? Welchen Präsidenten?"
„Komm schon, jetzt stellst du dich wieder blöder, als du bist. Wir sind Russen, das wirst du kleiner Schlaukopf längst gemerkt haben. Also, von welchem Präsidenten reden wir wohl?"
„Vom russischen Präsidenten?"
„100 Punkte und eine Backpfeife für deinen Sohn. Aber eine, die sich gewaschen hat. Das weißt du doch alles, oder willst du mich für dumm verkaufen?" Der Entführer brüllte jetzt ins Telefon.
„Aber woher wollen Sie wissen, was Berthold Grün mir in unseren Therapiesitzungen erzählt. Das ist streng vertraulich und fällt unter das Arztgeheimnis. Davon sollte eigentlich niemand wissen."
„Vermutlich hast du dir schon gedacht, dass wir nicht irgendwelche Russen sind. Komm, ich verrate dir noch ein Geheimnis, wir sind vom russischen Geheimdienst FSB, dem Nachfolger des KGB. Deshalb wissen wir alles."
„Wieso sagen Sie mir das?"
„Damit du begreifst, dass du keine Chance hast und schneller spurst. Wir haben dich in der Hand, wir haben deinen Sohn in der Hand. Wenn du nicht tust, was wir sagen oder uns verrätst, bist du tot, genau wie dein Sohn."
„Schon gut, ich hab´s verstanden", resignierte Dr. Altenburger. „Also noch einmal: Was erwarten Sie von mir?"
„Um auf deinen Patienten zurückzukommen, diesen Grün. Er will seine kranken Phantasien überall herumerzählen, er stochert immer weiter in der Geschichte unseren Präsidenten. Das passt uns nicht, deshalb musst du das verhindern."
„Wie denn?"
„Also bitte, du bist doch ein studierter Mann. Etwas mehr Phantasie, bitte."
„Ich habe keinen blassen Schimmer, was Sie sich da vorstellen."
„Muss man dir denn alles vorkauen? Lies doch mal deine eigenen Protokolle."

„Die Protokolle meiner Therapiesitzungen? Worauf wollen Sie hinaus?“
„Wir haben sie gelesen. Daraus geht klar hervor, was du zu tun hast.“
„Wie bitte, Sie haben meine Protokolle gelesen? Das geht doch nicht, wie sind Sie denn daran gekommen? Das ist ein schwerer Verstoß gegen die Datenschutzbestimmungen.“
Ein blechernes Lachen klang durch den Hörer. „Der Datenschutz ist dein kleinstes Problem. Hast du das immer noch nicht begriffen? Oder sollen wir dir mal die Sterbeurkunde deines Sohnes schicken?“
„Nein, bitte nicht, aber wie soll ich Grün denn zum Schweigen bringen? Ich weiß wirklich nicht, ob ich der richtige Mann dafür bin. Glauben Sie nicht, dass Leute wie Sie so etwas viel besser können?
„Da hast du nicht ganz unrecht. Aber in diesem Fall bist eben doch du genau der richtige Mann. Denn unser Präsident will es diesmal nicht wie sonst, kein Gift, kein Blut, keine Schweinerei.“
„Wenn Sie es sagen. Also, wie soll´s ablaufen?“
„Na siehst du, jetzt kommen wir der Sache näher. Wir sind uns einig, dass Berthold Grün etwas durcheinander ist.“
„Ja, so könnte man es ausdrücken.“
„Aber völlig verwirrt ist er auch nicht, oder?“
„Stimmt, korrekte Einschätzung.“
„Deshalb könnte er uns gefährlich werden. Weil die Leute zum Teil auf das hören könnten, was er zu erzählen hat.“
„Schon möglich. Nicht ganz verkehrt gedacht.“
„Da haben wir aber Glück gehabt, dass du uns zustimmst. Damit dürfte klar sein, was zu tun ist.“
„Ehrlich gesagt nicht.“
„Ist bei dir der Groschen immer noch nicht gefallen? Wofür hast du eigentlich studiert? Also, ich sag´s dir: Du musst dafür sorgen, dass er noch verwirrter wird, so durcheinander, dass er kein vernünftiges Wort mehr sprechen und nichts mehr ausplaudern kann?“
„Wie soll ich das denn hinbekommen?“
„Bist du der Arzt oder ich? Du hast es doch selbst aufgeschrie-

ben. Du wolltest ihm weiter die volle Dröhnung Medikamente geben, damit er klar im Kopf bleibt."
„Ja, genauso werde ich's machen."
„Wirst du nicht, du Trottel", widersprach der Entführer. „Du wirst ihm gar nichts mehr geben."
„Aber dann dreht er buchstäblich durch. Entschuldigen Sie die unprofessionelle Ausdrucksweise."
„Schon in Ordnung, jetzt hast du's endlich begriffen. So soll es doch sein. Er soll komplett wahnsinnig werden."
„Aber das kann ich nicht machen. Das verstößt zu hundert Prozent gegen meinen hippokratischen Eid."
„Du kannst dir deinen dämlichen Eid sonst wohin stecken", schimpfte der Entführer. „Wenn du nicht genau das machst, was ich dir sage, schicke ich dir deinen Sohn in Einzelteilen nach Hause. Dann nützt dir deine ganze ärztliche Kunst nichts mehr. Den bekommst du nie wieder hergestellt."
„Ja, schon gut, ich tue, was Sie sagen. Erlauben Sie mir nur einen kleinen Verbesserungsvorschlag."
„Ich höre."
„Wenn ich die Medikamente völlig absetze, ist das zu auffällig. Sollte Berthold Grün ins Krankenhaus kommen oder in einer akuten Phase bei einem anderen Arzt landen, bekommt er dort wieder eine deutlich höhere Dosierung", erläuterte Dr. Altenburger. „Ich würde deshalb anregen, die Medikation drastisch zu reduzieren. Das würde eine ebenso schwere Psychose auslösen, aber erst viel später auffallen. Damit ist Ihren Absichten besser gedient."
„Hört sich vernünftig an, mach das genauso. Sofort, sonst ist dein Junge tot."
„Ich hab's verstanden. Ich kümmere mich gleich darum. Am Freitag kommt Grün zu mir, aber das wissen Sie vermutlich schon."
„Klar, wir lesen alles. Dazu noch eine letzte Warnung: Wir wollen dich ungestört weiter überwachen. Such also bloß nicht nach Wanzen, Trojanern oder Ähnlichem, sonst…"
„…ist mein Sohn tot, ich weiß."
Verzweifelt stützte Dr. Altenburger den Kopf in die Hände,

nachdem er den Hörer aufgelegt hatte. Es schien keinen Ausweg zu geben. Er musste den im wahrsten Sinne des Wortes wahnsinnigen Plan der Entführer umsetzen, sonst würde er Jan für immer verlieren. Das könnte er sich nie verzeihen.
Auch was er jetzt tun musste, würde er sich nie verzeihen. Nur blieb ihm keine andere Möglichkeit, seinen Sohn zu retten.
Er konnte sich zwar zusammenreimen, dass er auf der Krim gefangen gehalten wurde. Wie eine schnelle Internet-Recherche zeigte, gab es dort bei Jalta unmittelbar am Schwarzen Meer Bungalows mit Kiesstrand. Etwas hatten ihm die Entführer ungewollt also doch verraten.
Aber diese Erkenntnis nützte ihm nichts. Denn um Jan dort zu befreien, bräuchte er eine Armee. Die er eben nicht hatte. Dafür verfügten die Russen über Atomwaffen.

6. November 2020

Therapiegespräch zwischen Berthold Grün (BG) und Dr. Sven Altenburger (Dr. A), Psychiater und Neurologe, Alexius-Klinik Neuss

Beginn: 11:00 Uhr

Dr. A: Wie geht es Ihnen? Fühlen Sie sich immer noch verfolgt?
BG: Nein, das Gefühl, unter Beobachtung zu stehen, hat sich verflüchtigt.
Dr. A: Sehr gut, dann können wir Ihre Medikation weiter reduzieren.
BG: Auch wenn ich keine Verfolger mehr gesehen habe, will ich dennoch nicht ganz ausschließen, dass es welche gegeben haben könnte.
Dr. A: Woraus leiten Sie diese Annahme ab?
BG: Ich bin Ihrer Empfehlung gefolgt und habe in den letzten zwei Wochen viel recherchiert.
Dr. A: Vielleicht war das doch kein so guter Rat von mir.
BG: Ich glaube schon, denn ich bin auf eine Reihe weiterer interessanter Verbindungen gestoßen. Zunächst einmal hatte der russische Präsident in seiner Zeit als KGB-Offizier in Ostdeutschland enge Kontakte zur Stasi und damit auch zu Markus Wolf sowie Erich Mielke. Letzterer hat ihm damals sogar einen Orden verliehen.
Dr. A: Es könnte möglicherweise nicht gesund sein, die Person des russischen Präsidenten in diesem Zusammenhang überzubewerten. Und Orden wurden damals ziemlich inflationär vergeben.
BG: Das mag alles sein. Aber ich habe noch viel mehr herausgefunden.
Dr. A: Auch Fakten, die nicht mit dem russischen Präsidenten zusammenhängen?
BG: Kann man so sagen. Zumindest nicht unmittelbar.
Dr. A: Dann lassen Sie mal hören.
BG: Sie erinnern sich vielleicht noch, dass mein damaliger Freund aus der Bürgerbewegung in Leipzig von einem Pastor mit einem Stein erschlagen wurde?

A: Sie meinen den jungen Mann, mit dem Sie zusammen-ohnt haben?

Genau den. Der Pastor, der ihn ermordet hat, war seinerzeit als Spitzel für die Stasi tätig.

Dr. A: Was im Grunde genommen wenig überraschend ist.

BG: Mag sein. Aber jetzt raten Sie mal, wer dieser Pastor heute ist.

Dr. A: Keine Ratespiele, das passt nicht ins Therapiekonzept. Sagen Sie mir einfach, was Sie denken.

BG: Das ist kein bloßer Gedanke, das ist eine Tatsache. Der Mann ist heute Präsident des Bundesamtes für Verfassungsschutz.

Dr. A: Präsident…Bundesamt…Verfassungsschutz? Das erklärt einiges…

BG: Wie bitte?

Dr. A: Entschuldigen Sie, ich habe bloß laut gedacht…nein… nichts…gar nichts.

BG: Jetzt sind Sie baff, was? Das hätten Sie nicht für möglich gehalten, oder?

Dr. A: Ich hätte es eher nicht für möglich gehalten, dass Sie sich so tief in Ihre Verschwörungstheorien verstricken.

BG: Wie meinen Sie das?

Dr. A: Sehen Sie denn nicht das Muster? Immer sind es prominente Persönlichkeiten, die Sie mit Ihrem persönlichen Schicksal verwoben sehen. Erst ist es der russische Präsident, dann der Präsident des Bundesamtes für den Verfassungsschutz, das kann doch nicht sein.

BG: Sie denken also, ich phantasiere wieder?

Dr. A: Ich fürchte schon. Jedenfalls glaube ich, dass es Ihnen nicht bekommt, wenn Sie solche Ideen weiterverfolgen.

BG: Der Pastor hatte damals eine Gehilfin. Die ihm den Stein gegeben hat, mit dem er Gernot erschlagen hat. Und diese Frau ist heute Bundeskanzlerin.

Dr. A: Jetzt wird es völlig abwegig, hören Sie sich eigentlich selbst zu? Wissen Sie, was Sie da gesagt haben? So etwas kann sich kein vernünftiger Mensch einbilden.

BG: Aber wenn es doch so war? Ich habe noch mehr darüber im Netz herausgefunden und kann das auch belegen. Die heutige Bundeskanzlerin besaß damals tatsächlich ein Ferienhaus in Hohenwalde.

Dr. A: Das mag sein. Aber was wäre damit belegt?

BG: Im Garten eben dieses Hauses ist mein Freund Gernot seinerzeit mit einem Stein erschlagen worden. Das ist aktenkundig, das habe ich bereits vor über 30 Jahren zu Protokoll gegeben.

Dr. A: Nur hat man Ihnen das damals nicht geglaubt.

BG: Weil es ein Unrechtsstaat mit einer gelenkten Justiz war. Das hat sich doch heute geändert, oder?

Dr. A: Gewiss. Aber auch und gerade eine unabhängige Justiz in einem Rechtsstaat ist gehalten, die psychische Verfassung eines Zeugen zu bewerten, der strafrechtlich relevante Aussagen macht.

BG: Wollen Sie damit sagen, ich hätte mir das alles nur eingebildet?

Dr. A: Ich will damit sagen, dass Ihre Glaubwürdigkeit vor Gericht mit solchen Anschuldigungen gegen prominente Vertreter unseres Staates von vornherein erschüttert wäre. Die Anwälte der Gegenseite würden Ihre Aussagen bei Ihrer psychiatrischen Vorgeschichte in Stücke zerreißen. Außerdem fällt es schwer zu glauben, dass die Vorgeschichte all dieser Protagonisten der internationalen Politik von heute ausgerechnet in Ihrem persönlichen Schicksal vor 30 Jahren kulminiert.

BG: Aber was denken Sie denn?

Dr. A: Offen gestanden weiß ich nicht mehr, was ich glauben soll. Nur mir wird soeben klar, dass wir die Rollen getauscht haben. Das ist nicht in Ordnung.

BG: Inwiefern getauscht?

Dr. A: Eigentlich sollte ich die Fragen stellen und Sie müssten antworten. In diesen Modus sollten wir wieder zurückkehren.

BG: Sind meine Überlegungen wirklich so abwegig?

Dr. A: Was meinen Sie selbst dazu? Ganz nüchtern betrachtet. Sie sind doch ziemlich offen für eine objektive Selbstreflexion.

BG: Meine Selbstzweifel haben sich etwas reduziert. Es ist vielleicht gar nicht so unrealistisch, was ich herausgefunden habe. Berlin war seinerzeit als Stadt der Spione in Ost und West berüchtigt, da haben sich viele weltpolitisch relevante Ereignisse auf engstem Raum abgespielt, vor und hinter den Kulissen.

Dr. A: Und irgendwie waren Sie darin verwickelt, denken Sie, oder?
BG: Ist das denn auszuschließen? Warum bin ich wohl für 30 Jahre unschuldig in den Maßregelvollzug gekommen? Dafür könnte es doch ganz andere Gründe geben, die nicht in meiner Person liegen.
Dr. A: Viele Menschen sind in den letzten Tagen der DDR zu Unrecht verhaftet worden. Die waren auch nicht alle in dunkle Machenschaften der internationalen Politik verwickelt. Außerdem hatten wir uns darauf geeinigt, dass Sie nicht mehr mit Gegenfragen auf meine Gedankenanstöße reagieren wollten.
BG: Gut, dann sage ich eben nichts mehr.
Dr. A: Jetzt benehmen Sie sich bitte nicht wie ein beleidigtes Kind. Ich will damit nur zum Ausdruck bringen, dass alles viel einfacher sein könnte. Wäre es nicht eine nahe liegende Erklärung, dass die Stasi einen Sündenbock für die durch sie verübten Morde gesucht hat und Sie deshalb damals ins Gefängnis gesteckt wurden?
BG: Doch, schon.
Dr. A: Na also. Zur Begründung dieses Sachverhaltes müssen keine Bundeskanzlerinnen und Staatspräsidenten herhalten. Glauben Sie mir, es ist gesünder und verträglicher für Sie, wenn wir uns auf die unbestritten nachgewiesenen Fakten konzentrieren.
BG: Mag sein, ich weiß nicht. Dennoch lässt mich der Gedanke an die Verbindungen der seinerzeit handelnden Personen in Stasi und KGB nicht los, ob prominent oder nicht. Ich möchte gerne mehr darüber wissen und diese Fakten öffentlich im Netz diskutieren.
Dr. A: Meinetwegen, tun Sie, was Sie nicht lassen können. Aber eine Bitte hätte ich.
BG: Welche?
Dr. A: Warten Sie damit noch drei bis vier Tage, bis die Umstellung der Medikamente, die ich Ihnen jetzt verordne, erste Anzeichen von Wirkung zeigt.
BG: Was für eine Umstellung?
Dr. A: Wir werden Ihre Kombinations-Präparate aus Truxal und Dipiperon deutlich reduzieren.
BG: Was bedeutet das? Was sind das für Wirkstoffe?
Dr. A: Das sind Antipsychotika.

BG: Aber brauche ich diese Medikamente nicht eher in stärkerer Dosierung? Wenn Sie doch bei mir psychotische Symptome vermuten?
Dr. A: Das müssen nicht unbedingt Merkmale einer Psychose sein, die wir an Ihnen beobachten können. Es könnte sich auch um den Ausdruck einer depressiven Verstimmung handeln, wenn Sie die Erkenntnisse aus Ihren Recherchen so negativ bewerten und daraus eine Verschwörung ganzer Regierungsorganisationen ableiten.
BG: Wenn Sie meinen.
Dr. A: Im Gegenzug werde ich die Dosis Ihrer Antidepressiva erhöhen. Das sollte zu einer relevanten Stimmungsaufhellung führen, die Ihr Weltbild nicht mehr so düster erscheinen lässt. Sie werden sehen, dass es Ihnen wieder besser geht, wenn Sie nicht überall Ränke der Weltpolitik argwöhnen, in die Sie verstrickt sind.
BG: Da bin ich gespannt. Aber ein bisschen möchte ich noch über die Geschichte des Giftzwergs herausfinden, der russischer Präsident geworden ist. Und auch über die deutsche Bundeskanzlerin.
Dr. A: Ist in Ordnung, informieren Sie sich und diskutieren Sie im Netz darüber. Doch warten Sie damit bitte bis Mitte nächster Woche, hier ist Ihr Rezept. Wir sehen uns dann in 14 Tagen wieder hier bei mir in der Praxis.

Diagnostische Notizen Dr. A:

- Krankheitsbild des Patienten BG entwickelt sich diffuser.
- Selbstzentrierte Beobachtung der Umwelt sowie historischer Ereignisse und Persönlichkeiten der Weltpolitik verstärken sich bei gleichzeitig depressiven Einschlägen.
- Negative Sicht auf internationale Protagonisten mit Schuldzuweisungen für persönliches Schicksal.
- Einsichtsfähigkeit in eigenes Krankheitsbild nimmt ab.
- Patient BG geht davon aus, dass sein Verfolgungswahn abgeebbt ist.
- Gleichzeitig befürchtet er völlig realitätsfremde Bedrohungen der eigenen Person durch den russischen Staatspräsidenten, die deutsche Bundeskanzlerin sowie den Präsidenten des Bundesamtes für den Verfassungsschutz.
- BG will zu diesen Themen weiter recherchieren und öffentlich im Netz darüber diskutieren.
- Vor diesem Hintergrund erscheint eine Änderung der Strategie in der Therapie angezeigt.
- Ein wesentlicher Schwerpunkt sollte ab sofort auf der Behandlung mit Antidepressiva zur Korrektur eines negativen Weltbildes liegen.
- Gleichzeitig die Dosierung der Antipsychotika reduzieren.
- Vorgehen birgt zwar mittelfristig latente Gefahr psychotischer Überreaktionen, führt aber langfristig zu mehr Ausgeglichenheit und positiver Haltung gegenüber der Umwelt.

9. November 2020

Der Präsident des Bundesamtes für Verfassungsschutz las das Tonprotokoll der Therapiesitzung mit Berthold Grün vom vergangenen Freitag mit wachsender Anspannung. Wieder war es ein 9. November. Auch noch ein Montag. Und wieder drohte ein Super-GAU.

Schon am Wochenende hatte ihm sein Mitarbeiter Frank Kruse das vertrauliche Dokument mit dem Hinweis übermittelt, dass es sich hierbei um puren Sprengstoff handele. Leider hatte der Mann nicht übertrieben, wie der Präsident bei eingehender Lektüre hinter verschlossenen Türen in seinem Dienstzimmer an diesem Morgen feststellte.

Berthold Grün erinnerte sich immer mehr. Gleichzeitig recherchierte er effektiv die nötigen Fakten, um die Lücken in seinen Erkenntnissen zu schließen. So entstand ein Gesamtbild, das sich zu einer handfesten Regierungskrise auswachsen konnte, wenn es öffentlich würde.

Der Präsident machte sich keine Illusionen. Auch er würde das kaum unbeschadet überstehen.

Mit Sicherheit ahnte dieser dämliche Dr. Altenburger etwas. Doch die volle Tragweite des Sachverhaltes würde er nicht verstanden haben. Man konnte nur hoffen, dass die Russen dem Mann genügend Druck gemacht hatten.

Aber davon war auszugehen. Denn im Ausüben von Druck war der russische Geheimdienst schon immer Weltspitze. Ganz gleich, ob er nun KGB oder wie heute FSB oder auch SWR hieß. Der Präsident des Bundesamtes musste sich darauf einfach verlassen.

Andere konnten ihm an diesem Punkt sowieso nicht helfen. Schon gar nicht die Bundeskanzlerin. Er beschloss, sie diesmal gar nicht zu informieren. Die Frau würde ohnehin nichts zur Lösung des Problems beitragen und höchstens in Panik geraten. Ihre Vorhaltungen konnte er sich ersparen.

Doch ob die Veränderung der Medikation Berthold Grüns zu den gewünschten schweren Eintrübungen seines Bewusstseins führte, konnte der Präsident nicht beurteilen. Das Protokoll war in dieser Hinsicht etwas dünn.

Eigentlich konnte er das nicht hinnehmen.
Diese Maßnahme war immerhin seine letzte Verteidigungslinie. Der Präsident des Bundesamtes für Verfassungsschutz griff zum Telefon und ließ sich von seinen Technikern eine abhörsichere Leitung nach Moskau geben. Er musste dringend mit seinen Amtskollegen von FSB und SWR sprechen.

10. November 2020

Schon einen Tag später erhielt Dr. Altenburger erneut einen Anruf aus Russland. Er schloss die Tür seines Büros und nahm mit zitternden Fingern den Hörer ab.
Wieder war die gleiche blecherne Stimme wie sechs Tage zuvor in der Leitung. „Du weißt hoffentlich genau, was du getan hast?"
„Selbstverständlich. Ich gehe davon aus, dass Sie alles mitgehört oder gelesen haben."
„Darauf kannst du Gift nehmen. Oder wir geben das Gift gleich deinem Sohn, wenn nicht alles so läuft, wie wir es besprochen haben."
„Keine Sorge, das wird es. Sie haben doch mitbekommen, welche Medikation ich verordnet habe", erwiderte Dr. Altenburger irritiert.
„Bin ich ein verdammter Psycho-Doktor, oder was? Woher soll ich wissen, wie das Zeug wirkt?"
„Ich denke, Sie haben sich klar ausgedrückt. Die von Ihnen gewünschte Wirkung dürfte schnell eintreten."
„Wehe, wenn nicht. Dann würdest du dir wünschen, nie einen Sohn gehabt zu haben. So wie der Junge dann leiden muss, wird sein Tod später eine wahre Erlösung sein", drohte die blecherne Stimme mit dem russischen Akzent.
„Nein, bitte. Herr Grün müsste jetzt schon Probleme haben, klar zu denken."
„Das wirkt auf mich alles ein bisschen dünn, ein paar Pillen hier weniger, ein paar Tabletten da mehr. Ich kann mir kaum vorstellen, dass das reicht. Du hast wohl immer noch nicht verstanden, worum es hier geht: Dieser Grün darf nie wieder auch nur ein einziges vernünftiges Wort sprechen!"
„Ich glaube eher, dass Sie die Tragweite einer schweren Psychose nicht begriffen haben. Wenn der Patient diesen Medikamentencocktail lange genug zu sich nimmt, wird sein Verstand nie wieder in diese Welt zurückkehren. Ehrlich gesagt, kann ich mir nicht einmal vorstellen, dass er das überhaupt überlebt."
„Na gut, dein Wort in Teufels Ohr. Aber nur mal eine Frage: Wieso sollte er das nicht überleben? Hast du ihn etwa auch vergiftet?"

„Sie haben keine Ahnung. Nicht seinen Körper, sondern seinen Geist. Und das ist noch tausendmal schlimmer."
„Wieso?"
„In diesem Zustand töten sich Menschen selbst so häufig, wie Fliegen sterben. Nicht nur bewusst. Oft spricht man hier von einem ungewollten Suizid."
„Hört sich interessant an, könnte mir sogar gefallen. Aber so genau kann ich mir das nicht vorstellen."
„Ich fürchte, Sie werden es bald erfahren."

11. November 2020

Berthold hatte drei Nächte lang nicht geschlafen. In einem Augenblick fühlte er sich todmüde. Doch im nächsten Moment auch voller Tatendrang.

Dann wieder konnte er keine Sekunde der Stille ertragen. Er drehte den Lautstärkeregler an dem kleinen Radio in seiner Küche voll auf. Karnevalsmusik.

11:11 Uhr am 11.11.2020 in der Karnevalshochburg Düsseldorf. Wegen Corona waren alle Karnevalsveranstaltungen abgesagt. Deshalb mussten Radio und Fernsehen als einziger Ersatz für die Karnevalisten herhalten.

Berthold gab sich die volle Dröhnung. Eigentlich hatte ihn Karneval nie interessiert. In der alten DDR sowieso nicht. Doch jetzt riss es ihn irgendwie mit. Er schunkelte sogar in seiner kleinen Küche. Ganz alleine.

Aber etwas störte ihn. Er kam aus dem Rhythmus. Immer wieder. Da stimmte doch der Takt irgendwie nicht.

Berthold horchte genauer hin. Stammte der Bass überhaupt aus dem Radio? Er konnte den Fehlklang nicht genau lokalisieren. Also hielt er sein Ohr näher an das Gerät.

Möglicherweise kam das Geräusch aus einer anderen Richtung. Dem musste er nachgehen. Am besten schaltete er sein Radio kurz ab.

Wo war nur dieser verdammte Knopf. Hektisch glitten seine Finger über das Gehäuse. Er fand ihn nicht. Auch nicht den Lautstärkeregler. Irgendwo musste er doch sein.

Die Tastatur verschwamm vor seinen Augen. Berthold fühlte keine Konturen mehr. Das Gerät tönte mit unverminderter Lautstärke weiter. Dabei klang der disharmonische Bass immer dringlicher.

Er hielt die Kakophonie kaum noch aus, presste die Hände auf die Ohren. Doch das minderte die akustische Attacke nicht, der er sich ausgesetzt sah. Im Gegenteil: Der Lärm schien noch lauter durch seine Finger über seine Ohren bis unmittelbar in sein Gehirn vorzudringen. Unerträglich.

Berthold packte das Radio, hielt es hoch über seinen Kopf und

schmetterte es zu Boden. Dann trat er noch ein wenig auf den Einzelteilen herum, die aus dem Gehäuse herausgesprungen waren. Dabei war das Gerät längst verstummt.
Doch ganz still war es nicht, wie Berthold feststellen musste, als er innehielt. Die Disharmonie war noch da, wenn auch weniger dringlich. Jetzt konnte er ihre Herkunft orten. Es war ein Klopfen an der Wand.
Dann ertönte gedämpft, aber gleichzeitig hörbar erregt die Stimme des Nachbarn aus dem Apartment nebenan. „Ist jetzt endlich Ruhe hier?“
„Halt´s Maul, sonst schlag´ ich dich zu Brei“, hörte Berthold eine zweite brüllende Stimme, die sich vor unkontrollierter Wut fast überschlug. Er brauchte etwas Zeit, bis er begriff, dass es seine eigene Stimme war, die dem Nachbarn da so unflätig geantwortet hatte.
Dann war Stille. Auch diese Stille war unerträglich.
Warum hatte er so heftig reagiert? So kannte er sich selbst nicht. Wie auch immer. Darum würde er sich später kümmern. Jetzt musste er erst einmal etwas essen. Sich stärken.
Am besten schmierte er sich ein Butterbrot. War das Brot im Brotkasten etwa schimmelig?
Er konnte es nicht genau erkennen und wollte sich auch nicht länger darauf konzentrieren. Jetzt erst einmal die Butter suchen. Warum war die nicht im Kühlschrank? Im Nachttisch war sie auch nicht.
Hier, im Herd stand die Butterdose. Seltsam. Wer hatte die dort hingestellt? Geschmolzen war sie auch noch. Die ganze Dose. Von der Butter war nur ein Fettfleck übrig.
Was wollte er noch einmal? Essen? Vielleicht später. Wenn er es sich recht überlegte, hatte er eigentlich gar keinen Hunger. Aber zum Überlegen blieb ihm keine Zeit.
Er hatte so viel vor. Wollte er nicht etwas recherchieren? Im Internet? Wie ging das noch?
Ach ja, über seinen PC. Doch dazu musste man den verfluchten Computer einschalten. Aber er fand den Schalter nicht.
Egal. Am besten brachte er zunächst mehr Ordnung in sein Leben. Er brauchte klare Strukturen, das spürte er irgendwie.

Die Wohnung müsste man mal aufräumen. Das war bestimmt eine gute Idee. Konnte ja nicht so viel Arbeit sein. Es war schließlich nur ein kleines Apartment.
Alles musste praktischer angeordnet werden. Den Esstisch stellte er auf sein Bett. Das war ziemlich clever. Jetzt hatte er viel mehr Platz in der Wohnung.
Wohl konnte er dann nicht mehr im Bett liegen, fiel ihm auf. Aber wie bei jeder genialen Lösung musste man Kompromisse machen. Dann schlief er eben in Zukunft auf dem Boden.
Seinen PC stellte er solange unter den Tisch auf dem Bett. Da war er bestimmt gut aufgehoben, bis er den Schalter wiederfand, um das Gerät in Betrieb zu nehmen. Dazu konnte man noch einige Töpfe und Pfannen neben den Computer stellen.
Sein Bettzeug nahm wohl etwas Platz weg. Das war nicht so optimal. Was tun? Auf dem Boden brauchte er das Bettzeug erst, wenn er sich am Abend schlafen legen wollte. Vielleicht wollte er aber gar nicht schlafen.
Also verstaute er das Bettzeug kurzerhand in der Badewanne. Was war er doch für ein praktisch veranlagter Mensch. Oder stimmte hier irgendetwas nicht? Er fühlte sich extrem unsicher und unwohl. Gleichzeitig wusste Berthold, dass er ziemlich kreativ war.
Am besten nahm er erst einmal ein Bad, wo er doch gerade im Badezimmer stand. Wie war er eigentlich hierhin gekommen? Unwichtig. Vielleicht konnte er mit einem ausgiebigen Schaumbad dieses äußerst unangenehme Körpergefühl abwaschen, das ihn überkommen hatte.
Er drehte das Badewasser auf. Oh, jetzt war die Bettwäsche völlig durchtränkt. Aber wozu brauchte man eigentlich Bettwäsche? Er konnte genauso gut seine warme Unterwäsche anbehalten und dann einen Schlafanzug darüber ziehen. Genial.
Darum würde er sich später kümmern. Auch das Bad würde er später nehmen. Das Bettzeug in der Wanne störte ihn sowieso. Damit wollte er sich jetzt nicht befassen. Er verließ das Badezimmer. Dabei dachte er sogar noch daran, vorher den Wasserhahn abzudrehen, damit die Wanne nicht überlief. Was war er doch geistesgegenwärtig. Mit seiner Übersicht hätte er eine ganze Bundesregierung ersetzen können.

Auf einmal hatte Berthold unbändigen Durst. Leistung forderte eben ihren Tribut. Er stürzte zum Kühlschrank und trank eine ganze Flasche Wasser leer, die danebenstand. Warum stand das Wasser nicht im Kühlschrank?
Was hatte er sich gerade noch einmal gefragt? Er wusste es nicht mehr. Dann fiel ihm etwas anderes ein. Er musste gleich seine Tabletten nehmen.
Welche waren das noch einmal und wie viele? Genau konnte er sich nicht daran erinnern. Deshalb nahm er zur Sicherheit eine ganze Handvoll und schüttete sie mit einer zweiten Flasche Wasser in sich hinein.
Nachdem er sich mit dem Handrücken über den Mund gewischt und vernehmlich gerülpst hatte, ließ er sich zu Boden gleiten und lehnte sich gegen die klugerweise geschlossene Kühlschranktür. Unglaublich, was er alles bedachte.
Aber jetzt musste er sich wieder auf seine eigentlichen Aufgaben konzentrieren. Er wollte etwas herausfinden. Wenn er nur wüsste, was das war. Gewiss würde es ihm gleich wieder einfallen.
Es hatte mit seiner Vergangenheit zu tun. Ach ja, Simone. Wer war das noch? Stimmt, die Frau mit dem Loch in der Stirn. Böse Sache.
Der Giftzwerg war schuld. Oder war´s der Zwergenkönig? Der Präsident? Im Bundesamt für Verfassungsschutz? Oder in Russland? Karnevalspräsidenten gab es auch. Darüber musste er unbedingt mehr herausfinden.

14. November 2020

Berthold lag auf dem Küchenboden in seinem Apartment. Er zitterte. Hatte er geschlafen? Eher nicht.

Er musste in den letzten Tagen viel nachdenken. Das war schwere Arbeit gewesen. Das Gewicht der ganzen Welt lastete auf seinen Schultern.

Eine viel zu große Last. Er fühlte sich fast von ihr erdrückt.

Über Karnevalsprinzen hatte er nachgedacht. Nein, über Karnevalspräsidenten. Und über ihre Untaten. Ihre Verbrechen. Auch über die Verbrechen anderer Präsidenten. Er wusste nur nicht mehr, über welche Präsidenten er nachgedacht hatte. Und nicht mehr, um welche Verbrechen es ging.

Aber er wusste genau, dass ihm kalt war. Das spürte er deutlich. Immer wieder durchfuhren ihn Kälteschauer.

Das lag möglicherweise an seinem Schlafanzug. Den hatte er an. Selbst wenn er gar nicht geschlafen hatte.

Warum hatte er eigentlich nicht geschlafen? Er hatte doch seine Tabletten eingenommen. Jeden Tag. Jede Nacht.

Berthold wusste nur nicht mehr, welche Tabletten das waren. Die, die ihn beruhigten oder die, die ihn stimulierten?

Um solche feinen Unterschiede konnte er sich nicht auch noch kümmern. Also hatte er immer eine Handvoll geschluckt. Bald würden keine mehr da sein. Deshalb wollte er sich neue Tabletten beschaffen.

Aber erst einmal musste er etwas gegen die Kälte unternehmen. Berthold stand vom Küchenboden auf und sah an sich herab. Sein Schlafanzug war nicht nur klamm, er war richtig nass. Durchtränkt von kaltem Wasser. Deshalb fror er so.

Wo kam diese Nässe nur her? Berthold sah sich um. Da, neben dem Kühlschrank lag sein Bettzeug. Vollkommen durchnässt. Er musste auf dem Boden in der feuchten Bettwäsche gelegen haben.

Auch wenn er nicht geschlafen hatte, hatte er es sich doch beim Nachdenken in seinem Bettzeug gemütlich gemacht. Aber warum waren das Kissen und die Decke nass? Egal. Das würde er später herausfinden.

Jetzt musste er erst etwas Trockenes anziehen. Berthold streifte die Schlafanzugjacke und das Unterhemd ab. In einem Wäschehaufen auf dem Boden fand er ein T-Shirt und einen Pullover. Die waren zwar nicht mehr ganz sauber und frisch, aber dafür wenigstens trocken. Das musste reichen.
Vom Garderobenhaken an der Tür nahm er eine gefütterte Cordjacke. Das fühlte sich schon viel behaglicher an. Langsam wurde ihm wärmer.
Jetzt wollte er sich endlich neue Tabletten besorgen. Er verließ die Wohnung und lief die Treppen hinunter. Der Supermarkt war gleich auf der anderen Straßenseite. Er überquerte die Fahrbahn im Laufschritt, ohne nach rechts oder links zu sehen.
Ein großer Lieferwagen kam mit quietschenden Bremsen wenige Zentimeter vor ihm zum Stehen. Der Fahrer öffnete das Fenster und streckte den Kopf heraus. „Bist du lebensmüde, du Idiot? Um ein Haar hätte ich dich totgefahren. Du kannst doch nicht über die Straße rennen, ohne auf den Verkehr zu achten."
„Keine Sorge, mir wäre nichts passiert." Berthold staunte über seine souveräne Gelassenheit, als er antwortete. Aber er hatte allen Grund dazu, wie er bei seiner nächsten Erklärung selbst bemerkte. „Ihr kleiner LKW wäre von mir abgeprallt. Ich bin unverwundbar."
Das staunende Kopfschütteln des Fahrers sah Berthold nicht mehr. Genauso wenig wie den PKW, der von hinten krachend auf den Lieferwagen auffuhr. Er war schon im Supermarkt verschwunden.
An der Kasse saß die ältere Frau, die ihm vor einigen Wochen den Champagner für Lina empfohlen hatte. Doch daran erinnerte sich Berthold nicht mehr. Irgendwie kam ihm die Dame vage bekannt vor.
Das würde schon seine Richtigkeit haben. Er steuerte auf sie zu und sprach sie an. „Ich wollte meine Tabletten abholen."
Die Frau starrte ihn verständnislos an. „Was für Tabletten?"
„Na, meine Pillen. Zur Beruhigung, aber auch zur Stimmungsaufhellung. Wo sind die denn nun?"
„Erlauben Sie mal, wir sind doch keine Apotheke. Das ist ein Supermarkt. Hier gibt es keine Medikamente."

„Ach so, ja dann…"
„Sie haben bei mir vor einiger Zeit eine Flasche Veuve Clicquot gekauft."
Bertholds Miene hellte sich auf. „Ach ja, dann nehme ich so eine."
Die Verkäuferin musterte ihn zweifelnd von oben bis unten. „Können Sie die denn bezahlen?"
Berthold griff in seine Hostentasche. Warum war die so nass? Jetzt erst bemerkte er, dass er seine Schlafanzughose und seine Hausschuhe angelassen hatte.
Doch glücklicherweise fand er ein paar Cent in seiner Jackentasche. Die legte er vor der Verkäuferin auf das Rollband.
„Das reicht nicht für den Champagner. Dafür bekommen Sie höchstens einen Kaugummi", stellte die Verkäuferin fest.
Jetzt hatte Berthold endgültig genug. „Ich lasse mich von Ihnen doch nicht für dumm verkaufen", fuhr er die Frau an. „Ich weiß genau, wer Sie sind. Sie arbeiten für den Verfassungsschutz und beschatten mich schon seit Wochen heimlich. Aber das lasse ich mir nicht länger bieten, ich kenne meine Rechte."
Wutentbrannt stapfte er davon und ging wieder nach Hause. Zum Glück kam diesmal kein Auto, als er die Straße überquerte. Hinter dem Transporter, der vorhin wegen Berthold so plötzlich bremsen musste, hatte sich eine lange Schlange gebildet. Der Fahrer diskutierte immer noch mit den Insassen des PKW, der ihm von hinten aufgefahren war. Wenigstens hatte sich niemand verletzt.
Schon von Weitem sah er den tätowierten Hausmeister, als er auf seinen Apartmentkomplex zuging. Schnell versteckte sich Berthold im Gebüsch. Dem Typen durfte man nicht über den Weg trauen. Der beschattete ihn bestimmt auch. Und den Schlangen auf seinem Hals durfte man erst recht nicht trauen.
Die Haustür war angelehnt. Doch als Berthold die Treppen hinaufgestiegen war und vor seiner Wohnungstür stand, stellte er fest, dass er seinen Schlüssel vergessen hatte. Der hing wohl noch im Flur neben der Tür.
Wieder kochte der Zorn in ihm hoch. Mit unbändiger Wut trat er gegen die Wohnungstür. Immer wieder. Bis das Holz um das Schloss schließlich splitterte und das Türblatt krachend gegen die Innenwand geschleudert wurde.

Berthold schlug die Tür hinter sich wieder zu, so gut es ging. Auch wenn sie nicht mehr schloss.
Doch mit so einer Lappalie konnte er sich jetzt nicht beschäftigen. Er musste endlich etwas in seinem PC herausfinden. Wenn er nur wüsste, was das war.
Vielleicht würde es ihm einfallen, wenn er das Gerät einschaltete. Er kniete sich vor sein Bett und suchte den Schalter an dem darauf lagernden PC. Als er ihn nicht finden konnte, wurde er wieder rasend vor Wut.
Kurzerhand packte Berthold den Computer und schleuderte ihn durch das geschlossene Schlafzimmerfenster nach draußen auf den Innenhof. Das Glas zerbarst vollständig und fiel zusammen mit dem PC zwölf Meter tief nach unten.
Einen Augenblick fühlte sich Berthold ratlos. Hatte er vielleicht übereilt reagiert? Was sollte er jetzt machen? Wie sollte er weiter recherchieren?
Doch schon hatte er die rettende Idee. Er würde den PC einfach zurückholen und wieder zusammensetzen. Das konnte er bestimmt. Er war ja ziemlich geschickt.
Den Umweg über das Treppenhaus könnte er sich sparen. Er würde einfach hinterherfliegen. Denn schließlich konnte er fliegen. Das hätte er fast vergessen. Wo war er nur mit seinen Gedanken?
Berthold kletterte auf die Fensterbank seines Schlafzimmers und hielt sich am Rahmen fest. Das Glas war vollständig herausgebrochen. Es gab keine Splitter, an denen er sich hätte schneiden können. Was hatte er doch für ein Glück.
Er sah nach unten und berechnete die Flugbahn. Er würde in einem eleganten Bogen am Nachbarhaus entlangschweben und dann sanft neben den Trümmerteilen seines Computers aufsetzen.
Nur musste er schnell starten, denn hinter sich hörte er ein Geräusch. Davon durfte er sich nicht aufhalten lassen.

Als Lina durch das Fenster ihrer Wohnung gesehen hatte, wie Berthold sich mit einer Schlafanzughose bekleidet draußen im Gebüsch versteckt hatte, hatte sie sich ernsthaft Sorgen gemacht. Die Geräusche, die sie kurz danach aus seiner Wohnung hörte,

hatten sie ihre Verärgerung über sein Verhalten in den letzten Tagen schnell vergessen lassen. Erst das Splittern von Holz, dann das Klirren des zerbrochenen Fensterglases.
Da war etwas ganz und gar nicht in Ordnung. Kurzentschlossen lief sie nach oben und sah die eingetretene Tür. Als sie sie kratzend aufschob und die Wohnung betrat, bot sich ihr ein katastrophales Bild. Kein Möbelstück stand mehr an seiner Stelle, alle Schränke waren geöffnet und deren Inhalt komplett auf dem Boden verstreut.
Doch das war noch nichts gegen den Schrecken, der sie erfasste, als sie ins Schlafzimmer kam. Berthold stand in seiner Schlafanzughose sprungbereit auf der Fensterbank, vor ihm gähnende Leere. Das Fensterglas war weg.
„Was machst du denn da?“, sprach sie ihn mit leiser Stimme an.
„Still“, entgegnete er, ohne sich umzudrehen. Berthold starrte in die Tiefe. „Ich erkläre dir alles später. Jetzt habe ich zuerst wichtige Aufgaben zu erledigen.“
„Wann ist das, später?“
„Wenn ich hier fertig bin“, zischte er entnervt.
„Aber wenn du jetzt aus dem Fenster springst, kannst du gar nichts mehr machen. Denn dann bist du tot.“
„So ein Unsinn. Ich kann fliegen. So, jetzt lass mich in Ruhe, es geht los.“
„Warte, warte, warte. Du kannst doch gar nicht fliegen.“
„Nicht?“ Für eine Sekunde sah sich Berthold irritiert zu Lina um. Aber dann beugte er sich wieder nach vorne. „Natürlich kann ich das. Schau her, ich zeig´s dir.“
„Berthold, bitte, lass mich nicht allein in deiner Wohnung. Ich habe zu viel Angst. Wenn du doch nicht fliegen kannst, werde ich dich nie mehr lebend wiedersehen.“
„Aber du brauchst keine Angst zu haben. Mir passiert nichts. Das kann gar nicht sein.“
„Warum musst du denn aus dem Fenster fliegen? Das verstehe ich nicht.“
„Ich wollte nur die Einzelteile des Computers zurückholen, die dort unten auf dem Boden liegen.“
„Warum gehst du nicht über die Treppe hinunter?“

„Fliegen geht schneller, ist doch klar."
„Aber ich kann nicht fliegen", erwiderte Lina und streckte Berthold die Hand entgegen. „Komm da runter von der Fensterbank und nimm mit mir die Treppe, ich helfe dir auch beim Aufsammeln. So sparst du wieder Zeit, bitte, mir zuliebe. Außerdem könntest du unten vom Boden aus starten und mir zeigen, wie du fliegen kannst."
Grummelnd nahm Berthold Linas Hand und kletterte umständlich von der Fensterbank zurück ins Schlafzimmer.
Lina ließ seine Hand nicht mehr los und durchquerte mit ihm kopfschüttelnd den chaotisch anmutenden Raum. Wortlos zog sie ihn die Treppe hinunter. Jetzt bloß nichts falsch machen. Sie musste in Bertholds offensichtlich verquerer Gedankenwelt mitspielen, damit er es sich nicht anders überlegte und doch einen Flugversuch unternahm.
Im Innenhof angekommen sammelte sie brav die zersprungenen Einzelteile des PCs in einen leeren Karton, den sie geistesgegenwärtig aus Bertholds Wohnung mitgenommen hatte. Diesen Computer würde niemand mehr reparieren, ein solches Unterfangen wäre chancenlos. Aber das traute sie sich nicht zu sagen. Wer weiß, was Berthold sonst wieder einfiel.
Zuerst sammelte er die Einzelteile in gebückter Haltung mit ein. Aber schnell verließ ihn die Lust und er richtete sich auf. „Warte, ich wollte dir doch zeigen, wie gut ich fliegen kann." Hilflos wedelte er mit den Armen und blickte sich irritiert um. „Seltsam, Startschwierigkeiten. Das verstehe ich nicht. Vielleicht sollte ich es später noch einmal mit Anlauf versuchen."
„Ganz bestimmt nicht. Komm, wir gehen nach oben. Ich mache uns erst einmal einen warmen Tee."
„Ja, Tee ist gut. Du bist so lieb."
Mit dem Karton unter dem Arm zog Lina Berthold hinter sich her die Treppe hoch zurück in seine Wohnung. Dort suchte sie zuerst im Chaos der auf dem Boden verstreuten Gegenstände nach Teebeuteln.
„Hast du keinen Tee im Haus?", wandte sie sich an Berthold.
„Habe ich eigentlich immer gehabt. Ich weiß nur nicht wo. Weißt du, ich schaffe gerade ein neues Ordnungsprinzip, da muss man

sich erst noch zurechtfinden.“
„Das sehe ich.“
„Deshalb weiß ich nicht mehr, wo meine Tabletten sind und ob ich überhaupt noch welche habe. Leider habe ich auch vergessen, wie viel ich von welcher Sorte nehmen muss.“
„Deine Tabletten?“ Langsam bekam Lina eine Ahnung von dem, was hier vor sich ging. „Was für Tabletten nimmst du denn?“
„Ich weiß nicht so genau. Psycho…Psycho…Psycho…pharmaka heißen die, glaube ich.“
„Psychopharmaka“, nickte Lina nachdenklich. „Das ist wohl der Oberbegriff.“
„Kann sein, ja.“
„Aber warum nimmst du die denn?“
„Die hat mir mein Arzt verordnet.“
„Dein Arzt? Gehst du da regelmäßig hin?“
„Regelmäßig? Ja, ich glaube schon.“ Berthold hielt einen Augenblick inne. „Beim letzten Mal hat er die Dosierung verändert. Oder so ähnlich.“
„Wieso hat er denn die Medikation geändert?“
„Kompliziert, kompliziert, lass mich überlegen. Ausschleichen… ja, ausschleichen will er die Medikamente.“
„Ausschleichen? Nimmst du sie schon lange?“
„Vielleicht, so ungefähr 30 Jahre. Im Maßregelvollzug in Pankow haben sie uns damit vollgepumpt. Um uns ruhigzustellen.“
„Was? Drei Jahrzehnte lang bist du ruhiggestellt worden? Dann kann ich verstehen, dass man die Medikamente ausschleichen muss.“
„Ja, aber ganz langsam. Sonst bekomme ich einen psychotischen Schub, weißt du?“
„Ich glaube, jetzt verstehe ich einiges.“
„Aber mir kann so etwas nicht passieren.“ Berthold baute sich mit vorgereckter Brust vor Lina auf. „Ich stehe mit beiden Beinen im Leben. Hat mein Arzt gesagt.“
„Dem werde ich was erzählen. Hast du seine Adresse?“
„Irgendwo muss ein Rezept von ihm liegen, da steht alles drauf. Ich kann es nur nicht finden.“
„Macht nichts, ich suche es nachher.“

„Wäre bestimmt gut, wenn wir es finden würden. Dann wüsste ich wieder, wie viel ich nehmen muss."
„Mit Sicherheit weniger als bisher, wenn du die Medikamente ausschleichen sollst."
„Ja, das stimmt eigentlich…komisch." Bertholds Augen rollten irritiert in ihren Höhlen.
„Was? Was ist komisch?"
„Na ja, das ist logisch, was du gesagt hast. Wenn man die Medikamente ausschleichen soll, muss man weniger nehmen."
„Ja, und?", fasste Lina nach.
„Ich sollte aber von einigen Tabletten mehr nehmen."
„Bist du sicher?"
„Klar doch, ja, gewiss. Das habe ich auch gemacht."
„Und dann? Wie war die Wirkung?"
„Das siehst du doch."
„Stimmt, das Ergebnis ist ziemlich eindeutig."
„Ist doch toll. Ich werde immer kreativer, immer genialer, habe immer bessere Ideen."
„Siehst du das wirklich so?", fragte Lina. „Fühlst du dich denn auch so toll?"
„Also wenn ich ehrlich bin…, eigentlich nicht."
„Na bitte, habe ich´s mir doch gedacht."
„Aber das könnte auch an mir liegen. Ich habe etwas den Überblick verloren, welche Dosierung mir verordnet war. Deshalb habe ich mir einfach dreimal täglich eine ganze Handvoll in den Mund gestopft und mit viel Wasser heruntergespült."
„Du hast was gemacht?...Das kann nicht wahr sein."
„Ich sag´s ja. Ich bin selbst schuld."
„Ganz bestimmt nicht. Dieser Arzt kann doch nicht einfach die Dosierung hochwirksamer Psychopharmaka unkontrolliert heraufsetzen und dich als Patienten dann mit dem Schlamassel allein lassen, der daraus entsteht."
„Wenn du es so siehst. Ja, da ist was dran. So ist es aber gelaufen."
„Unglaublich, dem werde ich am Montag was erzählen. Dann gehe ich mit dir zusammen dorthin. Jetzt kommst du erst einmal mit zu mir, in diesem Chaos kannst du nicht bleiben."

„Ich möchte aber deine kleine Tochter nicht erschrecken."
„Die ist an diesem Wochenende sowieso bei meiner Mutter. Keine Widerrede, du nimmst bei mir erst einmal ein heißes Bad."
„Was ist denn mit meinen Tabletten?"
„Davon hast du schon mehr als genug genommen. Wenn du heute und am Sonntag keine nimmst, dürfte dir das gar nicht so schlecht bekommen. Alles Weitere besprechen wir nächste Woche mit deinem Arzt."

15. November 2020

In den modernen Zeiten haben die Giftzwerge Paläste. Sogar Ferien-Paläste. Einer der prunkvollsten, wenn nicht sogar der prunkvollste, steht am Schwarzen Meer südlich von Gelendschik. Also einer der prunkvollsten Ferien-Paläste, nicht Giftzwerge.
Giftzwerge können schon per Definition nicht prunkvoll sein, weil sie als Zwerge eher mickrig und unangenehm sind. Selbst wenn sie mit Vorliebe Millionen Euro teure Armbanduhren tragen. Das ändert nichts an ihrem Giftzwerg-Charakter.
Der russische Präsident jedenfalls hielt sich an diesem Sonntag in seiner Ferien-Residenz am Kap Idokopas auf und freute sich. Nicht über seinen tollen Palast. Daran hatte er sich schon seit gut zehn Jahren gewöhnt. Außerdem wollte er nicht zugeben, dass es sein Palast war. Schließlich war er früher beim Geheimdienst. Da gab man am besten gar nichts zu.
Nein, der Präsident freute sich vielmehr über den Bericht, dessen Ausdruck er gerade in den Händen hielt, als er im Innenhof seiner Residenz lustwandelte. Wieder einmal allein. Das machte er am liebsten. Dann brauchte er sein Vergnügen mit niemandem zu teilen. Teilen lag ihm nicht so. Vor allem wollte er seine Macht nicht teilen.
Deshalb schlug er die Beine übereinander und kicherte leise vor sich hin, als er auf dem Beckenrand des großen Springbrunnens in der Mitte seines Innenhofs saß und in dem Ausdruck blätterte, den er am Morgen erhalten hatte. Ein alter Weggefährte aus seiner Zeit beim KGB in Deutschland hatte den Bericht an den Chef seines heutigen Geheimdienstes FSB geschickt. Und der hatte ihn dem Präsidenten gleich weitergereicht. Weil sein Untergebener wusste, dass er sich darüber freuen würde.
Der Informant aus Deutschland hätte es nie gewagt, direkt mit dem russischen Präsidenten zu kommunizieren. Der Deutsche kannte die Regeln. Er war selbst schließlich lang genug in diesem Metier tätig und heute ziemlich weit aufgestiegen. Bis zum Präsidenten des bundesdeutschen Verfassungsschutzes hatte es der Mann gebracht.
Dass er in Wirklichkeit sein Informant war, ahnte die dämliche

Bundeskanzlerin zu keinem Zeitpunkt. Obwohl sie sich so schlau vorkam und glaubte, alles zu wissen. Dabei war sie von vorn bis hinten manipuliert und merkte es nicht einmal. Von Anfang an. Das hatte Markus Wolf damals geschickt eingefädelt. Schade, dass es später so mit ihm enden musste. Aber das musste er sich selbst zuschreiben. Irgendwie war es am Schluss anders gekommen, als es sich der einstige DDR-Geheimdienstchef vor dem Mauerfall gedacht hatte.

Sein Informant aus den Zeiten des kalten Krieges war da deutlich maßvoller gewesen. Er war sich seiner Rolle stets bewusst geblieben und hatte seine Ambitionen nie überzogen. Der Mann war damals ein nützlicher Informant und war es bis heute geblieben.

Immer hatte er verstanden, wo die Interessen Russlands lagen und diese mit seinen eigenen Absichten konstruktiv verbunden.

Dass dieser Berthold Grün jetzt ruhiggestellt war, war im Sinne aller Beteiligten. Der Vorgang war das zentrale Thema des Berichtes aus der Zentrale des deutschen Verfassungsschutzes, den der russische Präsident gerade in den Händen hielt. Der Präsident des deutschen Dienstes hatte ihn persönlich übermittelt, ohne die politischen Kontrollorgane in Deutschland einzuschalten. Unter Umgehung des offiziellen Dienstwegs. Wirklich geschickt.

Genau wie das Vorgehen des Deutschen in dieser Sache. Ein Mord wäre viel zu plump und auffällig gewesen. Schon gar nicht nach russischem Rezept. Wie beispielsweise im Falle einer Vergiftung.

Auch wenn er der Giftzwerg war, konnte er so etwas jetzt überhaupt nicht gebrauchen. Niemand sollte in diesen Tagen mit dem Finger auf Russland und seinen Präsidenten zeigen können. Der Giftzwerg wusste, dass es später noch so kommen würde. Unweigerlich.

Aber nicht in diesen Tagen. Für die nächsten 12 bis 14 Monate war die buchstäbliche Ruhe vor dem Sturm angesagt. Was er danach vorhatte, sollte gegenwärtig niemand ahnen.

Nur durfte eben auch keiner wissen, welche Leichen aus ferner Vergangenheit der Präsident des größten Landes der Erde im Keller liegen hatte. Deshalb musste Berthold Grün mundtot gemacht werden. Mundtot, aber nicht tot. Das war das Problem. Gewesen. Denn der Chef des deutschen Dienstes hatte die ideale Lösung gefunden. Geradezu genial. Er ließ nicht den Mann töten, sondern dessen Verstand. Das gefiel dem Giftzwerg außerordentlich gut. Seine Lippen verzogen sich zu einem bösartig schmalen Lächeln. Schade, dass ihm so etwas nicht selbst eingefallen war. Damals, vor 31 Jahren, als er schon einmal mit Berthold Grün zu tun hatte. Aber irgendwie war es jetzt eleganter abgelaufen, als es damals in der alten DDR möglich gewesen wäre. Sein Geheimdienst FSB konnte Grüns Arzt in der gewünschten Form manipulieren, ohne überhaupt deutschen Boden betreten zu müssen.

Das alles funktionierte dank der hervorragenden Informationen des deutschen Verfassungsschutzes. Dessen Präsident verstand wirklich sein Geschäft. Irgendwie müsste man ihm eine Belohnung zukommen lassen, dachte der Giftzwerg.

Doch nur, wenn sich dessen Maßnahmen als nachhaltig wirksam erwiesen. Sollte er im Nachhinein versagen und doch noch alles an die Öffentlichkeit kommen, müsste der Mann dagegen auf das Härteste bestraft werden.

Aber soweit sollte es nicht kommen. Der russische Präsident hatte bereits verfügt, dass die einzig mögliche undichte Stelle aus dem Spiel genommen wurde. Schon bald würde dieser Psycho-Doktor, der Grün behandelt hatte, niemandem in Deutschland mehr etwas erzählen können.

Und Grüns Geist selbst schien nachhaltig zerstört. Die Wanzen und Überwachungskameras aus seinem PC hatten in den letzten Tagen das Bild eines vollkommen desolaten Verstandes aufgezeichnet. Nur schade, dass der Irre seinen Computer schließlich aus dem Fenster geworfen hatte. Aber vermutlich hätte man gar nichts anderes erwarten können.

Wohl gab es dadurch jetzt keine direkte elektronische Überwachung mehr. Aber dafür konnte das Observationsteam des Verfassungsschutzes melden, dass Grün schon im Begriff stand, aus dem Fenster zu springen. Was allerdings diese seltsame junge Frau im letzten Augenblick verhindert hatte.

Doch das war gewiss alles nur eine Frage der Zeit. Sprang er eben beim nächsten Mal.

Auf jeden Fall hatte der Giftzwerg damit der deutschen Kanzlerin einen Dienst erwiesen. Auch wenn sie das nie erfahren würde. Denn Grün hätte sie gleichfalls schwer belastet.
Mal sehen, was die Frau sonst noch so trieb. Der russische Präsident würde es gleich erfahren. Denn soeben war der Chef seines Inlandsgeheimdienstes FSB mit einigen leitenden Mitarbeitern sowie seinem Kollegen, dem Leiter des Auslandsgeheimdienstes SWR, zur Berichterstattung eingetroffen.
Sie waren mit Hubschraubern eingeflogen worden, für die es in diesem mondänen Palast sogar zwei Landeplätze gab. Der Präsident empfing die Delegation in seiner protzigen Eingangshalle mit den farbenfrohen Deckengemälden im venezianischen Stil. Fast wirkte die kleine Gruppe in dem opulenten Raum etwas verloren.
Ein Eindruck, den das dünne Stimmchen des Giftzwergs noch verstärkte. „Willkommen in meiner bescheidenen Datscha, liebe Kollegen. Hier entlang, bitte."
Die vertrauliche Anrede war der sentimentalen Erinnerung geschuldet, dass der Präsident früher selbst einmal Chef des FSB war. In einem anderen Leben. Mit einer knappen Geste bedeutete er den Besuchern, einem Hausdiener zu folgen, der sie in einen großzügigen Bürotrakt mit Konferenzzimmer führte.
Alleine hätte der Giftzwerg den Weg in dem über 17.000 Quadratmeter großen Gebäude nicht gefunden. So oft war er nicht hier. Nachdem alle Platz genommen und Kaffee bekommen hatten, eröffnete er die Sitzung mit überraschend freundlichen Worten. „Zunächst einmal möchte ich mich bedanken, dass die Operation in Deutschland so erfolgreich verlaufen ist. Oder sollte ich vielleicht besser von der wirkungsvollen Einflussnahme auf deutschem Boden sprechen, die in Moskau so geschickt gesteuert wurde? Wie auch immer, die Zusammenarbeit von FSB und SWR hat vorbildlich funktioniert, weiter so."
Der Chef des Auslandsgeheimdienstes machte den Fehler, dem Präsidenten unaufgefordert zu antworten. Das hatte der Giftzwerg nicht so gerne. „Die Kooperation der beiden Dienste hat hier absolut Sinn gemacht", führte der leitende SWR-Mann aus. „Die Bedrohung ging vom Ausland aus, hätte aber auch innen-

politisch zu einer heiklen Situation für Sie als Präsidenten führen können."
„Was für mich innenpolitisch heikel ist, können Sie wohl kaum beurteilen", fuhr der Giftzwerg seinen leitenden Auslandsspion an. „Solche Bewertungen können Sie getrost mir überlassen. Unsere Innenpolitik ist für Sie in keiner Weise von Belang. Es sei denn, Sie wollen mir meinen Job streitig machen und sich selbst um meinen Posten bewerben."
„Herr Präsident…ich…bewahre…", stotterte der Angesprochene. „Niemals würde ich…also…ich meine…"
„Was meinen Sie?", polterte der Giftzwerg. „Soll das der kompetente Fachvortrag eines der höchsten Beamten der russischen Föderation vor seinem Präsidenten werden? Da hätte ich eine etwas strukturiertere Wortwahl erwartet."
Der Angesprochene räusperte sich dreimal und schluckte schwer. Schließlich sprang ihm der Chef des FSB bei. „Herr Präsident, ich bin sicher, der Kollege hat sich gleich wieder gefasst und wird sich für seine unglückliche Wortwahl entschuldigen."
„Geschenkt", warf der Giftzwerg ein.
„Umso besser. Ihre Souveränität dient wie immer der Sache", erwiderte der leitende FSB-Mann gewandt. „Denn tatsächlich hat unser Auslandsgeheimdienst in engem Schulterschluss mit meiner Behörde relevante Informationen aus Deutschland recherchiert, die der Kollege jetzt vortragen möchte."
„Warum sagt er das nicht gleich und vergeudet stattdessen mit dummem Gerede meine Zeit?", schimpfte der Präsident. „Dann lassen Sie mal hören."
Nachdem ihm einer seiner Mitarbeiter wortlos eine Aktenmappe gereicht hatte, räusperte sich der Chef des Auslandsgeheimdienstes nochmals und begann mit seinen Erläuterungen. „In Deutschland hat man panische Angst vor einer weiteren Verbreitung des Corona-Virus…"
„Das ist nichts Neues", unterbrach ihn der Giftzwerg. „Haben Sie dazu nichts Konkreteres zu bieten? Und wer soll außerdem ´man´ sein? Wer hat hier genau Angst?"
„Die Regierung, Herr Präsident, die Bundesregierung hat Angst. Beflügelt von den sensationshungrigen Medien, für die die her-

aufbeschworene Gefahr einer tödlichen Seuche mitten in Europa das größte Geschäft seit den gefälschten Hitler-Tagebüchern vor fast 40 Jahren ist. Deshalb ergreifen die deutschen Behörden jetzt massive Maßnahmen."

„Welche Maßnahmen?"

„Schließung der Gastronomie, keine kulturellen Events, keine Veranstaltungen, kein Freizeitsport, gar nichts mehr. Private Treffen in größeren Gruppen sind auch verboten, Reisen ebenfalls."

„Ja, das habe ich schon gehört. Vergessen Sie nicht, dass ich perfekt deutsch spreche. Um diese Informationen zu bekommen, muss ich mir keinen teuren Geheimdienst leisten", entgegnete der Präsident und gähnte demonstrativ.

„Selbstverständlich haben wir weitere Erkenntnisse", schob der SWR-Chef diensteifrig nach. „Die Bundesregierung plant zusätzliche Maßnahmen, die deutlich über die bisher verhängten Einschränkungen hinausgehen. Dabei gibt es jetzt schon erhebliche Widerstände in relevanten Teilen der Bevölkerung."

„Endlich scheint es interessant zu werden. Warum sind Sie nicht gleich damit herausgerückt?"

„Ich wollte die Entwicklung nur in ihren Gesamtkontext einbetten, um sie ausreichend zu würdigen."

„Unsinn, reden Sie nicht so geschwollen daher, das weiß ich längst alles. Also, wann sollen die nächsten Schritte eingeleitet werden und wie genau sehen sie aus?"

Der Leiter des SWR warf einen kurzen Blick in seine Unterlagen und räusperte sich erneut. „Kurz vor Weihnachten soll´s losgehen."

„Steht das schon fest?"

„Im Grunde ja."

„Was soll das heißen, ´im Grunde´? Genauer, bitte."

„Offiziell heißt es, dass man zunächst abwarten wolle, wie sich die Ansteckungszahlen weiterentwickeln und dann im Dezember entscheiden würde. Aber aus unseren internen Quellen wissen wir, dass der Beschluss längst steht. Das Infektionsrisiko für Erkrankungen der Atemwege erhöht sich grundsätzlich, wenn die Tage kälter werden."

„Verstehe", nickte der Präsident. „Also wird alles dichtgemacht, oder?"

„So ist es, alle Geschäfte müssen schließen, nicht einmal mehr zum Friseur dürfen die Leute."
„Die Bundeskanzlerin ist geschickter als ich dachte. Nimm den Menschen ihr gepflegtes Äußeres, dann nimmst du ihnen ihre Würde."
„In vielen Unternehmen darf nicht mehr gearbeitet werden, die Beschäftigten müssen ihre Aufgaben von zu Hause aus erledigen", fuhr der SWR-Chef fort. „In einigen Bundesländern wird jede Reisetätigkeit untersagt. Man darf sich nicht mehr von seinem Wohnort entfernen. Damit werden sogar Grundrechte eingeschränkt. Das wäre in einer vorbildlich funktionierenden Demokratie wie der Bundesrepublik Deutschland bis vor wenigen Monaten noch völlig undenkbar gewesen."
„Beeindruckend, was sich die Frau traut. Absolute soziale Isolation der kompletten Bevölkerung, so etwas hätte nicht einmal die Regierung in der alten DDR in ihren besten Tagen gewagt. Dabei waren die schon mit ihrer Mauer ziemlich hart drauf."
„Na ja, die Bundeskanzlerin hat starke Argumente und ein ziemlich überzeugendes Motiv. Das hatte damals im alten Ostblock kein einziges Land. Immerhin geht es darum, viele tausend Menschenleben vor einer tödlichen Infektion zu schützen."
„Ihre Informationen sind gut, aber bei deren Deutung versagen Sie erbärmlich", ereiferte sich der Giftzwerg. „Corona ist in der Regel für alte und vorerkrankte Menschen gefährlich, die müsste man effektiv schützen. Ansonsten wirkt dieser Virus ähnlich wie andere schwere Grippewellen oder Influenza-Erkrankungen auch, die schon seit Jahrhunderten immer wieder auftauchen. Da hat bisher niemand solche Einschränkungen wie heute in Deutschland ausgesprochen, das ist völlig überzogen."
„Aber welchen Sinn sollen diese Maßnahmen sonst haben? Wenn ich mir die Frage gestatten darf."
„Dürfen Sie, ausnahmsweise. Selbst wenn Sie damit zeigen, dass Sie nichts verstanden haben. Anders als die Bundeskanzlerin."
„Was hat die Frau denn verstanden?"
„Dass man die Menschen kleinhalten muss. Wenn man ihnen möglichst viele Freiheiten nimmt, werden die Leute deutlich gefügiger, sogar richtig dankbar für jede Selbstverständlichkeit, die

man ihnen irgendwann wieder gewährt."
„Glauben Sie das wirklich?"
„Sind Sie blind, Mann?", herrschte der Präsident seinen Geheimdienstchef an. „Sie sehen doch, dass es funktioniert. Große Teile ihrer Wählerschaft fordern von der Kanzlerin sogar noch strengere Verbote und Restriktionen. Die Menschen sind pervers."
„Wenn Sie meinen."
„Ja, das meine ich. In ihrer geistigen Beschränktheit haben sich nicht wenige Leute in Deutschland und auch die weitaus meisten Medien so viel Todesangst einjagen lassen, dass sie nahezu alles akzeptieren würden, um vor dieser vermeintlich so gefährlichen Bedrohung beschützt zu werden. Für diese Menschen steht die Bundeskanzlerin als große Retterin da."
„Das ist aber ein sehr eigenwilliges Demokratieverständnis", gab der Leiter des FSB zu bedenken.
„Das ist nur realistisch, es gibt keinen freien Willen, bloß Manipulation. Und in dieser Disziplin hat die Kanzlerin gerade wahre Meisterschaft bewiesen."
„Ich wusste nicht, dass Sie so ein großer Bewunderer der Dame sind."
„Bin ich sonst nicht. Nur diesmal hat sie´s gut gemacht. Zuvor war die Frau immer eine Getriebene und Geisel ihrer eigenen Vergangenheit."
„Das verstehe ich nicht. Können Sie mir das erklären?"
„Könnte ich, will ich aber nicht. Das geht über Ihre Gehaltsklasse. Jetzt insistieren Sie nicht länger, das war´s für heute, raus hier."

16. November 2020

„Gut gemacht“, lobte die Stimme mit dem russischen Akzent, kaum dass Dr. Altenburger beim ersten Klingeln das Telefongespräch morgens an seinem Schreibtisch angenommen hatte. „Du hast wirklich nicht zu viel versprochen. Grüns Gehirn ist Grütze. Der Typ ist völlig durchgeknallt.“
„Woher wissen Sie das?“
„Geht dich nichts an, wir haben unsere Möglichkeiten. Der sabbert nur noch sinnloses Zeug. Wenn seine Freundin nicht gekommen wäre, wäre er sogar aus dem Fenster gesprungen.“
„Entsetzlich.“
„Jetzt jammer nicht rum, freu dich lieber. Oder hätte es dir besser gefallen, wenn wir deinen Sohn aus dem Fenster geworfen hätten?“
„Was? Nein, natürlich nicht.“
„Na also, läuft alles nach Plan.“
„Schön. Wenn Sie das so sehen, können Sie mir den Jungen ja zurückbringen. Ich habe alles gemacht, was Sie gewollt haben.“
„Ich weiß nicht so recht.“
„Wie bitte? Wie meinen Sie das?“
„Na, ich weiß nicht, ob das so bleibt. Könnte doch sein, dass Grün irgendwann wieder zu Verstand kommt und alles ausplaudert, was er weiß.“
„Mit diesem Medikamentenplan bestimmt nicht“, versicherte Dr. Altenburger verzweifelt.
„Sagst du. Und sieht auch so aus. Aber eine Garantie ist das nicht.“
„Wie sollte eine solche Garantie denn möglich sein?“
„Keine Ahnung, sag du´s mir.“
„Das ist doch alles nur Gerede. Ich habe meinen Teil der Abmachung erfüllt, jetzt sind Sie am Zug. Ich will meinen Sohn endlich wiederhaben.“
Schweigen in der Leitung.
„Also gut. Ganz unberechtigt ist deine Forderung nicht“, erwiderte der Entführer schließlich. „Ich mache dir einen Vorschlag: Du kommst her und siehst selbst nach deinem Sohn. Wenn wei-

terhin alles zu unserer Zufriedenheit verläuft, kannst du ihn mitnehmen."
„Wann?"
„Sofort. Du solltest jetzt gleich deine Praxis schließen, deine Sachen packen und ins nächste Flugzeug steigen."
„Meine Frage war anders gemeint. Wann kann ich mit meinem Jungen wieder nach Hause?"
„Nicht sofort. Aber wenn Grüns Zustand weiterhin unverändert bleibt, wird es nicht mehr allzu lange dauern."
„Das ist mir zu vage."
„Einen besseren Deal bekommst du nicht, andernfalls kannst du dich auf unbestimmte Zeit von deinem Sohn verabschieden. Also, was ist? Du musst dich sofort entscheiden."
„Wie stellen Sie sich das vor? Ich kann nicht von jetzt auf gleich alle Zelte abbrechen."
„Wieso nicht? Hat dein Sohn doch auch gemacht. Der hat sich kurzfristig für ein Studienjahr im Ausland entschieden, schon vergessen?"
„Das war die Tarnlegende, die Sie sich ausgedacht haben."
„Stimmt", lachte der Entführer freudlos. „Und du hast mitgespielt. Die Geschichte trägt. Jetzt erzählst du eben, du würdest ihn für längere Zeit im Ausland besuchen."
„Mir scheint wohl keine andere Chance zu bleiben. Wohin soll ich kommen?"
„Fahr zum Flughafen Düsseldorf. Dort ist am Schalter von Aeroflot ein Ticket für dich hinterlegt. Dein Flug geht um 15:30 Uhr."

17. November 2020

Jetzt war es schon Dienstag und Berthold war immer noch nicht beim Arzt gewesen. Das lag nicht an ihm. Er wäre durchaus dazu bereit gewesen.
Doch Dr. Altenburger war schlichtweg nicht zu erreichen. Auch seine Sekretärin nicht. Lina hatte immer wieder in der Ambulanz in Neuss angerufen, aber niemand hatte den Hörer abgenommen.
An diesem Morgen lag Berthold in Linas Bett unter der Decke und fühlte sich unwohl. Die ganze Nacht hatte sie ihn im Arm gewiegt und getröstet wie ein kleines Kind. Doch es hatte nichts genützt.
Mehr war nicht passiert. Lina und Berthold hatten drei Nächte nebeneinander geschlafen wie Bruder und Schwester. Zu etwas anderem wäre Berthold gar nicht in der Lage gewesen.
Er fühlte sich noch genauso durcheinander wie zu Beginn des Wochenendes. Auch wenn er nicht mehr ganz so unruhig war. Gelegentlich blitzte weiterhin das Gefühl seiner Genialität und Unbegrenztheit in ihm auf.
Doch immer häufiger spürte er, dass etwas nicht mit ihm stimmte. Dabei konnte er nicht fassen, was es genau war. Alles, was er empfand, war ein diffuses Gefühl des Unbehagens. Ein Gefühl, das ihn zutiefst frustrierte.
Medikamente hatte er keine mehr. Er hätte auch nicht gewusst, in welchen Dosen er sie nehmen müsste. Lina hatte ebenfalls keine Ahnung. Woher auch?
Sie wusste nur, dass es so nicht weitergehen konnte. Ihre kleine Tochter hatte noch eine weitere Nacht bei der Oma geschlafen, die sie an diesem Morgen auch zur Schule gebracht hatte.
Jetzt wurde es dringend Zeit, dass sich Lina um sie kümmerte. Außerdem musste sie dringend wieder arbeiten gehen.
Und nicht zuletzt war Bertholds Zustand nicht länger akzeptabel. Dem Mann musste geholfen werden. Sofort und kompetent.
Kurzentschlossen schlug Lina die Bettdecke zurück, nahm Berthold an der Hand und zog ihn hoch. „Komm, aufstehen, es wird Zeit. Ich helfe dir beim Anziehen.“
„Ja, aber…warum denn?“, stotterte Berthold.

„Wir fahren zu deinem Arzt, jetzt. So kann das nicht weitergehen."
„Aber da ist niemand. Weißt du nicht mehr? Du hast gestern dauernd angerufen und keinen erreicht."
„Irgendjemand wird schon da sein. Auf dem Gelände ist ein großes Krankenhaus, in dem man auf Fälle wie den deinen spezialisiert ist. Das hast du mir doch erzählt."
„Ja, schon…nur weiß ich nicht mehr, wie man dahinkommt."
„Ich habe in deiner Wohnung das letzte Rezept gefunden. Da steht die Adresse, das finde ich schon. Los jetzt."
Eine gute Stunde später standen Lina und Berthold vor der geschlossenen Tür der Ambulanz der Alexius-Klinik. „Praxis vorübergehend geschlossen" war auf einem handgeschriebenen Blatt zu lesen, das mit Klebestreifen an der Außenseite der Tür befestigt war.
Doch damit gab sich Lina nicht zufrieden. Sie rief und klopfte so lange, bis jemand öffnete.
Dr. Altenburgers Sekretärin steckte den Kopf heraus und runzelte sorgenvoll die Stirn. Als sie Berthold erkannte, hellte sich ihr Gesichtsausdruck etwas auf. „Herr Grün, Sie sind es. Haben Sie einen Termin? Entschuldigung, vielleicht habe ich etwas übersehen."
„Nein, schon gut. Sie haben nichts übersehen", schaltete sich Lina ein. „Herr Grün hat keinen Termin. Aber er braucht dringend Hilfe, ihm geht es sehr schlecht."
„Ja, das kann man sehen", meinte die Sekretärin mit einem sorgenvollen Blick auf Berthold. „Aber ich fürchte, das dürfte schwierig werden."
„Das können Sie so schnell diagnostizieren?", warf Lina mit einem irritierten Gesichtsausdruck ein.
„Wie bitte? Nein, das meine ich nicht, eine solche Diagnose steht mir gar nicht zu. Ich wollte damit nur sagen, dass Dr. Altenburger verschwunden ist."
„Wie? Verschwunden?", fasste Lina nach. „Was soll das heißen?"
„Ich weiß auch nicht. Verschwunden eben, weg. Nach der Mittagspause war er gestern nicht mehr da, er ist seitdem nicht wieder aufgetaucht."

„Haben Sie denn keine Ahnung, wann er wiederkommt?“
„Eigentlich nicht. Ich fürchte, dass das ziemlich lange dauern könnte.“
„Wie kommen Sie darauf?“
„Ich weiß nicht, ob ich Ihnen das sagen darf. Aber jetzt ist sowieso alles egal. Jedenfalls scheint es mir so.“
„Bitte, sprechen Sie.“
„Als Dr. Altenburger gestern am Nachmittag nicht in der Praxis erschienen ist und ich alle Patienten wieder nach Hause schicken musste, habe ich bei ihm privat angerufen“, berichtete die Sekretärin. „Ich wollte wissen, was das zu bedeuten hat.“
„Und?“
„Ich habe nur eine Durchsage auf dem Anrufbeantworter erreicht. Dort informierte Dr. Altenburgers Stimme darüber, dass er auf unbestimmte Zeit verreist sei. Er wolle seinen Sohn besuchen, der gerade an einem Auslandssemester teilnehme.“
„Seltsam.“
„Ja, nicht wahr? Weil ich mir keinen Reim darauf machen konnte, habe ich das Telefon abgestellt und alle Termine abgesagt. Ich weiß nicht, was ich den Leuten sagen soll.“
„Das kann ich verstehen. Aber was machen wir jetzt mit Herrn Grün? Sie sehen ja, dass er Hilfe braucht.“
„Am besten gehen Sie mit ihm in die Notaufnahme des Krankenhauses“, schlug die Sekretärin vor. „Das ist gleich nebenan. Ich schicke den Kollegen sofort seine elektronische Patientenakte hinüber.“
Weil sie unangemeldet kamen, mussten Lina und Berthold eine halbe Stunde Wartezeit in Kauf nehmen. Dann bat sie eine engagiert wirkende Ärztin in mittleren Jahren ins Sprechzimmer und ging mit einem leichten Hinken voran. Sie entschuldigte sich sogar für die Verzögerung der Behandlung.
„Hier ist immer so viel Andrang“, schob die Ärztin nach. „Psychische Erkrankungen sind ein viel weiter verbreitetes Phänomen, als man gemeinhin annimmt. Nur weil das Krankheitsbild in den Köpfen weiter Teile der Bevölkerung immer noch mit einigen völlig unangemessenen Stigmata behaftet ist, spricht man öffentlich nicht darüber.“

Dann wandte sie sich an Lina: „Sind Sie eine Angehörige?“
„Eine gute Freundin. Herr Grün hat sonst keine Verwandten mehr.“
„Dann dürfte das in Ordnung sein. Sie sind doch damit einverstanden, dass Ihre Bekannte bei diesem Aufnahmegespräch dabei ist, Herr Grün, oder?“
Berthold nickte.
„Entschuldigung, ich muss das fragen“, erläuterte die Ärztin, wieder an Lina gewandt. „Die Regeln des Datenschutzes sind sehr streng. Und manchmal ziemlich anstrengend. Also, warum sind Sie hier?“, erkundigte sie sich bei Berthold.
„Ich weiß nicht genau. Ich glaube, mir geht´s nicht gut.“
„Herr Grün war Patient von Dr. Altenburger“, ergänzte Lina.
„Der plötzlich verschwunden ist“, nickte die Ärztin. „Ich habe davon gehört. Merkwürdig.“
„Ja, auch Bertholds Medikationsplan wirkt seltsam. Eigentlich wollte man seine Medikamente ausschleichen. Stattdessen hat Dr. Altenburger die Dosis erhöht.“
„Das klingt in der Tat ungewöhnlich. Haben Sie den Medikationsplan gesehen?“
„Leider konnte ich ihn nirgendwo entdecken“, erwiderte Lina. „Ich habe sowohl Herrn Grün als auch seine Wohnung bei einem Besuch am Wochenende in desolatem Zustand vorgefunden. Berthold hatte seine Zimmer völlig durcheinandergebracht und alles ausgeräumt und wahllos auf dem Boden sowie seinen Möbelstücken verteilt, was in den Schränken war. Er wollte sogar aus dem Fenster springen, weil er dachte, er könne fliegen.“
„Stimmt das, Herr Grün?“, wandte sich die Ärztin wieder an den Patienten.
„Vielleicht hab ich´s verlernt. Das Fliegen, meine ich.“
„Das klingt nicht gut.“
„Meinen Sie, Sie können´s mir wieder beibringen?“
„Ich würde vorschlagen, Sie bleiben erst einmal bei uns und wir stellen Ihre Medikation neu ein, Herr Grün. Alles Weitere wird sich fügen.“ Zu Lina gewandt erklärte sie dann: „Wegen des alten Medikationsplanes brauchen Sie sich keine Gedanken zu machen. Kurz bevor Sie ins Sprechzimmer gekommen sind, habe

ich eine Mail von Dr. Altenburgers Sekretärin mit Herrn Grüns Patientenakte bekommen. Darin dürften alle wichtigen Informationen enthalten sein, die wir für die Behandlung benötigen, auch der Medikationsplan."
„Wie geht´s jetzt weiter?", wollte Lina wissen.
„Wir werden die Medikamente umstellen und sehen, wie sich das auf den Patienten auswirkt. Am besten kommen Sie in drei Tagen um die gleiche Zeit wieder. Bis dahin habe ich mich mit dem Fall vertraut gemacht und kann Ihnen mehr sagen."

18. November 2020

„Wir haben keinen direkten Kontakt mehr zu Berthold Grün", berichtete Günther Feldmann im Bundesamt für Verfassungsschutz seinem Vorgesetzten Frank Kruse zu Beginn der Morgenbesprechung. „Nachdem er seinen PC aus dem Fenster geworfen hat, sind die Wanzen und Kameras, die wir im Gerät versteckt hatten, aus seiner Wohnung verschwunden und unwiederbringlich zerstört. Das Letzte, was wir beobachtet haben, war sein Versuch, hinter dem Computer her aus dem Fenster zu springen."
„Was seine Besucherin am Samstag verhindert hat."
„Stimmt. Was sollen wir jetzt machen? Ihn weiter mit unserem Observationsteam vor Ort im Auge behalten? Oder sollen wir versuchen, unbemerkt neue Wanzen und Minikameras in seiner Wohnung zu installieren?"
„Das können wir uns sparen", erklärte Frank Kruse seinem Mitarbeiter. „Du kannst deine Leute abziehen, Anweisung von oben, der Fall ist abgeschlossen. Vor allen Dingen sollen wir möglichst weit weg sein, wenn Grün sich etwas antun sollte. Es darf keine Verbindung zu uns geben."
„Seltsam, der Vorgang hatte doch absolute Priorität."
„Ja. Aber jetzt meint unser Präsident, dass von Grün keine Gefahr mehr ausgeht."
„Das haben wir doch gleich gesagt."
„Gemeingefährlich war der Mann sowieso nie", stellte Kruse fest. „Was er wusste, war eher eine Bedrohung für die Führungsspitze unseres Amtes und für die Bundesregierung."
„Glaubt man das jetzt nicht mehr?"
„Aus dem Büro des Präsidenten heißt es, Berthold Grün wäre mittlerweile geistig so verwirrt, dass er über niemanden mehr etwas Brisantes ausplaudern könnte."
„Aber was ist, wenn sich sein Zustand ändert?", gab Feldmann zu bedenken.
„Dieses Szenario kommt in den Planspielen unserer Amtsleitung nicht vor. Der Präsident ist offensichtlich überzeugt, dass Grün nie wieder klar im Kopf wird."
„Wenn er sich da nicht täuscht. In diesem Fall könnte der Schuss

gewaltig nach hinten losgehen."
„Das könnte noch spannend werden."

20. November 2020

Bertholds Frustration wurde immer größer. Er hatte keinen Appetit. Das Frühstück hatte er ausfallen lassen. Er lag im Bett in seinem Krankenzimmer. Dabei war es schon später Vormittag. Gleich würde er aufstehen müssen. Lina würde jeden Augenblick kommen. Dann würde er mit ihr gemeinsam ein Patientengespräch mit der Ärztin führen.
Aber was sollte das bringen? Die Ärztin war zwar nett, doch im Grunde war alle Mühe vergebens. Inzwischen war ihm klar geworden, dass er heillos verwirrt war. Er konnte nicht mehr zwischen Realität und Phantasie unterscheiden.
Vermutlich konnte er das noch nie. Wer glaubte, dass er fliegen könne, blieb besser für den Rest seines Lebens in einer Klinik wie dieser hier. Das wäre sicherer für ihn und für seine Mitmenschen. Er hatte es überhaupt nicht verdient, dass sich so eine patente und attraktive Frau wie Lina um ihn sorgte, sagte er sich selbst.
Er belästigte doch alle nur mit seinen abstrusen Ideen. Wie konnte er annehmen, dass der russische Präsident seine frühere Freundin vor 30 Jahren erschossen habe? Und dass die Bundeskanzlerin damals am Mord an seinem Freund Gernot beteiligt war?
So ein kranker Unsinn. Selbstverständlich konnte es auch nicht sein, dass es in vielen Lebensbereichen in der wiedervereinigten Bundesrepublik heute zuging wie in der alten DDR.
Solche Eindrücke konnten nur auf seiner gestörten Realitätswahrnehmung beruhen. Die Bevölkerung wäre in einer funktionierenden Demokratie gewiss niemals so dumm und orientierungslos gewesen, so etwas zuzulassen. Dann wäre die Gesellschaft ja psychisch noch labiler als er. Völlig abwegig.
Am besten ließ er alle mit seinen überzogenen Verschwörungstheorien in Ruhe. Selbst wollte er schließlich auch nur in Ruhe gelassen werden.
Doch zumindest letzterer Wunsch schien im Augenblick nicht erfüllbar. Ein Pfleger hatte ihm gerade unmissverständlich klargemacht, dass er zwangsweise vorgeführt werden würde, wenn er nicht freiwillig zum Patientengespräch käme.
Also stemmte er sich leise stöhnend aus dem Bett, zog seine

Hausschuhe an und schlurfte hinüber ins Behandlungszimmer.
Als er dort ankam, saßen Lina und die Ärztin schon an ihren Plätzen. Seine Freundin versuchte es zwar zu verbergen, aber in ihren Augen erkannte er latentes Entsetzen.
Was Berthold wiederum nicht überraschte. Er wusste selbst, dass er erschreckend blass war, tiefe Ringe unter den Augen hatte und sein Haar wirr in alle Richtungen abstand. Er hatte sich vorhin im Spiegel gesehen.
Doch der desolate Eindruck, den er machte, war ihm egal. So fühlte er sich eben.
Der Anblick Linas wiederum versetzte ihm einen Stich. Mit ihren braunen Augen und dem kurzgeschnittenen dunklen Haar erinnerte sie ihn immer wieder fatal an Simone. Wenn seine Gedanken erst einmal so weit gekommen waren, sah er vor seinem geistigen Auge auch wieder das klaffende Loch in ihrer Stirn und das viele Blut, das nach dem Durchschuss aus ihrem Hinterkopf strömte.
Berthold schüttelte sich und kehrte in die Gegenwart zurück.
„Wie fühlen Sie sich, Herr Grün?“, hörte er wie durch einen fernen Nebel die Stimme seiner Ärztin.
„Entschuldigung, es fällt mir etwas schwer, mich zu konzentrieren“, antwortete er mit verhaltener Stimme.
„Das ist in diesem Stadium ganz normal.“
„Von welchem Stadium sprechen wir denn?“, schaltete sich Lina ein.
„Es war Ihnen ja nicht verborgen geblieben, dass es Herrn Grün in den letzten Tagen vor seiner Aufnahme nicht gut ging. Deshalb sind Sie doch mit ihm gekommen“, setzte die Ärztin zu einer Erläuterung an.
Lina nickte zustimmend.
„Mit Ihrer Einschätzung lagen Sie völlig richtig. Wir sprechen in unserer Fakultät bei einem solchen Zustand von einer schweren Psychose.“
„Was bedeutet das?“
„Im Grunde das, was Sie schon beobachten konnten, tage- manchmal sogar wochenlange Schlaflosigkeit, daraus resultierende und vollkommen verständliche Verwirrung, Orientierungslosigkeit,

Realitätsverlust, massive Selbstüberschätzung, häufig mit einhergehender Selbstgefährdung, starke Stimmungsschwankungen, plötzliche Wechsel zwischen Euphorie und Wut einerseits sowie Apathie und tiefer Niedergeschlagenheit andererseits."

„Besser hätte ich selbst nicht zusammenfassen können, was ich mit Berthold in den letzten Tagen erlebt habe", stimmte Lina zu. „Aber woher kommt so etwas denn?"

„Es gibt Menschen, die eine genetische Veranlagung zu solchen Zuständen haben. Doch bei Herrn Grün liegt der Fall anders. Er war über 30 Jahre im Maßregelvollzug der forensischen Psychiatrie und wurde dort mit Psychopharmaka sediert."

„Also haben wir es mit den klassischen Spätfolgen von verordnetem Medikamentenmissbrauch zu tun, oder?"

„Das könnte man fast annehmen." Die Ärztin zögerte. „Aber da ist noch etwas anderes."

„Wovon sprechen Sie?"

„Ich sage das höchst ungern, weil ich nicht schlecht über Kollegen reden möchte. Schon gar nicht über jemanden, der nicht anwesend ist und sich nicht verteidigen kann."

Lina verstand sofort. „Sie meinen Dr. Altenburger."

„Ich kann das nicht begreifen. Bis heute habe ich ihn nicht nur als Mensch, sondern auch als Kollegen außerordentlich geschätzt. Aber eine solch eklatante Fehlbehandlung ist mir in den 20 Jahren meiner psychiatrischen Praxis noch nicht untergekommen."

„Können Sie das genauer erklären?"

„Dr. Altenburger hat die Gabe von Antipsychotika abrupt um 80 Prozent reduziert. Obwohl Herr Grün über Jahrzehnte an diese Dosis gewöhnt war. Er hätte die Medikamente viel langsamer ausschleichen müssen."

„Und das hat bei Berthold zu diesen katastrophalen Zuständen geführt?"

„Vermutlich hätte das schon gereicht", entgegnete die Ärztin. „Aber Dr. Altenburger hat es sogar noch schlimmer gemacht. Er hat gleichzeitig die Antidepressiva in seinem Medikamentenplan deutlich hochdosiert. Angeblich, um Herrn Grüns Stimmung aufzuhellen."

„Was ebenfalls für ihn schädlich war, wenn ich das richtig verstehe."

„Absolut, die Neuronen in seinem Gehirn müssen im Dauerbetrieb aufgeblitzt sein. Ein Wunder, dass nicht noch mehr passiert ist. Dass man so etwas nicht machen darf, lernt jeder Psychiatriestudent im ersten Semester."

„Unfassbar. Den Mann muss man zur Verantwortung ziehen."

„Wenn er wieder auftaucht", gab die Ärztin zu bedenken.

„Stimmt, er ist ja verschwunden. Aber darum können wir uns später kümmern. Hauptsache, Berthold ist jetzt bei Ihnen in den richtigen Händen."

„Ich werde mein Bestes geben."

„Wie behandeln Sie ihn weiter?", wollte Lina wissen.

„Medikamentös. So schwer ist das gar nicht. Im Grunde genommen müssen wir fast nur die Veränderungen rückgängig machen, die Dr. Altenburger im Medikamentenplan vorgenommen hat."

„Verstehe."

„Wir setzen die Antipsychotika wieder herauf, geben also deutlich mehr Truxal und Dipiperon hinzu. Gleichzeitig reduzieren wir die Antidepressiva, deren Dosis Dr. Altenburger massiv erhöht hatte. Außerdem habe ich zur Beruhigung vorübergehend zusätzlich Diazepam verordnet."

„Ich fühle mich aber nicht besonders wohl", meldete sich Berthold zu Wort. „Eigentlich sogar ziemlich elend."

„Das ist leider eine unvermeidliche Begleiterscheinung der Behandlung", erklärte die Ärztin. „Wenn wir die manischen Höhenflüge in der Psychose ausbremsen, stellen sich danach unweigerlich depressive Zustände ein."

„Hauptsache, du wirst wieder gesund", versuchte Lina Berthold aufzumuntern. „Dann kannst du bald nach Hause kommen."

„Das wird sich zeigen. Schnell wird es jedenfalls nicht gehen", dämpfte die Ärztin Linas Optimismus. „So eine Behandlung zieht sich immer in die Länge."

„Meinen Sie, ich kann ihn diesen Monat nicht mehr mitnehmen?", erkundigte sich Lina zaghaft.

„Gewiss nicht. Sie sollten sich darauf einstellen, dass Herr Grün die Weihnachtsfeiertage in der Klinik verbringt. Im Laufe des neuen Jahres sehen wir weiter."

„So lange dauert das? Aber er wird doch wieder gesund?"

„Kommt drauf an. Man darf eine solche Episode, wie Sie Herr

Grün durchlebt hat und teils immer noch erlebt, nicht unterschätzen", warnte die Ärztin. „Manchmal regenerieren die Patienten vollständig, manchmal nicht. Das hängt von der seelischen Robustheit der individuellen Persönlichkeit ab, die Psychiater nennen das Resilienz. Wir müssen abwarten und das Beste hoffen."

Dritter Teil

Frühjahr 2021

4. März 2021

Berthold war wieder zu Hause. Endlich. Gestern hatte Lina ihn aus der Klinik abgeholt. Seine Ärztin hatte grünes Licht gegeben. Sie glaubte, dass er langsam wieder für ein eigenständiges Leben reif sei und es zumindest einmal versuchen könne.

Lina hatte ihm angeboten, dass er zunächst einige Tage bei ihr in der Wohnung verbringen könne. Doch Berthold war nicht auf den Vorschlag eingegangen. Er wollte es alleine schaffen. Vom ersten Tag seines neuen Lebens an.

Das hatte Lina verstanden und auch nicht eingeschnappt reagiert. Darüber war Berthold froh, denn er wollte den guten Kontakt zu ihr nicht verlieren. Er hatte höchste Wertschätzung für das, was sie im Laufe seiner psychotischen Erkrankung für ihn getan hatte. Gewiss konnte er sich glücklich schätzen, im Falle einer erneuten Krise eine solche Unterstützung zu haben.

Doch da war noch viel mehr. Lina hatte in den vergangenen Wochen und Monaten gezeigt, dass sie ein gutes Herz hatte. Sie war nicht nur attraktiv und clever, sondern auch eine zuverlässige Freundin. Und ihr lag offensichtlich etwas an ihm.

Berthold hatte verstanden, dass er es in diesem Leben nicht mehr besser treffen konnte. Er durfte das mit Lina auf keinen Fall vermasseln. Dann konnte aus ihnen vielleicht sogar ein richtiges Paar werden.

Doch soweit fühlte sich Berthold noch nicht. Er wusste nicht, wie weit er sich selbst trauen konnte. Doch für Lina und ihr Kind wollte er ein vollwertiger Partner werden. Daran, so hatte er das Gefühl, musste er jetzt arbeiten.

Sein Genesungsprozess hatte bis zu diesem Tag endlos gedauert, so sein Eindruck. Und war noch immer nicht abgeschlossen. Er hatte in der Zeit seiner Erkrankung viele Höhen und Tiefen erlebt, zuletzt eher mehr Tiefen.

Als Berthold bewusst wurde, was er in seiner psychotischen Verfassung zu Hause angerichtet hatte, wurde er immer frustrierter und verzweifelter. Er wusste nicht, wie er sicherstellen sollte, nicht wieder in einen solchen Zustand abzugleiten.

Seine Ärztin beruhigte ihn und versicherte ihm, dass er medika-

mentös richtig eingestellt sei. Damit könne ihm so etwas nicht so schnell wieder passieren. Das sei alles Dr. Altenburgers Schuld gewesen. Berthold habe sich nichts vorzuwerfen.
Seinen ehemaligen Therapeuten konnte man nicht zur Verantwortung ziehen. Dr. Altenburger sei nicht aus dem Ausland zurückgekehrt und niemand wisse, wo er sich aufhalte oder wie es ihm gehe, berichtete seine Ärztin.
Aber darüber müsse sich Berthold keine Gedanken machen. Er habe einen neuen Medikamentenplan, der gut anschlage. Damit befinde er sich auf dem richtigen Weg. Außerdem würde sie ihn ambulant weiter behandeln, wenn er regelmäßig zu ihr nach Neuss käme.
Das hatte sich Berthold nicht zweimal sagen lassen und dem Vorschlag sofort zugestimmt. Wichtig war außerdem, dass er seinem Tag eine sinnvolle Struktur gab. Er blieb nicht mehr den ganzen Vormittag im Bett und stand morgens zügig auf. Danach zog er sich ordentlich an und bereitete sich ein anständiges Frühstück.
Seine kleine Wohnung machte wieder einen aufgeräumten und freundlichen Eindruck. Lina hatte in seiner Abwesenheit Wohnungstür und Fenster reparieren lassen sowie alles ordentlich eingeräumt. Berthold hielt jetzt Ordnung und zeigte viel guten Willen. In den nächsten Tagen wollte er sich außerdem Arbeit suchen und einige Gelegenheitsjobs annehmen. Darüber musste er zeitnah mit seinem Bewährungshelfer sprechen.
Dass ihm Gregor Keller weiterhin wohlgesonnen war, hatte dieser gleich gestern unter Beweis gestellt. Noch am Tag seiner Entlassung aus der Klinik hatte der Bewährungshelfer Berthold einen gebrauchten Laptop geschickt, der gut funktionierte. Lina hatte das Gerät gleich für ihn hochgefahren und ans Netz angeschlossen.
Heute hatte sie ihn zum Mittagessen in ihre Wohnung eingeladen. Somit blieb Berthold, der im Rahmen seines Klinikaufenthaltes an einer Sport-Therapie teilgenommen hatte, an diesem Vormittag etwas Zeit, um joggen zu gehen. In den nordöstlichen Ausläufern der Grafenberger Allee standen stadtauswärts auf hügeligem Gelände dicht beieinander einige alte Bäume, zwischen denen sich Berthold bei seinem Training verausgabte.
Zurück in seiner Wohnung duschte er gründlich und zog ein

frisch gebügeltes Hemd an. Mit einem kleinen Strauß bunter Frühlingsblumen machte er sich danach auf den kurzen Weg die Treppe hinunter zu Linas Wohnungstür.
Dort erwartete ihn bereits ihre kleine Tochter, die die Tür aufzog, bevor er klopfen oder klingeln konnte. „Die Blumen sind für dich und deine Mutter zusammen“, erklärte Berthold der Kleinen geistesgegenwärtig.
Lina erschien hinter dem Mädchen, bedankte sich übertrieben artig und stellte die Blumen lächelnd in eine Vase. „Für gesunde Menschen gibt es gesundes Essen“, verkündete sie. „Ich habe vorhin in der Gemeinschaftsküche Sellerieschnitzel vorbereitet.“
„Hört sich interessant an“, antwortete Berthold.
„Den Sellerie habe ich in Scheiben geschnitten und paniert. Dazu gibt es eine Tomaten-Kapern-Sauce sowie frischen italienischen Nudelsalat mit Mozzarella, schwarzen Oliven, Cocktailtomaten und Basilikum.“
„Das hört sich nach mehr als einem kleinen Imbiss an.“
„Ja, schon. Aber es ist bekömmlich und macht nicht schläfrig. Du wirst schon sehen.“
„Das kann ich mir gut vorstellen. Doch so viel habe ich heute nicht mehr vor.“
„Mal abwarten. Jetzt setz dich an den Tisch.“
Berthold aß begeistert und nahm zweimal Nachschlag. „Fantastischer Geschmack. Und es stimmt tatsächlich, was du gesagt hast. Ich fühle mich topfit, obwohl ich gleichzeitig satt bin.“
„Na also, dann kannst du loslegen“, lächelte Lina.
„Womit denn?“
„Mit deinen Recherchen. Du hast doch gestern einen Laptop bekommen. Wenn das mal keine glückliche Fügung ist.“
„Was für Recherchen meinst du?“
„Jetzt stell dich nicht dümmer, als du bist. Du weißt genau, was ich meine. Die Recherchen zu deiner Vergangenheit.“
„Die lasse ich schön bleiben. Wir haben beide gesehen, wohin mich das geführt hat.“
„Du wirst jetzt nicht klein beigeben. Nicht nach allem, was du überstanden hast“, ereiferte sich Lina. Doch sie ließ ihm etwas Zeit zum Nachdenken und machte mit ihrer kleinen Maschine

einen Kaffee. „Du warst mit deinen Erkenntnissen nach meinem Eindruck auf einem guten Weg", fuhr sie schließlich behutsam fort.

„Das wage ich zu bezweifeln. Ich habe geglaubt, dass ich fliegen könnte und unschlagbar genial wäre. Dabei habe ich überhaupt nichts mehr auf die Reihe bekommen und rein gar nichts verstanden."

„Weil du manipuliert worden bist. Dein Arzt hat dir einen fatalen Medikamentencocktail verschrieben und ist danach spurlos von der Bildfläche verschwunden. Das stinkt doch zum Himmel."

„Darüber habe ich auch nachgedacht", räumte Berthold ein. „Aber ich habe beschlossen, diesem Verdacht nicht weiter nachzugehen. Nie mehr in meinem Leben werde ich eine Verschwörungstheorie in Erwägung ziehen. So hat meine Krankheit schon einmal angefangen und so etwas will ich nie wieder erleben."

„Aber genau da wollten sie dich doch haben. Du sollst das Thema nicht weiterverfolgen. Jemand hat offensichtlich große Angst davor, dass deine Erkenntnisse ans Licht der Öffentlichkeit kommen."

„Wer soll das denn sein?"

„Das weiß ich nicht genau. Der russische Präsident kam dir bekannt vor, ebenso die Bundeskanzlerin", spekulierte Lina. „Und der heutige Präsident des Bundesamtes für Verfassungsschutz hat vor über 30 Jahren beim Untergang der DDR auch keine allzu rühmliche Rolle gespielt. Vorsichtig ausgedrückt. Vielleicht hat der Verfassungsschutz im Zusammenspiel mit anderen Institutionen deinen Arzt auf irgendeine Weise fremdgesteuert, die Mittel dazu hätte er gewiss gehabt."

„Ach, Lina, das sind doch alles Räuberpistolen. Merkst du nicht selbst, wie verquer sich das anhört? Dazu sind das Geschichten, die aus dem Munde eines geistig verwirrten Mannes stammen."

„Ich halte diese Geschichten nicht für verwirrt. Für mich klingt das plausibel. Nachdem, was dir passiert ist, sogar noch mehr."

„Da bist du aber vermutlich die Einzige. Das ehrt dich und ist lieb von dir. Aber es ist bestimmt für alle Beteiligten bekömmlicher, wenn ich die Finger von diesen Geschichten lasse."

„Und für den Rest deines Lebens als verwirrter Spinner da-

stehst. Das glaube ich ganz entschieden nicht. Du darfst nicht lockerlassen", beharrte Lina.
„Wie stellst du dir das vor? Was soll ich denn machen?"
„Das, was ich eingangs gesagt habe. Entspannt weiter recherchieren."
„Ich weiß nicht, ob ich mich in dieser Angelegenheit jemals entspannt verhalten kann."
„Hauptsache, du lässt dich nicht unterkriegen. Du darfst nicht aufgeben, selbst wenn es nicht einfach für dich ist."
„Na ja, ich habe aber keine Ahnung, wo ich ansetzen soll?"
„Vielleicht machst du zum Einstieg erst einmal einen Bogen um die Nachforschungen zu deinem eigenen Schicksal", schlug Lina vor. „Deine Kritik an der Entwicklung von Gesellschaft und Wirtschaft in der wiedervereinigten Bundesrepublik war wirklich nicht ganz von der Hand zu weisen. Damit stehst du außerdem nicht alleine da und befindest dich in guter Gesellschaft intellektueller Demokraten, die in der Mitte des politischen Spektrums anzusiedeln sind. Niemand kann dich hier als Spinner abqualifizieren."
„Darüber ließe sich reden. Nur will ich mich nicht wieder zwanghaft mit heute prominenten Gestalten beschäftigen müssen, die in meiner Vergangenheit eine ganz fatale Rolle gespielt haben. Und sei es nur in meiner Phantasie."
„Musst du nicht. Geh das Thema einfach einmal anders herum an. Gab es damals keine Menschen, mit denen du positive Erinnerungen verbindest?"
„Simone, meine damalige Freundin. Oder mein Freund Gernot. Aber die sind beide tot."
„Geht´s auch etwas konstruktiver?" Lina verdrehte entnervt die Augen.
„So viele freundliche Charaktere gab es auf staatlicher Seite in der DDR damals nicht. Aber doch, einer fällt mir schon ein, der gutwillig war und sich aufrichtig um mich bemüht hat. Mein Anwalt."
„Na bitte. Dann hast du schon zwei Ansätze für deine Netz-Recherche. Aber damit fängst du am besten erst morgen an."
„Warum denn? Jetzt hast du mich endlich soweit und dann soll ich wieder warten."
„Du wolltest das Thema doch entspannt angehen. Also würde ich

vorschlagen, dass du heute Nachmittag vollkommen tiefenentspannt mit Paula auf den Spielplatz gehst. In der Zwischenzeit räume ich das Geschirr in die Spülmaschine unten in der Küche und bereite etwas Arbeit für morgen im Büro vor."

„Wie könnte ich da Nein sagen? Nach diesem tollen Essen und deiner unwiderstehlichen Motivationsrede ist das das Mindeste, was ich tun kann."

5. März 2021

Bei seinen Recherchen an diesem Freitagvormittag blendete Berthold bewusst den Gedanken aus, dass es in erster Linie die Bundeskanzlerin war, die die Richtlinienkompetenz für die Regierungspolitik hatte. Und diese übte sie mittlerweile seit fast 16 Jahren aus. Auch ohne Bertholds mögliche persönliche Verbindung zur Kanzlerin war es frustrierend genug, was er im Netz erfuhr.
Er wollte sich dem Thema von der Wurzel her nähern. Eine wesentliche Voraussetzung für Deutschlands Freiheit, Wohlstand und Sicherheit war die wirtschaftliche Stärke des Landes. Dies galt umso mehr für eine gesunde Demokratie nach der Wiedervereinigung.
Deutschland gehörte nach wie vor zu den wichtigsten Industrienationen der Welt. Diese Position sicherte den sozialen Frieden sowie die politische Stabilität im Land und bot kaum Nährboden für radikale Extreme aus dem rechten oder linken Lager.
Ein Herzstück der deutschen Industrie wiederum war die Energiewirtschaft, wie Berthold schnell herausfand. Neben der Energieerzeugung aus fossilen Brennstoffen spielte die Atomenergie eine relevante Rolle.
Doch heute war dieser einstige Vorzeigesektor der deutschen Wirtschaft im öffentlichen Ansehen im Inland vollkommen diskreditiert. Niemand wollte mehr dort arbeiten und keiner sah in der konventionellen Energieerzeugung eine berufliche Zukunft.
Im Ausland sprach man nicht ohne einen gewissen hämischen Beiklang vom deutschen Sonderweg. Denn andere große Industrienationen wie die USA, aber auch Schwellenländer wie Indien oder China beschnitten ihre fossile Verbrennung in keiner Weise, sondern bauten diese im Gegenteil weiter aus. Obwohl sie die weltweit meisten Emissionen in der Energieerzeugung verursachten.
Gewiss war der Gedanke der Umweltschonung in den Köpfen deutscher Politiker gut und richtig, wie Berthold nachvollziehen konnte. Doch so etwas funktionierte nur im globalen Schulterschluss. Da es hier auf internationaler Ebene wie etwa beim Pa-

riser Klimaabkommen meist nur unverbindliche Lippenbekenntnisse, aber keine bindenden Verpflichtungen gab, bewirkte die deutsche Energiewende global nichts. Sie schadete nur der inländischen Wirtschaft. Leider sogar massiv, so Bertholds Eindruck. Jeder, der in Deutschland ein Auto mit Verbrennungsmotor fuhr, stand unter dem Generalverdacht, ein reueloser Umweltsünder zu sein. Gleiches galt für die Beschäftigten in Industriezweigen, die Emissionen aus fossiler Verbrennung ausstießen. Im Prinzip waren das alle Industrien.

Zuerst schaffte die Bundeskanzlerin vor zehn Jahren die Atomenergie ab, wie Berthold erfuhr. Danach wurde der Kohleausstieg beschlossen. Dabei war die Kohle der Energieträger des deutschen Wirtschaftswunders schlechthin.

Berthold raufte sich die rotgrauen Haare, als er diese Informationen online zur Kenntnis nahm. Gut, man konnte versuchen, hier mit gutem Beispiel voranzugehen. Aber dann wenigstens in der richtigen Reihenfolge.

Zuerst einmal musste man alternative Formen der Energieerzeugung ans Netz bringen, überlegte Berthold. Die sogenannten regenerativen oder sauberen Energien wie etwa Windkraft oder Solarstrom. Sodann sollte man die damit verbundenen technischen Probleme wie deren unregelmäßige Verfügbarkeit oder mangelnde Speicherfähigkeit lösen. Danach hätte man die fossile Energieerzeugung auslaufen lassen können.

Doch die Bundesregierung sowie viele einzelne Landesregierungen machten es genau umgekehrt, wie Meldungen aus den letzten Jahren zeigten. Die Politik legte zeitnah verbindliche Termine für den Ausstieg aus der herkömmlichen Energiewirtschaft fest. Ohne dass nur ein einziges Problem der grünen Energieträger gelöst war und diese überhaupt in ausreichender Form zur Verfügung standen.

So waren soziale Verwerfungen und wirtschaftlicher Niedergang vorprogrammiert. Berthold verzweifelte zunehmend, als er sich dies bewusst machte. Wie konnte die Regierung das Land so herunterwirtschaften? Für eine solche Wende wären er und seine Mitdemonstranten nie auf die Straße gegangen. Sie wollten ein ganz anderes Deutschland haben.

Berthold spürte, dass ihm die Erkenntnisse nicht guttaten, die er hier gewann. Gewiss wäre es besser, einen positiveren Ansatz zu finden. Lina hatte ihm ja einen Tipp gegeben. Also googelte Berthold den Namen des Anwalts, der ihn vor über 30 Jahren vor der Todesstrafe bewahrt hatte.
Auch in diesem Fall gab es eine große Anzahl von Treffern. Der Mann war mittlerweile zum führenden Kopf der Nachfolgepartei der SED in der wiedervereinigten Bundesrepublik geworden. Schon vor der Wende war er über zwei Jahrzehnte Parteimitglied gewesen und hatte sich offen zur sozialistischen Idee bekannt.
Diese Haltung hatte er nach 1989 nicht geändert, sehr wohl aber die Fehler des Systems der alten DDR offen eingestanden und kritisiert. Insgesamt wirkte er aufrichtig und geradlinig. Eben so, wie Berthold ihn damals kennengelernt hatte, als er ihn anwaltlich vertreten hatte.
Ein doppeltes Spiel schien der Mann nicht zu spielen. Er trat mit offenem Visier für seine Überzeugungen ein und versuchte nicht wie andere Vertreter bürgerlicher Parteien, einen Sozialismus durch die Hintertür einzuführen. Das wäre ihm auch nicht möglich gewesen, denn die Wahlergebnisse seiner Partei reichten in der Bundespolitik nie für eine Regierungsbeteiligung.
Gleichzeitig galt Bertholds ehemaliger Anwalt als sozialistische Integrationsfigur und war eine Zeit lang sogar Vorsitzender der Europäischen Linken. Damals wie heute erschien er Berthold vertrauenswürdig. Mittlerweile hatte er sich aus der ersten Reihe der Politik zurückgezogen und praktizierte im Alter von über 70 Jahren wieder als Anwalt. Seine Kontaktdaten fanden sich im Netz.
Einer Eingebung folgend schrieb Berthold ihm eine Mail, in der er auf ihre Begegnung am 9. November 1989 Bezug nahm und um ein Gespräch bat. Berthold hatte den Eindruck, dass er auf diesem Wege vielleicht mehr Licht in das Dunkel seiner Vergangenheit bringen könnte.
Und tatsächlich erhielt er noch am Nachmittag des gleichen Tages eine persönliche Antwort. Der Anwalt könne sich gut an ihn erinnern und freue sich, von ihm zu hören. Gerne könnten sie sich unterhalten.

Er schlug sogar einen konkreten Termin vor. Dieses Wochenende sei es zu knapp, aber für den darauf folgenden Sonntagnachmittag lud er ihn zum Kaffee in seine Privatwohnung ein. Ausgerechnet nach Berlin-Pankow. Einen schicksalshafteren Ort hätte es für Berthold kaum geben können. Er sagte zu.

14. März 2021

Da war er also wieder. Zurück in Pankow. An einem Ort, an dem er in diesem Leben eigentlich nie wieder sein wollte.
Doch es war ein anderes Pankow als die klaustrophobisch beengende Anstalt im Maßregelvollzug, in der er einen großen Teil seines Lebens verbracht hatte. Schon die Zugfahrt am Sonntagvormittag dorthin war viel weniger beängstigend als die Abreise aus Berlin im letzten Jahr, bei der alle optischen Eindrücke in psychedelischem Grün verschwommen waren. Teilweise konnte Berthold auf seiner Zugreise heute sogar die Landschaft genießen, die vor dem Fenster seines Abteils vorbeizog.
Jetzt saß er seinem ehemaligen Anwalt und Lebensretter in dessen großzügig bemessener und gemütlichen Dachgeschosswohnung in Pankow gegenüber und nippte an einem vorzüglichen Kaffee. Der Mann wirkte jünger, als es seine 73 Jahre erwarten ließen. Er hatte seit 1989 etwas Gewicht zugelegt, aber seine Gesichtshaut war immer noch erstaunlich glatt. Eine Stirnglatze hatte er schon damals gehabt. Nur war die jetzt deutlich ausgeprägter.
„Ich freue mich, Sie lebendig vor mir zu sehen“, erklärte er seinem Besucher. „Das ist nach allem, was Sie durchmachen mussten, gewiss nicht selbstverständlich. Wie geht es Ihnen heute?“
Mit dieser harmlos formulierten Frage brachen bei Berthold alle Dämme. Er begann zu erzählen und konnte gar nicht mehr aufhören. Er sprach von den langen, verschwommenen Jahren im Maßregelvollzug, vom Tod seines Anstaltsarztes, von seinen Recherchen sowie seinem Erschrecken über die Zustände im wiedervereinigten Deutschland und schließlich auch über seine gefährliche Psychose, die mit dem mysteriösen Verschwinden seines behandelnden Arztes in Neuss zusammenfiel.
Als er mit seiner Erzählung geendet hatte, schwieg sein Gastgeber lange und nickte schließlich nachdenklich. „Eigentlich überrascht mich das alles nicht so sehr, wie es vielleicht sollte“, meinte er.
„Wie kann das sein?“, fragte Berthold irritiert.
„Weil Sie keineswegs unter Wahnvorstellungen leiden. Jedenfalls nicht bis zu Ihrem nach meiner Einschätzung mit ziemlicher

Sicherheit mutwillig herbeigeführten psychischen Zusammenbruch im vergangenen November."
„Woher wollen Sie das so genau wissen? Wir haben uns doch fast 32 Jahre lang nicht gesehen."
„Weil das genau ins Muster passt."
„In welches Muster?"
„Politische Gegner werden für unzurechnungsfähig erklärt. In Ihrem Fall hat man die Methode offensichtlich perfektioniert und Sie durch gezielte Falsch-Medikation bewusst in eine tatsächliche Unzurechnungsfähigkeit hineingetrieben", führte der Anwalt weiter aus. „Außerdem war ich schon 1989 von Ihrer Unschuld überzeugt."
„Dafür bin ich Ihnen nach wie vor dankbar. Ich hatte den Eindruck, dass Sie einen ziemlich guten Durchblick hatten."
„Deshalb weiß ich, dass Sie auch heute nicht phantasieren. Dazu das Wichtigste zuerst: Sie erinnern sich völlig richtig", erklärte der Anwalt. „Es war der heutige russische Präsident, der Ihre damalige Freundin am 9. November 1989 erschossen hat. Schon seinerzeit ein äußerst unangenehmer Zeitgenosse. Ich hatte vor der Wende das zweifelhafte Vergnügen, ihn persönlich kennenzulernen."
„Sie können gar nicht ermessen, was mir diese Bestätigung aus Ihrem Munde bedeutet. Danke. Danke sehr dafür." Berthold musste mehrmals schlucken.
„Ich spreche nur eine schlichte Wahrheit aus, die damals jedem im Umfeld des heutigen Präsidenten Russlands bekannt war", erwiderte der Anwalt. „Der Mann war von Jugend an ein notorischer Gewalttäter. Seinen Spitznamen Giftzwerg hatte er nicht von ungefähr bekommen. So war es beispielsweise ein offenes Geheimnis, dass er seine Frau regelmäßig schwer verprügelte, später dann eben auch Häftlinge der Staatssicherheit wie Sie."
„Dadurch fügt sich so einiges in meinem Kopf viel besser zusammen. Nahezu alle Puzzleteile scheinen jetzt wie von selbst an die richtige Stelle zu fallen", stellte Berthold fest. „Dann war es also auch wirklich der heutige Präsident des Bundesamtes für Verfassungsschutz, der seinerzeit meinen Freund Gernot mit einem Stein erschlagen hat?"

„Davon gehe ich aus. Der Mann war in den Achtzigerjahren Pfarrer in der DDR und außerdem Informant für die Stasi. Er hat eine dubiose Rolle gespielt."
„Woher wissen Sie das?"
„Als überzeugter Sozialist war ich damals Teil des Systems. Selbstverständlich hatte ich zu dieser Zeit zahlreiche Kontakte zum Ministerium für Staatssicherheit, das ließ sich im Rahmen meiner anwaltlichen Tätigkeit nicht vermeiden. Nur habe ich im Gegensatz zu diesem Pfarrer niemanden ausspioniert."
„Dann wissen Sie auch, dass der Pfarrer damals eine mehr oder weniger freiwillige Beihilfe bei seiner Mordtat hatte?"
„An dieser Stelle wird es interessant", meinte der Anwalt, „und kompliziert."
„Weil diese Mittäterin heute Bundeskanzlerin ist?", wagte sich Berthold ein Stück weiter vor.
„Sie sagen es. Doch Vorsicht, das ist vermintes Gelände."
„Kann ich mir vorstellen."
„Mit Ihren Recherchen zu diesem Thema sind Sie einigen namhaften Persönlichkeiten dieses Landes zu nahe getreten. Und nicht nur dieses Landes. Der russische Präsident wird ebenfalls nicht erfreut über die Erkenntnisse gewesen sein, die Sie zutage gefördert haben."
„Glauben Sie, dass das dem Mann überhaupt zugetragen worden ist?"
„Aber ganz gewiss, der damalige Stasi-Flurfunk funktioniert heute immer noch, da können Sie sicher sein. Das sind alte Seilschaften, die nach wie vor ihren Zweck erfüllen. Bestimmt haben die jetzt ebenso wieder zusammengearbeitet, um Sie mit einer fatalen Medikation langfristig aus dem Verkehr zu ziehen."
„Würde mich nicht wundern. Die haben schließlich eine ganze Menge zu verbergen."
„Mehr als Sie denken."
„Die haben meinen Freund Gernot erschlagen und meine Freundin erschossen. Reicht das nicht?"
„Auch wenn das für Sie ein persönliches Lebenstrauma ist, waren das im Vergleich zu den internationalen Machenschaften der Geheimdienste damals nur kleine Fische, so etwas wie Kollateralschäden."

„Na, danke, mir hat´s gereicht."
„Haben Sie sich eigentlich nie gefragt, welche Rolle Sie selbst im Rahmen der historischen Ereignisse gespielt haben?"
„Doch, schon. Ich denke, ich war so eine Art Sündenbock."
„Das auch. Aber da war noch viel mehr."
„Jetzt bin ich gespannt."
„Mit der heutigen Bundeskanzlerin fing alles an. Als der Pfarrer Ihren Freund erschlagen hatte, stand die Frau damals unter starkem Druck. Dann tauchten Sie plötzlich auf der Bildfläche auf."
„Sie sind wirklich sehr genau informiert."
„Ich stand zu dieser Zeit mit Markus Wolf in engem Kontakt. Den Mann haben Sie auch kennengelernt, glaube ich."
„Leider."
„Wolf hatte einen Plan. Seine Ideen unterbreitete er dem damaligen Politbüro. Nur hatten die Mitglieder dieses Gremiums nicht die Weitsicht, um den Gedanken des ehemaligen Chefs ihrer Auslandsspionage folgen zu können."
„Was war das für ein Plan?", wollte Berthold wissen.
„Vielleicht sollte man es eher ein Konzept nennen. Ein Konzept, das Markus Wolf schließlich alleine weiterverfolgte, weil den meisten führenden Köpfen in der alten DDR die visionäre Kraft dazu fehlte."
„Das klingt wie eine Verschwörungstheorie. Dabei ist das genau das, wovor mich die Ärzte gewarnt haben und womit ich mich nie wieder beschäftigen will."
„Nein, keine Sorge. Eine Verschwörung wäre viel zu plump gewesen. Das, was Markus Wolf damals in die Wege geleitet hatte, lief viel subtiler ab."
„Können Sie das genauer erläutern?"
„Da muss ich etwas ausholen." Der Anwalt räusperte sich. „Wir waren seinerzeit in der Führungsriege der alten DDR alle vom Sozialismus überzeugt, ich selbst eingeschlossen. Im Grunde bin ich es heute noch. Ich halte es für keine schlechte Idee, dass alle Menschen gleich sind und deshalb auch gleiche Chancen haben sollten."
„Das habe ich auch einmal so gesehen. Anfangs wollten wir nur für eine bessere DDR mit einem besseren Sozialismus demonstrieren."
„So dachten viele. Nur war spätestens 1989 der Kipppunkt erreicht, an dem das System nicht mehr reformierbar war. Das haben alle ge-

spürt, nur einige Betonköpfe im Politbüro nicht."
„Die aber leider entscheidend waren, weil sie das Sagen hatten", warf Berthold ein.
„So war's, die DDR war längst verloren und das Zentralkomitee hat es nicht gemerkt. In dieser Situation wollte Markus Wolf wenigstens den Sozialismus in Deutschland retten. Denn auch er war wie wir alle ein in der Wolle gefärbter Sozialist."
„Wie wollte er das denn anstellen?"
„Mit den Menschen, die in der ehemaligen DDR sozialisiert worden sind. Diese Leute waren sein Rohmaterial, mit dem er die Zukunft gestalten wollte. Eine gesamtdeutsche sozialistische Zukunft."
„Von der wir heute immer mehr sehen." Berthold fiel die Kinnlade herunter. „So langsam beginne ich zu begreifen."
„Markus Wolf setzte damals auf mehrere Persönlichkeiten, die nach seiner Wahrnehmung das Potential zu einer politischen Karriere hatten. Auch dabei erwies er sich ganz als Spionagechef der alten Schule, der immer eine etwas größere Zahl von Quellen oder Möglichkeiten der Einflussnahme zu rekrutieren versuchte", berichtete der Anwalt. „Die heutige Bundeskanzlerin war nur eine davon. Doch im Nachhinein erwies sie sich für ihn als besonderer Glücksgriff."
„Das konnte Wolf 1989 aber noch nicht ahnen."
„Nein, konnte er nicht. Markus Wolf wusste damals nicht einmal, ob seine Ideen überhaupt umsetzbar waren. Doch er hatte keine Alternativen, die gab es für niemanden."
„Also hat er es einfach versucht", führte Berthold den Gedanken weiter.
„Wolf ist äußerst geschickt vorgegangen. Zunächst hat er sich in Gesprächen versichert, dass die Protagonisten seiner Wahl im Herzen durch und durch sozialistisch eingestellt waren. Dieses zarte Pflänzchen der Überzeugung hegte und pflegte er, indem er in einfühlsamen Gesprächen das Bewusstsein der betreffenden Personen für die Qualitäten des Sozialismus stärkte."
„So ist er wohl auch bei der heutigen Bundeskanzlerin vorgegangen?"
„Anfangs schon. Doch dann lief bei der Dame etwas schief."

„Was denn?“
„Etwas, womit Wolf schlichtweg nie gerechnet hätte. Die Frau hatte überhaupt keine politischen Ambitionen. Also musste er sie zwingen.“
„Wie sollte das nach dem Ende der DDR möglich gewesen sein?“
„Er hat sie als inoffizielle Mitarbeiterin für die Stasi verpflichtet. Ist Ihnen schon einmal die Lieblingsgeste der Bundeskanzlerin aufgefallen?“, fragte der Anwalt.
„Sie meinen dieses Herz, das sie mit vor dem Bauch verschränkten Fingern formt?“
„Genau. Das stammt noch aus der damaligen Zeit. Die Dame lief seinerzeit bei der Stasi unter dem Decknamen ´IM Raute´.“
„Das ist ja pervers.“
„Kann man so sagen, Wolf führte eine Akte darüber. Mit der Androhung einer Veröffentlichung hätte er sie jederzeit unter Druck setzen können, auch nach dem Fall der Mauer und der Auflösung der Stasi. Doch das reichte ihm nicht.“
„Was brauchte er denn noch?“
„An dieser Stelle kamen Sie ins Spiel, lieber Herr Grün.“
„Ich? Ich habe nie etwas gemacht, um die Frau unter Druck zu setzen.“
„Doch, haben Sie. Sie wissen es nur nicht.“
„Können Sie mir das näher erklären?“
„Sie haben selbst vorhin erwähnt, dass Sie mit den Ihnen zur Last gelegten Morden für das Regime eine Sündenbockfunktion übernommen hatten. In Wirklichkeit haben diese Morde aber ganz andere Menschen verübt. In eine dieser Taten war, wie Sie wissen, auch die heutige Bundeskanzlerin verwickelt.“
Bertholds Gehirn arbeitete blitzschnell. „Selbstverständlich durfte das nie ans Tageslicht kommen, auch nicht nach der Wende.“
„Markus Wolf wusste das und hatte damit die Bundeskanzlerin in spe in der Hand. Ursprünglich wollte er Sie als Unterpfand im Maßregelvollzug lebenslänglich in der Hand behalten. So hätte er Sie jederzeit herausholen und die Bundeskanzlerin mit Ihrer potentiellen Aussage unter Druck setzen können, wenn sie nicht gespurt hätte.“
„Aber zunächst wollte man doch die Todesstrafe gegen mich verhängen?“

„Da ist das System seinem Geheimdienstchef davongaloppiert. Aber an dieser Stelle kam ich auf den Plan und konnte das Schlimmste verhindern.“
„Also haben Sie mit Markus Wolf zusammengearbeitet und seine Strategien unterstützt?“, erkundigte sich Berthold.
„Eine Zusammenarbeit gab es, ja. Doch seine Visionen habe ich nicht geteilt. Ich habe mich lieber für den direkten Weg entschieden und die Idee des Sozialismus öffentlich in die Parlamente des wiedervereinigten Deutschlands getragen“, berichtete der Anwalt. „Das erschien mir ehrlicher. Damit bin ich auch ein ganzes Stück weit gekommen. Zwar war meine linke Partei auf Bundesebene nie in der Regierungsverantwortung, aber wenigstens musste ich nicht unter falscher Flagge segeln.“
„So wie die Bundeskanzlerin?“
„Könnte man so sagen, ja. Aber möglicherweise spielen diese ganzen Pläne von Markus Wolf in der historischen Rückbetrachtung gar keine so große Rolle.“
„Wie bitte? Wie können Sie so etwas behaupten?“ Berthold traute seinen Ohren kaum. „Die Menschen in diesem Land werden Stück für Stück um ihren Wohlstand gebracht, Freiheitsrechte werden zumindest infrage gestellt und die Zukunft unserer Kinder verspielt. Diese Gesellschaft versinkt in Orientierungslosigkeit. Die Werte, für die wir einst gekämpft haben, sind nur noch ein verschwommener Schatten ihrer selbst.“
„Das ist tatsächlich tragisch und ich sehe das ganz ähnlich“, räumte der Anwalt ein.
„Sie? Aber Sie sagten gerade, dass Sie ein überzeugter Sozialist sind. Dann müssten Sie diese Entwicklung doch gut finden.“
„Nein, keineswegs. Als überzeugter Sozialist wünsche ich mir vielmehr eine wirtschaftlich gesunde Arbeiterklasse und Wohlstand für alle. Was wir gerade erleben, ist das Gegenteil“, führte der Anwalt weiter aus. „Wenn wir jetzt die Arbeitsplätze in der Energiewirtschaft und auch in der Automobilindustrie vernichten, ist das kontraproduktiv. Das unterbindet die freie Entwicklung des Menschen in einer gerechten Produktionsgesellschaft.“
„Wie meinen Sie das?“

„Überlegen Sie einmal, die Autoindustrie war früher der Vorzeige-Sektor der deutschen Wirtschaft. Wenn wir die jetzt zerstören, indem wir das Auto verteufeln und als Umweltkiller abstempeln, werfen wir unsere traditionellen Werte über Bord, alles wofür wir stehen. Das Wort ‚Automobil' setzt sich ursprünglich aus dem Griechischen und Lateinischen zusammen", dozierte der Anwalt. „Es steht für ´auto´, was ´selbst´ bedeutet und für ´mobil´, was so viel wie beweglich heißt. Damit ist alles gesagt. Mit der Autoindustrie soll sinnbildlich die Individualität und Freiheit unserer Gesellschaft zerstört werden, das kann kein echter Sozialist wollen."
„Auch nicht um den Preis, dass der Sozialismus siegt?"
„Das ist kein echter Sozialismus. Eine solche Entwicklung haben wir uns zur Zeit der Wende weder vorgestellt noch gewünscht. Im Gegenteil werden so antisozialistische Tendenzen gestärkt."
„Wie meinen Sie das?", wollte Berthold wissen.
„Der rechte Rand profitiert davon. Rechtsradikale Parteien werden gerade zu einem Sammelbecken für all die Unzufriedenen, die sonst nie dort gelandet wären", erläuterte der Anwalt. „Das sind zwar keine Mehrheiten, aber dennoch ist es eine fatale Entwicklung. Mehr Faschismus ist das Letzte, was wir in Deutschland brauchen. Auch dafür trägt die Kanzlerin eine Mitverantwortung."
„Dann verstehe ich umso weniger, warum Sie die Bedeutung des Vorgehens von Markus Wolf herunterspielen wollen."
„Ich kann mir gut vorstellen, dass auch ohne seine Initiative aus dem Jahr 1989 alles so gekommen wäre, wie es heute ist. Die Bundeskanzlerin ist in der DDR sozialisiert worden und konnte sich gar nicht anders verhalten, als sie es in ihrer Jugend gelernt hat. Selbst wenn all diese Verstrickungen ihrer Person in mögliche Ideen von Markus Wolf nur Hirngespinste wären, hätte sie genau die gleichen Handlungsmuster gezeigt, die wir in den vergangenen 16 Jahren beobachten konnten."
„Weil sie als Gewächs der alten DDR so konditioniert war", nickte Berthold. „Und jetzt hat sie diesem Land ihren Stempel aufgedrückt."
„Ein Muster, an dem sich gewiss auch ihre Nachfolger orientieren werden."

„Warum glauben Sie das?“
„Weil die etablierten Parteien in der Bundesrepublik Deutschland gar keine Alternative mehr haben. Ein Linksruck ist längst durch dieses Land gegangen. Die Bundeskanzlerin hat ihre eigene Partei soweit links positioniert, dass die anderen Parteien, die schon vorher links von ihr standen, jetzt noch weiter nach links weichen mussten.“
„Was bedeutet das für Ihre Partei?“
„Manchmal komme ich mir wie der letzte Konservative in Deutschland vor“, lächelte der Anwalt. „Dabei will ich nur den Sozialismus bewahren und gleichzeitig die Fehler der alten DDR vermeiden. Aber genau diese Fehler wiederholt die Kanzlerin jetzt. Seit mehr als anderthalb Jahrzehnten.“
„Zum Ende dieses Jahres läuft ihre letzte Amtszeit aus. Aber es wird sich auch danach nichts ändern.“
„Wie ich soeben ausgeführt habe. Hinzu kommt, dass es heute zum guten Ton gehört, die alte DDR nicht zu diskreditieren.“
„Verstehe“, nickte Berthold. „Man will nicht auf den Gefühlen der Menschen in Ostdeutschland herumtrampeln, die seinerzeit vermeintlich eine Niederlage erlitten haben. Auch da hat die Kanzlerin ganze Arbeit geleistet.“
„Die Frau hat die Entwicklung in Deutschland für lange Zeit vorgeprägt. Weit über ihr eigenes politisches Wirken hinaus.“
„Eigentlich etwas, worauf man stolz sein könnte.“
„Wenn die Auswirkungen nicht so fatal wären.“
„Das sind sie“, stimmte Berthold zu. „Aber so ganz verstehen kann ich es immer noch nicht. Es ist offensichtlich, dass die Politik der Kanzlerin der Wirtschaft und Gesellschaft in diesem Land massiv schadet. Warum wurde sie dennoch immer wieder gewählt und warum folgen ihr große Teile der Bevölkerung so bedingungslos?“
„Man nennt das Demokratie. Der einstige britische Premierminister Winston Churchill sagte einmal, dass die Demokratie die schlechteste Regierungsform überhaupt sei. Nur kenne er leider keine bessere.“
„Hört sich nach einem klugen Satz an. Die Demokratie ist das Beste, was wir haben und auch das Beste, was wir jemals bekommen

werden. Sind die Menschen in Deutschland denn nach Ihrer Ansicht heute immer noch so dumm, dass sie das nicht begreifen?"
„Das ist nicht nur Dummheit. Kennen Sie den Roman ′Der Untertan′ von Heinrich Mann?"
„Gehört habe ich davon, aber gelesen habe ich die Geschichte nicht."
„Das zentrale Thema ist die Obrigkeitsgläubigkeit der Deutschen. Damit sind die Menschen hierzulande erst dem Kaiser und dann den Nazis in zwei fatale Weltkriege gefolgt. Der Roman stammt aus dem Jahr 1914 und ist nach wie vor aktuell."
„Einen heraufziehenden Weltkrieg kann ich heute im Jahr 2021 nicht erkennen."
„Momentan nicht, aber so etwas kann sich schnell ändern", gab der Anwalt zu bedenken. „Und die Selbstzerstörung der Deutschen ist schon schlimm genug, die Menschen folgen der Frau wie die Lemminge in die Abgrund. Nur weil sie oben sitzt und damit in den Augen vieler Deutscher über jede Form von Kritik erhaben ist. Selbst wenn sie sich noch so ungeschickt anstellt, da merkt keiner etwas."
„Warum haben Sie die Frau nicht gestoppt, wenn Sie so denken?", erkundigte sich Berthold. „Sie kannten die Hintergründe und hätten sie öffentlich machen können."
„Erstens hatte ich keine Beweise. Zweitens wäre das gefährlich gewesen. Sie sehen doch, wie es Ihnen ergangen ist."
„Verstehe, Sie haben ja schon ausgeführt, dass die Bundeskanzlerin und ihr Verfassungsschutzchef nach Ihrer Einschätzung nach wie vor mit den Russen zusammenarbeiten."
„Übrigens vermutlich nicht immer miteinander abgestimmt. Die Kanzlerin und der Präsident des Bundesamtes für Verfassungsschutz misstrauen sich gegenseitig zutiefst und sind nur durch ihre gemeinsame unrühmliche Vergangenheit aneinandergekettet", warf der Anwalt ein. „Ich könnte mir zum Beispiel gut vorstellen, dass die Kanzlerin gar nicht weiß, dass Sie sich von Ihrer Psychose erholt haben. Die Russen haben möglicherweise ebenfalls keine Ahnung."
„Das wäre in der Tat brisant. Aber glauben Sie denn, dass der russische Präsident heute immer noch die Etablierung des Sozia-

lismus in Deutschland betreibt?"
„Nein, das hat den nie wirklich interessiert. Der Mann ist einfach ein gewissenlos kalkulierender Machtpolitiker", erwiderte der Anwalt. „Damals wollte er die Macht seines alten Systems stützen, heute will er Deutschland und den Westen schwächen, um selbst besser dazustehen. In Russland gibt es keinen Sozialismus mehr, dort herrscht einfach nur Raubtierkapitalismus. Alles, was uns in Deutschland schadet, spielt dem Mann in die Karten."
„Sie meinen, ihm kommen die Schritte der Bundeskanzlerin gerade recht."
„So könnte man das sagen", bestätigte der Anwalt. „Die Frau hat kein Gefühl für die westdeutsche Wirtschaft und trifft eine Fehlentscheidung nach der anderen, weil sie populistisch nur auf das Echo der Medien schielt."
„Die in Deutschland immer weiter nach links gerückt sind", ergänzte Berthold. „Aber sind Sie damit denn wirklich so unglücklich?"
„Ich lebe und arbeite seit fast 32 Jahren in einem westlichen System. Ich muss gestehen, dass ich Demokratie und Freiheit immer mehr zu schätzen gelernt habe. Deshalb will ich gar nichts anderes, vor allem keinen Umsturz."
„Droht so etwas denn nach Ihrem Eindruck?"
„Nein, ein gewaltsamer Umsturz nicht. Aber ich will auch keine Schwächung des Systems und schon gar keine scheibchenweise Einführung der alten Prinzipien der DDR", bekräftigte der Anwalt. „Unter den gegenwärtigen Bedingungen hierzulande kann die Idee des Sozialismus viel gesünder gedeihen, selbst wenn es dafür vielleicht niemals Mehrheiten geben wird. Das wäre für mich aber in Ordnung."
„Kann man denn nichts machen, um die fatale Entwicklung in diesem Land wenigstens etwas auszubremsen?"
„Viel fällt mir nicht ein. Ich habe schon darüber nachgedacht, die ganze Geschichte einem Schriftsteller zu erzählen, der einen fiktiven Roman daraus machen und veröffentlichen könnte. Aber ich weiß nicht, ob so etwas tatsächlich Erfolg hätte und das Bewusstsein der Öffentlichkeit schärfen könnte."
„Schwer zu sagen. Die Leute scheinen denkfaul geworden zu

sein“, stellte Berthold fest. „Könnte es nicht vielversprechender sein, die Menschen in diesem Land frontal mit den Tatsachen zu konfrontieren?“

„Möglicherweise. Aber so etwas würde ich niemals wagen. Nicht nach dem, was mit Markus Wolf geschehen ist.“

„Was ist denn mit ihm passiert? Ich meine, gehört zu haben, dass er gestorben ist. Schon im Jahr 2006, wenn ich mich richtig erinnere.“

„Ja, in diesem Jahr hat sich einiges ereignet.“

„Können Sie das genauer erklären? Sie wissen ja, dass ich zu dieser Zeit in der geschlossenen Psychiatrie war und nichts von der Welt mitbekommen habe.“

„Was Markus Wolf widerfahren ist, ist niemals öffentlich bekannt geworden.“

„Aber Sie wissen es?“

„Ja, Wolf und ich haben damals oft miteinander gesprochen“, erinnerte sich der Anwalt. „Er beurteilte die Entwicklung ähnlich wie ich und hatte sich sehr komfortabel in der wiedervereinigten Bundesrepublik eingerichtet. Doch dann wurde die heutige Bundeskanzlerin erstmals in ihr Amt gewählt. Ich dachte, Markus Wolf würde sich darüber freuen.“

„Aber das war nicht der Fall?“

„Keineswegs, Wolf wollte mittlerweile genauso wenig eine Veränderung der politischen Verhältnisse wie ich. Er wartete ein Jahr ab, bis er schließlich handelte. Aber das ist ihm nicht gut bekommen.“

„Bitte erzählen Sie“, forderte Berthold seinen Gastgeber auf.

Rückblende:

2006

14. Oktober 2006

Viele Informationen über ihn waren im Dunkeln geblieben. Daran hatte er ein Leben lang gearbeitet. Doch jetzt, im Alter von 83 Jahren, musste er sich aus der Deckung wagen.
Seine Deckung lag in Berlin. Immer noch. Hier hatte er Jahrzehnte lang als graue Eminenz des alten SED-Regimes gewirkt und dort fühlte er sich heute noch wohl.
In seinem Leben konnte Markus Wolf eine erstaunliche Kontinuität herstellen. Vor allem, wenn man die Wechselhaftigkeit der Zeitläufe sowie die Unwägbarkeiten des eigenen Berufes bedenkt. Aber der ehemalige Chefspion der DDR wusste schon immer, wo seine persönlichen Vorteile lagen.
Mit seiner dritten Frau Andrea lebte er in einer gemütlichen Wohnung im Herzen Berlins. Ihre standesgemäße Datscha in Brandenburg hatten sie für den Winter geschlossen und waren mit ihren Katzen wieder an ihren Hauptwohnsitz in der Stadt umgezogen. Das milde Wetter versprach noch einige schöne spätherbstliche Wochen.
Die Markus Wolf in der Hauptstadt entspannt zu genießen gedachte. Die schweren Jahre lagen hinter ihm. Zahlreiche juristische Auseinandersetzungen über seine Vergangenheit hatte er erfolgreich ausgefochten. Nur elf Tage seines Lebens musste er seit dem Fall der Mauer im Gefängnis verbringen. Im Zuge der Wiedervereinigung hatten deutsch-deutsche Spione eine Sonderbehandlung genossen, die die Gräben zwischen den beiden ehemaligen deutschen Staaten schließen sollte. Ob das auf diesem Wege gelungen war, sei dahingestellt.
Für Wolf war es jedenfalls ein weiterer Vorteil, den er nutzen konnte. Inzwischen war er in der gesamtdeutschen Gesellschaft angekommen. Mit diversen Buchveröffentlichungen hatte er auf sich aufmerksam gemacht und in intellektuellen Kreisen Anklang gefunden.
Jetzt freute er sich auf einige kulturelle und gesellschaftliche Ereignisse in der Hauptstadt-Szene, in der er mittlerweile ein gern gesehener und etablierter Gast war. Doch ungetrübt war seine Freude nicht.

Als literarisch interessierter und bewanderter Mensch fühlte er sich zunehmend an die Geschichte von Goethes Zauberlehrling erinnert, in dessen Rolle er sich hineingedrängt fand. Die Geister, die Markus Wolf einst gerufen hatte, wurde er nicht mehr los.
Seit einem knappen Jahr war die Frau, die er erst zu einer politischen Laufbahn aufgefordert, ja sogar gezwungen hatte, wie er sich selbst eingestehen musste, im Amt der Bundeskanzlerin. Solche Ambitionen wären der Dame niemals in den Sinn gekommen, bevor sie Kontakt zu ihm hatte.
Aber jetzt saß sie da. Im Bundeskanzleramt. Nur einen Steinwurf von seiner eigenen Wohnung entfernt.
Vor 17 Jahren hätte er sich über diese Entwicklung unbändig gefreut. Doch heute? Heute überkam ihn das kalte Grausen.
Irgendwo hatte Markus Wolf gelesen, dass es das Schlimmste sei, was einem Menschen passieren könne, dass alle seine Wünsche in Erfüllung gingen. So richtig hatte er den Satz bisher nicht verstanden. Jetzt schon.
Er hatte 1989 geplant, dass diese Frau zu einer sozialistischen Umgestaltung der wiedervereinigten Bundesrepublik Deutschland beitragen sollte. Nun eröffnete sich ihr diese Möglichkeit wie keinem zweiten Menschen im deutschen Staat.
Nur hielt Markus Wolf das überhaupt nicht mehr für erstrebenswert. Er hatte sich selbst bestens in der neuen Zeit eingerichtet und wollte gar nichts verändert wissen. Mittlerweile hatte er erkannt, welche unschätzbaren Vorzüge Freiheit und Wohlstand in einem vorbildlich demokratisch organisierten Staat wie der Bundesrepublik hatten.
Noch hatte die Kanzlerin keine ernsthaften Schritte unternommen, um sozialistische Gestaltungsansätze in die deutsche Gesellschaft einzubringen. Doch Wolf machte sich keine Illusionen. Das war nur eine Frage der Zeit.
Erste Hinweise gab es bereits, in welche Richtung die Reise gehen sollte. Musste die Frau ausgerechnet den Cousin des letzten Ministerpräsidenten der DDR zum Chef ihres Kanzleramtes machen? Der den gleichen Familiennamen trug?
Das war zwar bloß ein Symbol, aber eben ein sehr aussagekräftiges. Selbst wenn der Mann vermutlich eine gute demokratische

Gesinnung hatte und gar nicht wusste, dass er mit seiner Ernennung instrumentalisiert wurde.
Vom neuen Kanzleramtsminister waren gewiss keine sozialistischen Umtriebe im Stile der alten DDR zu befürchten. Von der Regierungschefin mittelfristig dafür umso mehr. Die Frau war eine tickende Zeitbombe, wie Markus Wolf besser als jeder andere wusste. Schließlich hatte er sie selbst geschärft.
Kopfschüttelnd griff er zum Telefon. Er war immer noch bestens vernetzt und hatte enge Kontakte zu höchsten Regierungskreisen. Daher wusste er, dass die Kanzlerin oft an Samstagen wie diesem arbeitete und an ihrem Amtssitz anzutreffen war.
Tatsächlich wurde er durchgestellt, als er sich am Telefon ausgewiesen hatte.
„Herr Wolf, offen gestanden hätte ich nicht damit gerechnet, noch einmal von Ihnen zu hören“, eröffnete die Bundeskanzlerin das Gespräch mit einer gewissen Reserviertheit.
„Auch ich hätte nicht geglaubt, dass das nötig sein werde“, erwiderte er.
„Dann dürfte ja alles gesagt sein.“
„Leider ist es aber nötig.“
„Ich kann mir keinen Grund für eine solche Notwendigkeit vorstellen“, beharrte die Kanzlerin.
„Es geht um das, was wir vor 17 Jahren besprochen haben.“
„So etwas dachte ich mir schon. Aber ich glaube, ich habe Ihre Erwartungen bisher erfüllt. Sie können davon ausgehen, dass ich keine zusätzliche Motivation benötige.“
„Ein solcher Gedanke läge mir vollkommen fern“, beschwichtigte Markus Wolf. „Es geht mir weniger um das, was Sie bisher erreicht haben, als vielmehr darum, was Sie in Zukunft zu tun gedenken.“
„Nun seien Sie nicht so ungeduldig“, blaffte die Kanzlerin. „Ich bin im Alter von 51 Jahren in dieses Amt gewählt worden und damit die jüngste Person, die jemals Kanzlerin oder Kanzler der Bundesrepublik Deutschland geworden ist. Schneller ging´s nicht.“
„Das wollte ich gar nicht beklagen. Es geht vielmehr um Ihre Haltung zum Sozialismus.“

„Die ist ungebrochen aufgeschlossen. Das werden Sie noch merken."
„Genau das habe ich befürchtet", stöhnte Wolf leise in den Hörer.
„Wie bitte? Was soll das heißen?"
„Sehen Sie, wir alle sind in den letzten 17 Jahren gereift. Das gilt nicht nur für Sie, sondern auch für mich."
„Schön für Sie. Und was bedeutet das?"
„Ich denke, dass der Sozialismus à la DDR heute kein besonders gutes Beispiel mehr für eine moderne Regierung ist", versuchte Wolf zu erklären.
„Solche Bewertungen können Sie mir überlassen. Ich glaube nämlich, dass es eine ganze Reihe von Errungenschaften der alten DDR gibt, die der neuen Bundesrepublik gut bekommen würden. Die Wiedervereinigung ist keine Einbahnstraße, das werden Sie bald feststellen, genau wie alle anderen Menschen in diesem Land."
„Eigentlich wollte ich Ihnen bloß sagen, dass Sie sich nicht mehr an das gebunden fühlen müssen, was wir vor der Wende besprochen haben. Ich werde Sie niemals unter Druck setzen, irgendwelche sozialistischen Gestaltungsprinzipien in die bundesdeutsche Gesellschaft einzuführen. Ich glaube heute, dass ich mich seinerzeit geirrt und ein falsches Ziel verfolgt habe."
„Schön, dann wäre das geklärt. Genau genommen geht Sie das aber nichts mehr an. Aber damit Sie´s wissen: Ich bin mir vollkommen darüber im Klaren, was ich meiner Vergangenheit sowie meiner Herkunft schulde und was das Beste für Deutschland ist."
„Heißt das, Sie wollen einen Sozialismus für ganz Deutschland?", fasste Markus Wolf nach.
„Ja, dazu brauche ich keinen Antrieb von Ihnen. Das funktioniert ohne Sie hervorragend. Schönen Dank auch."
„Vielleicht erinnern Sie sich, dass ich einiges über Ihre Vergangenheit an die Öffentlichkeit bringen könnte, was sich äußerst nachteilig für Sie auswirken würde."
„Es ist vollkommen überflüssig, dass Sie mich daran erinnern", antwortete die Bundeskanzlerin. „Ich mache ohnehin in Zukunft genau das, was Sie von mir erwarten."
„Erwartet haben", korrigierte Wolf. „Ich versuche Ihnen die gan-

ze Zeit zu erklären, dass ich heute eine sozialistische Prägung des wiedervereinigten Deutschland für fatal halte. Ich habe meine Meinung geändert."
„Ich aber nicht. Im Gegenteil, ich bin überzeugter als je zuvor, dass wir eine historische Chance für eine gerechtere Gesellschaft in Deutschland mit sozialistischen Gestaltungsansätzen haben. Und ich fühle mich berufen, diese Möglichkeit zu nutzen."
„Aber Sie wollten doch niemals in die Politik?"
„Das ist lange her", entgegnete die Kanzlerin. „Meinen Sie etwa, ich habe die ganze Ochsentour auf dem Weg in dieses Amt durchgestanden, um am Ziel klein beizugeben? Nein, jetzt will ich die Früchte ernten, die deutsche Bevölkerung hat ein Recht auf die Errungenschaften des Sozialismus. Diese Vorzüge werde ich den Menschen in diesem Land keinesfalls vorenthalten, das ist meine heilige Pflicht, mittlerweile habe ich sogar Gefallen an diesem Amt und seinen Aufgaben."
„Das ist nach meiner Überzeugung ein gefährlicher Irrweg. Deshalb möchte ich Sie ein letztes Mal in aller Bescheidenheit darauf hinweisen, welche Informationen ich über Sie habe und was ich beweisen kann."
„Was wollen Sie damit sagen?" Die Stimme der Kanzlerin klang bedrohlich leise.
„Treten Sie von Ihrem Amt zurück. Noch vor dem 9. November dieses Jahres."
„Bis zum 9. November? Sie haben scheinbar Sinn für die ganz große Symbolik."
„Das können Sie sehen, wie Sie wollen", erklärte Wolf lakonisch. „Hauptsache, Sie machen, was ich sage."
„Sonst?"
„Sonst werden Sie alles über den Mord an einem gewissen Regimekritiker am 30. August 1989 einschließlich der Namen der Tatbeteiligten in der Presse lesen können. Zeitgleich wird die Stasi-Akte der Informantin 'IM Raute' veröffentlicht, von der mir nach wie vor Kopien vorliegen. Dieses Ultimatum ist nicht verhandelbar."
„So kommen Sie mir also", entgegnete die Kanzlerin tonlos und legte den Hörer auf.

15. Oktober 2006

Präsidenten und Kanzlerinnen arbeiten auch sonntags. Ob in Deutschland oder in Russland. Deshalb nahm der russische Präsident sogleich den Hörer ab, als ihn die deutsche Regierungschefin sprechen wollte.
Die beiden hatten sich zwar vor der Wende nie persönlich kennengelernt, aber sie wussten, dass es aus der Geheimdienstwelt des alten Ostblocks mittelbare Verbindungen zwischen ihnen gab. Selbst wenn die heutige Bundeskanzlerin damals nur eine inoffizielle Mitarbeitern der Stasi war und der seinerzeit als Giftzwerg bekannte Präsident offiziell als Geheimdienst-Offizier in Dresden arbeitete. So war den beiden auch klar, dass sie aus dieser Zeit buchstäblich Leichen im Keller hatten, von denen nie jemand erfahren durfte.
Daher verstand der Präsident sofort, wovon die Kanzlerin sprach.
„Wir haben ein Problem“, begann sie.
„Worum geht es?“, erkundigte sich der Giftzwerg knapp.
„Markus Wolf will auspacken.“
„Das ist in der Tat ein Problem.“ Wenn der oberste Chef des Auslandsgeheimdienstes der DDR aus dem Nähkästchen plauderte, würde auch ein ehemaliger KGB-Offizier aus Dresden ins Schwitzen kommen. Zumal dieser tatsächlich einiges auf dem Kerbholz hatte. Selbst wenn er heute russischer Präsident war. Vielleicht gerade deshalb.
„Können wir ihn umstimmen?“, wollte der Giftzwerg als Erstes wissen.
„Ich glaube nicht.“
„Wieso glauben Sie das nur? Glauben Sie es oder wissen Sie es?“
„Na ja, er sagte, er würde seine Informationen zurückhalten, wenn ich sofort von meinem Amt zurücktreten würde“, druckste die Bundeskanzlerin.
„Dann treten Sie zurück.“
„Das kann ich nicht und das will ich auch nicht. Würden Sie etwa freiwillig zurücktreten?“
„Das steht nicht zur Debatte“, erklärte der Giftzwerg kalt.
„Können Sie mir nicht helfen?“

„Was bekomme ich dafür?“
„Was wollen Sie haben?“
„Da gäbe es schon etwas. Ihr Vorgänger im Amt des Bundeskanzlers hat mit mir langfristige Gaslieferungen sowie den Ausbau einer großen Pipeline aus Russland geplant. Haben Sie schon entschieden, wie die neue Bundesregierung dazu steht?“
„Nein.“
„Dann entscheiden Sie´s jetzt. Sofort. Ich will dieses Gas liefern und westliche Devisen nach Russland bekommen.“
„Wir machen unsere Energieversorgung damit von Ihrem Land abhängig“, gab die Kanzlerin zu bedenken.
„Genau das ist der Plan. Aber wenn Sie lieber zurücktreten möchten…“
„Schon gut, schon gut, hiermit haben Sie meine Zusage. Ich werde das in meinem Kabinett so beschließen lassen und Sie noch vor dem nächsten Wochenende offiziell schriftlich darüber informieren. Jetzt aber zurück zu meinem Problem…“
„Hat Wolf Ihnen ein Ultimatum gesetzt?“, schnitt ihr der Präsident das Wort ab.
„Ja, ich soll noch vor dem 9. November 2006 zurücktreten.“
„Gut, dann kenne ich jetzt die zeitlichen Zielvorgaben. Machen Sie sich keine Sorgen. Sie können das Problem bereits als gelöst betrachten.“

7. November 2006

Es war einer dieser glanzvollen Abende, für die Markus Wolf wie gemacht schien. Dass er sich innerlich angespannt fühlte, merkte ihm niemand an. Nicht einmal seine Frau Andrea, die ihn zu einem Kammermusik-Abend in die russische Botschaft Unter den Linden anlässlich der Verleihung der Puschkin-Medaille begleitete. Wieder einmal stand ihr Mann im Mittelpunkt eines kleinen, erlesenen Kreises.

Zunächst lauschten sie im Kuppelsaal mit dem Glasmosaik den Kompositionen von Peter Tschaikowsky und Michail Glinka. Danach unterhielt sich Markus Wolf angeregt mit der Preisträgerin, einer ehemaligen Kulturstaatssekretärin, mit dem deutschen sowie auch mit dem russischen Botschafter.

Das übliche Salon-Geplauder spulte er beinahe automatisch ab. Hinterher konnte er nicht einmal mehr sagen, worüber eigentlich gesprochen wurde.

Die ganze Zeit musste er an die Bundeskanzlerin denken. Er bekam sie einfach nicht mehr aus dem Kopf heraus.

Über drei Wochen war es her, dass er ihr den Rücktritt nahegelegt hatte. Aber nichts hatte sich seitdem getan.

Gut, sie hatte immer noch zwei Tage Zeit. Aber Markus Wolf hatte bisher nicht mitbekommen, dass sich irgendetwas in dieser Richtung anbahnen würde. Dabei hatte er in Berlin nach wie vor sein Ohr am Puls des politischen Geschehens.

Normalerweise hätte das Rumoren eines nahe bevorstehenden Ereignisses von solcher Tragweite längst bis zu ihm durchdringen müssen. Wolf hatte kein gutes Gefühl. Deshalb wurde er innerlich immer nervöser.

Ein Glück, dass er eine robuste Physis hatte. Einen solchen Stress hielt kein Pferd lange durch. Doch seine Ärzte in der Charité hatten ihm vor wenigen Tagen bei einer routinemäßigen Generaluntersuchung beste Gesundheit bescheinigt. Er habe zwar eine leichte Nierenfunktionsstörung, aber die sei harmlos, solange sie nicht mit den falschen Medikamenten kombiniert werde. Daher dürfe sich Wolf durchaus auf die nächsten 20 Jahre freuen, sagte man ihm.

Und tatsächlich schmeckte ihm die säuerlich-scharfe Soljanka auch ganz hervorragend, die er gerade mit einem altgedienten Schlachtross der Bundespolitik an einem Stehtisch löffelte, als der russische Botschafter zu ihm trat. „Ich habe gehört, dass Sie eine Schwäche für unsere russische Küche haben."
„Wie Sie bestimmt wissen, habe ich in meiner Jugend einige Jahre in Ihrem schönen Land leben dürfen", entgegnete Wolf mit dünnem Lächeln. „Über die Geheimnisse der russischen Küche habe ich später ein Buch geschrieben."
„Es steht sogar bei mir im Regal", schmeichelte der Botschafter. „Was halten Sie von der Zubereitung unseres Nationalgerichtes in meiner Küche?"
„Perfekt, die Suppe ist so, wie sie sein sollte. Die richtige Mischung aus Fleisch, Tomaten und Gurken, die eine angenehme Säure schafft. Ganz wichtig: kein Essig."
„Genau, kein Essig", lachte der Botschafter. „Sie sprechen wie ein wahrer Russe. Was sagen Sie zu den Gewürzen?"
„Nur Pfeffer und Salz, nichts anderes. Viel Pfeffer muss es sein."
„Stimmt, aber auch das Salz trägt seinen Teil zur perfekten Gewürzmischung bei. Ich habe ein ganz besonderes Salz, direkt aus Sibirien importiert. Das harmoniert perfekt mit der Soljanka, übrigens auch mit Pelmeni."
„Pelmeni?", erkundigte sich Wolf. „Diese Teigtaschen sind mein Leibgericht. Ich habe noch ein paar im Kühlschrank, die wollte ich mir morgen aufwärmen. Italienische Tortellini sehen ähnlich aus und werden ebenfalls pikant gefüllt, kommen aber niemals an die Qualität guter Pelmeni heran."
„Ja, nicht wahr? Mit dem Salz werden sie sogar noch besser. Ich lasse Ihnen ein Tütchen einpacken, dann können Sie Ihre Pelmeni zu Hause morgen damit genießen." Der Botschafter winkte einen seiner Bediensteten heran.

8. November 2006

Der Film begann um 18:00 Uhr. Die Kinokarten hatten sie schon vor Wochen gekauft. Spontan hätte sich Markus Wolf an diesem Abend nicht zu einem Kinobesuch überreden lassen.
Doch da die Karten nun einmal da waren, ließ er sich nichts anmerken. Auch nicht gegenüber seiner Frau.
Für ein Abendessen war es zu früh. Stattdessen brachen Andrea und Markus Wolf zeitig auf, um pünktlich zu Beginn des Films im Kinosaal zu sitzen.
Er konnte sich keine Sekunde auf den Film konzentrieren. Dabei war ihm die Handlung recht verlockend erschienen, als er die Karten erstanden hatte.
Im „*Parfüm*" ging es um die Geschichte eines gewissenlosen Mörders, der sich die Geruchswelten anderer Menschen aneignen wollte. Zu einer anderen Zeit, in einem anderen Land.
Doch kaum wurde der Kinosaal abgedunkelt, schweiften Wolfs Gedanken ab. Es war bereits Abend. Um Mitternacht begann der 9. November.
Noch vor Anbruch dieses Tages sollte die Kanzlerin zurückgetreten sein. Aber nichts dergleichen war bisher geschehen. Es erschien unrealistisch, dass es in der kurzen verbleibenden Zeit noch dazu kommen würde.
Sehr unrealistisch. Im Kanzleramt war kein Pressetermin anberaumt worden. Also musste Markus Wolf handeln. Jetzt. Dieser Kelch ging offensichtlich nicht an ihm vorüber.
Man droht nicht zuerst mit der Faust und dann mit dem Finger. In seinem langen Berufsleben hatte er gelernt, dass man so etwas nicht auf die lange Bank schieben durfte. Also beschloss er, noch am gleichen Abend die nötigen Schritte in die Wege zu leiten.
Nachdem er in seiner Entscheidung so weit gediehen war, fiel die Unruhe langsam von ihm ab. Dafür konnte er sich jetzt nicht auf den Film konzentrieren, weil er immer schläfriger wurde.
Als das Licht im Kinosaal wieder anging, blinzelte er mehrmals heftig. Andrea stieß ihm mit dem Ellenbogen in die Seite. „Du hättest wenigstens etwas leiser schnarchen können."
Zu Hause tranken sie gemeinsam ein Glas Riesling. Andrea gähnte.

„Bist du schon müde?“, erkundigte er sich.
„Entschuldigung, im Gegensatz zu dir habe ich mich im Kino nicht ausgeschlafen. Ich glaube, ich gehe ins Bett.“
„Ich muss noch einmal telefonieren“, entgegnete Markus Wolf, ohne sich durch die spitze Bemerkung seiner Frau aus der Ruhe bringen zu lassen. „Dann wärme ich die Pelmeni auf. Willst du nicht doch ein paar mitessen? Die passen gut zum Riesling.“
„Lass mal. Ich lege mich besser hin.“
„Wie du willst. Ich komme später nach.“
Eigentlich war es Wolf ganz recht, dass seine Frau im Schlafzimmer verschwand. So bekam sie wenigstens nichts von dem Telefongespräch mit, das er gleich führen wollte. Das hätte sie nur irritiert und zu überflüssigen Fragen geführt.
Markus Wolf telefonierte mit einem namhaften Hauptstadtjournalisten und vereinbarte ein Treffen für den nächsten Morgen um 10:00 Uhr in der Lobby eines Hotels im Zentrum. Er versprach ihm exklusive Informationen von höchster Brisanz. Die Akte „IM Raute“ hatte er bereits für den nächsten Tag vorbereitet.
Danach goss sich Wolf noch ein halbes Glas Riesling ein. Mehr durfte es nicht sein. Er brauchte morgen einen klaren Kopf.
Wie immer, wenn er einen Entschluss von großer Tragweite gefasst hatte, verspürte er einen Bärenhunger. Er nahm alle Pelmeni aus dem Kühlschrank und briet sie in einer Pfanne. Mehr Kochkunst war nicht erforderlich. Alles war schon am Vortag perfekt vorbereitet.
Wolf streute noch etwas von dem Salz des Botschafters darüber. Darauf war er wirklich gespannt. Dann vertilgte er seine Portion mit großem Appetit und folgte seiner Frau ins Bett.

9. November 2006

04:06 Uhr. Markus Wolf wurde in dieser Nacht noch einmal wach. Ihm war übel. Außerdem hatte er starke Kopfschmerzen. Richtig bewegen konnte er sich nicht. Er gab einen leisen, stöhnenden Laut von sich.

Das Salz des Botschafters, schoss es ihm durch den Kopf. So gut schmeckte das gar nicht. Eher etwas bitter.

Jetzt wusste er auch wieder, woran ihn der Geschmack am Abend zuvor erinnert hatte. Fingerhut. Daran hatte er schon einmal gerochen. Aus den Blättern dieser Pflanze gewann man Digitalis. Und eine Überdosis davon konnte tödlich sein. Insbesondere in Kombination mit einer leichten Nierenfunktionsstörung, die für sich genommen harmlos war.

Da hatte jemand offensichtlich seine Krankenakte gehackt. Jemand, der über sehr gute Hacker verfügte.

Markus Wolf wusste, wer das war. Zumindest ahnte er es. Es musste jemand sein, der ebenso wie er einen ausgeprägten Sinn für Dramatik und Symbolik hatte.

Denn vor gut vier Stunden war der 9. November angebrochen. Sein Tod an diesem Tag war eine Warnung an alle, die einer solchen bedurften.

Mit diesen wenig tröstlichen Gedanken schloss Markus Wolf für immer die Augen.

So zurückgezogen, wie er viele Jahrzehnte lang gelebt hatte.

Vierter Teil

Sommer 2021

11. Juni 2021

Seit er vor knapp drei Monaten aus Pankow zurückgekommen war, wirkte Berthold auf Lina völlig verwandelt. Selbstzweifel und Selbstzerfleischung waren wie weggeblasen. Das Gespräch mit seinem ehemaligen Anwalt hatte ihm offensichtlich gutgetan. Kein Wunder. Berthold hatte Lina in allen Einzelheiten darüber berichtet. Der Anwalt schien erstens einen sehr klaren Blick für Realitäten zu haben und zweitens ein guter Menschenkenner zu sein.

Für Berthold war er eine große Orientierungshilfe, um sein Selbstbild in die Geschehnisse sowohl der vergangenen 30 Jahre als auch der letzten Monate richtig einzuordnen. Das Ergebnis war ein selbstbewusster Mann, der sich seiner Wahrnehmung endlich wieder sicher war.

Berthold hatte verstanden, dass er die Entwicklung der wiedervereinigten Bundesrepublik realistisch einschätzte und mit seiner Beurteilung nicht alleine war. Abgespalten von seinem grundsätzlich klaren Verstand waren die Wahrnehmungsstörungen, unter denen er kurzzeitig infolge einer falschen Medikation gelitten hatte. Der Verdacht, dass diese Fehlmedikation vorsätzlich herbeigeführt worden war, war naheliegend.

Denn dass Geheimdienste in Ost und West an den Ereignissen vor und nach seiner jahrzehntelangen Inhaftierung nicht ganz unbeteiligt waren, erschien ebenfalls schlüssig. Zu viel stand für die Mächtigen dieser Welt auf dem Spiel und zu viele Menschen waren deswegen bereits gestorben.

Weil Berthold wusste, was er davon halten sollte und welche Rolle er selbst bei den Ereignissen in der Vergangenheit spielte, hatte er heute wieder im Leben Fuß gefasst. Er verdiente eigenes Geld, jobbte stundenweise in der Grafikabteilung einer großen Werbeagentur und kellnerte abends gelegentlich.

Lina freute sich, dass sie mit Berthold endlich einen in sich ruhenden Mann hatte. Manchmal verbrachte er die Nacht bei ihr. Wenn sie dann unter einer Bettdecke lagen, verhielten sie sich ganz und gar nicht mehr wie Bruder und Schwester.

Die meiste Zeit lebten sie mit Linas kleiner Tochter wie eine

richtige Familie unter einem Dach, nur eben mit verschiedenen Wohnungen im gleichen Haus. Berthold strahlte eine gelassene Selbstsicherheit aus, ohne überheblich zu wirken. Was ihn zu einer angenehmen Gesellschaft für Mutter und Kind machte.
Nur in seltenen Momenten packte ihn noch die Unruhe. So auch an diesem Freitagvormittag, als Paula in der Schule war und Berthold und Lina in seiner kleinen Küche gemeinsam frühstückten.
„Es kann nicht sein, dass die alle ungestraft davonkommen“, schimpfte Berthold und schob die vor ihm liegende Tageszeitung beiseite, in der er gerade geblättert hatte.
„Ist doch auch nicht so“, widersprach ihm Lina. „Ich denke, Markus Wolf hat seine gerechte Strafe bekommen. Das hat dir dein Anwalt zumindest erzählt.“
„Ja, schon. Aber immerhin hat er 83 Jahre lang ein gutes Leben geführt. Außerdem war er zwar ein hinterhältiger Strippenzieher, aber doch nicht der Schlimmste von allen.“
„Wohl wahr, nur wird man an die ganz großen Fische nicht herankommen. Das war schon immer so.“
„Und wir sollen einfach zusehen, wie die unser Land zerstören?“, ereiferte sich Berthold weiter.
„Na ja, die Bundeskanzlerin wird aller Voraussicht nach Ende des Jahres nicht mehr in ihrem Amt sein. Dann ist sie als Person des politisches Lebens Geschichte und kann kein weiteres Unheil anrichten.“
„Mittlerweile hat ihre Politik eine gewisse Eigendynamik entwickelt. Es ist so, wie es der Anwalt analysiert hat“, befand Berthold. „Außerdem finde ich es unerträglich, dass die Mörder von Simone und Gernot ungeschoren davongekommen sind. Allein der Gedanke an dieses Unrecht ist für mich die Hölle.“
„Der du kaum entrinnen kannst. Denn du wirst nichts daran ändern“, entgegnete Lina leichthin und fuhr ihm mit den Fingern durch den rotgrauen Schopf. „Besser, du lernst damit zu leben. An den russischen Präsidenten oder den Präsidenten des Bundesamtes für Verfassungsschutz kommt niemand heran.“
„Möglicherweise nicht, vielleicht aber doch.“
„Was soll das heißen?“
„Abwarten, ich fahre am Wochenende nach Genf. Dort habe ich

nächste Woche etwas zu erledigen."
„Nach Genf?" Lina wirkte alarmiert. „Was willst du denn da?"
„Ich will dich nicht mit hineinziehen. Deshalb ist es besser, wenn du nicht zu viel weißt. Ende nächster Woche müsste ich wieder zurück sein, hoffe ich jedenfalls."
„Berthold, das gefällt mir nicht. Was hast du vor?"
„Ich erzähle es dir, wenn ich wieder zu Hause bin."
„So kannst du nicht mit mir umspringen. Ich verlange eine Erklärung."
„Bis nächste Woche. Verzeih mir, ich kann nicht anders."
„Berthold..."
Doch wie ein Phantom war er aus der Wohnung verschwunden. Nur die Zeitung lag an der Stelle, an der er eben noch gestanden hatte. Sie war durch einen Luftzug vom Tisch geweht worden. Der entstanden war, als er die Wohnungstür blitzschnell geöffnet und wieder geschlossen hatte.
Lina hob sie auf und blätterte gedankenverloren darin. Als ihre Augen die Schlagzeilen überflogen, stieß sie einen halb unterdrückten Aufschrei aus. Der russische Präsident wurde nächste Woche in Genf erwartet. Er wollte sich dort mit dem amerikanischen Präsidenten zu einem Gipfel-Gespräch treffen.
Lina befürchtete das Schlimmste. Jedoch nicht für einen der beiden Präsidenten. Dabei hatte sie bis eben noch geglaubt, Berthold habe endgültig Vernunft angenommen.

16. Juni 2021

11:00 Uhr. Noch zwei Stunden bis zum Gipfel-Gespräch zwischen dem amerikanischen und dem russischen Präsidenten. Das Protokoll war auf die Sekunde genau choreografiert. Der Giftzwerg sollte zuerst eintreffen.
Treffpunkt war die Genfer Villa La Grange im gleichnamigen Park am Südufer des Genfer Sees. Die beiden Staatsmänner wurden durch strengste Sicherheitsvorkehrungen abgeschirmt. Das gesamte Parkgelände war mit einer Stacheldrahtumzäunung hermetisch abgeriegelt. Zur Bewachung standen 3.500 Polizisten und Soldaten bereit.
Die Route der gepanzerten Limousine des russischen Präsidenten führte vom Genfer Flughafen über die Seeuferstraße in südöstlicher Richtung bis zum unmittelbar angrenzenden Park La Grange. Sobald er die Grenze zum Park erreicht hatte, konnte niemand mehr an ihn herankommen.
Bertholds einzige Chance war es, eine Begegnung auf der Seeuferstraße zu arrangieren. Schwer genug, aber nicht unmöglich. Wegen der auf den Straßen allgegenwärtigen Polizeifahrzeuge hatte er sich für den Wasserweg entschieden.
Mit einem gemieteten Schlauchboot mit starkem Außenbordmotor hatte er schon am Morgen am Südostufer des Sees angelegt und von dort die Böschung der Seeuferstraße erklommen. Jetzt wartete er im Gebüsch verborgen auf den Wagen des Giftzwergs. Als die kleine Kolonne mit zwei Begleitfahrzeugen zur Bewachung herannahte, erkannte Berthold sie schon von weitem. Die Präsidentenlimousine fuhr in der Mitte, davor und danach kamen die beiden Wagen der Leibwächter. Berthold wusste, dass er nur diese eine Chance hatte. Alles musste genau getimt sein.
Er sprang in dem Augenblick auf die Straße, als das erste Bewachungsfahrzeug auf seiner Höhe war, aber nicht mehr rechtzeitig bremsen konnte. Der Fahrer musste instinktiv ein spektakuläres Ausweichmanöver mit quietschenden Reifen durchführen. Durch diese auffällige Aktion hatte Berthold die volle Aufmerksamkeit des Präsidenten, der im unmittelbar folgenden Wagen saß.
Blitzschnell hielt er sein auf eine kleine Fahnenstange aufgesteck-

tes Plakat im Format DIN A2 hoch, das er an seinem Arbeitsplatz in einer Düsseldorfer Werbeagentur im Photoshop mit einer alten Fotovorlage aus dem Jahr 1989 angelegt hatte. Es zeigte Simones überlebensgroßes Gesicht. Mitten auf ihrer Stirn hatte er ein blutiges Einschussloch in das Bild einmontiert.

Darunter war in großformatigen Lettern zu lesen: Liebesgrüße aus Wermsdorf! Das Foto stammte aus seiner alten Brieftasche, die man ihm bei der Entlassung aus dem Maßregelvollzug vor acht Monaten wieder ausgehändigt hatte. Nach fast 31 Jahren. Auf das deutsche Archivwesen war Verlass.

Jetzt kam es darauf an. Das erste Begleitfahrzeug gab Gas und startete mit aufheulendem Motor durch. Die Präsidentenlimousine beschleunigte ebenfalls. Die Leibwächter spulten ihr eingefahrenes Routineprogramm für unvorhergesehene Situationen ab. Sie versuchten, ihre Schutzperson so schnell wie möglich aus der Gefahrenzone zu bringen.

Doch dann bremste der Wagen des Giftzwergs abrupt und kam 50 Meter hinter Berthold zum Stehen. Im Fond öffnete sich ein Fenster, aus dem eine blasse Hand herauswinkte. Die Hand bedeutete Berthold näherzukommen.

Er ließ sein Plakat fallen und ging auf die Präsidentenlimousine zu. Noch bevor er sie erreichte, stürzten die Leibwächter aus den Begleitfahrzeugen und zogen ihre Uzi-Maschinenpistolen. Sechs Läufe richteten sich auf Berthold, der das Klicken der Entsicherungshebel in der plötzlich eingetretenen Stille überlaut wahrnahm.

Einer der Sicherheitsleute trat vor und filzte Berthold professionell. Nachdem der Leibwächter festgestellt hatte, dass Berthold unbewaffnet war, beugte er sich zum geöffneten Fenster der Limousine. Es folgte ein kurzer Wortwechsel in russischer Sprache. Schließlich wurde Berthold noch näher herangewinkt und die Tür zum Fond öffnete sich.

Der Sicherheitsmann gab ihm einen kräftigen Stoß in den Rücken und Berthold fand sich auf dem Rücksitz der Präsidentenlimousine wieder. Tote Haifischaugen starrten ihn an. Augen, die er schon über 30 Jahre nicht mehr persönlich gesehen hatte und dennoch sofort wiedererkannte.

Der Leibwächter quetschte sich hinter ihn auf den Rücksitz und schloss die Tür. Das Auto setzte sich in Bewegung. Aber nur wenige Meter, um dann gleich wieder rechts am Straßenrand anzuhalten. Die beiden Begleitfahrzeuge taten es ihnen gleich.
„Sie haben maximal 15 Minuten", sprach ihn der Giftzwerg in seinem gewohnt guten Deutsch an. Auch die dünne Stimme würde Berthold in seinem Leben nie vergessen.
„Eigentlich mag ich keine Überraschungen und lasse mich nie auf spontane Planänderungen ein. Aber in Ihrem Fall mache ich eine Ausnahme. Ich muss zugeben, dass Sie meine Neugier geweckt haben", fuhr Simones Mörder fort. „Ich dachte, Sie wären geistig so zerrüttet, dass Sie in diesem Leben nie mehr zu einer koordinierten Aktion fähig wären. Doch diese Nummer hier spricht eine andere Sprache. Meinen Respekt, Sie haben offensichtlich Mut."
„Oder ich bin völlig durchgeknallt, weil ich mich Ihnen ohne Not ausliefere", gab Berthold zu bedenken. „Sie wissen doch, Wahnsinnige sind für niemanden berechenbar. Nicht einmal für sich selbst."
„Das glaube ich kaum, dazu wirkt das hier alles zu klar kalkuliert. Sie wissen genau, dass ich es mir bei diesem Gipfel-Treffen nicht leisten kann, dass Leichen meinen Weg pflastern. Schon gar nicht Ihre."
„Ihre öffentliche Wirkung ist für Sie auf internationalem Parkett wichtig. Das habe ich mir gedacht", nickte Berthold.
„Klug kombiniert. Zumindest gilt das für das nächste halbe Jahr. In den kommenden sechs Monaten will ich auf keinen Fall auffallen, danach werden die Karten neu gemischt."
„Sie werden mir kaum sagen, worum es geht, oder?"
„Das erfahren Sie früh genug. Ich habe Interessen, die ich durchsetzen werde. Soviel sollten Sie längst verstanden haben", lächelte der Giftzwerg mit schmalen Lippen.
„Ich fürchte schon. Fast noch schlimmer erscheint mir jedoch, dass sich unsere Interessen an dieser Stelle decken könnten."
„Ich kann mir zwar nicht vorstellen, dass es Berührungspunkte zwischen einer armseligen Existenz wie der Ihren und dem Präsidenten einer Weltmacht geben könnte. Aber andererseits habe ich Sie schon einmal unterschätzt und Sie deswegen am 9. No-

vember 1989 in dieser Waldhütte nicht erschossen. Deshalb bin ich zugegebenermaßen sogar ein klein wenig gespannt, was Sie zu sagen haben."
„Vielleicht kann ich Ihnen nicht viel Neues berichten", setzte Berthold an.
„Wozu sind Sie dann hier?"
„Möglicherweise möchte ich Ihnen einen neuen Blickwinkel auf die Fakten eröffnen, die Sie kennen."
„Meinen Sie, das können die Analysten meiner Geheimdienste nicht besser?"
„Offensichtlich nicht."
„Für einen Mann in Ihrer Lage sind Sie ziemlich unverschämt", zischte der Präsident.
„Oder fatalistisch."
„Oder selbstbewusst."
„Wenn man nach allem, was ich erlebt habe, immer noch steht, ist Selbstbewusstsein vermutlich die einzig mögliche Konsequenz", entgegnete Berthold.
„Da ist etwas dran. Aber macht Sie das auch schlauer?"
„Die Frage ist eher, ob Sie durch einen neuen Erkenntnisgewinn klüger werden können. Ich gehe davon aus, dass man Ihnen gesagt hat, dass von mir nichts mehr zu befürchten sei, weil man mich dauerhaft ausgeschaltet habe."
„So war mein Informationsstand bis vor wenigen Minuten."
„Und jetzt müssen Sie feststellen, dass Sie falsch informiert wurden. Obwohl Sie mehr als eine hochrangige Quelle in Deutschland haben."
„Glauben Sie etwa, dass ich etwas über meine Quellen preisgeben würde?", erwiderte der Giftzwerg gereizt.
„Das brauchen Sie nicht, ich kann selbst eins und eins zusammenzählen. Der heutige Präsident des Bundesamtes für Verfassungsschutz war schon vor über 30 Jahren ein Informant der Stasi. Der seinerzeit eng mit dem KGB zusammenarbeitete, also auch mit Ihnen in Dresden."
„Sie sind nicht auf den Kopf gefallen, mein Junge."
„Außerdem war der Mann schon damals ein gewissenloser Mörder. So einen können Sie immer gebrauchen."

„Jetzt werden Sie mal nicht frech."
„Es geht nur um Tatsachen. Die müssen wir offen ansprechen, um den nötigen Durchblick zu gewinnen."
„Also gut, geschenkt. Aber dafür will ich etwas von Ihnen haben. Etwas Substantielles."
„So soll es sein. Sie wurden also vom Präsidenten des Verfassungsschutzes offensichtlich falsch über meinen Zustand informiert. Denn er muss auch derjenige gewesen sein, der mich mit seinem Apparat in Deutschland hat beobachten lassen", führte Berthold aus. „Zumindest hätten Sie eine solche relativ aufwendige Aktion in Düsseldorf nicht ohne die Gefahr der Entdeckung durch inländische Dienste durchführen können. Was zu diplomatischen Verwicklungen hätte führen können, die Sie gerade überhaupt nicht gebrauchen könnten, wie Sie sagten."
„Richtig gedacht, aber das weiß ich alles längst selbst. Sie erzählen mir nichts Neues."
„Warum hat Sie der Mann Ihrer Ansicht nach falsch informiert?"
„Was wird das hier? Ein blödes Ratespiel? Keine Ahnung, vielleicht hatte er Angst, mir sein Versagen einzugestehen oder sich einfach nur geirrt."
„Möglich. Sie haben Menschen schon für weit unbedeutendere Kleinigkeiten über die Klinge springen lassen. Doch eigentlich glaube ich, dass es andere Gründe für die Fehlinformationen gab."
„Dann rücken Sie damit heraus", knurrte der Giftzwerg. „Anstatt mich zu beleidigen."
„Ich denke, der Präsident des Verfassungsschutzes spielt ein doppeltes Spiel."
„Das müssen Sie näher erklären."
„Was Informationen aus der Welt der westlichen Geheimdienste angeht, ist er Ihr Informant und nicht die Bundeskanzlerin", erwiderte Berthold. „Mit ihr verkehren Sie nur auf staatsmännischer Ebene."
„Selbst wenn dem so ist, wüsste ich nicht, was das mit Ihrem Fall zu tun hat."
„Der Präsident des Bundesamtes muss auch der Bundeskanzlerin berichten. Und ihr gegenüber hat er ganz andere Interessen als Ihnen gegenüber."

„Nämlich welche?“, fasste der Giftzwerg nach.
„Die beiden haben eine gemeinsame Vergangenheit bei der Stasi und er hat die Bundeskanzlerin als Mittäterin bei einem Mord vor nun fast 32 Jahren in der DDR in der Hand.“
„Davon habe ich gehört.“
„Das Opfer war ein guter Freund von mir. Meine Zeugenaussage könnte der Bundeskanzlerin gefährlich werden. Solange ich im Spiel bin, hat der Präsident des Verfassungsschutzes ein Druckmittel gegen die Frau“, erläuterte Berthold.
„Ich beginne zu verstehen. Deshalb war er froh, dass in Ihrem Kopf nach der Aktion gegen Sie doch noch mehr als Spinat war. So kann er Sie bei Bedarf weiter als Drohpotential gegenüber der Kanzlerin einsetzen.“
„Sie haben´s erfasst. Sie hat er gleichzeitig falsch informiert, damit Sie Ruhe geben und er weiter sein Spiel mit der Kanzlerin treiben kann.“
„Woher wissen Sie das alles?“
„Dazu braucht man keine aufwendigen Abhörgeräte. Wenn man die Fakten kennt, reicht logisches Denken.“
„Absolut schlüssig. Aber warum erzählen Sie es mir?“
„Weil ich keine Lust habe, Spielball eines solchen Typen zu sein“, antwortete Berthold. „Und ich denke, dass Sie das Problem in unserem gemeinsamen Sinne lösen werden, nachdem Sie erkannt haben, dass Sie manipuliert worden sind.“
„Dem ist nichts entgegenzusetzen, strategisch richtig gedacht. Sie hätten Politiker werden können. Aber haben Sie eigentlich keine Angst davor, was ich später mit Ihnen machen könnte?“
„Im Augenblick haben wir gemeinsame Interessen. Wenn ich mich danach zurückhalte, wird Ihr Fokus nicht mehr auf mich gerichtet bleiben. Und ich werde mich zurückhalten, denn ich bin ja nicht lebensmüde.“
„Jetzt aber raus hier, ich muss die Welt täuschen und den Friedensengel geben.“

18. Juni 2021

„Ich hätte eigentlich nicht gedacht, dass ich vor dem bevorstehenden Ende meiner Amtszeit noch ein persönliches Telefongespräch mit Ihnen führen müsste“, sagte die Bundeskanzlerin, als sie an diesem Freitagnachmittag einen Anruf aus dem Kreml entgegennahm.
„Ich auch nicht“, entgegnete der Giftzwerg-Präsident. „Also bringen wir´s hinter uns. Es ist wichtig.“
„Wie könnte es anders sein?“ Die Kanzlerin wirkte hörbar genervt.
„Es geht um Berthold Grün.“
„Grün? Ich dachte, der Fall wäre längst Geschichte.“
„Das habe ich auch geglaubt. Aber dann habe ich ihn vorgestern in Genf getroffen.“
„Ich dachte, das wäre der amerikanische Präsident gewesen.“
„Sparen Sie sich Ihre flachen Witze“, polterte der russische Präsident. „Es handelte sich um ein inoffizielles Gespräch im Vorfeld des Gipfels.“
„Was sollte denn dieser Grün da mit Ihnen zu besprechen gehabt haben?“
„Er hat mich gewarnt.“
„Gewarnt? Wovor?“
„Vor dem Präsidenten Ihres Verfassungsschutzes.“
„Das müssen Sie mir bitte näher erklären.“
„Der Mann spielt ein doppeltes Spiel“, erläuterte der Giftzwerg. „Er hat nicht nur mich getäuscht, sondern auch Sie.“
„Inwiefern?“
„Sie haben es doch gerade selbst gesagt. Bisher dachten Sie, der Fall Grün wäre erledigt. Wer hat Ihnen das wohl mitgeteilt?“
„Ja, stimmt, ich verstehe. Unser BfV-Präsident hat mir versichert, dass Grüns Gehirn unwiderruflich so geschädigt sei, dass der Mann nie wieder einen klaren Gedanken formulieren könnte.“
„Genau das Gleiche hat er mir auch garantiert.“
„Wieso Ihnen?“, hakte die Kanzlerin argwöhnisch nach. „Das ist mein Geheimdienstchef. Arbeitet der etwa nebenbei auch für Sie?“

„Das tut nichts zur Sache. Tatsache ist, dass er uns beide getäuscht hat. Denn ich kann Ihnen versichern, dass Grüns Verstand messerscharf funktioniert."
„Vermutlich hatte unser Mann Angst, sein Versagen einzugestehen und uns deshalb nicht die Wahrheit gesagt."
„Da steckt mehr dahinter", entgegnete der Giftzwerg. „Er wollte Grün als Unterpfand behalten, um uns, vor allem aber Sie, gegebenenfalls mit dessen möglicher Zeugenaussage unter Druck zu setzen."
„Wäre nicht das erste Mal." Die Kanzlerin wurde nachdenklich. „Was schlagen Sie vor?"
„Stellen Sie den Präsidenten Ihres Verfassungsschutzes mit sofortiger Wirkung von seinem Amt frei. Ohne viel Aufhebens, schieben Sie gesundheitliche Gründe vor. Der Mann ist schließlich nicht mehr der Jüngste."
„Was soll das bringen?"
„Dann haben meine Leute freie Bahn. Ist er erst einmal aus dem Amt ausgeschieden, hat er keine Leibwächter mehr. Auch das öffentliche Aufsehen dürfte dann geringer sein."
„Sie wollen den Fall endgültig lösen?"
„So wie am 9. November 2006 in einer anderen Sache. Sie erinnern sich daran?"
„Wie könnte ich das vergessen?", antwortete die Kanzlerin mit einer Gegenfrage. „Nur möchte ich daran am liebsten nie mehr erinnert werden. Aber effektiv war Ihr Vorgehen schon, das muss ich zugeben. Was ist mit Grün?"
„Der hat die Botschaft verstanden und mir sein Schweigen zugesichert. Er weiß genau, was passiert, wenn er die Vereinbarung bricht."
„Dann sei es so, ich kümmere mich gleich am Montagmorgen darum. Aber es muss von Ihrer Seite aus schnell gehen. Damit unser ausgeschiedener Präsident nicht noch im letzten Moment Schaden anrichtet."
„Ich kenne die Regeln."

21. Juni 2021

Montagmittag. Am Morgen war er noch Präsident des Kölner Bundesamtes für den Verfassungsschutz. Jetzt stand er an einer Würstchenbude am Rhein und nahm einen bescheidenen Imbiss im Stehen zu sich. Nicht einmal die Kantine seines eigenen Amtes hatte er mittags betreten dürfen.

Aber es war ja nicht mehr sein Amt. Das hatte er immer noch nicht ganz realisiert. Doch die Ansage war eindeutig gewesen.

Seine beiden Stellvertreter sowie zwei Männer des Sicherheitsdienstes standen am späten Vormittag plötzlich vor seinem Schreibtisch. Sie hatten ihn aufgefordert, ein Dokument zu unterschreiben, in dem er mit sofortiger Wirkung um die Entbindung von seinen Amtspflichten bat. Aus gesundheitlichen Gründen.

Sollte er sich weigern, trete unverzüglich ein Haftbefehl gegen ihn in Kraft. Er würde dann wegen Hochverrats und Spionage angeklagt werden. Die beiden Sicherheitsbeamten würden ihn in diesem Falle unmittelbar in Untersuchungshaft nehmen.

Weisung von ganz oben. Er wusste, was das zu bedeuten hatte und wer dahintersteckte. In diesem Augenblick war ihm keine andere Wahl geblieben. So stand er jetzt hier unter dieser Brücke am Rhein. Er fühlte sich seltsam nackt, ohne persönlichen Referenten, ohne Sekretärin, ohne Leibwächter. Heute hatte er verloren.

Doch es würden andere Tage kommen. Noch war sein Pulver nicht verschossen. Da man sich einvernehmlich getrennt hatte, war ihm eine gute Beamtenpension geblieben. So verfügte er über die nötigen finanziellen Mittel.

Dabei war das nicht einmal das Entscheidende. Viel ausschlaggebender waren die Informationen und Belege, die ihm immer noch vorlagen. Er musste seine Karten nur geschickt ausspielen.

Dann musste die Kanzlerin bald wieder mit ihm sprechen. Sehr schnell würde er sich so in die Position versetzen, zurückschlagen zu können. Er hatte einen Verdacht, wer ihm das eingebrockt hatte. In Zukunft würde er vorsichtiger sein. Seine nächsten Schritte wollte er zwar zügig, aber auch mit besonderem Bedacht angehen. In den nächsten Tagen würde er einen Termin mit seinem Anwalt vereinbaren, um sich rechtlich abzusichern.

28. Juni 2021

Berthold und Lina saßen am späten Abend bei Kerzenschein auf dem kleinen Balkon ihrer Wohnung. Die Dämmerung setzte an diesem lauen Düsseldorfer Sommertag gerade erst ein. Sie hörten leise Radio, die Kleine schlief längst.
Seit Berthold vor elf Tagen aus Genf zurückgekehrt war, war ihre Zweisamkeit noch vertrauter geworden. Berthold hatte ihr alles über seine Reise erzählt und kein Detail ausgelassen.
Zunächst war Lina nur froh gewesen, dass ihm nichts passiert war. Sie hatte befürchtet, er könne einen selbstmörderischen Attentatsversuch auf den russischen Präsidenten unternehmen, der gewiss erfolglos gewesen wäre und Berthold das Leben gekostet hätte.
Sie hielt es für besorgniserregend, dass er sich in die Nähe dieses unmöglichen Typen gewagt und sogar mit ihm geredet hatte. Nach einigem Nachdenken fand sie Bertholds Vorgehen aber auch sehr mutig.
Nur glaubte sie nicht, dass es viel bewirken würde. Das hatte sie Berthold gesagt. Sie sollte sich irren.
Denn in diesem Augenblick setzte der Sender mit der Übertragung des Konzertes aus, das sie gerade hörten.
„Wir unterbrechen unser Programm für eine Eilmeldung", verkündete ein Sprecher. „Soeben wurde bekannt, dass der ehemalige Präsident des Bundesamtes für Verfassungsschutz am Nachmittag einem Attentat zum Opfer fiel. Er wurde vor einer Kölner Anwaltskanzlei am Barbarossaplatz von mehreren Schüssen in Kopf und Brust getroffen und war sofort tot. Jede Hilfe kam zu spät. Der Generalbundesanwalt hat den Fall an sich gezogen und ermittelt in alle Richtungen. Eine erste Spur führt möglicherweise in die Reichsbürger-Szene. Die Bundeskanzlerin hat für die nächste Woche einen Staatsakt angeordnet. Erst vor einer Woche war der Präsident des Bundesamtes aus gesundheitlichen Gründen von seinen Pflichten entbunden worden. Mehr über die Hintergründe des Anschlags folgt in Kürze auf diesem Sender."
„Ich glaube nicht, dass wir mehr erfahren", meinte Berthold und stellte das Radio ab. „Die werden nichts herausfinden. Von wegen Reichsbürger. Das sind zwar Spinner, aber die wahren

Täter kommen aus einer ganz anderen Richtung."
„Und wenn die Ermittler etwas darüber wissen sollten, werden sie es gewiss nicht veröffentlichen", ergänzte Lina.
Dann schwiegen beide.
„Das ging schneller als ich dachte", sagte Berthold nach einigen Minuten in die Stille der nächtlichen Dunkelheit hinein, die inzwischen hereingebrochen war.
„Ich kann nicht fassen, dass es überhaupt passiert ist", entgegnete Lina. „Wahnsinn, dein Plan ist aufgegangen."
„Manchmal muss man sich eben mit dem Teufel verbünden, wenn man der Hölle entkommen will. Einen anderen Ausweg gibt es nicht."
„Fühlst du dich jetzt besser?"
„Ich weiß nicht, ja, irgendwie schon. Aber nicht, weil ein Mensch tot ist, sondern weil ich damit einen weiteren Beleg habe, dass ich mir das alles nicht eingebildet habe. Zusätzlich zu dem Gespräch mit meinem Anwalt in Pankow."
„Eine schöne Realität ist es nicht gerade, die da ihr hässliches Gesicht zeigt."
„Wohl wahr", räumte Berthold ein. „Aber wenigstens so etwas wie Gerechtigkeit. Gernots Mörder ist bestraft, dadurch bin ich wenigstens einem Teil meiner persönlichen Hölle entkommen und kann mit diesem Kapitel abschließen. Nur ist es eigentlich nicht richtig, dass ich selbst dafür sorgen musste."
„Der Rechtsstaat hat an dieser Stelle versagt."
„Ja, außerdem musste ich unlautere Mittel anwenden."
„Wie meinst du das?"
„Ich habe gegenüber dem russischen Präsidenten mit Halbwahrheiten gearbeitet. Zwar war mir klar, dass der Präsident des Verfassungsschutzes den Giftzwerg und die Kanzlerin über meinen Zustand falsch informiert hatte, aber seine Motive für diese Fehlinformation konnte ich in Wirklichkeit überhaupt nicht richtig einordnen."
„Welche Motive meinst du?"
„Der Giftzwerg glaubte zunächst, der BfV-Präsident habe ihm die Information über die Verbesserung meiner psychischen Verfassung nur aus Angst vorenthalten. Ich habe dagegen behauptet,

der Mann wollte mich als Unterpfand weiter in der Hand behalten, um die Kanzlerin und vielleicht auch den russischen Präsidenten mit meiner Zeugenaussage unter Druck zu setzen. Das hat mir der Giftzwerg sofort abgenommen und deshalb ist der Mann jetzt tot."

„Aber deine Behauptung könnte doch zutreffend gewesen sein", gab Lina zu bedenken.

„Möglich, aber ich weiß es nicht mit Sicherheit. Genauso gut könnte die Angst sein Motiv gewesen sein. Oder einfach Nachlässigkeit."

„Ich glaube, solche feinen Unterschiede macht außer dir in der Welt der internationalen Geheimdienste niemand."

„Wie gut fühlt es sich doch an, eine pragmatische Frau wie dich an seiner Seite zu wissen." Berthold lächelte, wurde aber schnell wieder ernst. „Außerdem hat bisher nur Gernots Mörder seine gerechte Strafe bekommen. Simones Mörder dagegen nicht. Im Gegenteil, mit dem habe ich sogar zusammengearbeitet."

„Anders ging´s wohl nicht, an den russischen Giftzwerg-Präsidenten kommt niemand heran. Sei lieber froh, dass du ebenfalls pragmatisch bist. Du hast in dieser Sache alles erreicht, was du erreichen konntest."

„Ja, gewiss", stimmte Berthold zu. „Ich will mich auch nie wieder selbst überschätzen. Aber es geht nicht nur um mich und um meinen persönlichen Horizont."

„Worum denn noch?"

„Der Giftzwerg ist der gefährlichste Mensch von allen, die ich in diesem ganzen weltpolitischen Theater kennengelernt habe. Ausgerechnet er ist als russischer Präsident heute einer der mächtigsten Männer der Welt. Wenn ihn niemand stoppt, ist für die ganze Menschheit nichts Gutes zu erwarten."

„Wie kommst du darauf?"

„Nenn es meinetwegen Intuition. Er hat in unserem Gespräch am Genfer See einige nebulöse Andeutungen gemacht, die einem das Blut in den Adern gefrieren lassen. Nur war das nicht konkret zu greifen."

„Dann ist es auch nicht deine Aufgabe, das Problem zu lösen", erklärte Lina entschieden.

„Wer soll sich denn deiner Meinung nach darum kümmern?"

„Die internationale Politik. Die Bundeskanzlerin. Oder ihre

Nachfolger, nachdem sie zum Jahreswechsel aus dem Amt ausgeschieden ist."
„Kannst du dir das wirklich vorstellen?"
„Dass ihre Nachfolger diese Aufgabe übernehmen?"
„Das meinte ich", führte Berthold den Gedanken fort. „Die Kanzlerin ist destruktiv konditioniert. Durch ihre Herkunft, durch ihre Geschichte, durch ihre Erfahrungen. So hat sie leider in den vergangenen 16 Jahren eine ganze Generation von Politikern geprägt."
„Du meinst, dass sie dem Wirken des Giftzwergs nicht wirklich etwas entgegenzusetzen hat?"
„Sie nicht und ihre Nachfolger nicht. Niemand in der Politik hat das, weder national noch international. Vielleicht ist der letzte und größte Schaden, den die Kanzlerin diesem Land, Europa und der Welt zufügt, das Erbe ihrer Untätigkeit und ihres Phlegmas."
„Was kann man dagegen unternehmen?", fragte Lina resigniert.
„Mein Anwalt hat zuletzt in Pankow vorgeschlagen, die Geschichte einem Schriftsteller zu erzählen, der einen fiktiven Roman daraus machen könnte. Aber ich weiß nicht, ob das etwas nützt."

Fünfter Teil

2022

24. Februar 2022

In der Nacht zum 24. Februar 2022 wandte sich der russische Präsident in einer Fernsehansprache live an seine Bevölkerung. Er kündigte eine sogenannte militärische Spezialoperation in der Ukraine an. Dies geschehe, so der Präsident, auf Bitten der Anführer der selbst ernannten „Volksrepubliken Donezk und Luhansk".
Es gehe darum, die Ukraine zu „entmilitarisieren", zu „entnazifizieren" und einen „Genozid" zu verhindern, wie es der russische Präsident ausdrückte. Er forderte das ukrainische Militär auf, die Waffen niederzulegen. Gleichzeitig drohte er allen, die sich in den russischen Einsatz einmischen würden, mit Konsequenzen, die sie „in der Geschichte noch nie erlebt hätten". Schon bald sollte die Drohung des Einsatzes von Atomwaffen hinzukommen.
De facto war das eine Kriegserklärung, der unmittelbar Taten folgten. Noch in den frühen Morgenstunden des gleichen Tages fielen russische Streitkräfte mit Panzern und anderen Militärfahrzeugen in einem Blitzangriff von Norden, Süden und Osten her in fünf ukrainische Regionen ein.
Hinzu kamen Raketenangriffe auf militärische, aber auch zivile Ziele in zwölf weiteren Regionen der Ukraine. Getroffen wurden unter anderem Flughäfen, Krankenhäuser und Wohngebäude.
Erklärtes Ziel des russischen Angriffs war es, die Hauptstadt Kiew einzunehmen und die dortige Regierung zu stürzen.
Noch am selben Tag übernahmen russische Truppen die Kontrolle über das Atomkraftwerk Tschernobyl. Zeitgleich starteten russische Hacker massive Cyberangriffe auf ukrainische Banken und Regierungsinstitutionen.
Ihre Kriegsziele erreichten die russischen Streitkräfte weder an diesem noch in den folgenden Tagen und Monaten. Nach dem ersten Kriegsjahr waren Schätzungen zufolge rund 60.000 russische und fast ebenso viele ukrainische Soldaten gefallen.
Die Zahl der Todesopfer unter der ukrainischen Zivilbevölkerung stieg im gleichen Zeitraum auf annähernd 10.000 Menschen. Über eine Million Ukrainer waren bis dahin auf der Flucht. Ein Ende des Krieges und des Tötens war auch ein Jahr später nicht abzusehen.
Der Giftzwerg mordete weiter.

Nachbemerkung des Autors

Dieser Roman ist eine Polit-Fiktion. Kein Element der Handlung hat sich wirklich zugetragen. Alles entspringt ausschließlich der Phantasie des Autors. Doch manchmal legitimiert sich eine tiefere Wahrheit durch die Erzählung selbst.

Wie das gemeint ist? Die historischen Fakten, in die die erfundene Geschichte eingebettet ist, sind nach bestem Wissen und Gewissen wiedergegeben. Aus den zeitgeschichtlichen Ereignissen leitet sich im Roman schlüssig die Psychologie der Charaktere ab.

Demnach war zwar nichts so, wie es hier geschildert wurde, aber es hätte durchaus so sein können. Denn die Verhältnisse in Gesellschaft und Politik werden heute von vielen Menschen in diesem Land so wahrgenommen, wie sie in der vorliegenden Geschichte geschildert werden.

Insofern hätte unser aller Gegenwart auch ein Produkt der fiktiven Ereignisse des Romans sein können. Selbst wenn dies definitiv nicht der Fall ist, wäre es schlüssig gewesen.

Oder wie es der Anwalt unserer Hauptfigur auf Seite 290 des Romans ausdrückt: „Die Bundeskanzlerin ist in der DDR sozialisiert worden und konnte sich gar nicht anders verhalten, als sie es in ihrer Jugend gelernt hat. Selbst wenn all die Verstrickungen ihrer Person in mögliche Ideen von Markus Wolf nur Hirngespinste wären, hätte sie genau die gleichen Handlungsmuster gezeigt, die wir in den vergangenen 16 Jahren beobachten konnten."

Der Mensch sucht immer nach einer Erklärung für das, was ihm widerfährt und was er beobachtet. Das hier wäre eine gewesen. Doch es ist nur Phantasie.

Das ist ernüchternd, denn so bleibt nur eine Alternative: Die Welt ist ein Chaos und die Zukunft nicht berechenbar. Ebenso wenig ist das Verhalten von Protagonisten des Weltgeschehens vorhersehbar.

Wer über keine Koordinaten aus einem fest verwurzelten Wertesystem verfügt, wird für seine Umwelt immer unberechenbar bleiben. Die Menschen in Europa sind seit Jahrhunderten durch die Werte der Aufklärung und des christlichen Abendlandes geprägt, die sich bis heute unter anderem durch Toleranz, Weltoffenheit und den Respekt vor jedem einzelnen Menschen sowie die uneingeschränkte Akzeptanz Andersdenkender auszeichnen. Das Fehlen einer vergleichbaren Orientierung ist für niemanden zu ersetzen. Insbesondere nach dem Scheitern des Sozialismus nicht.

Denn die Idee, dass ausnahmslos alle Menschen gleiche Rechte haben und deshalb auch mit gleichen Chancen ausgestattet sein sollten, ist zweifellos richtig. Doch der Versuch, diesen Ansatz innerhalb eines diktatorischen Regimes mit überkommenen Denkmodellen aus der Zeit der frühen Industrialisierung zu verwirklichen, war unweigerlich zum Scheitern verurteilt. Ohne eine moderne soziale Marktwirtschaft und das freie Spiel individueller Kräfte funktioniert das Prinzip der Chancengleichheit nicht.

Wer versucht, die so entstandene Lücke in seinem politischen oder persönlichen Handeln durch die Ausrichtung an Mehrheitsmeinungen zu kompensieren und dies mit Demokratie verwechselt, wird zwangsläufig zu fatalen Ergebnissen kommen.

Denn Mehrheiten können gerade in unserer multimedialen Gesellschaft stark von Medien beeinflusst werden, deren wichtigste Währung nicht Ethik und auch nicht Objektivität, sondern Massenwirksamkeit ist. Eine solche wird in aller Regel über vordergründige Emotionalisierung erreicht. Nur war das schon immer einer der untauglichsten Wege zu einer seriösen Meinungsbildung.

Was uns bleibt, ist die Chance, das Beste aus den Verhältnissen zu machen, unter denen wir leben. Und vielleicht manchmal ein wenig Trost in der epischen Gerechtigkeit sowie Schlüssigkeit zu finden, die man gelegentlich in einer fiktiven Erzählung entdeckt.

Dank

Zuerst möchte ich mich bei meiner Frau und meiner Tochter bedanken.

Meine Frau hat mich unerschütterlich ermutigt, meine Arbeit fortzuführen und nie auch nur den Funken eines Zweifels an meinem Konzept erkennen lassen. Obwohl sie sehr kritisch sein kann und die Korrektur von Fehlern sogar zu ihrem Beruf gemacht hat. Ein Beruf, den sie sehr gekonnt ausübt. Auch bei der Arbeit an diesem Buch konnte ich auf ihre unvergleichliche Unterstützung zählen. Nicht nur dafür ist ihr meine Liebe auf ewig sicher.

Meine Tochter hat sich wie immer mit nahezu überirdischem Feingefühl selbst zurückgenommen und sich journalistisch professionell ganz auf ihre Sachkenntnis fokussiert, um mich bei der inhaltlichen Konzeption einzelner Elemente des Romans zu beraten. Auf niemanden könnte ich stolzer sein. Wer mit seinem erwachsenen Kind so harmonisch zusammenwirken darf, hat großes Glück.

Dankbar bin ich aber auch allen, die mich ermutigt haben, meine Ideen zu diesem Buch umzusetzen und selbst an die Notwendigkeit zu glauben, in diesen Zeiten eine solche Geschichte zu erzählen. Besonders zu nennen sind hier Hans-Martin Heider sowie Martin Seyrich. Und mein alter Freund Hans, der mit einer deutlichen Ansprache den initialen Auslöser zum Einstieg in diese Geschichte gegeben hat (Du weißt schon wann, wo und wie, lieber Hans).

Mein Dank gilt Euch allen sowie auch denen, die hier nicht genannt sind, doch mir stets ein großer Ansporn waren.

Christian Eckl

Bedburg, Februar 2024

Foto: privat

Christian Eckl, geboren am 18. Juni 1963 in Essen, verheiratet, eine erwachsene Tochter, ist Inhaber eines Zeitschriftenverlags und einer Werbeagentur. Er veröffentlichte unter anderem einen essayistischen Erzählungsband mit biblischen Geschichten aus dem Alten Testament, der in fünf Sprachen übersetzt wurde, einen Kriminalroman, eine Neuauflage des Goetheschen Fauststoffes und einen Gedichtband. Darüber hinaus war er lange Jahre Mitglied im Autorenteam einer populären deutschen Krimi-Reihe. Christian Eckl lebt mit seiner Familie in Bedburg bei Köln.